KNAUR

Saskia Louis kam 1993 mit einer Menge Fantasie zur Welt, die sie seit der vierten Klasse nutzt, um Geschichten zu schreiben. Zusammen mit ihren älteren Brüdern wuchs sie in der Kleinstadt Hattingen auf und über die Jahre hat sie ihr Zuhause in unterhaltsamer Frauenliteratur und Fantasy gefunden. Heute wohnt sie in Köln und wünscht sich, dass Menschen mehr singen als schimpfen würden. Ihr größter Traum ist es, den Soundtrack zu der Verfilmung eines ihrer Bücher zu schreiben.
Instagram: @saskia_louis_
TikTok: @saskialouisautorin
Website: https://saskialouis.com/

SASKIA LOUIS

Ich will DIES, DAS UND *Dich*

ROMAN

KNAUR

Besuchen Sie uns im Internet:
www.droemer-knaur.de

MIX
Papier | Fördert gute Waldnutzung
FSC® C083411
FSC www.fsc.org

Originalausgabe Oktober 2024

Ein Imprint der Verlagsgruppe
Droemer Knaur GmbH & Co. KG, München

Dieses Werk wurde vermittelt durch die
Langenbuch & Weiß Literaturagentur.
Redaktion: Klaudia Szabo
Covergestaltung: ZERO Werbeagentur, München
Coverabbildung: Collage unter Verwendung von Shutterstock.com
Illustrative Elemente im Innenteil: TALVA / stock.adobe.com
Emojis: Cosmic_Design / Shutterstock.com
Satz und Layout: Adobe InDesign im Verlag
Druck und Bindung: CPI books GmbH, Leck
ISBN 978-3-426-44664-5

2 4 5 3

PROLOG

Wenn man heulend, regendurchnässt und mit blutender Platzwunde am Kopf an einer Bushaltestelle endet, die einem mithilfe von künstlerisch wertvollem Graffiti die Worte *Fuck you* entgegenschreit, muss man irgendwann im Leben die falsche Abzweigung genommen haben. In meinem Fall war es womöglich nicht nur eine.

Wo soll ich anfangen? Ich schätze, alles begann mit meinem kleinen Problem: Ich lüge zu viel.

Es ist keine große Sache. Es sind meistens nur Kleinigkeiten. Notlügen, die ich einbaue, ohne es zu merken. Wie zum Beispiel, dass ich zu spät zur Arbeit gekommen bin, weil meine Bahn ausgefallen ist.

Okay, nein, das ist gelogen.

Erstens: Ich merke es immer, wenn ich lüge. Weil ich es *mit Absicht* tue.

Zweitens: Wenn ich zu spät komme, rutschen mir Dinge heraus wie: »Mein Hamster ist gestorben, und ich musste ihn noch kurz im Garten begraben, und dann konnte ich vor lauter Tränen meine Schaufel nicht finden, und … Es tut mir leid, was habe ich verpasst?« Ich habe einen Hamster – mittlerweile meinen siebten, wenn man all meinen Notlügen Glauben schenkt –, aber ich besitze keinen Garten. (Natürlich nicht. Ich wohne in der Kölner Innenstadt und gebe monatlich mehr für meine Miete aus als in fünf Jahren für Klamotten.)

Drittens: Es sind nicht nur Kleinigkeiten. Ab und zu sind es auch ein wenig größere Sachen. Und *ein wenig* ist eigentlich auch nicht korrekt. Das sage ich nur, damit es nicht so schrecklich klingt.

Gut, für den Fall, dass die nächsten Geständnisse ein schlechtes Licht auf mich werfen könnten: Ich bin kein schlechter Mensch.

Das ist ausnahmsweise die Wahrheit. Ich kann Richtig und Falsch unterscheiden. Ich bin in einem Haushalt groß geworden, in dem mir mit dem Fegefeuer gedroht wurde, wenn ich meine Hausaufgaben nicht gemacht hatte. Engel saßen im Fernseher und verrieten es meinen Eltern, wenn ich unerlaubterweise Videokassetten ansah. Mein Opa persönlich warf Blitze aus dem Himmel, wenn ich Süßigkeiten aus dem Schrank stahl und meine Zähne nicht putzte.

Meine kleine Schwester kam sehr schnell dahinter, dass das Schwachsinn war, aber ich habe, bis ich zehn war, im Fernseher nach besagten Engeln gesucht und mir den ein oder anderen Stromschlag geholt.

Das tut jetzt gar nichts zur Sache. Wie gesagt: Ich kann Richtig und Falsch unterscheiden. Gut und Böse dank all der Disneyfilme, die ich gesehen habe, auch. Ich helfe blinden Leuten in den Bus, spende an *Greenpeace*, erkläre meiner Mutter geduldig, wie sie eine E-Mail mit Anhang verschickt und würde für meine beste Freundin ein Jahr lang auf Schokoladenkuchen verzichten. Alles in allem bin ich ein guter Mensch. Es ist nur das Lügen. Ansonsten ist mein moralischer Kompass wirklich intakt.

Schön. Da ich mir das jetzt vom Herzen geredet habe, können wir zu den größeren Lügen kommen, die ich schon verbreitet habe: Zum Beispiel habe ich meiner Schwester erzählt, dass ich Jugendliche dabei beobachtet hätte, wie sie sich an ihrem Küchenfenster zu schaffen machten und es aufbrachen, sodass ihr geliebter Wellensittich abhauen konnte. Dabei war es meine beste Freundin Elisa, die die Blumen meiner Schwester gegossen und vergessen hat, den Käfig sowie das Fenster zu schließen.

Okay, nein. Ich war es. Ich hatte alle Pflanzen meiner Schwester während ihres Urlaubs gekonnt umgebracht und ihren Wellensittich noch dazu. Auch wenn ich mir bis heute nicht sicher bin, ob Flying Louie wirklich das Zeitliche gesegnet oder irgendwo im Grüngürtel seine eigene Familie gegründet hat und sehr glücklich ist. (Aber wahrscheinlich lüge ich mir damit ebenfalls nur was vor.)

Ich hatte vorgehabt, Karla die Wahrheit zu sagen. Wirklich. Aber sie wirft mir seit zwanzig Jahren bei jeder Gelegenheit an den Kopf, wie verantwortungslos und schusselig ich doch sei, und ich hatte ihr nicht noch mehr Zündstoff geben wollen. Die Lüge ist mir so rausgerutscht, und im nächsten Moment war sie schon zur Polizei gestapft, um Anzeige gegen die nichtexistierenden Jugendlichen zu erstatten und … ja, dann war es irgendwie zu spät gewesen.

Wie auch immer. Die Lüge lastet seitdem auf mir, aber ich habe mich damit arrangiert. Ich zünde jedes Mal eine Kerze für Flying Louie an, wenn ich einer Kirche einen Besuch abstatte. Was relativ häufig ist. Na ja, einmal im Jahr eben. Zu Weihnachten, mit meiner Familie. Ich glaube nicht an Gott und bin schon vor zwei Jahren aus der Kirche ausgetreten, auch wenn meine Eltern natürlich keine Ahnung davon haben. Doch das zähle ich zu den kleinen Notlügen. Denn meine Mutter würde einen Herzinfarkt bekommen, wenn ich ihr beichten würde, dass meine Zweifel an Gott und der Bibel daher rühren, dass ich keine Engel im Fernseher hatte finden können.

Okay, wo war ich? Ach, ja, die größeren Lügen.

Mein Vermieter denkt, dass ich Autorin bin und der zweite Name auf meinem Klingelschild mein Pseudonym ist. Dabei ist es Elisas Nachname, die seit zwei Jahren mit mir zusammenwohnt, obwohl Herr Henning ausdrücklich gesagt hat, dass er keine WGs in seinem Gebäude haben will. Und letztens hat mein Boss gefragt, wer schon in Neuseeland gewesen ist und optimalerweise auch unglaublich gern campen geht. Er hat jemanden gesucht, der wertvolles Insiderwissen für den Auftrag einer neuseeländischen Outdoorfirma besitzt.

Meine Hand ist von ganz allein nach oben geschossen. Obwohl ich in meinem Leben noch nicht näher an Neuseeland herangekommen bin als beim Essen einer Kiwi und der Gedanke, in einem Zelt auf dem Boden zu schlafen, für mich in etwa so erquickend wie ein Brief vom Finanzamt ist.

Aber was ist mir anderes übrig geblieben? Ich brauche den Auftrag, damit ich in meinem Job endlich weiterkomme. Ich bin siebenundzwanzig Jahre alt und arbeite seit einem Jahr als Junior Project Managerin für eine Marktforschungsfirma, die Unternehmen hilft, ihre Produkte und Dienstleistungen optimal nach den Bedürfnissen ihrer Zielgruppen auszurichten. Trotz meines Titels durfte ich noch kein einziges Projekt leiten, obwohl ich meinen Master in Markt- und Medienforschung mit 1,7 abgeschlossen habe und mir beim Einstieg versichert worden ist, dass ich sehr schnell mehr Verantwortung übernehmen würde.

Das Ganze ist noch ein wenig tragischer, weil die Hälfte wieder gelogen ist. Ich bin bereits dreißig – schön, einunddreißig! –, arbeite tatsächlich seit fünf Jahren dort, und mein Abschlusszeugnis trug die Note 1,3. Keine Ahnung, warum ich selbst deswegen lüge. Unterm Strich bin ich verdammt gut in meinem Job. Das ist die Wahrheit. Ich schwöre auf meinen Hamster Skippy den Siebten.

Und wahrscheinlich wäre ich längst zur Senior Project Managerin befördert worden, wenn der Sohn vom Boss nicht bei uns angefangen und innerhalb von sechs Monaten die einzig freie Senior-Executive-Stelle in den Allerwertesten geschoben bekommen hätte. Aber sicherlich hat er sich die Stelle dank seiner harten Arbeit, nicht seiner DNA, verdient.

(Was *offensichtlich* Schwachsinn ist, der Typ kann eine PowerPoint-Präsentation nicht von Mario Kart unterscheiden – das Spiel, das er die Hälfte seiner Arbeitszeit auf seiner Switch zockt.)

Zu sagen, dass ich deswegen frustriert bin, wäre ebenfalls gelogen, denn ich bin fuchsteufelswild und würde den Kerl gern jeden Tag mit Schildkrötenpanzern abwerfen. Echten, versteht sich. Da das jedoch strafrechtlich eine Grauzone ist und auch der Artenschutz vermutlich etwas dagegen hätte, begnüge ich mich damit, ihm Hamsterköttel in seine geliebten brasilianischen Kaffeebohnen zu mischen, die er mit niemandem teilen will. Wenn ich ehrlich bin, habe ich mir meinen Hamster einzig und allein aus dem Grund gekauft.

Ich bin nicht stolz darauf, aber … Okay, ich bin ein wenig stolz drauf. Immerhin verstecke ich seit einem Jahr unbemerkt Nagetier-Exkremente in einer für jeden zugänglichen Kaffeeküche. Das ist schon eine beachtliche Leistung.

Doch als mein Boss mich gefragt hat, ob die Beförderung seines Sohnes für mich in Ordnung sei, ich würde auf jeden Fall die nächste freie Stelle bekommen, habe ich nur gelächelt und genickt. Wie ein verdammter Wackeldackel.

Also ja: Meine Hand ist bei der Frage nach Neuseeland-Erfahrung nach oben geflogen, und die letzte Woche habe ich damit verbracht, mir Wikipedia-Artikel über den Inselstaat und Camping durchzulesen. Letzteres war keine anregende Lektüre, wenn ich das bemerken darf.

So, das ist es. Mein kleines großes Problem. Ich lüge zu viel und weiß es und kann nicht damit aufhören. Aber das ganze Lügen macht mich weder glücklicher noch zufriedener. Das Gegenteil ist der Fall. Denn irgendwann habe ich den Überblick darüber verloren, was ich wem erzählt habe und wie man durchs Leben kommt, ohne wie wild zu flunkern. Auch wenn ich das wirklich ändern will.

Ja. Das ist eigentlich alles, was man über mich wissen muss, um zu verstehen, wie ich an besagter verregneter Bushaltestelle der Hölle enden konnte.

Okay, nein, das ist gelogen. Das waren viel zu wenig Informationen. Aber ich greife vorweg. Fangen wir doch mit Silvester an. Denn das Ende des Jahres ist immer auch ein Anfang. Die Möglichkeit, alles besser zu machen. Der Tag, den ich jedes Jahr nutze, um darüber nachzudenken, was ich richtig und falsch in meinem Leben mache. Jedes Jahr am 31. Dezember nehme ich mir eine Stunde Zeit, um eine Liste der Dinge zu schreiben, die ich verbessern will. Die ich umsetzen will, um die fantastischste Version meiner selbst zu werden.

Es ist klar, worauf das hinausläuft, oder?

Denn ja. Das ist natürlich gelogen. Ich habe noch nie eine solche Liste geschrieben. Doch es gibt immer ein erstes Mal.

KAPITEL 1

»Ernsthaft, Elisa? Du hast *zwanzig* Vorsätze fürs nächste Jahr?« Ungläubig ließ ich ihre Liste auf unseren Wohnzimmertisch fallen. »Ist das nicht ein wenig exzessiv?«

»Zwanzig ist nicht soo viel«, meinte sie leichthin, beugte sich vor und glitt mit ihrem Zeigefinger an den einzelnen Punkten hinab. »Außerdem habe ich nur die wichtigen Dinge aufgeschrieben.«

»Steppen zu lernen, ist also wichtig?«, fragte ich zweifelnd.

»Lea kann steppen, und ich habe ihr versprochen, dass ich versuche, mich mehr für ihre Interessen zu begeistern«, erwiderte sie schulterzuckend.

»Ich bin mir sicher, dass deine Freundin verstehen wird, wenn du keine Zeit dafür hast, Steppen zu lernen, da du schon damit beschäftigt bist …« Ich linste auf ihre Liste und las laut: »*Eine aussterbende Tierart zu retten, deine eigene Butter zu stampfen* und *Origamikunst zu erlernen.*«

Elisa winkte ab. »Ist doch egal, ob ich die ganze Liste schaffe. Zumindest weiß ich, was ich erreichen *möchte.* Es ist psychologisch wertvoll, sich die Ziele für seinen nächsten Lebensabschnitt von der Seele zu schreiben! Ich habe damit meine Gedanken geordnet und meinen Willen gestärkt. Du solltest das auch tun, Svea. Mit mentaler weißer Weste ins neue Jahr starten.«

Ich zog eine Grimasse. Elisa machte nach sechs Jahren Psychologiestudium endlich ihre Therapeutenausbildung, und seitdem waren eine Menge Dinge *psychologisch wertvoll.* »Ich hab keine Zeit, eine alberne Liste zu erstellen«, meinte ich kopfschüttelnd. »Ich muss den Tisch zu Ende decken, die Gäste sind gleich da.«

Elisa seufzte, stand jedoch von der Couch auf, um mir in die Wohnküche hinterherzuwuseln und dabei zu helfen, Besteck aus der Schublade zu bergen. »Warum genau kommen deine Eltern noch mal *hierher*, um Silvester zu feiern?«

»Ich bin damit dran. Wir rotieren jedes Jahr«, erinnerte ich sie.

»Ich weiß, aber es ist lächerlich, hier zu feiern. Deine Schwester hat ein Haus, deine Eltern haben ein Haus – wir haben diese Winzwohnung.«

Das hatte Karla auch gesagt und großzügig angeboten, dieses Jahr noch einmal Gastgeberin zu spielen. Doch ich hatte nichts davon hören wollen. Ich war ein vollwertiges Mitglied der Familie, und ich würde ein vollwertiges Silvester-Dinner veranstalten.

»Überhaupt«, fuhr Elisa fort. »Normale Familien verbringen Weihnachten zusammen, nicht Silvester.«

»Wir sind nicht normal!« Ich lief hastig zum Tisch, auf dem bereits die Teller mit zu Schwänen gefalteten Servietten standen, die mich zwei Stunden gekostet hatten, weil das Youtube-Tutorial absolut unverständlich gewesen war. »Papa und Karla haben jedes Jahr das Weihnachtskonzert mit der Philharmonie. Silvester ist unser Ausweichtermin.«

»Ja, ich weiß, aber ich dachte, dieses Jahr wäre vielleicht anders. Weil Karla doch das Baby bekommen hat und dein Vater in Rente gegangen ist?«

Schnaubend positionierte ich das Besteck parallel zum Teller, sorgsam darauf bedacht, dass es sich in der richtigen Reihenfolge und im exakt gleichen Abstand zueinander befand. Als ob meine jüngere Schwester sich von einer kleinen Schwangerschaft und einem neugeborenen Sohn davon abhalten lassen würde, weiterhin eine glänzende Karriere hinzulegen. Und mein Vater würde erst dann in Rente gehen, wenn seine Finger anfingen zu zittern und er zu schwach wurde, ein Cello zu halten.

»Nichts hat sich geändert«, erklärte ich Elisa geduldig, denn so war es. Seit dreißig Jahren hatte sich nichts geändert.

»Na gut«, sagte meine Freundin gedehnt, reichte mir die letzte

Gabel an und betrachtete dann den ausgezogenen Tisch, der fast unser ganzes Wohnzimmer einnahm. »Es sieht aber echt toll aus. Man merkt, dass du dich reingehängt hast, Svea.« Sie nickte beeindruckt, dann betrachtete sie mich grinsend. »Nur für deine Eltern? So kenne ich dich gar nicht.«

Ich zuckte die Schultern, und Hitze arbeitete sich meinen Hals hinauf. »Ach, es sind nicht nur meine Eltern. Karla und ihr Mann und … noch wer anderes kommen auch«, meinte ich beiläufig.

Nicht beiläufig genug.

Elisa hob die Augenbrauen und lehnte sich mit verschränkten Armen gegen die Küchenanrichte, während ich nachsah, ob die Flammen unter den Wärmebehältern des Essens noch brannten.

»Aha«, machte meine beste Freundin kritisch. »Und *wer anderes* hat nicht zufällig *verträumte blaue Augen* und *Haare in der Farbe eines karibischen Sandstrands?*«

Ich wandte den Blick ab. Es war wirklich unfair, dass sie mich einfach ungefragt zitierte. »Möglich«, sagte ich vage.

Elisa stöhnte laut und legte den Kopf in den Nacken. »Oh, komm schon, Svea! Das kann nicht dein Ernst sein. Du kannst ihm nicht *schon wieder* hinterherrennen.«

Nein, nicht schon wieder. Immer noch. »Ich habe keine Ahnung, wovon du redest«, sagte ich lässig. »Und musst du nicht langsam mal gehen? Lea wartet doch bestimmt auf dich.«

»Lenk nicht vom Thema ab!« Elisas Zeigefinger landete zielsicher auf meiner Brust. »Das muss ein Ende haben, Svea!«

»Es hat ja nicht einmal einen Anfang gehabt, wie soll es dann ein Ende haben?«, verteidigte ich mich sofort. »Und du kennst ihn nicht so, wie ich es tue. Er ist der perfekte Mann!«

Schnaubend schüttelte sie den Kopf. »So etwas gibt es gar nicht. *Den perfekten Mann.*«

»Natürlich sagst du das: Du stehst auf Frauen.«

»Ich sage es, weil es wahr ist! *Niemand* ist perfekt.«

Das behaupteten nur Leute, die Leon nicht kannten. Er war der

Bruder meines Schwagers und blonde, eins dreiundneunzig große Vollkommenheit.

Ich hatte ihn vor sechs Jahren auf der Geburtstagsparty meiner Schwester kennengelernt. Keiner der Männer, die da gewesen waren, hatte mir sonderlich Beachtung geschenkt. Nicht, während Karla im Abendkleid aus dem Stegreif auf ihrer Geige ein paar Takte des Violinkonzerts in D-Dur op. 77 von Brahms spielte. Doch dann war da Leon gewesen mit seinem schiefen Lächeln, der mich gefragt hatte, ob ich ein Glas Punsch haben wolle – und ob es wohl dreist wäre, als Nächstes ein Stück von David Guetta zu fordern.

Es war Liebe auf den ersten Blick gewesen.

Na ja, für mich. Für ihn nicht. Für ihn war es, soweit ich wusste, *gar nichts* gewesen. Aber wir hatten uns gut verstanden, uns darüber ausgelassen, wie schrecklich klassische Musik war (eine kleine Lüge meinerseits, ich war nun einmal die Tochter meines Vaters und weinte jedes Mal, wenn jemand die ersten Takte von Mozarts »Kleiner Nachtmusik« anspielte), und dass wir beide nicht verstanden, wie Marvel noch weitere Filme produzieren konnte (jaja, ebenfalls gelogen, *Iron Man* war mein damaliger Screensaver). Wir waren Freunde geworden. Keine superguten Freunde, die sich jeden Tag sahen und genau wussten, was im Leben des anderen passierte, aber … Freunde eben.

Freunde, die einmal zusammen im Bett gelandet waren.

»Svea. Du rennst ihm seit fünf Jahren hinterher«, sagte Elisa gequält.

»Das stimmt nicht!« Es waren sechs.

»Doch! Genauso ist es. Und ihr habt nur eine einzige Nacht miteinander verbracht. Eine *betrunkene* Nacht.«

Ich seufzte schwer und wollte mir fahrig durch die Haare streichen, als mir einfiel, dass ich sie bereits kunstvoll hochgesteckt hatte. Verärgert ließ ich die Hand sinken. »Es war eine verdammt gute Nacht! Und damals war er eben noch nicht bereit für eine Beziehung. Heute sieht das vielleicht anders aus.«

»Er wird niemals bereit sein, weil du niemals bereit dafür sein wirst, ihm zu sagen, dass du ihn magst und mehr willst. Du wirst ewig auf ihn warten und jedem anderen tollen Kerl nicht einmal eine Chance geben«, stellte Elisa ernst fest.

Sie traf da einen wunden Punkt. Denn eine der größeren Lügen, die ich vergessen hatte zu erwähnen, war: *»Na klar können wir das Ganze vergessen. Es war nur ein Ausrutscher. Ich halte es auch für das Beste, wenn wir Freunde bleiben.«*

Aber was sagte man dem Mann, in den man heillos verliebt war, wenn er einen bat, die gemeinsame Nacht geheim zu halten? Weil sie zu besonders für ihn war, um sie mit jemand anderem zu teilen – er mich aber auch nicht als Freundin verlieren wollte, weshalb es eine einmalige Sache bleiben musste?

Eben. Man sagte genau das, was ich gesagt hatte.

»Ich *warte* nicht auf ihn«, stellte ich scharf klar. »Und ich vergebe eine Menge Chancen, aber bisher hat mich noch niemand überzeugt.«

Aber ernsthaft, wer konnte auch mit einem Mann konkurrieren, der über die Feiertage Clown auf der Kinderkrebsstation spielte, mit achtundzwanzig ein eigenes Online-Versand-Business aufgebaut und außerdem ein Sixpack hatte?

Elisa blies ihre Wangen auf und schüttelte mehrfach den Kopf. Doch Gott sei Dank fiel ihr Blick auf die Uhr über der Spüle, bevor sie sich überlegen konnte, wie sie meine eindeutige Lüge kommentieren sollte. »Mist, ich muss wirklich los«, sagte sie widerwillig. »Aber dieses Gespräch ist noch nicht beendet, hörst du? Wir reden da morgen noch mal drüber!«

»Super, ich freu mich drauf«, erwiderte ich überschwänglich. Elisa würde morgen viel zu verkatert sein, um sich freiwillig mit dem anstrengenden Thema meines Liebeslebens zu beschäftigen.

Sie schnaubte, so als wüsste sie genau, dass ich auf ihren heutigen Alkoholkonsum baute, während sie sich die Schuhe anzog. »Hey, und lass dich heute Abend nicht zu sehr von Karla ärgern, okay?«

»Ich versuch's, aber ich kann nichts versprechen«, antwortete ich ehrlich. Karla hatte einfach eine Art, die mir jedes Mal unter die Haut ging. Und nicht auf die gute Weise.

»Wunderbar.« Sie richtete sich auf, warf den Wintermantel über und zog mich in eine Umarmung. »Guten Rutsch dir – und überleg dir das mit der Liste an Vorsätzen! Mir hat das echt geholfen, meine Gedanken zu ordnen.«

»Mhm«, machte ich, konnte jedoch nicht weitersprechen, denn ein Klingeln an der Tür unterbrach mich.

Mein Herz machte einen Hüpfer, und meine Handflächen wurden feucht. Nervös strich ich sie an dem blauen Satinstoff meines Kleides ab, das auf meiner Haut juckte.

Ich hatte Leon schon seit ein paar Monaten nicht mehr gesehen, und ich wollte ihn von den Socken hauen. Aber das konnte ich nicht, wenn ich verschwitzt und rotbäckig aussah, also atmete ich konzentriert ein und aus, um mich mental darauf vorzubereiten.

»Wie sehe ich aus?«, fragte ich Elisa leise, in der Hoffnung, ein Kompliment abzubekommen, das meinen Herzschlag beruhigte.

Meine Freundin musterte mich nachdenklich, bevor sie meinte: »Du siehst nicht aus wie du, aber schön.«

Düster sah ich sie an. »Na, vielen Dank auch!«

Sie schnalzte mit der Zunge. »Du weißt, wie ich das meine.«

Ja, natürlich wusste ich das.

Ich machte es mir normalerweise nicht zur Gewohnheit, im Abendkleid zu Hause herumzuhängen. Wenn ich vollkommen ehrlich war, fühlte ich mich einfach nicht wohl in schicker Kleidung. Mein etwas zu kurviger Körper wurde ihr nicht gerecht, und ich war prädestiniert dafür, innerhalb der ersten fünf Minuten des Essens zu kleckern.

Doch Karla schlug jedes Jahr vor, uns für Silvester schick zu machen, und … ja, ich log und sagte, dass das eine klasse Idee sei. Weil ich ihr nicht den Spaß verderben wollte.

»Du bist cool und klug und witzig, Svea«, murmelte Elisa an meinem Ohr. »Hör also auf, dir so viele Gedanken zu machen.«

Dankbar drückte ich sie noch einmal an mich. »Erwähnte ich, wie sehr ich dich vergöttere?«

Sie grinste breit. »Ach, ein paar Mal öfter könntest du es mir schon sagen«, erwiderte sie leichthin – im nächsten Moment öffnete sie die Tür.

Ich hätte nicht nervös sein müssen, denn es war nicht Leon, der vor der Tür stand. Es waren meine Eltern.

»Hallo, Herr und Frau Nussbaum. Sehr schön, Sie wiederzusehen«, begrüßte Elisa sie. »Ich bin leider auf dem Sprung, wünsche Ihnen aber schon mal ein frohes Neues und einen wundervollen Abend noch dazu.« Sie lächelte breit, winkte den beiden zu und drängte sich dann an ihnen vorbei in den Flur und die Treppe hinunter.

»Liebe Güte, die Elisa ist auch immer auf Trab«, bemerkte meine Mutter amüsiert, bevor sie mich umarmte. »Schön, dich zu sehen, Motte!«

Ich seufzte innerlich, als auch mein Vater mich mit meinem alten Spitznamen begrüßte, drückte ihn jedoch ebenso fest an mich wie Mama. Mir hätte es weniger ausgemacht, als Flatterinsekt bezeichnet zu werden, doch sie meinten mit *Motte* nicht das Tier, sondern die mittelalterliche Burg. Weil ich als Achtjährige mal verkündet hatte, dass ich Ritter werden wollte, eher kompakt gebaut gewesen war und die Eigenart gehabt hatte, meine Halloween-Süßigkeiten bis auf den Tod zu verteidigen. Und mit einunddreißig noch immer »Mittelalterliche Burg« genannt zu werden, war nur halb so süß, wie man meinen könnte. Klar, alle dachten, sie sprachen vom Insekt, aber *ich* wusste, dass es nicht so war, und das war schlimm genug. Aber das konnte ich ihnen natürlich nicht sagen, ohne ihre Gefühle zu verletzen.

»Kommt rein«, meinte ich, trat beiseite und winkte sie durch den schmalen Flur in unseren Wohnbereich. »Das Essen ist schon fertig, wir können also sofort anfangen, wenn die anderen da sind.«

»Oh, das riecht himmlisch«, schwärmte meine Mutter, lief zum Herd und lugte unter eine der silbernen Servierglocken. »Liebe Güte, Motte, hast du das alles selbst gekocht?«

»Japp, stand stundenlang in der Küche.«

Die Worte verließen meinen Mund, bevor ich sie aufhalten konnte. Sie waren sarkastisch gemeint gewesen, aber meine Mutter verstand Sarkasmus ebenso gut wie die technischen Feinheiten eines E-Mail-Anhangs. Und bevor ich sie darauf hinweisen konnte, wurden ihre Augen anerkennend groß, und mein Vater meinte: »Mensch, Svea. Das ist ja echt toll von dir.« Also blieb ich bei der Lüge. Es war einfacher so, und ich freute mich, dass sie mir zutrauten, *Ente à l'Orange* zu kochen, obwohl das von meinem Standpunkt aus undenkbar war.

Erstens, weil ich Vegetarierin war und mir allein der Geruch schon den Magen umstülpte, ganz zu schweigen von dem Gedanken, mit der Hand Orangen in ein totes Tier zu stopfen. Und zweitens, weil ich den Tag über gar keine Zeit zum Kochen gehabt hätte. Ich war damit beschäftigt gewesen, die Wohnung aufzuräumen, mich selbst hübsch zu machen, die sexistischen Bronzefiguren aufzustellen, die meine Mutter mir jedes Jahr zu Weihnachten schenkte (ich hatte einmal gelogen und behauptet, dass ich sie inspirativ und wunderschön fand, und bekam seitdem jedes Jahr eine), und das Poster über der Couch von der Serie *Dark* mit dem Poster eines Gemäldes von Kandinsky auszutauschen (ein Geschenk von Karla, damit ich auch endlich etwas Kultur in meine Wohnung bekam). Nichts gegen Kandinsky, aber wenn ich mir eine Reihe bunter Farben und Formen ansehen wollte, schaute ich im Kindergarten nebenan vorbei.

Wann hätte ich also bitte vier Stunden lang eine Ente zubereiten sollen, von der ich nichts essen würde? Elisa hatte mir einen Vogel gezeigt, als der Cateringservice mit dem Vogel gekommen war. »Du isst seit zehn Jahren kein Fleisch mehr, warum solltest du es servieren?«

Weil meine Eltern Fleisch liebten. Weil meine Schwester und ihr Mann Fleisch liebten. Weil Leon Fleisch liebte. Weil ich sie beeindrucken wollte. Ganz einfach.

»Und Menschenskinder, der Tisch ist auch famos«, stellte mein Vater begeistert fest. »Diese Schwäne … Wo hast du das denn gelernt?«

»Ach, hab es irgendwo aufgeschnappt und dachte spontan, wäre doch ganz hübsch«, sagte ich lächelnd und verfluchte mich im selben Moment.

Es wäre vollkommen in Ordnung gewesen, mit *Youtube* zu antworten. Aber nein, ich hatte ja leger und cool sein müssen. Es war nur … Karla wusste bestimmt, wie man Serviettenschwäne bastelte. Sie hätte auch keine hübschen neuen Dessertlöffel kaufen müssen, weil ihre aussahen, als hätten sie mit ihren besten Freunden Rost und Fleck auf der Wiese hinterm Haus gespielt.

Gott sei Dank klingelte es in diesem Moment wieder an der Tür, denn mein Kopf war beim Gedanken daran spürbar rot angelaufen.

»Ich mach auf«, sagte ich hastig und verschwand im Flur, bevor meine Eltern mir zuvorkamen. Denn ich war eine gute Gastgeberin und … Shit, ich hätte ihnen was zu trinken anbieten sollen. Egal, das konnte ich gleich immer noch machen.

Mein Zwerchfell zog sich aufgeregt zusammen, und ich atmete ein letztes Mal tief durch, bevor ich die Tür aufzog.

»Svea, so schön, hier zu sein!«, begrüßte mich meine Schwester, zog mich in einer hastigen Umarmung an sich und lief mit Babyschale im Anschlag an mir vorbei. Ich erhaschte nur einen kurzen Blick auf den supersüßen, bereits selig träumenden Noah. Denn ja, der Kleine schlief jeden Abend um Punkt halb acht ein und dann brav die ganze Nacht durch. Er war mindestens ebenso perfekt wie seine Mutter. Allerdings hatte er mich noch nie in seinem Leben kritisiert – solange freudiges Ansabbern nicht zählte. Ich liebte ihn also zu Tode.

»Dito«, bemerkte Tim, ihr Ehemann, lächelte und klopfte mir

auf die Schulter, bevor er ebenfalls in den Flur trat … Und da stand er. Leon. In schwarzem Anzug, der sich perfekt an seine breiten Schultern schmiegte, seine blonden Haare in sexy Surfermanier verwuschelt und ein schalkhaftes Glimmen in den Augen. Mein Körper wollte seufzen, doch ich hielt ihn davon ab.

»Hey«, sagte ich stattdessen nur atemlos. »Na, wie geht es dir? Lange nicht gesehen.«

»Ja, stimmt.« Er kratzte sich das glatte Kinn. »Ein paar Wochen, oder?«

Acht Wochen und zwei Tage – aber wer zählte schon mit? »So ungefähr«, meinte ich lächelnd und ermahnte meinen Puls dazu, langsamer zu schlagen, bevor schwarze Punkte anfingen, vor meinen Augen zu tanzen.

»Auf jeden Fall schön, dich zu sehen«, sagte Leon, lächelte mich schief an und zog mich in eine feste Umarmung.

Ich konnte seine harte Brust selbst durch seinen Mantel hindurch spüren, und mein Herz flatterte so nervös, dass ich den Spitznamen *Motte* heute womöglich fast verdient hatte. Ich sog die Luft und seinen Geruch nach teurem Aftershave ein, und möglicherweise rollten meine Augen dabei etwas in den Hinterkopf. Gott, dieser Mann …

»Boah, ich hatte einen beschissenen Tag, aber jetzt geht es mir wieder besser«, meinte er, ließ mich los und zwinkerte mir zu.

Ich öffnete den Mund, um zu fragen, was so schrecklich an seinem Tag gewesen war, doch er sprach sowieso bereits weiter.

»Ich hatte einen Termin mit einem riesigen Kunden, wir hatten uns eigentlich auf einen sechsstelligen Betrag geeinigt, und da wollte er im letzten Moment den Deal killen! Aber, ganz ehrlich, nicht mit mir! Wir hatten das Ganze schon per Handschlag geregelt, und unter Businessmännern zählt ein Handschlag etwas.«

Ich nickte, auch wenn ich, ehrlich gesagt, keine Ahnung hatte, worüber er redete. Leon war sehr leidenschaftlich, was seine Arbeit anging, vergaß aber manchmal, genauere Infos zu seinen Deals zu geben, sodass man ihm schlecht folgen konnte. Es war verständlich. Er war immer recht beschäftigt, seine Arbeit verlangte ihm viel ab. Er musste eben mit dem Kopf woanders sein, um das Business zu schaukeln. Weshalb er auch nie viel Zeit für sein Privatleben hatte.

Was ich auf seinen Wortschwall antworten musste, wusste ich trotzdem. »Du kriegst es schon hin«, meinte ich warm.

»Ja?« Er kratzte sich den Kopf. »Wieso denkst du das?«

»Weil du fantastisch bist und es immer hinkriegst, Leon«, stellte ich lachend fest.

Er grinste. »Dagegen kann ich nicht argumentieren. Danke.«

»Svea, hast du noch Platz in deinem Kühlschrank?«, wollte Karla wissen, die ihren Mantel aufgehängt hatte und auf eine Auflaufform in Tims Händen deutete. »Ich hab Mandelpudding mitgebracht. Extra für dich!«

Betreten kratzte ich mir den Kopf. Ja, ich log eine Menge, aber bei manchen Dingen musste ich die Wahrheit sagen. Weil wortwörtlich mein Leben davon abhing. »Ähm, ich bin gegen Mandeln allergisch, Karla.«

»Ah.« Sie runzelte die Stirn. »Mist. Ich wusste doch, dass Mandeln etwas mit dir zu tun haben. Sorry.«

Ich winkte ab. »Gar kein Problem«, meinte ich leichthin. Sie vergaß es nicht mit Absicht. Das wusste ich. Sie hatte einen Sohn, einen zeitaufwendigen und stressigen Job, ein Haus und einen Ehemann … Es war schwer, an alles zu denken. »Aber ja, im Kühlschrank ist noch Platz.«

»Wunderbar.« Sie gestikulierte Tim, den Nachtisch wegzupacken, bevor sie auf ihren hohen Schuhen grazil in den Wohnraum glitt und unsere Eltern mit einem Küsschen auf die Wange begrüßte. Die hatten allerdings nur strahlende Augen für ihren putzigen Enkel, dem die Geräuschkulisse völlig egal schien. »Oh, wie süß. Sind die Möbel neu?«, wollte Karla dann wissen und nickte zu dem alten, roten Sofa und den zusammengewürfelten Stühlen, die um den Esstisch herumstanden. »Dieser Trash-Chic ist ja total in.«

Ich konnte mich nur mühsam davon abhalten, die Augen zu verdrehen. Ich liebte Karla, aber sie nahm meistens weder ihre Umgebung noch die Emotionen ihrer Mitmenschen wahr. Und meine Möbel waren seit einem Jahrzehnt dieselben! Doch jedes Mal, wenn sie zu Besuch kam, machte sie irgendein hanebüchenes Kompliment dazu, wie heruntergekommen sie doch waren. Aber ich mochte sie! Sie waren eine bunte Mischung aus Flohmarktfunden und Ikea-Katalog und hatten ihren ganz eigenen Charme. Niemand hatte so ein Wohnzimmer wie Elisa und ich. Es war … etwas Besonderes.

Also ignorierte ich Karla und fragte stattdessen laut: »Möchte irgendwer was trinken? Ich habe Champagner gekauft.«

»Oh, wunderbar, Motte!«, verkündete meine Mutter, die noch immer das schlafende Baby betüddelte, das einfach weiterträumte. Meine Güte, wäre ich nur so unbeeindruckt von meiner Familie wie mein Neffe.

»Sehr gern«, stimmte Tim zu. »Welche Marke ist es denn?«

Keinen Schimmer. Musste ich nachgucken. »Ähm. Die, deren Namen man nicht aussprechen kann?«, sagte ich leichthin, bevor ich zum Kühlschrank ging, um die Flasche zu bergen.

»Warte, ich helfe dir«, bot Leon an und trat hastig zu mir in die Küche.

Amüsiert hob ich die Augenbrauen. Ich brauchte keine Hilfe. Ich konnte selbst einen Korken knallen lassen und eine Flüssigkeit in Gläser füllen. Es war trotzdem süß von ihm, also ließ ich mir die Flasche abnehmen und nickte breit lächelnd. »Klar.«

»Mann, es riecht schon köstlich«, rief mein Vater. »Fangen wir direkt mit dem Essen an?«

»Warum nicht?«, meinte ich schulterzuckend und reihte die Gläser auf der Theke auf.

»Möchtest du gleich das erste Stück Ente, Svea? Als Gastgeberin steht es dir zu«, sagte meine Mutter freundlich.

»Sie ist Vegetarierin, Silke«, erinnerte Leon sie und füllte die Gläser. Dankbar sah ich ihn an.

»Ah, stimmt.« Das Gesicht meiner Mutter erhellte sich. »Das heißt, du isst nur Hühnchen, richtig?«

»Nein, Mama, sie isst nur Gemüse«, meinte Karla lachend, bevor sie mich fragend ansah. »Aber ich dachte, das machst du nur, um Gewicht zu verlieren.« Ihr Blick glitt an meinem Körper hinunter, und mein Herz sank eine Etage tiefer. »Wenn du Probleme dabei hast, ich kann gern meinen Fitnesstrainer mit dir teilen.«

Mein Kiefer spannte sich an, und meine Finger zuckten, sodass ich fast eines der Champagnergläser fallen ließ, doch ich behielt das Lächeln auf dem Gesicht. »Nein, danke«, sagte ich knapp. »Ich komm schon klar.«

»Sie sieht vollkommen okay aus«, sprang mein Vater ein. »Viele Männer mögen lieber was zum Anfassen, Motte. Mach dir also gar keine Gedanken.«

Mein Kopf stand kurz davor zu platzen, und ich wollte etwas sagen, mich verteidigen. Aber die Worte standen mir quer im Rachen.

So war es jedes Mal. Wäre ich mit meinen Freunden unterwegs gewesen, wären mir hundert kluge und witzige Comebacks eingefallen. Doch bei meiner Familie fühlte ich mich … ideenlos? Scheiße, mir fiel nicht einmal in Gedanken das richtige Wort für das ein, was ich ausdrücken wollte!

»Essen wir«, würgte ich deswegen nur hervor. »Ich dachte, wir machen eine Art Buffet, jeder nimmt seinen Teller mit und holt sich, was er will.«

»Oh, sehr schöne Idee!«, lobte mich Karla. »Wie in einer Mensa.«

Ich biss die Zähne aufeinander. In einer Mensa würde es kein verdammtes Essen geben, das mich zweihundert Euro gekostet und fast in die roten Zahlen getrieben hatte! Doch ich nickte nur und stürzte das Glas Champagner herunter, das Leon mir reichte. Meine Familie war noch keine zehn Minuten hier, und trotzdem fühlte ich mich schon so gestresst, dass mein linkes Augenlid anfing zu zucken.

Ich hatte mir solche Mühe gegeben! Der Tisch sah wunderschön aus, das Essen roch – na ja, nicht für mich, aber sicherlich für Fleischesser – fantastisch, und die Servietten waren verdammte Schwäne! Ich wusste wirklich nicht, was ich besser hätte machen sollen und …

Ach, egal. Der Abend konnte immer noch fantastisch werden! Ich sollte den Mut nicht verlieren. Bis Mitternacht lagen noch vier Stunden vor uns, die Zeit würde ich nutzen.

KAPITEL 2

Dreieinhalb Stunden später flog mir nur eine einzige Frage im Kopf herum: *Wie lang konnten vier Stunden bitte sein?* Einstein hatte recht. Zeit war relativ. Es war nicht so, dass das Dinner ein Reinfall war. Es war nur … anstrengend. So anstrengend, dass ich mir wünschte, ich könnte einfach mit Noah den Platz tauschen und ebenfalls selig in meinem Bettchen schlafen. Auch wenn ich auf das Babyfon verzichten würde, da ich im Schlaf manchmal redete.

Das Essen an sich war ganz nett. Da meine ganze Kohle für die Ente draufgegangen war, musste ich mich mit Kartoffeln und Bohnen begnügen. Aber das war in Ordnung, zumindest der Rest der Gruppe sah sehr zufrieden aus. Sie lobten mich alle für meine Kochkünste, bewunderten die Serviettenschwäne, sprachen sich für mein künstlerisches Auge beim Kandinsky-Poster aus. Jeder am Tisch gab mir eine Menge Komplimente, doch keines sorgte dafür, dass ich mich wirklich gut fühlte. Denn sie komplimentierten nur Dinge, die nicht wirklich Ich waren. Niemand bewunderte die Schallplattenuhr über der Spüle, die ich selbst gebaut hatte. Keiner kommentierte mein Tiramisu, das ich tatsächlich selbst gemacht hatte, da sie zu beschäftigt damit waren, Karla für ihren Mandelpudding zu loben, der bestimmt lecker war. Ich würde es jedoch nie erfahren.

Aber ich war selbst schuld.

Ich konnte sie nicht belügen und mich dann darüber ärgern, dass sie auf meine Lügen reinfielen. So funktionierte es nicht. Und während ich meinem Schwager, meiner Mutter und Leon dabei zuhörte, wie sie über ihre Geschäfte und Geld und Anlagestrategien fachsimpelten, und ab und zu Worte von Karla und Papa aufschnappte, die natürlich über die Philharmonie, den neuen Dirigenten und den Erfolg des Weihnachtskonzerts sprachen, entstand ein kleiner, fester Knoten in meiner Brust.

Ich machte irgendetwas falsch in meinem Leben. Ich sollte mich mit meiner eigenen Familie am Tisch nicht so … verloren fühlen. Die eine Hälfte (Leon zählte ja im weitesten Sinne und in meinen Träumen dazu) hatte ihren kleinen Finanz- und Geschäftsclub. Die andere ihren professionellen Musikerclub.

Und ich? Ich aß meine Kartoffeln, lachte ab und zu und betete zu den Engeln in meinem Fernseher, dass niemand mich fragte, ob ich denn endlich befördert worden war und mir somit bald eine größere Wohnung leisten könnte. Diese Frage war nämlich sehr beliebt unter meinen erfolgsorientierten Verwandten. Meine Eltern waren keine Snobs, das durfte man nicht falsch verstehen, sie waren nur … snobistischer als ich.

»Sag mal, spielst du noch, Svea?«, wollte mein Vater auf einmal wissen.

Ich zuckte überrascht zusammen, blinzelte und versuchte, mich daran zu erinnern, worüber sie gerade gesprochen hatten. »Ähm … was? Spielen?«

»Violine, Svea«, sagte Karla ungeduldig und schüttelte amüsiert den Kopf. »Hast du wieder in deiner Traumwelt gesteckt?«

»Oh, nein, ich … habe ich nicht.« Ich räusperte mich und faltete die Hände auf dem Tisch. »Klar. Violine. Ja. Ab und zu spiele ich noch, aber nein, nicht mehr wirklich.«

Es war eine Lüge. Ich spielte jede Woche mehrere Stunden. Ohne Publikum. Nur für mich. Weil es mir beim Nachdenken und dabei half, stressige Tage zu vergessen. Aber wenn ich das zugegeben hätte, hätten sie mich vermutlich noch aufgefordert, etwas vorzuspielen, und Papa und Karla waren verdammte *professionelle* Streicher. Natürlich würde ich nicht vor ihnen spielen.

»Danke übrigens für eure Geschenke«, sagte ich, um vom Thema abzulenken. »Ich hab mich sehr gefreut.«

»Oh, kein Problem«, meinte Karla und zuckte bescheiden die

Schultern. »Ich weiß doch, wie sehr du Schokolade liebst – und sie ist das Beste, was man derzeit auf dem Markt bekommen kann. Sehr teuer, aber nur erlesene Zutaten. Ich hoffe, du isst nicht alles auf einmal.« Sie lachte, und ich lächelte ebenfalls, wenn auch etwas gezwungen.

Ich würde überhaupt nichts von der überteuerten Schokolade essen, wenn ich keinen anaphylaktischen Schock erleiden und einen grausamen Tod sterben wollte. Denn natürlich waren Mandeln darin!

»Hab ich euch schon erzählt, was Tim mir geschenkt hat?«, fragte Karla und sah ihren Ehemann verliebt an, bevor sie seine Hand auf dem Tisch drückte. »Ein romantisches Wellnesswochenende an der Mosel. Wirklich, wir sind vier Jahre verheiratet, und es fühlt sich trotzdem an wie am ersten Tag.«

»Awww«, machten alle, mich eingeschlossen. Es war keine Lüge! Ich fand es wirklich goldig.

»Mann«, meinte Leon. »Ihr seid so süß miteinander. Wenn ich irgendwann mal bereit bin, mich fest zu binden, will ich genau das haben, was ihr habt.«

Mein Herz stolperte in meiner Brust, bevor es auf die doppelte Größe heranwuchs. Er wollte … das, was Karla und Tim hatten? Das Haus, das gemeinsame Kind, die Bilderbuchliebe? Vor fünf Jahren wären diese Worte aus seinem Mund undenkbar gewesen, aber jetzt … jetzt hatte er sie gesagt.

Meine Handflächen wurden feucht, und meine Mundwinkel zuckten. Ich hatte recht! Er entwickelte sich weiter. Vielleicht … Vielleicht würde er irgendwann …

»Sag mal, Svea, kann ich dich kurz auf dem Balkon sprechen?«, unterbrach Leon meine Gedanken.

Schlagartig wurde mein Mund trocken. »Allein?«, fragte ich unbeholfen.

Er nickte.

Oh Gott. Hatte er meine Gedanken gelesen? Hatte ich sie womöglich laut ausgesprochen? Das machte ich manchmal, wenn ich nervös war, ohne es zu merken. Doch da kein anderer mich beachtete, schloss ich das aus. »Klar«, sagte ich, rieb mit dem Zeigefinger über einen Fleck auf meinem Kleid – ich hatte mehr als fünf Minuten durchgehalten, aber nicht um viel! – und stand unbeholfen auf, sodass ich beinahe den Stuhl umwarf.

Karla kommentierte das mit einem Seufzen, während meine Mutter sagte: »Aber beeilt euch, es ist gleich zwölf.«

»Dauert nicht lang«, versicherte Leon ihr, bevor er mich, eine große, warme Hand in meinem Rücken, zum Balkon geleitete, der direkt vom Wohnzimmer abging. Meine Haut prickelte dort, wo er mich durch den Stoff hindurch berührte, und meine Knie wackelten.

Oh, großer Gott, reiß dich zusammen, Svea!

Mein Körper gehorchte mir nicht. Aber warum sollte er auch? Mein Rumpf wollte nicht so viele Sit-ups machen, wie ich von ihm verlangte, und mein Gesicht das Blut nicht daran hindern, ständig in meine Wangen zu steigen – warum sollten meine Knie eine Ausnahme sein?

Gott sei Dank standen draußen zwei Gartenstühle. Ich sank auf den linken und Leon nahm den rechten.

»Wie lange kennen wir uns jetzt schon, Svea?«, wollte er stirnrunzelnd wissen.

Mein Magen machte einen Hüpfer. *Wieso* fragte er das? »Keine Ahnung, so … fünf Jahre?« Sechs, es waren sechs.

»Richtig.« Er nickte abwesend, bevor er den Kopf wandte und mich anlächelte. »Ich weiß noch, wie du auf Karlas Geburtstagsparty standest in deinem schwarzen Kleid. Du sahst ziemlich verloren aus.«

Blau. Das Kleid war blau gewesen. Aber bei dem diesigen Licht damals waren die Farben vielleicht schwer zu unterscheiden gewesen. »Ich *war* verloren«, sagte ich lachend und rieb über meine kalten Arme. Das heutige Kleid war ebenso wenig für Dezembertemperaturen gemacht wie sein blauer Vorgänger damals. »Es wurde sich über nichts anderes als klassische Musik und Orchester unterhalten.«

Und eigentlich hätte ich bei jedem dieser Themen gut mitreden können, doch Karlas Gäste hatten alle so schick ausgesehen, so selbstsicher gewirkt, und ich hatte mich schlichtweg nicht getraut, eine Unterhaltung anzufangen.

»Oh ja, ich erinnere mich.« Leon grinste. »Mann, ich verstehe manchmal wirklich nicht, worüber Karla redet. Also, sie ist toll und alles … aber ja.«

Meine Mundwinkel zuckten. Ich wusste genau, was er meinte.

Leon seufzte schwer, sein Atem eine weiße Wolke in der kühlen Luft, und ließ den Blick über die Hausdächer vor uns schweifen. Elisa und ich wohnten im vierten Stock, und die Aussicht war der Grund gewesen, warum ich mich damals in die Wohnung verliebt hatte. Man konnte mitten in der Stadt wohnen und sich trotzdem frei fühlen.

»Weißt du, wie man am Ende des Jahres auf alles, was man erreicht hat, zurücksieht und dann merkt, dass einem etwas fehlt?«, murmelte Leon abwesend.

Ich schluckte, und meine Lippen kribbelten. »Ja«, wisperte ich.

Er holte tief Luft und sah mir im nächsten Moment fest in die Augen. »Svea, ich würde dich gern etwas Wichtiges fragen.«

Oh Gott. Es passierte. Panik und Vorfreude stiegen in mir hoch, und auf einmal wusste ich nicht, wo ich meine Hände hintun sollte. In meinen Schoß, auf die Armlehne … oder vielleicht auf Leons Bein? Nein, das war zu früh. Zu viel.

Zu früh und zu viel … nach sechs Jahren?!

»Aber ich war nicht sicher, ob ich so direkt sein kann«, fuhr Leon fort.

Ich nickte und versuchte zwanghaft, mich auf sein Gesicht und nicht auf meine eigenen sich überschlagenden Gedanken zu konzentrieren. Das hier war wichtig.

»Du kannst mich alles fragen«, sagte ich nervös und friemelte an meinem Kleidersaum herum, während Gänsehaut meine Arme hinaufkletterte. Aber das könnte auch an der Kälte liegen. Okay, nein. Es lag an Leons intensivem Blick, der seine Iriden verdunkelte.

»Das weiß ich«, antwortete er lächelnd. »Aber manche Fragen stellt man eher als andere.«

Mein Herzschlag beschleunigte sich, und meine Finger verkrampften sich um den Stoff. Ich konnte nicht fassen, dass das passierte! Wie lange hatte ich darauf gewartet? Ich wusste es nicht, es ... Oh, doch. Sechs Jahre!

Leon räusperte sich und beugte sich vor, während ich von drinnen meine Eltern, Tim und Karla laut von zehn herunterzählen hörte. Es war kurz vor Mitternacht, das neue Jahr wurde eingeläutet, und ich saß mit Leon auf meinem Balkon ... und er würde mich gleich küssen.

Ich wusste, dass es so war. Ich spürte seinen Atem auf meinem Gesicht, hörte mein Herz laut in meinen Ohren schlagen.

»Sechs ... Fünf ... Vier ...«

»Ja?«, hauchte ich, falls er vergessen hatte, dass er mir eine Frage hatte stellen wollen.

»Drei .... Zwei ... Eins ...«

Ich schloss die Augen, atmete tief durch ...

»Kannst du mir dabei helfen, einen Fragebogen zur Kundenzufriedenheit zu erstellen und die Ergebnisse auszuwerten?«

»Frohes neues Jahr!«, schrien alle aus dem Wohnzimmer. Doch ich hörte sie kaum. Ich riss die Augen auf, starrte Leon mit geöffneten Lippen an und fragte mich, ob ich mich verhört hatte.

»Ich meine, du musst natürlich nicht!« Er kratzte sich den Nacken und lachte nervös auf. »Du weißt, ich bitte nicht gern um Hilfe, und es wäre mir unangenehm gewesen, es vor den anderen zuzugeben, aber ich könnte dein Expertenwissen gut gebrauchen, also ...«

»Oh, doch. Klar«, sagte ich hastig, und meine Worte fühlten sich wie Wattebäusche in meinem Mund an. »Gar kein Problem, ich … ähm, frohes neues Jahr!«

»Oh, ja!« Er lachte laut, umarmte mich kurz und klopfte mir auf den Rücken. »Und Mann, danke, das wäre toll.«

»Mhm«, machte ich perplex und tätschelte ebenfalls seinen Rücken, auch wenn meine Finger taub waren. Diesmal vor Kälte.

Neben uns erhellten bunte Raketen den schwarzen Himmel, Jubelschreie drangen durch die Nacht … und ich fühlte mich wie die letzte Idiotin. Was hatte ich erwartet? Dass er plötzlich, nachdem wir uns zwei Monate lang nicht gesehen hatten, zu Sinnen kam und endlich bemerkte, dass wir perfekt zusammenpassten? Nein, natürlich nicht.

Ich kniff die Augen zusammen und verfluchte mich im Stillen, während er mich losließ und ins Wohnzimmer zurückkehrte, um auch dem Rest ein frohes neues Jahr zu wünschen.

Ich bewegte mich jedoch nicht. Ich blieb wie erstarrt auf dem Stuhl sitzen und sah den Raketen dabei zu, wie sie Feinstaub in den Himmel schleuderten. Dann lachte ich trocken auf und legte mir eine Hand an die Stirn.

Ich war lächerlich. Mann, was für ein wundervoller Start ins neue Jahr. Es konnte nur besser werden, oder?

KAPITEL 3

Der nächste Morgen war noch viel schlimmer.

Was zu vierzig Prozent daran lag, dass mir der vergangene Abend unfassbar peinlich war und ich inständig hoffte, dass Leon nicht mitbekommen hatte, dass meine Augen geschlossen gewesen waren. Zu sechzig Prozent daran, dass ich meine Sorgen in Tequila ertränkt hatte.

Die Kopfschmerzen, die mir den Schädel aufschlitzten, als ich mühsam meine Augen öffnete, waren kein guter Start ins neue Jahr. Das schwere Herz in meiner Brust und der Kloß in meinem Hals ebenso wenig. Stöhnend presste ich beide Hände auf mein Gesicht.

Ich war so lächerlich. So absolut lächerlich. Ich war einunddreißig, steckte in meinem Job fest, war besessen von einem Kerl, der nichts von mir wissen wollte, und belog immer noch rechts und links meine Eltern. Als wäre ich ein Teenager!

Gott, so konnte das nicht weitergehen. Ich konnte mich nicht nach jedem Besuch meiner Familie hundeelend fühlen. Ich konnte nicht ewig der Idee von Leon und mir hinterherrennen. Ich konnte nicht mehr so tun, als wäre es okay, dass ich immer noch nicht befördert worden war. Der gestrige Abend war eine einzige Tortur gewesen. Einer meiner persönlichen Tiefpunkte. Was stimmte nicht mit mir?

Stöhnend sank ich tiefer in die Kissen, bevor ich nach der Wasserflasche neben meinem Bett griff und die Hälfte davon hinunterstürzte. Das half gegen die aufwallende Übelkeit in meinem Magen, aber nicht gegen das Gefühl des absoluten Versagens, das mich seit gestern nicht mehr losließ.

Es reichte. Ich musste irgendetwas ändern. Es war schon wieder ein Jahr vergangen, und ich hatte mich nicht von der Stelle bewegt. Ich konnte mich nicht in weiteren 365 Tagen noch immer an diesem Punkt befinden. Ich war unzufrieden mit … Ach, Mist, ich konnte es nicht einmal richtig benennen. Mein Kopf und mein Leben waren ein einziges Chaos und – Moment.

Was hatte Elisa gesagt? Sie hatte ihre Gedanken geordnet, indem sie eine Liste ihrer Vorsätze fürs neue Jahr verfasst hatte. Das neue Jahr hatte zwar im Prinzip schon angefangen, aber dafür war es noch nicht zu spät. Ich glaubte nicht wirklich, dass es mir helfen würde, aber es war zumindest einen Versuch wert.

Bestimmt richtete ich mich im Bett auf, zog meinen Laptop vom Nachttisch und kniff wegen der plötzlichen Bewegung stöhnend die Augen zusammen, während kleine Männchen in meinem Schädel ein Glockenspiel auspackten und anfingen, grell darauf herumzuklimpern. Meine Blase machte sich auch bemerkbar. Okay, erst auf die Toilette, dann in die Dusche, die Peinlichkeit des letzten Abends abwaschen, Kopfschmerztablette einwerfen, Rest-Tequila mit Cornflakes aufsaugen und dann mein Leben neu entwerfen.

Als ich mich dreißig Minuten später wieder ins Bett fallen ließ, fühlte mein Mund sich zwar nicht mehr so an, als würde eine Katze darin leben, aber mein Kopf war immer noch so schwer wie mein Herz. Aber hey, dafür war die Liste ja da! Gedanken ordnen, Herz erleichtern, Leben umschmeißen.

Mit frischem Optimismus fuhr ich den Laptop hoch und öffnete ein neues Word-Dokument, dem ich den hübschen Namen *Revolution, Baby_Vorsätze Neues Jahr* gab, bevor ich es auf meinem überfüllten Desktop speicherte, den ich wirklich mal aufräumen sollte. Oh, super, das konnte ich auf die Liste schreiben!

Die ersten, wichtigsten Punkte hatte ich mir bereits unter der Dusche überlegt, also legte ich direkt los.

1. Leon meine Gefühle gestehen – oder ihn vergessen. (Denn ganz ehrlich, Svea, es wird langsam albern! Entweder er mag dich, oder er mag dich nicht. Krieg deinen Hintern hoch, leg dir einen

Plan zurecht und erobere ihn, verdammt noch mal! Du guckst nicht umsonst all diese Netflix-Liebesfilme, die einem genau erklären, wie man es nicht machen sollte. Daraus musst du doch gelernt haben.)

2. Weniger Lügen. Bei allem. (Außer bei der Sache mit Elisa als Zweitmieterin, nachher wird sie noch rausgeworfen.)
3. Das blöde Kandinsky-Poster wegwerfen, damit ich nicht dazu hingerissen werde, deswegen zu lügen – und Mama erklären, dass ihre pornografischen Figuren keine Kunst, sondern beleidigend für den menschlichen Körper sind. (Sanft natürlich, bin ja kein Unmensch.)
4. Karla bitten, sich endlich zu merken, dass ich gegen Mandeln allergisch bin! (Damit sie mich nicht aus Versehen umbringt und zum Einzelkind wird … Mhm, vielleicht sollte das lieber an erster Stelle stehen. Überlebenswichtige Dinge sollten vielleicht eine höhere Priorität haben?)
5. Da ich schon bei meiner Schwester bin: Karla erzählen, dass ich es war, die Flying Louie aus Versehen durchs Fenster hat entwischen lassen. (Davor über Wellensittiche informieren und Louies Überlebenschancen ausrechnen. Wie viel Kälte vertragen die Dinger? Wir haben hier lauter Halsbandsittiche, die quietschfidel sind. Vielleicht geht es Louie wirklich gut?)
6. Mama und Papa beichten, dass ich nicht an Gott glaube. (Das vielleicht erst an ihrem Sterbebett? Wäre taktvoller und dann irgendwie themenrelevanter? Aber auch grausam, oder?)
7. Mama und Papa sagen, dass ich den Spitznamen Motte hasse. Ich bin keine Burg und möchte auch keine sein!
8. Mama und Papa erklären, dass ich wirklich Vegetarierin bin und sie aufhören müssen, mir Fleisch anzudrehen oder ein ganzes Hähnchen zu grillen, wenn ich zu Besuch komme. Das ist einfach nur Verschwendung!
9. Boss sagen, dass ich eine Beförderung verdient habe. Nicht in einem Jahr, nicht in zwei Jahren, jetzt! Ich erledige die Hälfte der

Arbeit seines unbrauchbaren Sohnes Stupid-Steffen und krieg trotzdem Zwanzigtausend weniger im Jahr!

10. Aufhören, besagtem Sohn Hamsterköttel in den brasilianischen Kaffee zu mischen – es ist Skippy nicht fair gegenüber, ihn derartig zu benutzen.
11. Meinem Kollegen Seb verraten, dass die Geheimzutaten in den leckeren veganen Keksen, die ich backe, Ei und Kuhmilch sind.
12. …

Ich hielt gerade mit dem Cursor über der Zwölf inne, als ein heller Pington und ein kleiner Briefumschlag in der rechten unteren Ecke des Desktops eine E-Mail ankündigten. Das hier war technisch gesehen mein Arbeitscomputer, aber unser Boss bestand darauf, dass wir die Geräte mit nach Hause nahmen, damit wir in dringenden Fällen schnell reagieren und wichtige Mails unserer arbeitswütigen Kunden auch nach Geschäftsschluss beantworten konnten. Doch am Feiertag eine Geschäftsmail zu erhalten, war dennoch eine Besonderheit.

Stirnrunzelnd klickte ich auf den Umschlag, und eine Nachricht vom Chef persönlich ploppte auf.

Ganz vergessen, Svea, leitete mein Boss wie immer direkt die Mail ein.

Der CEO der Outdoorfirma, der wir morgen früh pitchen, möchte vorab unsere Angebots- und Preisliste. Gern als Word-Datei, damit er sich noch Notizen machen kann. Du hattest da schon was vorbereitet, oder? Könntest du die so schnell wie möglich an william_grant@revolution-g.de schicken?
Hoffe, du bist gut reingerutscht,
Harald

Seufzend massierte ich meine schmerzenden Schläfen. Richtig. Morgen früh wurde ich bei der neuseeländischen Outdoorfirma erwartet, in deren Meeting ich mich mit meiner gefälschten Begeisterung fürs Zelten und ihr Heimatland geschmuggelt hatte.

Oh, das musste direkt mit auf die Liste.

Ich wechselte zum offenen Word-Dokument und fügte hinzu:

12. Chef beichten, dass ich eigentlich die schlechteste Wahl für den Account von *Revolution G* bin, da ich die unsportlichste Person bin, seit eine Mülltonne auf Skier gespannt und ihr ein Basketball zugeworfen wurde. Außerdem finde ich Zelten furchtbar und weiß über Neuseeland lediglich, dass sie große Bäume, lebensunfähige Vögel und fantastischen Wein haben. Ich sollte mir meine Beförderung mit der Wahrheit, nicht mit weiteren Lügen verdienen. (Andererseits: Ich habe sie verdammt noch mal verdient, weil Stupid-Steffen keine Ahnung von nichts hat, außer, wie er die Regenbogenbahn bei Mario Kart am besten meistert! Punkt vielleicht wieder streichen? Ich weiß, was ich tue, ist doch egal, ob es um Sport geht oder nicht – und auf der Arbeit und in der Liebe ist alles erlaubt. Oder wie war das noch?)

Oh, apropos …

13. Sport treiben! Vielleicht neue sportliche Interessen entwickeln? (Haha, ich hab Sport und Interesse in einem Satz verwendet, das ist doch schon mal was, oder?)

Ich nahm grinsend die Finger von der Tastatur, studierte die bisherigen Punkte und nickte zufrieden. Ich fühlte mich tatsächlich besser. Keine Ahnung, ob ich all diese Vorsätze wirklich in die Tat umsetzen würde, aber zumindest war mir jetzt klar, womit ich unzufrieden war: Arbeit, Privatleben, Familie.

Also mit allem, was das Leben ausmachte. Fantastisch.

Stöhnend ließ ich den Kopf gegen mein Bett sinken, bevor ich schwer durchatmete, die Liste schloss und auf dem unübersichtlichen Desktop nach dem Angebot suchte, das ich tatsächlich schon für *Revolution G* vorbereitet hatte – denn ich war, wie erwähnt, gut in meinem Job!

Frustriert biss ich die Zähne aufeinander und öffnete das Word-Dokument, um es noch einmal kurz zu überfliegen und sicherzugehen, dass das Ganze übersichtlich und tippfehlerfrei war. Doch ich war zufrieden, schloss es wieder und kopierte die Mail-Adresse von William Grant. Ich war bisher noch nicht persönlich mit ihm in Kontakt getreten, laut meinem Chef wäre er mit seinem Multimillionen-Euro-Business jedoch einer der größten Fische, die wir jemals an Land gezogen hatten – vorausgesetzt, der Pitch morgen verlief gut.

Revolution G – das G stand für Green – hatte vor vierzig Jahren als Zwei-Mann-Firma in Neuseeland begonnen. Zwei Kerle, die Outdoor-Führungen aller Art anboten, aber darauf achteten, die Natur intakt zu halten und die Tierwelt nicht zu stören. Dann waren sie dazu übergegangen, Outdoorkleidung sowie Ausrüstung aus nachhaltigen Materialien herzustellen, bahnbrechende Schuhtechnologien zu entwickeln, und mittlerweile hatte *Revolution G* über fünfzig Filialen weltweit, Hauptsitz jedoch in Deutschland, da der Gründer sich in eine Deutsche verliebt hatte und ihr nach Europa gefolgt war. So hieß es zumindest auf der Website.

Da das Unternehmen bereits vor vierzig Jahren gegründet worden war, rechnete ich also damit, dass der CEO ein älterer Herr war, der Höflichkeit schätzte. Also tippte ich:

Sehr geehrter Herr Grant,

anbei das speziell auf die Bedürfnisse Ihrer Firma zugeschnittene Angebot, das wir Ihnen morgen gern im Detail unterbreiten werden.

Ich hoffe, Sie sind gut ins neue Jahr gekommen, und freue mich darauf, Sie morgen persönlich kennenzulernen!

Mit freundlichen Grüßen
Svea Nussbaum

Ich rieb mir über die Augen, gähnte und klickte auf die kleine Büroklammer in der Mailleiste, bevor ich auf dem Desktop nach dem passenden Dokument *Revolution G_Angebotsübersicht* suchte. Ah, da war es: Revolution … yadda, yadda … und gesendet.

Gähnend legte ich den Laptop auf die Matratze neben mir, schloss die Augen und streckte die Arme über den Kopf. Ich fühlte mich schon viel besser. Ich hatte die Liste angefertigt, schon eine Mail verschickt und somit weiter auf meine Beförderung hingearbeitet. Ich hatte mir eine Pause verdient. Den Rest des Tages würde ich auf der Couch auskatern, Netflix schauen und darüber nachdenken, wie ich die Liste in die Tat umsetzen konnte. Vor allem, wie ich Leon beweisen konnte, dass ich seine Traumfrau war. Zu dieser Zeit nächstes Jahr würde mein Leben nicht mehr dasselbe sein – Revolution, Baby! In der Tat. Wäre doch gelacht, wenn ich …

Augenblicklich saß ich kerzengerade im Bett.

Moment.

Revolution, Baby. Revolution … Shit, das war der Name meiner Liste!

Oh nein.

Nein, nein. *Nein!*

Mein Herz sprang mir in den Hals, und panisch zog ich den Laptop wieder heran. *Revolution G* – Revolution, Baby … Ich hatte die

Zeile nicht zu Ende gelesen! Nur überflogen. Was, wenn … wenn … Oh Gott, wo waren die gesendeten Nachrichten? Mit zitternden Fingern glitt ich über das Touchpad, suchte nach besagter Mail …

»Nein!«

Schockiert starrte ich auf meinen Bildschirm. »Oh Gott, nein!« Meine Stimme rutschte eine Oktave höher, und mein Herz stockte. »Gib sie zurück!«, keuchte ich panisch. »Gib die Mail sofort zurück!« Ich schüttelte den Laptop, doch natürlich spuckte er mir meine E-Post nicht wieder aus. Sie war schon längst durch die Tiefen des Internets zu einem anderen PC gewandert. »Nein!«, rief ich lauter und ließ den Laptop erschrocken auf mein Bett fallen. »Scheiße! Nein, nein, nein!«

Doch egal, wie oft ich das Wort wiederholte, es war trotzdem passiert. Ich hatte einem völlig Fremden die privateste Liste geschickt, die ich jemals geschrieben hatte! Noch dazu einem fremden, millionenschweren CEO, den wir als Kunden gewinnen wollten. Der mir meine Beförderung sichern sollte.

»Nein.« Ich schlug beide Hände über dem Mund zusammen, um mich aktiv davon abzuhalten zu hyperventilieren. Warum war mein Desktop nicht ordentlicher? Warum benannte ich meine Dokumente nicht vernünftiger? *Warum* hatte ich verkatert eine Mail schreiben müssen?

Scheiße, was tat ich?

Der Fremde – William Grant – durfte die Liste niemals lesen! *Niemand* durfte sie lesen!

Mir wurde schlecht, und hastig zog ich den PC wieder zu mir heran, bevor ich eilig anfing, eine weitere Mail zu schreiben. Es war Feiertag, vermutlich checkte er seine Mails gar nicht am Feiertag. Er war alt, er würde viel schlafen und sich morgen alles in Ruhe ansehen wollen. Ich würde ihm einfach eine zweite Mail mit dem richtigen Anhang senden und ihn darum bitten, den ersten zu ignorieren. Ja. Das würde genügen. Er würde sicherlich meine Privatsphäre wahren.

Du würdest es nicht, Svea …, murmelte eine gehässige Stimme in meinem Kopf.

»Ja? Nun, ich bin offensichtlich ein schlechterer Mensch als Herr Grant!«, sagte ich laut und schickte Mail Nummer zwei ab. »Er will den Planeten retten. Ich will weniger lügen. Das ist kein Vergleich!«

Ich glaubte mir.

Okay, nein, das war gelogen. Ich hatte leichte Zweifel an meinen Worten. Aber die Hoffnung starb zuletzt, oder?

Ich stöhnte laut und schlug mir mit der Faust gegen die Stirn. Oh Gott, niemand würde einer Verrückten, die Hamsterköttel in den Kaffee ihres direkten Vorgesetzten mischte, einen Auftrag anvertrauen. Dabei brauchte ich diesen Job! Es war meine Chance zu beweisen, dass ich als Projektleitung geeignet war und meine Beförderung verdient hatte.

So ein verdammter Kackmist! Was konnte ich tun, um sicherzustellen, dass der CEO von *Revolution G* niemals diesen Anhang las? Was konnte ich …

Abrupt hielt ich inne, denn die Lösung lag auf der Hand. Die meisten Leute hatten eine geschäftliche E-Mail-Adresse, zu der sie nur innerhalb ihres Büros Zugang hatten – damit sie die Arbeit nicht mit nach Hause nahmen. Alles, was ich tun musste, war, morgen vor William Grant an seinem Büro zu sein und ihn persönlich darum zu bitten, die Mail ungelesen zu löschen. Falls er noch nicht da war und ich Zugang zu seinem Computer bekam, könnte ich das Löschen natürlich persönlich übernehmen … Aber nein, ich würde ihn erst einmal darum bitten, bevor ich plante, etwas Illegales zu tun.

Ja. Einen Versuch war es wert. Mein Herzschlag beruhigte sich etwas, und tief atmete ich ein und aus. Alles würde gut werden. Niemand würde jemals von der Liste erfahren.

KAPITEL 4

Ich lag die halbe Nacht wach. Las die Liste wieder und wieder, um zu entscheiden, wie schlimm es wohl wäre, wenn der CEO von *Revolution G* das Dokument öffnete … und verging vor Scham bei dem Gedanken daran, dass er es wirklich tat.

Ich wollte ihn als Kunden gewinnen! Hatte professionell und souverän auftreten wollen. Aber wie konnte ich das, wenn er wusste, dass ich den Wellensittich meiner Schwester umgebracht hatte? Und was, wenn er ein Mann Gottes war und meine Ungläubigkeit anstößig fand?

Aber vielleicht … ganz vielleicht war William Grant ja ein freundlicher, älterer Herr, der darüber lachen und mir dann ein Karamellbonbon aus seiner Jackentasche anbieten würde.

Ich hoffte es. Die Website der Firma gab außer dem Namen nichts über den CEO her, und selbst Google spuckte mir weder ein vernünftiges Foto noch einen aussagekräftigen Lebenslauf aus. Ich las nur langweilige Überschriften über personelle Umstrukturierungen aufgrund jüngster Ereignisse, die mich wirklich nicht interessierten. Außerdem immer wieder, dass die Firmengründer nicht gern in der Öffentlichkeit standen und sich ganz ihrer Mission verschrieben hatten.

Mental auf alle Eventualitäten vorbereitet – vom grimmigen Millionärs-Arschloch bis zum liebevollen Weihnachtsmanntypen –, fuhr ich am nächsten Morgen schon um sechs Uhr dreißig los. Das Meeting begann erst um neun, aber das Bürogebäude, in dem sich die Hauptverwaltung von *Revolution G* befand, öffnete bereits um sieben, und ich wollte kein Risiko eingehen.

Ich trug meine Haare wie immer im Zopf, einen Bleistiftrock und eine weiße Bluse – das Professionellste, was mein Schrank hergab, da meine Firma keinen Dresscode hatte, was zur Folge hatte, dass mein Kollege Seb auch schon mal in Schwimmshorts und Safariweste zur Arbeit kam –, hatte mich jedoch gegen hochhackige Schuhe entschieden. Erstens, weil ich katastrophale Höhenangst hatte und eleganzbedingt nicht gut darin laufen konnte, schon gar nicht bei vereisten Straßen. Zweitens, weil das einzige Paar, das ich besaß, schrecklich durchgelatscht aussah. Drittens, weil ich mich nie besonders wohl in ihnen fühlte – und wenn ich mich nicht wohlfühlte, kamen die merkwürdigsten, peinlichsten Dinge über meine Lippen. Und davon standen bereits genug auf der Liste.

Das *Revolution-G*-Gebäude lag in einer Seitenstraße nahe dem Hauptbahnhof. Es war ein schickes, fünfstöckiges Glashaus, das kühlen Erfolg und eiserne Effizienz ausstrahlte und mich zugegebenermaßen etwas einschüchterte. Aber davon konnte ich mich nicht unterkriegen lassen. Ich vergrub die Hände in meinen Manteltaschen, um sie vor der winterlichen Kälte zu schützen, reckte das Kinn und schlüpfte zusammen mit einer Frau in beigem Trenchcoat, mit Aktentasche im Anschlag, in die hohe Eingangshalle. Weiße Fliesen bedeckten den Boden, und die gläserne Fassade ließ so viel Licht durch, dass ich das Gefühl hatte, noch immer draußen zu stehen. Die Trenchcoat-Frau zog mittlerweile einen Ausweis aus ihrer Tasche und nickte einem bärtigen Mann in blauem Nadelstreifenanzug zu, der hinter einer Theke neben einer Reihe von Drehkreuzen stand, die die Frau jetzt passierte.

Mist. Ich würde mich anmelden müssen.

»Hallo«, sagte ich freundlich und trat lächelnd an die Rezeption heran. »Ich bin Svea Nussbaum von *Research Intelligence*. Ich habe … einen Termin mit Herrn Grant?« Das war nicht gelogen.

»Ah ja«, brummte der Rezeptionist und glitt mit dem Zeigefinger eine vor ihm ausliegende Liste hinab, bevor er stirnrunzelnd aufsah. »Hier steht, der Termin ist erst um neun.«

»Oh, ja, aber ich komme gern immer etwas früher, um mich vorzubereiten. Mein Equipment aufzubauen. Die Präsentation noch einmal durchzugehen.« Das war natürlich eine Notlüge. Doch da mein Job von ihr abhing, würde ich mir großzügig verzeihen und einfach morgen anfangen, weniger zu lügen. Oder nächsten Montag. Hieß es nicht immer, dass man Diäten und Pläne an einem Montag starten sollte? Ich meinte, irgendwo gelesen zu haben, dass die Erfolgschancen dann um fünfzig Prozent stiegen. Oder zumindest um zehn. Und wenn ich ehrlich war, konnte ich jedes Prozent gebrauchen. Ja, vielleicht war nächste Woche Montag der richtige Zeitpunkt, um meine Vorsätze wirklich und wahrhaftig anzugehen.

»In Ordnung.« Der Mann nickte verständnisvoll, kramte eine weiße Ausweiskarte aus der Box vor ihm und scannte sie ein, bevor er sie mir reichte. »Das ist Ihr Besucherausweis. Herr Grant hat für das Meeting Besprechungsraum B angedacht. Er hat sicher kein Problem damit, wenn Sie es sich dort schon mal gemütlich machen. Das ist im zweiten Stock.«

Ich nickte abwesend, denn ich hatte bereits auf der Tafel, die hinter ihm hing, gesehen, dass ich in den fünften musste. Dort lag anscheinend die Chefetage.

»Vielen Dank«, antwortete ich, nahm den Ausweis entgegen und glitt durch das nächste Drehkreuz. Ich warf einen Blick auf meine Uhr und nickte zufrieden. Es war kurz nach sieben. Ich hatte noch genug Zeit, die Sache mit der Liste aus der Welt zu schaffen, bevor mein Termin anfing. Nervös öffnete ich meinen Mantel, denn es war furchtbar warm hier drin, bevor ich zu der Reihe an Fahrstühlen am anderen Ende des Raumes schlenderte. Die beiden linken waren bereits voll und schlossen sich, doch der ganz rechte öffnete soeben seine Türen und machte einem einzelnen Mann Platz. Ich beschleunigte meinen Schritt, um den Aufzug noch zu erwischen. Doch die Türen schlossen sich bereits und … ein Fuß schoss vor, um sie für mich offenzuhalten. Die Metalltüren zuckten zurück, und ich glitt ins Innere.

»Danke«, sagte ich etwas atemlos und nickte dem Mann zu.

»Kein Problem. Wo müssen Sie hin?«

»Fünfter Stock.«

Der Finger des Fremden blieb über dem Zahlenfeld hängen. »Wirklich?«, fragte er überrascht und hob die Brauen über einem Paar dunkler Augen. »Auf die Management-Ebene?«

Ich nickte.

»Okay«, meinte er langsam und ließ dann die Hand fallen. Offenbar hatte er schon den Knopf für den fünften Stock gedrückt.

Die Türen schlossen sich, und ich warf dem Mann einen hastigen Seitenblick zu. Ich schätzte ihn auf Mitte dreißig, doch mit dem Dreitagebart, der sein Kinn überschattete, und der grauen Wollmütze, unter der sich tiefbraune Haare hervorkräuselten, war es schwer zu sagen. Er trug einen olivgrünen Multifunktionsmantel mit einer Menge Taschen und ein paar Löchern an den Ärmeln. Darunter erkannte ich schwarze Jeans und ein hellblaues Hemd. Er sah wirklich sehr leger aus. Das Hemd steckte nicht einmal in der Hose, und seine braune Umhängetasche hatte auch schon bessere Tage gesehen.

Er fuhr in die Chefetage? Hm. Merkwürdig. Vielleicht war er ja eine Art Assistent? Aber störte es seinen Boss nicht, dass er keinen Anzug trug? Das ganze Gebäude schrie nach Krawatte und Jackett. Selbst der Rezeptionist hatte einen Anzug an!

Der Mann hatte offenbar gemerkt, dass ich ihn anstarrte – Subtilität war keine meiner Stärken –, zumindest lag sein fragender Blick plötzlich auf meinem Gesicht. Hitze eroberte meine Wangen, und unangenehm berührt schob ich den Jutebeutel mit meinem Arbeitslaptop und dem Rest meiner Habseligkeiten die Schulter hinauf. Dann lächelte ich, wie ich hoffte, entschuldigend und wandte hastig den Kopf ab.

Der Fahrstuhl kam mit einem hellen Ping zum Stillstand, und die Türen öffneten sich. Der Mann machte eine höfliche, ausschweifende Handbewegung und ließ mir den Vortritt. Ich trat in einen mit grauem Teppich ausgelegten Flur und blieb unschlüssig stehen.

Ja. Jetzt war ich hier. Was genau waren meine nächsten Schritte? Herrn Grant suchen, um ihm ... was zu sagen?

Mist, ich hätte die U-Bahn-Fahrt hierher dazu nutzen sollen, mir die Worte zurechtzulegen. Stattdessen hatte ich mir wie ein Mantra vorgesprochen, dass alles gut werden würde. Was würde ich sagen, wenn er die Mail nicht gelesen hatte? Und was sagte ich, wenn er es getan hatte?

Der Mann in dem grünen Mantel hatte offenbar mitbekommen, dass ich etwas verloren war, denn er blieb neben mir stehen. »Kann ich Ihnen vielleicht helfen?«

»Ich ... ähm ...« Mein Blick glitt suchend durch den Flur, in dem ein Schreibtisch mit Telefon und Computer darauf stand und von dem nur eine einzelne Tür abzweigte. Gab es hier oben nur ein Büro?

»Ich kann auch in fünf Minuten noch einmal wiederkommen, falls Sie noch etwas Zeit brauchen, um darüber nachzudenken, ob Sie Hilfe brauchen«, meinte der Mann amüsiert und zog sich die Mütze vom Kopf, sodass ein Schopf verwuschelter dunkelbrauner Haare zum Vorschein kam.

Ich musste lachen. »Sorry, ich bin nur ... nicht ganz sicher, was ich tun soll.«

»Nun, weswegen sind Sie denn hier?«

Ich kratzte mich am Kinn und sah zu ihm auf. Er war einen Kopf größer als ich, also machte ich einen Schritt zurück, um den Nacken nicht verrenken zu müssen. Mein Gehirn fischte automatisch nach einer Lüge, die ich erzählen konnte – doch es gab keine. Ich würde nicht bekommen, was ich wollte, wenn ich nicht die Wahrheit erzählte. So einfach war das. »Ich würde eigentlich gern mit Ihrem Boss sprechen«, meinte ich deshalb zögerlich. »Wissen Sie, ob er schon da ist?« Ich lugte an ihm vorbei zur gläsernen Tür des einzigen Büros, das leer schien.

»Mein Boss ...«, wiederholte er langsam und ließ die Mütze in seiner Jackentasche verschwinden.

»Ja. Herr Grant.«

»Ah.« Auf seinem Gesicht dämmerte die Erkenntnis. »Natürlich.« Er nickte. »Haben Sie denn einen Termin mit Herrn Grant?«

Was sagte man dazu, er war also wirklich sein Assistent. Das war praktisch. Er würde nämlich wissen, wann sein Chef hier erscheinen würde.

»Na ja, nicht direkt«, gab ich zu. »Aber ich würde ihn trotzdem gern sprechen.«

»Weswegen?«

Ich rieb mir den Nacken und räusperte mich peinlich berührt. »Mein Anliegen ist ... eher privater Natur. Es wäre mir lieb, das mit ihm persönlich zu besprechen.«

Wieder nickte er, wenn auch deutlich langsamer und nachdenklicher als noch vor einer halben Minute, während sein Blick forschend über mein Gesicht und dann meinen Körper hinabhuschte. Nicht auf eine sexuelle Art und Weise, sondern einfach so, als versuche er, sich einen Reim auf mich zu machen.

»Kommen Sie erst mal rein«, sagte er schließlich und öffnete die Tür zum einzigen Büro.

Heidewitzka, der Raum war riesig! Weiße Möbel, gerade Linien, Bücher, die sich in hohen Regalen aneinanderreihten, eine Menge Fotos an den Wänden. Allesamt von Orten, die ich noch nie gesehen hatte. Aber sie waren sehr wasserfalllastig, und nach meiner einschlägigen Wikipedia- und Google-Bilder-Recherche war ich zu achtzig Prozent sicher, dass das Neuseeland war. In der Mitte des Büros stand ein wuchtiger Schreibtisch aus dunklem Holz, dessen Fläche bis auf ein paar parallel zur Tischkante angeordnete Bleistifte und einen riesigen Computerbildschirm vollkommen leer war.

»Wow. Der Schreibtisch sieht nicht real aus.«

Herr Grants Assistent wandte sich verwundert um. »Was?«

Japp, natürlich hatte ich das laut gesagt. Wie schon erwähnt: Das passierte mir manchmal, wenn ich nervös war. »Na ja, er ist so ordentlich!«, erklärte ich und wedelte mit dem Zeigefinger in Richtung der staubfreien Fläche. »Niemand hat so einen ordentlichen Schreibtisch – außer, er möchte gleich ein Foto davon machen. Es sieht nicht aus, als würde irgendjemand daran arbeiten.«

»Hm«, machte der Typ und neigte kaum merklich den Kopf, bevor er mich mit zusammengekniffenen Augen musterte.

Meine Nackenhaare richteten sich auf. »Sorry. Das war … Ich wollte den Tisch nicht beleidigen. Es ist mir nur aufgefallen … und warum gucken Sie so komisch?« Denn sein intensiver Blick lag noch immer auf meinem Gesicht.

»Ich versuche, mich daran zu erinnern, ob ich Sie von irgendwoher kenne«, murmelte er. »Aber ich glaube nicht, denn ich bekomme das Gefühl, dass ich mich definitiv an Sie erinnern würde.«

Ich rang die Hände. War das ein Kompliment gewesen oder das Gegenteil? »Soweit ich weiß, haben wir uns noch nie gesehen«, half ich ihm auf die Sprünge. »Ich war noch nie bei *Revolution G* zu Besuch. Schon gar nicht um sieben Uhr morgens. Ich *wäre* auch nicht hier, wenn ich nicht …« Ich brach ab. »Na ja, aber ich bin auch kein verrückter Fan oder so, der Ihren Boss aus einer Laune heraus sprechen will«, fügte ich eilig hinzu. »Keine Sorge. Ich habe später tatsächlich einen Termin mit Herrn Grant, also …«

»Oh mein Gott, Sie sind Svea Nussbaum.« Der Mann lachte plötzlich laut auf und fuhr sich mit beiden Händen durch die Haare. »Natürlich, warum bin ich nicht eher darauf gekommen? Schande über mich. Meine Vorstellung von Ihnen war nur eine völlig andere und …« Er schüttelte den Kopf und winkte ab. »Irrelevant. Das ist mein Fehler.«

Perplex und mit leicht geöffnetem Mund starrte ich ihn an. Er *kannte* mich? Stirnrunzelnd betrachtete ich sein Gesicht genauer, doch es kam mir nicht im Mindesten bekannt vor. Und einen derartig hübschen Kiefer hätte ich mir gemerkt – denn dafür hatte ich blöderweise eine Schwäche.

Waschbrettbäuche? Egal. Muskulöse Oberarme? Who cares?

Kantiger Kiefer? Oh ja! Und diesen hatte ich nicht in meiner internen Datenbank abgespeichert.

»Entschuldigen Sie, ich verstehe nicht«, erwiderte ich hölzern.

»Nein, stimmt. Sorry.« Er zog die Umhängetasche über seinen Kopf, bevor er sich auch seiner Jacke entledigte und sie über den Stuhl hinterm Schreibtisch warf. »Ich hätte mich vorstellen sollen. Ich bin William Grant.« Er streckte seine Hand aus und hob einen Mundwinkel. »Entschuldigung, aber … ehrlich gesagt, wollte ich gucken, was passiert.« Er zuckte die Schultern.

»Was?« Perplex starrte ich erst ihn und dann seine Hand an, während mein Magen sich abrupt zusammenzog. »Sie sind … was?«

»Will Grant«, wiederholte er höflich. »Der Boss, mit dem Sie sprechen wollten. Sie haben mir gestern die Mail geschickt. Oder wohl eher die *Mails.* Mehrzahl.«

Nein! Entsetzt trat ich einen Schritt zurück. Das konnte nicht sein Ernst sein. So sah doch kein Mann aus, der ein Multimillionen-Euro-Unternehmen führte!

»Aber … Sie sehen nicht aus wie ein Boss. Und Sie sind nicht alt«, rutschte es mir heraus. Mein Blut floss währenddessen in doppelter Geschwindigkeit durch meine Adern, weil mein Kolibri-Herz viel zu viel davon durch meinen Körper pumpte.

Kleine Falten fächerten sich um seine Augen auf. »Ähm … danke?«, sagte er amüsiert.

Ich kniff stöhnend die Augen zusammen und schüttelte den Kopf. »So meinte ich das nicht. Ich habe nur mit jemand Älterem und nicht so Hübschem … ähm, Jungem gerechnet.« Meine Wangen fingen Feuer, und ich erwischte mich dabei, wie ich mich auf dem Boden nach Löchern umsah, in denen ich mich verkriechen konnte.

»Mein Vater ist vor einem Jahr gestorben, seitdem bin ich Geschäftsführer«, erklärte er. »Wollen Sie sich setzen?« Er deutete auf einen Stuhl vor dem Schreibtisch. »Sie haben meinem Assistenten gerade mitgeteilt, dass Sie etwas Privates mit mir zu besprechen hätten?«

Ich biss mir auf die Unterlippe und konnte mich nicht davon abhalten, ihn düster anzusehen. »Sehr witzig. Aber nein, danke, ich bleibe stehen.« Damit ich das Büro, wenn nötig, fluchtartig verlassen konnte.

Die Falten um seine Augen vertieften sich. »Ich gebe mir Mühe, und wie Sie wollen.« Er ließ sich in den schwarzen, gut gepolsterten Bürostuhl sinken und lehnte sich zurück. »Also, was kann ich für Sie tun? Ich dachte, unser Termin wäre erst um neun.«

»Das ist er«, bestätigte ich und zupfte an dem Reißverschluss meines Mantels herum. »Allerdings …« Ich holte tief Luft, ließ die Schultern sinken und tat das, was getan werden musste. »Es geht um die Mails!«, stieß ich hervor.

»Ah.« Er nickte. »Ja. Ich habe mich sehr darüber gefreut, dass Sie mir sogar am Feiertag aushelfen konnten. Das Ganze war äußerst informativ.«

Mein Herz machte einen Sprung, während ich eindringlich jede Regung seines Gesichts studierte. Seine Miene war absolut ernst und geschäftsmäßig geblieben. Nichts deutete darauf hin, dass er sich gerade über mich lustig machte, aber … *machte er sich gerade über mich lustig?*

»Nun, das hoffe ich«, sagte ich bemüht gelassen. »Aber wie Sie gerade schon selbst meinten. Es waren Mail*s*. Mehrzahl. Zwei Stück.«

»Ja, da ich, wie Sie so schön bemerkt haben, noch recht jung bin, erinnere ich mich daran«, bestätigte er. In seinen dunklen Augen lag ein amüsiertes Funkeln – doch ich wusste nicht, ob es vom Lesen meiner Neujahrsvorsätze oder meiner peinlichen Performance in diesem Moment herrührte.

Ach, zur Hölle damit! Das hier war Folter, und sie musste sofort enden.

»Haben Sie sie gelesen? Beide? Mit Anhang?«, platzte ich heraus und hob auffordernd die Augenbrauen.

»Nein, natürlich nicht«, sagte er und winkte ab. »Sie hatten ja geschrieben, dass ich nur den Anhang der zweiten Mail öffnen sollte.«

Erleichtert ließ ich die Schultern sinken. Nervosität und Unruhe fielen mit einem Mal von mir ab. »Richtig. Ich wusste nur nicht, ob Sie ... Aber dann ist ja gut.«

»Ich denke auch«, erwiderte er freundlich. »War das dann alles?«

»Ja.«

»Gut.«

»Ja, gut«, bestätigte ich lächelnd und trat ein paar Schritte zurück. »Okay, ich gehe dann einfach schon mal in Besprechungsraum B und bereite alles für das Meeting vor.« Obwohl ich so viel Zeit hatte, dass ich noch im Starbucks gegenüber frühstücken könnte.

Herr Grant nickte. »Klingt nach einem Plan. Ach, und würden Sie, wenn Sie gehen, die Tür hinter sich schließen?« Ein unschuldiges Lächeln breitete sich auf seinem Gesicht aus. »Ich will nicht, dass mein Wellensittich entkommt und in seinen sicheren Tod fliegt – obwohl er natürlich auch eine nette Familie im Grüngürtel gründen könnte.«

Wie angewurzelt blieb ich stehen.

Oh Gott.

Mein Mund trocknete aus, und in meinem Magen setzte ein Fallgefühl ein. »Was? Sie sagten ...«

»Ich hab gelogen«, gab er entschuldigend zu. »Aber mit dem Konzept sind Sie laut Ihrer Mail ja vertraut.«

Mein Kopf changierte innerhalb von fünf Sekunden von Schweinchenrosa zu Ampelrot. Das konnte ich zu meinem Bedauern in der spiegelnden Scheibe hinter William Grants Stuhl erkennen. »Ich hab geschrieben, dass Sie den Anhang sofort löschen und nicht öffnen sollen!«, rief ich lauter als beabsichtigt. »Können Sie denn keinen klaren Anweisungen folgen?«

Grant lachte und hob abwehrend beide Hände. »Es tut mir leid, ich hab das Word-Dokument geöffnet, sobald mich die Mail auf meinem Handy erreicht hat. Ihre zweite kam leider zu spät.«

»Oh Gott!«, stöhnte ich laut, kippte mit dem Oberkörper vor und presste beide Hände aufs Gesicht.

»Ach, so schlimm war es nicht«, versicherte der verdammt belustigte Multimillionär. »Glauben Sie mir. Ich fand es witzig.«

»Ja«, meinte ich zerknirscht. »Das ist mein Leben. Witzig.«

»Nicht Ihr Leben. Aber Ihre Art zu schreiben«, korrigierte er mich.

»Mhm, klar«, sagte ich gequält und tauchte aus der Versenkung auf. »Hören Sie, Herr Grant ...«

»Will.«

»Was?« Irritiert zog ich die Brauen zusammen.

»Ich heiße Will. William oder Herr sowie Mr Grant war mein Vater.«

»Oh. Okay.« Etwas aus dem Konzept gebracht, nickte ich mehrfach. Schon wieder der Wackeldackel, den ich eigentlich hinter mir lassen wollte. Und ich hatte geglaubt, dass der Silvesterabend mein persönlicher Tiefpunkt gewesen war. Was für eine Fehleinschätzung. Jetzt galt es zu retten, was zu retten war.

»Schön.« Ich räusperte mich und versuchte, einen ernsten Gesichtsausdruck aufzusetzen. »Hören Sie, Will: Es war ein absolutes Versehen, dass ich Ihnen diese Liste von Vorsätzen geschickt habe. Und egal, was darauf stand: Ich bin äußerst kompetent in meinem Job und *Research Intelligence* ist genau die richtige Firma für Ihr Anliegen. Ich hoffe also sehr, dass meine Mail Ihre Entscheidung heute Vormittag nicht beeinflussen wird.«

Ich hatte es nicht für möglich gehalten, aber das Lächeln auf seinem Gesicht wurde noch breiter. »Entspannen Sie sich, Svea. Ich habe weder vor, die Liste ins Internet zu laden, noch sie gegen Sie zu verwenden. Und so schlimm war sie nun auch wieder nicht. Definitiv nicht furchtbar genug, um morgens um sieben bei mir auf der Matte zu stehen.«

Ich lachte trocken auf. »Sie haben gut reden!«, meinte ich verärgert. »Es war schließlich nicht *Ihre* Liste. Nicht *Ihr* sehr privates Leben. Es waren nicht *Ihre* persönlichen Gedanken.« Fieberhaft rieb ich mir über die Stirn. »Ich meine: In diesem Dokument standen Dinge drin, die ich noch *niemandem* erzählt habe! Also sagen Sie mir nicht, dass es nicht schlimm ist, sie der Person geschickt zu haben, die ich von meiner professionellen Leistung, nicht etwa von meiner Fähigkeit, zu lügen und Vögel zu töten, beeindrucken wollte.«

Er wiegte seinen Kopf langsam von der einen zur anderen Seite. »Na, wenn Sie es so ausdrücken, hört es sich doch recht dramatisch an. Aber wie gesagt: Entspannen Sie sich. Die Liste ist bei mir gut aufgehoben. Mir wird nachgesagt, dass ich kein schlechter Kerl bin.«

»Von wem? Ihrer Mutter vielleicht?«, rutschte es mir mit hoher Stimme raus, doch wenn ich ehrlich war, verlor ich gerade ein wenig die Nerven. »Die ist nämlich keine vertrauenswürdige Quelle. Und wie meinen Sie das: *Gut aufgehoben?* Haben Sie sie etwa ausgedruckt und an Ihre Wand gehängt?«

Seine Augen funkelten amüsiert. »Leider ist mein Drucker kaputt. Außerdem steht *Revolution G* für Nachhaltigkeit, ich versuche also, wenn möglich, papierfrei zu bleiben«, meinte er leichthin und winkte ab.

Ein Schnauben stolperte über meine Lippen, das sich nicht ganz entscheiden konnte, ob es belustigt oder verächtlich sein wollte. »Das ist nicht witzig!«

»Doch, ein wenig schon«, widersprach er mir, noch immer lächelnd, bevor er aufstand und um den Schreibtisch herumlief. »Passen Sie auf. Ich gebe Ihnen mein Wort und meine Hand darauf, dass ich die Liste gleich als Allererstes lösche und sie unser kleines Geheimnis bleibt«, versprach er und hielt mir die Hand hin. »Obwohl das sehr schade ist, ich wollte sie mir nämlich für einen schlechten Tag aufbewahren.«

Ich verdrehte die Augen, ergriff jedoch seine Hand. Was blieb mir auch anderes übrig? Ich konnte ihm vertrauen … oder nichts tun.

Seine Finger waren überraschend rau und warm dafür, dass er in einem Büro arbeitete und es draußen minus zwei Grad waren. »Ich hoffe für Sie, dass Ihre Versprechen was wert sind!«, ermahnte ich ihn, bevor ich seine Hand losließ.

Ein Grübchen erschien in seiner rechten Wange. »Meine Mutter behauptet Ja.«

Diesmal lachte ich doch. »Schön. Danke. Vielleicht rufe ich die später mal an, um mich von Ihrer Glaubwürdigkeit zu überzeugen.« Ich strich mir über meinen Zopf, begegnete Wills dunklem Blick und wandte mich hastig wieder ab. »Okay. Also, ich gehe jetzt, bevor ich doch noch zu einer Pfütze zerlaufe und dem Hausmeister mehr Arbeit mache. Wir sehen uns … gleich, schätze ich. Und es wäre nett, wenn Sie so tun könnten, als würden wir uns nicht kennen? Denn sonst müsste ich erklären, *warum* ich Sie schon kenne, und da ich zu viel lüge – wie Sie wissen –, würde mir vermutlich herausrutschen, dass wir uns auf der Pferderennbahn begegnet sind und Sie ein Spielproblem haben. Und das kann nicht gut sein für Ihr Image als Geschäftsführer und Tierschützer und …« Liebe Güte, was zur Hölle redete ich da?! »Okay, ich höre jetzt einfach auf zu sprechen. Bis dann!« Ich hob die Hand und eilte im nächsten Moment hastig auf den Flur hinaus.

Erst, als ich wieder im Fahrstuhl war und sich die Türen schlossen, entspannte ich mich, so wie Will Grant es von mir gefordert hatte.

Heilige Mutter Gottes, das war schrecklich gewesen. Und trotzdem erwischte ich meine Mundwinkel dabei, wie sie sich nach oben verzogen. Denn wenn der CEO einer Multimillionen-Euro-Firma meinen Ausrutscher mit Humor nehmen konnte … konnte ich das vielleicht auch.

KAPITEL 5

Was meinst du, wie William Grant so drauf ist?«, wollte mein Arbeitskollege Seb anderthalb Stunden später wissen und schloss den Laptop an den Beamer an. »Eher arroganter, reicher Angeber-Sack, der allen vorführt, wie klug und einflussreich er doch ist, oder Bescheidenheit heuchelnder Gönner, der Nachhaltigkeit predigt, aber selbst einen fetten BMW fährt, der pro Kilometer hunderttausend Liter verbraucht?«

Stirnrunzelnd dachte ich an Wills abgewetzte Umhängetasche, die Löcher in seinem Mantel und sein offenes Lachen. »Ich glaube, keins von beidem«, stellte ich überrascht fest und rollte die Leinwand herunter.

»Ja? Wie kommst du darauf?«

»Na ja, weil er echt bodenständig gewirkt hat … ähm, also in den Erzählungen vom Chef«, fing ich mich hastig.

»Hm«, machte Seb, nicht ganz überzeugt. »Meiner Erfahrung nach haben Leute, die so reich sind wie Grant, nicht die Chance, nett und bodenständig zu werden. Das viele Geld steht ihnen andauernd im Weg.«

Ich zuckte mit den Schultern und fragte mich, ob ich den CEO von *Revolution G* gerade vollkommen falsch eingeschätzt hatte. Doch ich hoffte nicht, denn dann würde meine Liste womöglich bald in seinem E-Mail-Verteiler herumgeschickt werden. Innerlich seufzte ich auf, bevor ich meine angespannten Hände knetete. Bei solch großen, bedeutungsschweren Meetings war ich ohnehin immer etwas durcheinander – doch wie sich herausstellte, war ich bei Meetings mit Menschen, die wussten, wie viele Vögel ich auf dem Gewissen hatte, noch ein wenig nervöser. »Wir werden es ja gleich sehen«, murmelte ich und strich mir die feuchten Hände an meinem Rock trocken. »Und Seb, könntest du dir Notizen zu den Fragen machen, die Herr Grant möglicherweise stellt?«

»Auf jeden Fall!«, sagte er und nickte.

Unsicher schielte ich zu ihm hinüber. Ich mochte Seb, aber er neigte dazu, die Aufgaben, die ihm zugeteilt wurden, zu vergessen. Er war Ja-Sager und Nein-Macher. Er würde einen guten Politiker abgeben, denn er versprach einem den Himmel und gab einem am Ende stolz eine Schippe voll Dreck. Ich vermutete, dass er das nicht absichtlich machte, doch sein Kopf schien in die Kategorien *Sehr wichtig* und *Das, was andere mir sagen* eingeteilt zu sein. Und die beiden überlappten sich nicht im Geringsten. Ich fing meistens auf, was er verschusselte, also …

Die Tür wurde schwungvoll aufgestoßen. »So, ist alles vorbereitet?«, begrüßte Stupid-Steffen uns, der natürlich erst jetzt, kurz vor Terminanfang, auftauchte. Denn für die Vorbereitung waren ja seine Minions – wir – zuständig.

»Japp«, sagte ich und lächelte gezwungen. »Ich werde dann die Präsentation übernehmen und …«

»Nein, nein, ich denke, ich sollte die Präsentation halten!«, unterbrach er mich und richtete seine violette Seidenkrawatte, die meiner Meinung nach nur Leute besitzen durften, die auf Fesselspielchen standen und ihrer Partnerin nicht die Handgelenke aufschürfen wollten. »Ich bin schließlich höhergestellt als du.«

Mein Herz sank. Ich hasste es, wenn er den Boss raushängen ließ – ebenso wie ich es hasste, mit ihm zu diskutieren. »Das mag stimmen, aber ich bringe die Neuseeland- und Outdoor-Erfahrung mit!« Na ja, zumindest tat ich das in meiner Fantasie und auf dem Papier. Und Letzteres war, was für Steffen zählen sollte!

»Ja, aber du hast noch nie ein Projekt geleitet, Svea«, sagte er mit übermäßiger Geduld in der Stimme und schnalzte nachsichtig mit der Zunge. »Es wäre doch etwas unvorsichtig, dich bei einem so großen Auftrag direkt ganz vorne auf die Bühne zu stellen. Das würde mein Vater nicht wollen.«

»Ich habe einen ausgezeichneten Gleichgewichtssinn, kann mich also auf die Bühne stellen, wo ich will. Ich werde mich schon halten«, erwiderte ich trocken.

Steffen lachte und winkte ab. »Pass auf, wir machen es so: Ich trage dich als meine Nummer zwei für dieses Projekt ein, wenn wir es denn bekommen. Okay?«

»Steffen, ich denke, ich wäre mehr als geeignet, es zu leiten«, erwiderte ich und war beeindruckt von mir selbst, wie bestimmt und gleichzeitig freundlich meine Stimme klang! Aber er war nun einmal der Sohn vom Chef, er konnte mir das Leben zur Hölle machen. Ich musste höflich bleiben.

»Nun, du kannst meinen Vater ja gleich fragen, sobald er mit Herrn Grant hier ist. Sie reden draußen noch«, bemerkte Steffen beiläufig und hob einen Mundwinkel.

Ich presste die Lippen zusammen. Er wusste genau, dass ich das nicht vor einem möglichen Kunden tun würde, und eigentlich sollte ich darauf bestehen, die Präsentation zu halten ... Doch jetzt war es ohnehin zu spät, denn die Tür ging auf.

Harald Lindholm, unser Chef, trat herein, gefolgt von einer streng aussehenden Frau mit rot umrandeter Brille und kurzen braunen Haaren, einem jungen Kerl mit Krawatte, der Kaffeetassen und zwei Kannen auf einem Tablett trug, und schließlich Will ... ähm, Herrn Grant.

Automatisch stieg mir das Blut in den Kopf, und hastig senkte ich den Blick. Ich würde ja gern behaupten, dass ich eine dieser Personen war, die leichtfertig über sich selbst lachen und jegliche Peinlichkeit aus ihrem Kopf wie Dreck von ihrem Ärmel wischen konnten – aber das wäre selbst für meine Verhältnisse eine große Lüge. Nein, ich war einer der Menschen, die noch Wochen später schweißgebadet aus dem Schlaf fuhren, weil sie träumten, dass sie sich wieder in eine derartig peinliche Situation manövriert hatten. Die Menschen, die in dem Musical *Gemüse!* problemlos die Rolle der Tomate ergattern könnten. Also blickte ich äußerst konzentriert auf meine Schuhspitzen, als könnten sie mir verraten, wie ich die nächste Stunde überleben sollte, ohne dass mein Kopf platzte. Doch meine Schuhe waren nur halb so gesprächig, wie ich es von Halbstiefeln, die schon allerhand erlebt hatten, eigentlich erwartete.

»Herr Grant, sehr erfreut, Sie kennenzulernen«, sprang Stupid-Steffen ein und schüttelte seine Hand. »Immer schön, die Bekanntschaft mit einem Mann Ihres Kalibers zu machen.«

»Ähm, okay«, sagte er langsam und hob eine einzelne Augenbraue. »Und was für ein Kaliber ist das?«

Steffen ließ die Hand sinken und räusperte sich. »Natürlich das erfolgreiche! Männer wie wir sorgen für Magie im Büro!«

Die zweite Augenbraue folgte, bevor Wills Blick durch den Raum flackerte und eine Zehntelsekunde lang an mir hängen blieb. »Sie müssen Stu…« Er räusperte sich. »Steffen Lindholm sein.«

»Ja, das bin ich«, antwortete der Sohn vom Chef, offensichtlich begeistert darüber, dass Will schon von ihm gehört hatte.

Ich musste mir ein Grinsen verkneifen. William Grant schien nicht gut auf eingebildete Kotzbrocken zu sprechen zu sein. Was ihn wirklich sehr sympathisch machte.

»Sehr schön«, sagte Will. »Das hier ist Amanda Krill, meine Marketingchefin.« Er nickte zu der Frau mit den kurzen braunen Haaren. »Und Torben Heinze, unser derzeitiger Praktikant.« Er deutete auf den jungen Mann mit dem Kaffee. »Und Sie sind?« Sein Blick glitt zu Seb und dann zu mir.

»Ähm, Sebastian Berschel«, sprang mein Kollege ein und reichte ihm ebenfalls die Hand.

»Svea Nussbaum«, murmelte ich und tat es ihm gleich.

»Wie war das? Lea?«, fragte William Grant und runzelte angestrengt die Stirn, seine große Hand noch immer um meine.

Ich konnte mich nur schwer davon abhalten zu schnauben … oder zu lachen. »Svea«, korrigierte ich ihn betont freundlich.

»Ah, ja.« Er nickte ernst. »Stimmt, mit Ihnen hatte ich schon Mailkontakt, oder?«

»Oh, flüchtig«, sagte ich und winkte ab. »Nicht der Rede wert. Wir haben nur ein paar Floskeln ausgetauscht.«

Seine Mundwinkel zuckten. »Ich erinnere mich«, meinte er, bevor er leise hinzusetzte, sodass nur ich ihn hören konnte: »Ich wünschte, Floskeln wären immer so unterhaltsam.« Im nächsten Moment wandte er sich von mir ab und gestikulierte zum Tisch. »Wollen wir uns nicht setzen? Es gibt Kaffee für die, die wollen. Milch und Zucker auch.«

»Haben Sie auch Hafermilch?«, fragte Seb sofort, bevor er stolz die Brust reckte. »Ich lebe nämlich vegan.«

»Ich glaube schon«, sagte William Grant freundlich, und sein Blick wanderte nachdenklich zu mir. »Veganer, sagten Sie?« Er hob einen Mundwinkel. »Ich würde die Ernährung ja auch probieren, aber ich finde, es ist so schwer, wirklich leckere vegane Kekse zu finden.«

Mein Mund wurde schlagartig trocken. Oh Gott, nein.

Meinem Kollegen Seb verraten, dass die Geheimzutaten in den leckeren veganen Keksen, die ich backe, Ei und Kuhmilch sind.

Das war Punkt elf auf meiner Liste. Die Worte kreisten unheilvoll in meinem Kopf und ließen meine Zunge schwer werden. Das war gemein! So gemein …

Sebs Gesicht erhellte sich. »Oh, Svea hat ein tolles veganes Rezept!«, verkündete er prompt. »Vielleicht gibt sie es Ihnen ja? Obwohl sie sehr geheimnisvoll ist, was die Zutaten angeht.«

»Wirklich?« Interessiert hob Will die Augenbrauen. »Warum?«

»Ähm … Rezept meiner verstorbenen Großmutter«, sagte ich hastig und strich mir die Haare hinter die Ohren. »Hat mir mit ihrem letzten Atemzug das Versprechen abgenommen, es nur innerhalb der Familie weiterzugeben.«

Will nickte ernst, doch um seine Augen fächerten sich leichte Fältchen auf. »Sicher. Na, den Wunsch seiner sterbenden Großmutter sollte man nicht missachten. Sonst kommt man noch in die Hölle – natürlich nur, wenn man daran glaubt.«

Meine Wangen wurden eine Spur heißer, doch ich nickte knapp. Verdammt. Er wusste *alles.* Er hatte jedes Wort gelesen – und so, wie es sich anhörte, nicht nur einmal. Und jetzt hatte er auch noch viel zu viel Spaß an der Sache, um sie einfach fallen zu lassen.

Wir setzten uns an den Konferenztisch, schenkten uns Kaffee ein, und Steffen beugte sich zu mir herüber, um zu murmeln: »Du hast doch bestimmt Karteikarten für die Präsentation vorbereitet. Kann ich die haben?«

»Und was, wenn ich Nein sage?«, wollte ich bissig wissen, doch er zog sie mir bereits unterm Tisch aus der Hand, während sein Vater eine Rede darüber hielt, warum wir genau die richtige Firma waren, um *Revolution G*s Kundengruppen zu erforschen und die Basis für erfolgreiche Businessstrategien zu liefern. Er benutzte dabei eine Menge Fachwörter, über die selbst der Duden die Augen verdreht hätte. Doch Will Grant hörte aufmerksam zu und stellte einige Fragen, seine Marketingchefin machte sich Notizen – Seb nicht. Seb rührte in seinem Kaffee und zählte die Ringe, die sein Löffel dabei hervorbrachte. Gut, Letzteres konnte ich nicht wissen, aber seine Miene war hoch konzentriert, es musste also etwas ähnlich intellektuell Anspruchsvolles sein. Ich unterdrückte ein Seufzen und zückte einen Stift.

»Ich will ganz ehrlich sein«, sagte Grant, als der Chef geendet hatte. »Mein Vater hat sich nie mit Marktforschung und Targetgroups auseinandergesetzt – wir wissen also nicht einmal, welcher Teil unseres Konzepts welche Kundengruppe anspricht. Somit wissen wir auch nicht, auf wen wir unser Marketing zuschneiden sollen. Im Grunde fangen wir bei null an.«

Ich sah, wie die Augen meines Chefs aufleuchteten, und meinte, Eurozeichen darin aufblinken zu sehen. »Das ist kein Problem! Wir haben uns natürlich schon überlegt, welche Techniken der Marktforschung für Sie am besten passen würden«, sagte er sofort. »Dazu haben wir eine Präsentation vorbereitet.«

Steffen sprang wie auf Kommando von seinem Stuhl auf, meine

wunderhübschen Karteikarten im Anschlag. »Richtig, das haben wir! Und sehr gern werde ich jetzt …«

»Ich hab eine Frage«, meldete sich Will zu Wort, seine Stimme freundlich, aber auch fest. Mann, so viel Autorität würde ich auch gern mit nur vier Wörtern ausstrahlen können. »Sollte nicht Frau Nussbaum die Präsentation halten?« Er sah zu mir. »Mir wurde versichert, dass sie die Outdoor- und Neuseeland-Expertin ist und bei Zusage wahrscheinlich das Projekt übernehmen wird.«

»Oh, ja, das hatte ich Ihnen geschrieben«, meinte mein Chef hastig. »Svea, warum hältst du nicht unsere Präsentation?«

Das Lächeln fiel von Steffens Gesicht, und bevor er den Mund öffnen konnte, sagte ich: »Sehr gern.«

»Wunderbar.« Mein Chef zwinkerte mir zu. »Herr Grant, Sie werden nicht enttäuscht sein. Svea ist die optimale Wahl! Steht total auf Bungee-Jumping und Zelten und findet Neuseeland toll.«

Die Röte, die seit einer Viertelstunde darauf lauerte, endlich wieder zuzuschlagen, kletterte sofort wieder in mein Gesicht, während sich mein Hals enger zog. Oh Gott, das war übel. Lügen auszusprechen, wenn einem klar war, dass der andere *wusste,* dass es sich nicht um die Wahrheit handelte. Aber was sollte ich tun? Ich konnte jetzt keinen Rückzieher machen und laut verkünden, dass ich die Idee, mit den Füßen an einem Gummiband befestigt zu werden, in etwa so toll fand wie die Idee, die Liste meiner guten Vorsätze auf Instagram zu posten. »Ähm, ja«, röchelte ich deswegen. »Ich … liebe Sport. Aller Art.«

Will Grant verengte die Augen und musterte mich. Nicht kritisch, eher neugierig. Als versuche er, in meinen Kopf zu sehen. Als verstünde er nicht, wieso diese Worte meinen Mund verließen. Oh, Mist. Ich hatte auf meiner Liste was zu Sport geschrieben, oder? Dass ich *Sport* und *interessant* nicht in einen Satz packen sollte oder irgendetwas in der Art. So eine Kacke, warum hatte ich mir nicht zumindest *diese* Lüge sparen können? Es war doch offensichtlich, dass ich mir vor William Grant jede einzelne klemmen konnte – und auch klemmen sollte.

»Ich glaube, Liebe zu Sport ist überhaupt nicht notwendig«, bemerkte er sachlich und lehnte sich in seinem Stuhl zurück, die Hände im Nacken verschränkt.

Hatte ich gesagt, dass ich nur auf Kiefer stand? Nein, jetzt, da ich darüber nachdachte, fand ich einen ausgeprägten Bizeps auch ganz hübsch.

»Ich habe eigentlich nur eine Frage an Sie, Frau Nussbaum: Wären Sie die richtige Person für den Job?«

Ich blinzelte überrascht. Was sollte das denn jetzt? Wer fragte solche Dinge?

»Frau Nussbaum?«, wiederholte er.

Das Herz flatterte in meiner Brust, und ich musste schlucken. Er sah mich an, als würde er es wirklich wissen wollen. Als würde zählen, was ich über mich selbst dachte.

Also biss ich mir auf die Unterlippe, atmete tief durch … und nickte. »Ich bin genau die richtige Kandidatin«, sagte ich fest. Denn es war die Wahrheit. Und ich sollte wirklich endlich anfangen, sie zu benutzen.

»Ich bin wieder da!«, rief ich und stieß die Tür mit dem Fuß hinter mir zu.

»Das höre ich«, begrüßte Elisa mich und steckte den Kopf in den Flur. »Wie war das Meeting?«

»Ich habe keine Ahnung«, sagte ich wahrheitsgemäß und rieb mir über die Stirn. Ich fand meine Präsentation gut, andererseits wusste William Grant, dass ich eine gottlose Lügnerin war. Ich wollte also lieber nicht zu optimistisch sein. Letztendlich hatte er sich höflich bedankt und gemeint, dass er noch ein paar Stunden bräuchte, um eine Entscheidung zu fällen. Das war mittlerweile schon eine Weile her, also …

»Essen wir gleich zusammen?«, wollte ich wissen.

»Oh ja, du könntest eine von deinen berühmten *Enten à l'Orange* machen.«

Ich verdrehte die Augen. »Ich biete meine berühmten *Spaghetti aglio e olio* an.«

Elisa grinste. »Die nehme ich auch. Ich muss aber in einer Stunde weg. Hab einen Steppkurs.«

»Ernsthaft?« Beeindruckt sah ich sie an, während ich aus Jacke und Schuhen schlüpfte. »Mann, du gehst deine Liste ja zügig an.«

»Ich muss. Ich hab zu viel vor – und je mehr Zeit verstreicht, desto mehr Ausreden findet man, die Vorsätze doch nicht einzuhalten.«

Ich zog eine Grimasse und musste ihr insgeheim recht geben. Wenn ich daran dachte, wie viel ich heute schon wieder geflunkert hatte … Mist. Vielleicht sollte ich mir wirklich einen konkreten Plan zurechtlegen? Damit ich nicht nächstes Jahr noch immer bei Punkt eins herumdümpelte, der zugegebenermaßen der schwierigste war. Denn wie gestand ich Leon meine Gefühle, ohne das Risiko einzugehen, das Herz gebrochen zu bekommen?

Aber hey, er hatte meine Hilfe gewollt. Vielleicht sollte ich ihn einfach daran erinnern, dann würden wir mehr Zeit miteinander verbringen, und ich könnte … aggressiv flirten. Würde nur vorher googeln müssen, wie genau man das anstellte. Ohne sich auszuziehen und auf ihn draufzuwerfen. Ja, das war gut, ich würde Leon gleich eine Nachricht schreiben. Aber zuerst …

»Ich will nur kurz meine Mails checken, dann koch ich, ja?«, schlug ich vor und hievte den Jutebeutel mit meinem Arbeitslaptop in mein Zimmer. Denn Harald hatte gemeint, dass er sofort schreiben würde, wenn Grant sich meldete, und vielleicht gab es ja schon etwas Neues.

»Okay«, rief Elisa, bevor ich die Tür schloss und hastig den Laptop öffnete. Tatsächlich hatte ich zwei Mails erhalten. Die eine war von Harald und die andere … von William Grant.

Mein Herz sprang mir in den Hals und fing sofort an, wie blöd zu klopfen. Ich schluckte mehrfach, und mein Finger schwebte sekundenlang über dem Touchpad. Mein emotionales, nervöses Kleinhirn befahl mir unbewusst, sofort Will Grants Mail zu lesen, doch mein gechilltes Großhirn sagte mir, dass die Nachricht vom Boss Vorrang hatte. Denn sie war vor der anderen eingetroffen.

Du hast das Projekt, Svea! Gratuliere. Herr Grant hat sogar explizit nach dir gefragt. Du hättest besonders engagiert gewirkt. Sehr gute Arbeit, Weiteres besprechen wir morgen früh.
Harald

Ein überraschtes Quietschen drang über meine Lippen, das sonst nur den Mädchen aus der Zalando-Werbung vorbehalten war.

Was? Ich hatte das Projekt? Mein erstes eigenes Projekt. Und dann direkt das einer Multimillionen-Euro-Firma!

Oh mein Gott, oh mein Gott, oh mein Gott! Das war … das war … das war ja fantastisch! Ich wackelte ein wenig mit dem Kopf und dann mit den Fäusten, bevor ich auch noch die Füße dazunahm und praktisch auf meinem Stuhl tanzte … bis die Rollen wegrutschten und ich drohte, hintenüberzukippen. Hastig stellte ich wieder beide Beine fest auf den Boden, bevor ich einen Schwall Luft ausstieß. Nun zu der anderen Mail. Wahrscheinlich hatte mir Will nur noch einmal geschrieben, um mir persönlich zu gratulieren.

Doch ich lag falsch. In seiner Mail stand nichts über eine gute Zusammenarbeit oder irgendetwas Geschäftliches. Eigentlich stand da nur ein Satz.

Es erscheint mir nur fair …

Das war es.

Verwirrt blinzelte ich auf den Bildschirm, bis mir auffiel, dass er einen Anhang mitgeschickt hatte. *Neujahrsresolution2023_*

WilliamGrant_oder_wie_man_ein_Dokument_richtig_beschriftet_um_es_nicht_zu_verwechseln stand da.

Ich öffnete perplex den Mund, las den Titel der Word-Datei noch einmal – und fing an zu lachen. Nein! Er hatte nicht … Er würde doch nicht … Er konnte unmöglich …

Doch wieder lag ich falsch. Denn er hatte, und er würde, und er konnte.

Was ich dieses Jahr noch erreichen will, stand da als Überschrift im Dokument, und mit noch immer geöffnetem Mund ließ ich meinen Blick die Punkte entlanghuschen.

1. Mir ein neues Bett kaufen, das mich nicht wie einen siebzig Jahre alten Mann fühlen lässt.
2. Meinen Freunden verraten, dass ich keinen Whiskey mag, obwohl ich ihn seit zehn Jahren mit ihnen trinke. (Vielleicht sogar zugeben, dass ich insgeheim ein Bunter-Cocktail-mit-Schirmchen-Mann bin. Aber ich weiß nicht, ob mein Ego das Gelächter erträgt.)
3. Mir eingestehen, dass ich bis vor einem Tag nicht wusste, dass Motte auch Burg bedeutet – ohne dabei beschämt auszusehen.
4. Ein einziges Mal pünktlich um fünf das Büro verlassen und mich von niemandem aufhalten lassen – obwohl ich überhaupt nichts Wichtiges vorhabe. Einfach … nur so. Weil ich es verdient habe.
5. Mundharmonika lernen (oder ein anderes Musikinstrument?). Wäre auf jeden Fall schön, eine Antwort geben zu können, wenn mich wieder jemand fragt, was denn meine Hobbys sind. (Excel zählt anscheinend nicht, wurde mir gesagt. Von meiner Mutter – und wir haben ja schon etabliert, dass sie eine vertrauenswürdige Quelle ist.)
6. Mutig genug dafür sein, den nächsten Punkt aufzuschreiben.
7. Meiner Mutter erklären, dass ich nicht mein Vater bin und es auch niemals sein werde. (Sieh mal einer an, Punkt 7 direkt erledigt)

8. Meine Angst davor besiegen, einen Korken knallen zu lassen.
9. Vielleicht ein Privatleben zulegen. Vielleicht.
10. Deiner Schwester einen neuen Wellensittich kaufen, sobald du ihr von deiner Schandtat berichtet hast.

Ich weiß, du hattest mehr Punkte, aber ich bin Realist und kenne meine Grenzen – und da ich nicht nur Realist, sondern auch entnervend ehrlich bin: Ich fühle mich bereits jetzt äußerst unwohl und verstehe besser, warum du heute Morgen mein Büro gestürmt hast. Aber jetzt sind wir quitt, richtig?

Geschlagene zehn Minuten starrte ich die Zeilen an.

Okay, das war gelogen, es waren nur zwei, aber zehn klang einfach dramatischer und … egal. Ich starrte auf jeden Fall die Zeilen an, las sie wieder und wieder, bis sich ein derartig großes Lächeln auf meinem Gesicht ausbreitete, dass meine Glühbirne sicherlich von seinem Strahlen eingeschüchtert wurde.

Es erscheint mir nur fair …

Ich lachte einmal laut, rieb mir mit der Hand übers Gesicht und schüttelte dann den Kopf. Anscheinend war er nicht nur Realist, ehrlich und fair – sondern hatte auch Humor. Und recht: Wir waren quitt. Denn ich fühlte mich um einiges besser als heute Morgen.

Gott, welcher verrückte Typ tat so etwas? Einfach ebenfalls eine private Liste schicken? Nur der Fairness halber?

… und ich würde wirklich gern sehen, was er für ein altes, hartes Bett besaß! Man sollte meinen, dass ein Millionär sich schon viel eher ein neues gekauft hätte, wenn er mit seinem unzufrieden war. Immer noch kopfschüttelnd blickte ich auf das Word-Dokument. Dann druckte ich es aus und hängte die Liste an die Pinnwand über meinem Schreibtisch.

Ich lächelte. Was hatte William Grant heute Morgen noch gesagt? Ich bewahrte sie für einen schlechten Tag auf …

KAPITEL 6

»Ich verstehe durchaus, dass das einschüchternd ist, Svea. Und ich möchte dir hiermit anbieten, dass du das Projekt gern an mich abtreten kannst, wenn du dich überfordert fühlst. Das erste richtige Meeting ist erst in einer halben Stunde. Wenn ich jetzt also übernehme, ist noch kein Schaden angerichtet.« Steffen legte eine Hand auf meine Schulter, die sich wie einer dieser Greifarme aus dem Kuscheltierautomaten anfühlte. Die Finger zu spitz, der Griff zu leicht, um je einen der Preise herauszufischen.

»Aha«, machte ich tonlos und schälte seine Finger von meinem Pullover. Schließlich hatte er damit womöglich Hamsterköttel angefasst. Es war eine Woche her, dass ich die Zusage für das *Revolution-G*-Projekt bekommen hatte, und mit jedem Tag hatte sich Steffens Laune verschlechtert. Was definitiv daran lag, dass sein Vater entschieden hatte, er würde eine exzellente Nummer zwei für dieses große Projekt abgeben, das eine Menge kompetente Mitarbeiter gebrauchen könnte.

Nummer zwei. Nach mir. Das war offensichtlich zu viel für Steffens fragiles Ego gewesen.

Hatte er wirklich Angst, dass ich einen *schlechten* Job machen würde? Oder fürchtete er, dass ich einen *guten* machte? Ach, es war mir egal. Punkt neun meiner Liste war es, mir meine Beförderung zu verdienen, und das würde nicht passieren, wenn ich nicht langsam ein Rückgrat entwickelte.

»Ich könnte dir natürlich auch jeden Schritt genauer erklären«, fuhr Steffen unbeirrt fort. »Ich möchte allerdings nicht zum Mansplainer werden – du weißt schon, das ist, wenn ein Mann in Gegenwart einer Frau zum Besserwisser mutiert –, aber es wäre doch einfacher, wenn ich das Projekt komplett übernehme.«

Oh mein Gott. Der Kerl hatte mir gerade das Wort *Mansplaining* gemansplained! Meine Mundwinkel zuckten unkontrolliert, und ich lehnte mich mit der Schulter gegen die Kühlschranktür – damit Steffen nicht noch einmal auf die Idee kam, seine Hand dort zu platzieren. Wir standen in der Büroküche. Ich hielt einen Kamillentee in den Händen (für meine Nerven), während Steffen geschäftig in seinem überteuerten Hamsterköttel-Kaffee herumrührte (für sein Ego).

»Vielen lieben Dank, Steffen. Das ist wirklich sehr freundlich«, sagte ich flach, denn ich wollte nicht dazu hingerissen werden zu schreien. »Aber ich fühle mich gut vorbereitet. Ich denke, ich behalte das Projekt lieber.«

Ich hatte mir die letzte Woche den Arsch abgearbeitet. Überstunden wie Eltern ihre Kinderwagen geschoben. Das erste große Meeting war in einer halben Stunde, und ich war nicht einmal nervös, weil ich wusste, dass meine Arbeit gut war!

Okay, das war gelogen. Ich war nervös. Deswegen auch der Kamillentee. Aber das hatte mehr mit dem Auftraggeber als mit dem Auftrag zu tun. Denn ja, ich hatte eine Strategie ausgearbeitet, sie sogar von Harald absegnen lassen, und eigentlich stand einem triumphalen ersten Meeting, das in der Errichtung glorreicher Statuen von mir enden würde, nichts mehr im Weg. Aber wenn ich an William Grant dachte, der mich mit gehobenen Brauen ansah …

»Ah, aber Svea«, machte sich Steffen wieder bemerkbar. »Du hast noch nie ein Projekt dieser Größe beaufsichtigt und …«

»Du auch nicht«, unterbrach ich ihn scharf. »Denn so ein großes Projekt hatten wir noch nie. Also entschuldige mich, ich bereite schon einmal den Konferenzraum vor.« Ich lächelte ihm knapp zu, bevor ich ruckartig die Küche verließ.

So ein Blödmann. Er versuchte, mich zu verunsichern, das wusste ich. Leider klappte es ein wenig. Denn ja, ich war super vorbereitet, aber das musste nichts heißen. Was, wenn Will – *Herr Grant* – alle Ideen blöd fand? Wenn er nach einer halben Stunde bereute, mir den Auftrag gegeben zu haben? Vermutlich hatte er es auch nur aus Mitleid getan. Weil ich in meiner Liste so verzweifelt rübergekommen war.

Stöhnend kniff ich die Augen zusammen, kippte den Kamillentee hinunter … und verbrannte mir prompt Zunge und Rachen, sodass das Vibrieren meines Handys fast in meinem lauten Fluchen unterging. Ich öffnete den Mund, streckte die unangenehm prickelnde Zunge heraus und gab einen künstlerisch wertvollen Ahhh-Uaaah-Ton von mir, während ich die eingetrudelte Nachricht studierte. *Leon* stand da als Absender, und mein Herz sprang mir in den malträtierten Hals. Hastig klickte ich sie an.

Leon
Hey, Sven, meinst du, wir könnten die Woche mal zusammenkommen, damit du mir bei diesem Fragebogen zur Kundenzufriedenheit hilfst? Geb dir auch einen Kaffee aus 😉

Ich lächelte unsicher und neigte den Kopf, während ich die Nachricht ein zweites Mal las. Es war fast so was wie ein Date, wenn er mir einen Kaffee ausgab, oder? Und na gut, Leon würde es mit Sven und nicht mit mir haben, aber er konnte nichts dafür, dass seine Autokorrektur sexistisch war.

Ja klar, super gern! Nächsten Samstag?, tippte ich zurück, bevor ich das Telefon wegsteckte und meine Schultern straffte. Es war nicht viel, aber ein Anfang. Ich half ihm, wir verbrachten Zeit miteinander, er würde bemerken, dass ein Svea-großes Loch in seinem Leben klaffte, wir würden für immer glücklich sein. Der Plan konnte nicht schiefgehen.

Ich verdrehte die Augen über mich selbst und durchquerte den Flur in Richtung Konferenzraum, aus dem Seb mir entgegenkam. »Oh, hey, Seb«, sagte ich und hielt ihn am Arm fest. »Bringst du gleich wie besprochen die Kopien mit zur Besprechung?«

»Aber klar doch.« Er zwinkerte mir zu und lief weiter.

Ich seufzte und machte auf dem Absatz kehrt. Ich würde sie wohl lieber selbst holen.

Zwanzig Minuten später trat Seb in unseren Konferenzraum – selbstverständlich ohne Kopien, dafür mit einem Gewinnerlächeln – und setzte sich neben Jasmin, unsere Projektleiterin der Mystery-Shopping-Unit.

Männerstimmen wehten durch den Flur zu uns herein, und wir drehten unsere Köpfe. Die laute gehörte zu Steffen, der sich großzügig bereit erklärt hatte, als Empfangskomitee zu fungieren. Die andere, leisere und ruhigere, war die von William Grant. Das erkannte ich daran, dass mein Fuß anfing, unkontrolliert auf den Boden zu tippen.

Ich war mir nicht einmal sicher gewesen, ob er heute kommen würde. Er hätte diese Aufgabe auch auf jemand anderen abwälzen und sich dann nur kurz briefen lassen können. Aber jetzt war er wohl da, und … der Kamillentee hatte nicht geholfen. Ich war immer noch nervös. Weil es merkwürdig war, wenn ein quasi Fremder so viel über einen wusste. Ich hatte mich die letzten Tage gefragt, ob ein Mensch anders aussah, anders wirkte, wenn man ein paar intime Details über ihn kannte. So, wie Menschen schöner wurden, je lieber man sie gewann. Oder Babys süßer, je nachdem, in welchem Grad man mit ihnen verwandt war.

Würden William Grants Worte professioneller klingen, jetzt, da ich wusste, dass er ein absoluter Workaholic war? Sein Rücken krummer aussehen, weil er mir erzählt hatte, dass er in seinem Bett nicht gut schlief?

Steffen und Will erschienen in der Tür, und zumindest Letzteres stimmte nicht. Er war innerhalb der letzten Woche nicht zum Glöckner von Notre-Dame geworden.

»Hallo«, sagte Will freundlich und warf ein Lächeln in meine Richtung, bevor er allen Anwesenden die Hand reichte und sich vorstellte, obwohl wir natürlich alle wussten, wer er war. Seine Marketingchefin, die Frau mit der rot umrandeten Brille, tat es ihm gleich. Ich beobachtete ihn dabei, wie er Jasmin höflich fragte, welche Aufgaben sie übernehmen würde, bevor er Seb erklärte, dass er sich darüber freute, ihn wiederzusehen. Dann ließ ich den Blick konzentriert an seiner Erscheinung hinabschweifen und kam zu einer Erkenntnis.

William Grant war … ein Understatement.

Ja, das traf es ganz gut. Er trug denselben dunkelgrünen Mantel mit denselben Löchern im Ärmel. Dieselbe abgewetzte Umhängetasche. Seine Jeans war heute hellblau, sein Hemd weiß, sein Lächeln eine Spur schiefer. Seine Haare waren einen Tick zu lang und er einen Hauch zu leger, um einen Kontoauszug mit sechs Nullen darauf zu haben. Ich versuchte zu bestimmen, ob es etwas gab, das mir auf der Straße verraten hätte, dass er stinkreich war. Vielleicht die große, silberne Uhr an seinem Handgelenk. Seine sauberen Schuhe. Die Tatsache, dass sein Hemd gebügelt war. Sein bestimmtes Auftreten. Sein gerader Rücken und seine gestrafften Schultern. Der Umstand, dass sein Händedruck kräftig, aber entspannt war. Warum nur waren seine Hände so rau? Er arbeitete den ganzen Tag im Büro. Oder baute er in seiner Freizeit Zäune? Nein, er hatte keine wirklichen Hobbys, das hatte er in seiner Liste geschrieben.

»Svea?«

Ich blinzelte und sah überrascht in die amüsiert funkelnden dunklen Augen von William Grant. Ups. Richtig. Es war meine Hand, die er gerade schüttelte.

»Ja, schön, dass Sie da sind«, sagte ich hastig und ließ ihn los. »Setzen Sie sich doch.« Ich machte eine ausladende Bewegung zu einem der Stühle direkt neben meinem hin und räusperte mich. »Wollen Sie etwas trinken?«

Er war so was wie mein Chef, nicht mein Brieffreund. Er hatte die Liste geschickt, weil er es für fair gehalten hatte und vermutlich nicht wollte, dass ich mich in seiner Gegenwart weiterhin unwohl fühlte, nicht, damit ich ihn besser kennenlernte.

»Ja, gern, ich …«

»… könnte Ihnen meinen brasilianischen Kaffee anbieten«, fuhr Steffen sofort dazwischen und warf sich in die Brust. »Nur die feinsten, zart gerösteten Arabica-Bohnen. Kosten ein Vermögen, aber sind vielleicht für Ihren Gaumen genau das Richtige?« Er zwinkerte Herrn Grant zu.

»Ist das so …«, erwiderte der langsam, und sein Blick glitt zu mir.

Ich biss mir auf die Unterlippe und wandte hastig das Gesicht ab. Auch ohne ihm in die Augen zu sehen, war ich mir ziemlich sicher, dass das Wort *Hamsterköttel* gerade in seinem Kopf herumgeisterte.

»Nein, danke«, sagte Will nach einer Weile. »Ich will meinen Koffein-Haushalt regulieren.«

Ich schmunzelte meine Schuhe an. Natürlich wollte er das. »Dann vielleicht Tee?«, fragte ich unschuldig und zwang mich dazu, wieder aufzusehen.

Will verengte skeptisch die Augen. »Klar, *nur* Tee ist, schätze ich, in Ordnung.«

»Es ist wirklich nur Tee«, versprach ich mit gesenkter Stimme und reichte ihm die Kanne mit heißem Wasser, die ich bereits vorbereitet hatte. »Keine Geheimzutaten.«

»Na dann.« Er hob einen Mundwinkel und nahm sie entgegen … und meine Nervosität fiel so plötzlich von mir ab wie das überlegene Lächeln von Steffens Gesicht.

Es war merkwürdig, aber ich hatte das seltsame Gefühl, William Grant zu kennen. Denn ich wusste, dass er sich nicht traute, seiner Mutter zu sagen, dass er seinen Vater nicht ersetzen konnte. Dass er gern Cocktails mit Schirmchen trank. Dass er mein Geheimnis für sich behielt. Er war kein Multimillionär, der über meine Zukunft entschied. Er war einfach nur ein Mensch. Und mit Menschen konnte ich umgehen.

»Also«, fing ich an und straffte die Schultern. Legte mein Handy neben dem Laptop auf den Tisch, denn es drückte unangenehm auf meinen Hüftknochen, und startete meine Präsentation. »Ich habe mir Folgendes überlegt: Da Sie, wie Sie schon meinten, bei null anfangen, kann es nicht schaden, so viele Informationen wie möglich zu sammeln …«

Ich fing an, ihm und seiner Marketingchefin meine Strategie für die nächsten Monate darzulegen. Gab mir Mühe, normale Wörter zu benutzen, die jeder verstand, und erklärte ihm, was ein Mystery-Shopping-Erlebnis war, das ich für nächsten Monat anberaumt hatte und das dazu diente, Daten zur Dienstleistungsqualität seiner Outdoor-Geschäftsstellen zu erheben. Dabei mimten sorgfältig gebriefte Menschen Kunden, kauften ein, testeten den Service und gaben am Abend schließlich Rückmeldung zu ihren Erfahrungen.

Will war konzentriert bei der Sache, machte sich ein paar Notizen und unterbrach mich kein einziges Mal. Nur einmal schien er kurz abgelenkt. Als mein Handy mit einer Nachricht vibrierte und der Name *Leon* aufleuchtete. Sein Blick huschte zu dem Display, und ich hätte schwören können, dass er mit den Lippen die Worte »Ah, Leon«, formte. Doch dann sah er wieder mich an, sein Mund geschlossen, sodass ich mir nicht sicher war.

Meine Fantasie war zugegebenermaßen etwas wild. Gestern noch hatte ich mir auf dem Nachhauseweg eingebildet, dass eine verdächtig aussehende Taube mir folgte (und ja, alle Tauben sahen irgendwie verdächtig aus!), also dachte ich mir nicht allzu viel dabei und fuhr einfach fort.

»Gibt es denn irgendein Produkt, das zurzeit im Fokus ihres Marketings steht?« Ich sah zu Amanda Krill, doch zu meiner Überraschung antwortete Will.

»Oh ja. Wir haben ein neues Zelt.« Seine Miene erhellte sich sichtbar. »Funktioniert mit der *Fresh-&-Black*-Technologie. Es ist von innen schwarz, von außen lichtabweisend und somit sehr viel kühler sowie dunkler als andere Zelte. Unseres ist komplett aus nachhaltigen Materialien hergestellt. Das Zelt ist ziemlich fantastisch, wenn ich das so sagen darf. Es ist sogar ein kleines Reparaturset inbegriffen. Damit die Leute erst versuchen, es zu reparieren, bevor sie es frühzeitig wegwerfen.« Er runzelte die Stirn. »Es ärgert mich immer maßlos, wenn Leute Dinge in den Müll schmeißen, die mit zwei Handgriffen wieder einsatzbereit wären.«

Ich erwischte mich bei einem Lächeln. William Grant glaubte an das, was er verkaufte. Das war gut.

»Auf jeden Fall kommt es erst in ein paar Wochen auf den Markt und …« Will gähnte und rieb sich mit Daumen und Mittelfinger kurz über die Augen. »Entschuldigung.« Er räusperte sich. »Es kommt in ein paar Wochen auf den Markt. Frau Krill kann Ihnen sicherlich die Einzelheiten per Mail schicken.«

»Natürlich«, sagte die Marketingbeauftragte sofort und nickte fest.

»Wunderbar. Das klingt gut«, pflichtete ich bei. »Da Sie mit Ihrem Produktkatalog viele verschiedene Zielgruppen ansprechen, wäre es von Vorteil, wenn wir uns auf ein paar einzelne Produkte konzentrieren. Das Zelt zum Beispiel.«

William Grant sah müde aus. Es war mir bis eben nicht aufgefallen, aber dunkle Ringe lagen unter seinen Augen. Er hörte mir zu, doch seine Lider waren zusammengekniffen, als strenge es ihn an, sich zu konzentrieren. Ob das an seinem schlechten Bett lag oder daran, dass er zu viel arbeitete? Vielleicht auch an beidem.

»Für diese Produkte könnten wir dann die passenden Segmentgruppen für Sie erforschen«, fuhr ich langsam fort … und hielt im nächsten Moment inne. Mein Blick war an der Uhr mir gegenüber hängen geblieben. Sie zeigte kurz vor fünf an.

»Svea?«, riss mich Stupid-Steffen mit ungeduldiger Stimme aus den Gedanken. »Träumst du mal wieder?«

»Ich … nein«, sagte ich langsam, während mein Blick zu Will

glitt und ein Punkt seiner Liste mir in den Kopf sprang. Die Nummer vier.

Ein einziges Mal pünktlich um fünf das Büro verlassen und mich von niemandem aufhalten lassen – obwohl ich überhaupt nichts Wichtiges vorhabe. Einfach … nur so. Weil ich es verdient habe.

Nun, es war kurz vor fünf. Ich hatte nicht mehr viel zu sagen. Eigentlich war ich fertig mit der Präsentation.

»Svea?«, fragte jetzt auch Will, die Stirn gerunzelt. »Sie wollten fortfahren? Wir könnten vielleicht noch die genaueren Details …«

»Nein«, unterbrach ich ihn aus einem Impuls heraus. »Nein, nein. Das kann warten. Sie sollten gehen.«

Überrascht hob er die Augenbrauen. »Entschuldigung?«

»Ja, Sie … Sie sollten gehen«, wiederholte ich und trat einen Schritt zurück. »Zu Ihrem … Termin.«

»Mein Termin?«, echote er verwirrt.

»Ja.« Bedeutungsschwer sah ich ihn an. »Sie erinnern sich? Sie schrieben in Ihrer Mail, dass Sie nur bis fünf Uhr Zeit haben und auf gar keinen Fall überziehen können, da Sie noch einen wichtigen persönlichen Termin haben. Pünktlich um fünf wollten Sie Schluss machen. *Pünktlich.*« Ich klopfte auf mein Handgelenk.

Ich erkannte genau den Moment, in dem das verwirrende Puzzleteil, das ich Will zugeworfen hatte, sich in sein persönliches Gesamtbild einfügte. Denn es war der Moment, in dem er den Mund leicht öffnete und sich seine Stirn glättete.

»Natürlich. Mein Termin«, sagte er langsam. »Um fünf. Ich muss gehen.«

»Ja, ich bespreche den Rest mit Frau Krill«, erwiderte ich. »Nicht dass Sie zu spät kommen.«

»Nein, das würde niemand wollen«, bestätigte er, und der Hauch eines Lächelns umspielte seine Mundwinkel. »Frau Krill, ist das in Ordnung?«

»Aber sicher.« Die streng aussehende Frau nickte nur entschlossen.

»Wunderbar. Dann vielen lieben Dank für die Präsentation, Frau Nussbaum. Ich freue mich auf die nächsten Monate.« Sein Blick huschte ein letztes Mal über mein Gesicht, dann drehte er sich um und verließ das Büro.

Ich sah ihm grinsend hinterher, während der Minutenzeiger auf die Zwölf sprang. Er hatte pünktlich um siebzehn Uhr Schluss gemacht. Nummer vier von seiner Liste konnte er somit streichen.

KAPITEL 7

Als ich zwanzig Minuten später das weiße, quadratische Bürogebäude verließ, das *Research Intelligence* sich mit einer großen Anwaltskanzlei teilte, und Zeit hatte, Leons Nachricht zu lesen, hüpfte mein Herz aufgeregt in der Brust. Es waren nur drei Sätze:

Leon
Samstag geht klar. Schreib dir noch mal wo und wann genau. Danke, Sven, du bist die Beste!

Ein kalter Wind wehte vom Rhein her und kroch in meinen Kragen, konnte mir das Lächeln jedoch nicht vom Gesicht wischen. Mann. Dieser Sven war wirklich ein glücklicher Bursche. Denn er würde am nächsten Samstag Leon sehen.

Mit flatterndem Gefühl in der Brust nahm ich die paar Stufen zum Vorplatz hinunter und wandte mich dann nach rechts, in Richtung des Flusses, nicht etwa in Richtung der Bahnhaltestelle. Ich fühlte mich aufgekratzt. Das Meeting war super gelaufen. Niemand hatte etwas zu beanstanden gehabt. Ich hatte ein Fast-Date mit Leon, ich hatte einem netten Kerl dabei geholfen, seinem Neujahrsvorsatz einen Schritt näher zu kommen, und fühlte mich nicht danach, schon nach Hause zu gehen. Dieser Tag war zu gut, um mich mit dem riesigen Wäscheberg zu konfrontieren, der zurzeit meinen Schreibtischstuhl und mein Bett bewohnte. Und immer, wenn ich nervige Dinge ignorieren wollte – meistens Hausarbeit oder ab und an meine Schwester –, setzte ich mich nach der Arbeit noch ein wenig an den Rhein. Beobachtete die großen Frachtschiffe, wie sie sich den Fluss hinaufbewegten, und die joggenden Menschen, die sich die Uferpromenade hinabquälten, und war seltsam glücklich darüber, dass ich mich selbst überhaupt nicht quälen musste, sondern entspannen konnte.

Mir gefiel es, einfach dazusitzen. Den salzigen Wind auf meiner Zunge zu schmecken, der mir einige Sekunden lang das Gefühl gab, nicht in einer stickigen Großstadt, sondern direkt am Meer zu sein. Doch zu meiner Überraschung war meine Stamm-Bank besetzt. Von William Grant.

»Was machen Sie denn noch hier?«, rutschte es mir heraus, bevor ich darüber nachdenken konnte, dass es möglicherweise unhöflich war.

Will Grant sah überrascht auf und lächelte, als er mich entdeckte. »Ich gucke mir den Rhein an.«

»Oh«, erwiderte ich wortgewandt.

Er nickte und sah zurück zum Wasser. »Gute Präsentation übrigens.«

»Oh, danke«, sagte ich etwas außer Atem und spürte, wie meine Wangen rosa anliefen. »Also mochten Sie meine Strategie?«

»Schon. Aber ich mochte vor allem, dass Sie normale Wörter benutzt haben und ich unter dem Tisch nicht die Bedeutung der *Delphi-Methode* oder etwas Ähnliches googeln musste, nur um eine herbe Enttäuschung zu erleiden, wenn ich herausfinde, dass sie absolut nichts mit Delphinen zu tun hat.«

Ich lachte. »Ja, das hat mich auch traurig gemacht. Aber sie wurde nach dem griechischen Orakel, nicht nach dem klugen Säugetier benannt.«

»Das musste ich auf die harte Tour lernen, ja.« Er warf mir einen amüsierten Blick zu. »Also, ebenfalls vielen Dank dafür, dass Sie Mystery-Shopping direkt erklärt haben.«

»Kein Problem«, meinte ich überrascht. »Die wenigsten kennen den Begriff.«

»Oh, die wenigsten kennen die meisten Begriffe, mit denen ich jeden Tag konfrontiert werde. Aber es ist schon okay.« Er winkte ab. »Ich bin es gewohnt. Die Leute haben merkwürdigerweise immer das Verlangen, mich zu beeindrucken, und glauben, sie müssten mit hochgestochenen Wörtern um sich werfen.«

»Es ist nicht so merkwürdig«, murmelte ich.

Er hob eine Augenbraue. »Was?«

»Dass Leute das Verlangen haben, Sie zu beeindrucken«, erklärte ich verlegen. »Sie sind schließlich der Boss eines sehr großen, sehr erfolgreichen Unternehmens.«

Nachdenklich sah er auf seine Hände, bevor er langsam nickte. »Ja«, meinte er schließlich leise, eine steile Falte zwischen seinen Brauen. So als sei er selbst überrascht über diese Tatsache. »Ich schätze, das bin ich.« Er räusperte sich und hob erneut das Kinn. »Trotzdem schlafe ich nicht mit einem Fremdwörterlexikon unter meinem Kissen.«

»Nur mit Goldbarren?«, vermutete ich.

»Ich bitte Sie, es sind Diamanten«, erwiderte er trocken.

Ich musste grinsen und sank zögerlich neben ihn. Wenn er hätte allein sein wollen, hätte er kein Gespräch angefangen, oder? Und ich kam mir blöd dabei vor, noch immer wie ein Laternenmast neben ihm zu stehen.

»Danke«, murmelte ich schließlich. Um die Stille zu füllen.

»Wofür?«

»Dafür, dass Sie mir den Auftrag gegeben haben. Und für … Ihre Liste. Sie hat meine Schmach ein wenig geschmälert.«

»Es war nur fair«, sagte er sachlich.

Ich schnaubte. »Ich glaube, Sie sind der Einzige, der so denkt.«

»Nein, das kann nicht sein.« Kleine Falten entstanden um seine Augen, als er lächelte. »Schließlich steht es doch schon in der Bibel geschrieben. *Auge um Auge. Zahn um Zahn …*«

»Liste um Liste?«, bot ich lachend an.

»Exakt. Auch wenn Sie natürlich Ihr Vorhaben heute direkt gebrochen haben.«

Ich blinzelte verwirrt. »Was meinen Sie?«

»Nun, Sie haben gelogen. Sie haben erzählt, ich hätte einen Termin.«

»Ach, das.« Ich winkte ab. »Es war für einen guten Zweck.«

»Na, wenn Sie so anfangen, werden Sie Ihre Liste nie durchziehen.«

Ich seufzte schwer und stellte den Mantelkragen gegen den kalten Wind auf, bevor ich das Kinn in meinem Schal versteckte. »Ich weiß. Es ist einfach wirklich schwer, alte Gewohnheiten abzulegen. Aber hey: Sie haben einen freien Abend! Was fangen Sie mit Ihrer unverhofft gewonnenen Zeit an?«

Er lächelte, stieß einen Schwall Luft aus und rieb sich dann über den Hinterkopf. »Ich habe keinen blassen Schimmer.«

»Na, was machen Sie denn sonst in Ihrer Freizeit?«

Er verzog das Gesicht und starrte konzentriert auf ein vorbeiziehendes Frachtschiff. Als hoffte er, die Antwort auf meine Frage stünde auf einem der Container.

Ich lachte laut. »Oje. Ihnen fällt nichts ein.«

»Nicht wirklich«, gab er zerknirscht zu. »Ich meine, ich mache Sport. Gehe gern wandern. Lese. Zähle die Diamanten unter meinem Kissen. Liebe es zu zelten. Aber das sind alles Dinge, die entweder sowieso Teil meines Alltags sind oder denen man nicht mal eben am Abend nachgehen kann. Also … sitze ich jetzt hier und frage mich, was normale Menschen machen, wenn sie ausnahmsweise um fünf Schluss haben.«

»Ihre Wäsche?«, schlug ich vor.

Will sah mich ernst an. »Der Gedanke ist deprimierender als der, dass ich keine Hobbys habe.«

Ich grinste. »Da haben Sie allerdings recht. Sie könnten sich … Keine Ahnung! Mit Freunden treffen.«

»Meine Freunde haben alle nicht um fünf Feierabend.«

Oh Gott, das hörte sich schrecklich an. Aber reiche Workaholics waren wohl vor allem mit anderen reichen Workaholics befreundet, die sie auf ihren Reiche-Workaholics-Conventions trafen, auf denen sie über Reiche-Workaholics-Sachen redeten. »Na, dann … gehen Sie einen Kaffee trinken.«

»Mhm«, machte er und wiegte den Kopf hin und her, als würde er die Idee systematisch von allen Seiten betrachten. Schließlich nickte er und fragte: »Haben Sie Lust, einen Kaffee trinken zu gehen, Svea?«

»Oh«, wiederholte ich mein neues Lieblingswort und spürte, wie sich die Hitze in meinen Wangen vertiefte. So hatte ich das nun auch wieder nicht gemeint. Und fragte er nur, um höflich zu sein? Oder war er … interessiert an mir? Der Gedanke war absurd, er war William *Ich mache Witze über Diamanten, aber habe vermutlich wirklich einen Haufen davon* Grant und ich Svea *Ich habe gestern nach Kleingeld in meinem Sofa gesucht, um mir Schokolade zu kaufen* Nussbaum. Aber dennoch …

»Ich weiß nicht, ob das so eine gute Idee ist«, meinte ich langsam und rang unwohl die Hände. »Wir arbeiten zusammen und …«

»Keine Sorge.« Ein wissendes Lächeln umspielte seine Lippen. »Es wäre ein rein platonischer Kaffee. Abgesehen davon, dass es wohl sehr unprofessionell von mir wäre, Sie um ein Date zu bitten, weiß ich doch, dass Ihr Herz Leon gehört. Aber ich würde Ihnen gern einen ausgeben. Dafür, dass Sie mir diesen freien Abend beschert haben.«

Mein Mund wurde schlagartig trocken. Oh mein Gott, ja. Er wusste von Leon. Abgesehen von Elisa war er nun der Einzige, der meine blöde, jahrelange Schwärmerei kannte. Der Gedanke war befremdlich. Und trotzdem … Ein rein platonischer Kaffee mit dem Mann, der meine tiefsten Geheimnisse kannte, oder der Wäscheberg in meinem Schlafzimmer? »Dann gern. Machen Sie aus dem Kaffee einen Muffin, und wir haben einen Deal«, sagte ich und stand auf.

In Köln gab es unzählige Cafés. Große Ketten, kleine, individuelle Geschäfte, vegane Cafés, Cafés, in denen man zu jeder Tageszeit Mettbrötchen bestellen konnte, Cafés mit teuren Holzmöbeln und

Cafés, bei denen einem die Plastikstühle unterm Hintern wegbrachen. Mein Lieblingscafé jedoch war der *Coffee Coffin*, der keine fünf Minuten von der Arbeit entfernt lag. Den ganzen Tag spielte dort klassische Musik, und man bestellte an der Theke, sodass man keine verkrampfte Viertelstunde damit zubrachte, die Aufmerksamkeit eines Kellners zu gewinnen. Außerdem machten sie phänomenalen Kuchen, diverse Muffins und Kaffee ohne Hamsterköttel. Was meiner Meinung nach die wichtigsten Eigenschaften eines charmanten Etablissements waren. Leider war die Auswahl wirklich sehr groß.

»Oh Gott, ich weiß nicht, was ich will«, gab ich nach fünf Minuten intensiven Starrens auf. »Suchen Sie einen Muffin für mich aus. Ich kann mich nicht entscheiden. Es sieht alles gut aus, und eine Mutter liebt all ihre Zucker-Kinder nun einmal gleichwertig.«

William Grant lachte, nickte jedoch. »In Ordnung, dann …« Er ließ den Blick schweifen und deutete auf ein schokoladiges Monstrum, das laut Schild einige Blaubeeren verschluckt hatte, bevor er die junge Verkäuferin fragte: »Entschuldigen Sie: Sind da Mandeln drin?«

»Nein«, erwiderte sie sofort, beugte sich leicht vor, sodass Will und ich ihren rosa Spitzen-BH bestens erkennen konnten, und klimperte mit den Wimpern. »Nur ganz viel Liebe.« Ihrem Gesichtsausdruck nach zu urteilen, hätte sie kein Problem damit, William mit ebendieser zu überschütten. Mensch, wenn sie wüsste, dass er nicht nur gut aussah, sondern auch noch reich war! Sie würde vermutlich sofort über die Theke in seine Arme springen.

Will schien sich des Effekts, den er hatte, jedoch überhaupt nicht bewusst zu sein. Oder aber er interessierte ihn nicht. Zumindest sagte er nur: »Gut.« Und fügte mit Seitenblick auf mich hinzu: »Ich möchte Sie ungern umbringen.«

Ich prustete. Unglaublich, dass er selbst meine Mandelallergie noch im Kopf hatte. »Das ist sehr freundlich von Ihnen. Diese Eigenschaft weiß ich bei meinen platonischen Kaffeedates zu schätzen.«

»Das dachte ich mir.« Er nickte betont ernst, bevor er bei der Verkäuferin noch einen schwarzen Kaffee bestellte. Sie versprach, ihn uns gleich an den Tisch zu bringen, und reichte mir den Muffin über die Theke hinweg.

»Sehr gute Wahl«, beteuerte ich. »Mit Schokolade kann man nie etwas falsch machen – und Blaubeeren sind doch ein Superfood, oder nicht? Die direkt alle Kalorien auslöschen oder so?«

»Ich hab keinen Schimmer. Mein Wissensstand über Superfoods ist genauso beeindruckend wie der über die Delphi-Methode«, bemerkte er, zog seinen Mantel aus und ließ sich an einen der runden Holztische sinken, die mit dunkelvioletten Platzdeckchen bestückt waren.

»Ich werde jetzt einfach mal davon ausgehen, dass ich recht habe«, meinte ich leichthin, ließ mich neben ihn fallen, zog das Papier vom Muffin und biss genüsslich hinein. Gott, das war der Himmel! Ich biss noch ein zweites Mal ab, bevor ich mich ebenfalls aus dem Mantel schälte und neugierig zu Will hinüberschielte. Er starrte stirnrunzelnd auf das Platzdeckchen vor ihm.

»Alles okay?«, fragte ich vorsichtig.

»Ich weiß nicht. Ich fühle mich merkwürdig.«

»Warum?«

»Weil es draußen noch hell ist und ich nicht im Büro bin.«

Kopfschüttelnd sah ich ihn an. »Das ist traurig. Ernsthaft. Wann war das letzte Mal, dass Sie pünktlich um fünf Schluss gemacht haben?«

»Puh, keine Ahnung.« Er kratzte sich das stoppelige Kinn. »Vor drei Jahren vielleicht? Ich hatte eine Lebensmittelvergiftung und bin sogar noch vor fünf ins Krankenhaus eingeliefert worden.«

Ungläubig öffnete ich den Mund und ließ sogar den Muffin sinken. Dabei gehörte einiges dazu, mich so zu schockieren, dass ich meine Zuckerzufuhr unterbrach. »Das zählt ja wohl nicht! Sie mussten mit einem Krankenwagen aus dem Büro abtransportiert werden. Das ist keine *Freizeit.*«

»Nun, dann ist es noch länger her«, meinte er leichthin. »Erst wurde ich darauf vorbereitet, für meinen Vater zu übernehmen, dann ist er gestorben ...« Er räusperte sich und wandte das Gesicht ab. »Es war viel zu tun.«

Ich nickte langsam, und die Frage, wie sein Vater gestorben war, lag mir auf der Zunge. Doch es wäre unhöflich zu fragen, und er sah nicht aus, als wolle er darüber reden, also ließ ich es. »Mögen Sie Ihren Job wenigstens, Herr Grant?«, fragte ich stattdessen.

»Will.«

Ich blinzelte. »Sie *wollen* ihn mögen?«

Er lachte heiser, sodass sich meine Nackenhaare aufstellten. »Nein. Ich bin Will. Du musst aufhören, mich Herr Grant zu nennen. Und eigentlich kommt es mir auch komisch vor, dich zu siezen. Ich weiß, dass du einen Vogel auf dem Gewissen hast – und das auch noch als Vegetarierin. Du weißt jetzt, dass ich gern bunte Cocktails mit Schirmchen trinke. Wenn man sich solch intime Listen schickt, ist das angebotene Du impliziert.«

Widerwillig lächelte ich. »Ist das so? Die Regel kannte ich nicht.«

»Das solltest du aber. Sie heißt Delphi-Regel.«

»Na, dann ist es kein Wunder, dass ich sie nicht kannte. Ich tue mich mit erfundenen Regeln, die nichts mit Delphinen zu tun haben, noch viel schwerer als mit echten«, sagte ich bedauernd. »Aber du hast meine Frage nicht beantwortet.«

Er lehnte sich in seinem Stuhl zurück und nickte der Frau zu, die ihm seinen Kaffee brachte, bevor er meinte: »Klar, ich mag meinen Job. Er ist abwechslungsreich, bietet viele Herausforderungen, und ich kann eine Menge Gutes für die Welt tun.«

Ich verengte die Augen. Die Worte hatten sich einstudiert angehört. Doch bevor ich entscheiden konnte, ob es noch unhöflicher wäre zu fragen, ob er gerade eine Pressemitteilung zitierte, als nach seinem verstorbenen Vater, wollte Will wissen: »Was ist mit dir? Magst du deinen Beruf?«

»Sehr«, sagte ich schlicht. »Ich weiß, die meisten finden Marktforschung langweilig. Ich muss eine Menge Daten auswerten, mit Statistikprogrammen arbeiten, Graphen erstellen, aber für mich ist es, als würde ich bei jedem Auftrag ein neues Geheimnis lüften. Herausfinden, wie Menschen denken. Warum sie so denken. Warum sie etwas kaufen, wenn sie so denken, wie sie denken. Es ist …« Ich verzog das Gesicht. »Es ist albern. Sorry.«

»Nein. Ist es nicht«, stellte Will ehrlich überrascht fest. »Nur weil du dich für etwas begeisterst, über das andere die Augen verdrehen, heißt es doch nicht, dass es albern ist. Hast du mich vorhin nicht über unser Zelt sprechen hören?«

Ich musste lachen. »Doch. Du warst sehr leidenschaftlich bei der Sache.«

Er lächelte und beugte sich leicht vor. »Es ist ein fantastisches Zelt. Es ist kühl. Es ist dunkel. Es hat sogar einen gewissen Schallschutz. Diese furchtbare Musik würde man darin gar nicht hören.« Er nickte zu den Deckenlautsprechern.

»Furchtbare Musik?«, fragte ich und lauschte. Gerade spielte Beethovens 5. Symphonie. Nicht mein persönliches Lieblingsstück, aber es als furchtbar zu bezeichnen, war … furchtbar!

»Ja. Ich kann nichts mit klassischer Musik anfangen.«

Die wenigsten konnten es, und wie automatisch öffnete ich den Mund, um zu sagen, dass es mir genauso ging und ich sie auch nicht mochte. So wie ich es immer automatisch tat, um besser reinzupassen und keine Diskussion loszutreten. Doch dann hielt ich inne. Denn warum sollte ich? Was hatte ich zu verlieren, wenn ich einfach die Wahrheit sagte? Wenn Will mein Wellensittich-Mord nicht abschreckte, würde es meine Mozart-Liebe auch nicht tun. Also atmete ich tief durch, lächelte und meinte: »Ich liebe sie.«

»Wirklich?« Das Wort war nicht vorwurfsvoll. Nur … interessiert.

»Ja. Ich bin damit aufgewachsen. Mein Vater ist Cellist, meine Schwester professionelle Geigerin. Ich spiele selbst, seit ich ein Kind bin, Violine. Ich finde, keine Musik geht einem so unter die Haut wie ein gutes klassisches Orchester, das *Eine kleine Nachtmusik* von Mozart spielt.« Ich lächelte breit. »Aber du weißt schon: Eminem und Taylor Swift sind auch cool.«

Er lachte leise. »Nichts gegen Slim Shady. Er hat mir beigebracht, wie tief ich meine Hose wirklich tragen kann. Und man kann viel über Taylor Swift sagen, aber sie schreibt all ihre Songs selbst und ist eine verdammt beeindruckende Persönlichkeit.«

»Das ist sie«, bestätigte ich grinsend und zog mein Handy aus der Tasche, das mit einer Nachricht vibriert hatte. Elisa wollte wissen, wo ich steckte.

»Und?«, fragte Will und trank einen Schluck Kaffee. »War das Leon?«

Skeptisch sah ich auf. »Du hast den Namen vorhin auf meinem Bildschirm gesehen, oder?«

»Oh ja«, sagte er nüchtern.

»Hast du auch gelesen, was Leon geschrieben hat?«

»Natürlich habe ich das.«

Ich hob belustigt einen Mundwinkel. »Das ist wirklich sehr unhöflich von dir. Ich werde ein ernstes Wort mit deiner Mutter reden müssen, damit sie nicht weiter für dich und deinen guten Charakter bürgt.«

»Ach, ich denke, wir haben etabliert, dass es mein Ding ist, aus Versehen Nachrichten zu lesen, die nicht für mich bestimmt sind. Ich war nur … neugierig.«

Ich schnaubte. »Zu deiner Information: Die Nachricht gerade eben war nicht von Leon. Sie war von meiner Mitbewohnerin. Aber ja, ich treffe mich am Samstag mit ihm.«

»Also hast du ihm gesagt, was du für ihn empfindest? Und das nicht einmal zwei Wochen nach Erstellung deiner Liste?«, schlussfolgerte Will sichtlich beeindruckt.

Meine Brust zog sich unangenehm berührt enger. »Nun … Nein.«

»Aber ihr habt ein Date?«

»Na ja … nicht so wirklich.« Ich strich mir fahrig eine Haarsträhne hinter die Ohren. »Ich helfe ihm beim Erstellen eines Fragebogens für seine Firma.«

Will presste die Lippen zusammen und sah mich mit gehobenen Augenbrauen an.

»Ich weiß«, sagte ich seufzend. »Es ist nicht unbedingt ein Liebesgeständnis.«

»Es ist *auf gar keinen Fall* ein Liebesgeständnis«, korrigierte er mich.

»Jaja.« Verärgert winkte ich ab. »Aber das Ganze ist nicht so einfach!«

»Wieso nicht? Ihr seid befreundet, du und dieser Leon?«

»Ja.«

»Dann geh zu ihm und sag: Hey. Ich mag dich. Mehr als nur als Freund.«

Verblüfft öffnete ich den Mund. »Das kann ich unmöglich machen.«

»Warum nicht?«

»Nun, weil er dann weiß, dass ich ihn mag!«, erwiderte ich perplex.

Irritiert blinzelte Will. »Ich dachte, das ist dein Ziel.«

»Ja, natürlich … Aber doch erst, wenn er mich auch mag! Ich muss ihm erst die Chance geben, sich in mich zu verlieben. Und dann, wenn ich weiß, dass er auf mich steht, kann ich ihm sagen, dass ich auch auf ihn stehe.«

Einige Sekunden lang starrte Will mich an, als säße auf meinem Rumpf ein Kürbis anstelle eines Kopfes. Dann sagte er sachlich: »Das ist nicht logisch.«

Ich musste lachen. »Wieso nicht?«

»Nun, was ist, wenn er dasselbe denkt? Wenn er ebenfalls erst zugeben will, dass er dich mag, wenn er sich deiner Gefühle sicher ist? Dann erfährt keiner von euch je die Wahrheit, und ihr bleibt beide euer Leben lang unglücklich.«

»Mhm«, machte ich und wiegte den Kopf von der einen auf die andere Seite. »Das ist ein Risiko, ja.«

»Und trotzdem willst du es ihm nicht einfach sagen?«

»Auf gar keinen Fall!«

Kopfschüttelnd und ein wenig verstört aussehend, fixierte er mich mit seinem Blick. Dann wiederholte er: »Das ist nicht logisch.«

»Es ist *vorsichtig!* Und greife ich dich etwa persönlich an, wenn ich nicht logisch handele?«

»Ein wenig, ja«, meinte er unumwunden.

Mein Lachen wurde lauter. »Du magst Logik?«

»Logik ist das Einzige, auf das man sich verlassen kann.«

»Aber bei Gefühlsdingen ist Logik nicht … relevant. Genauso wenig wie Ehrlichkeit.«

»Warum nicht?«

Ich schnaubte. »Weil es gruselig ist, ehrlich zu sein, wenn es um die eigenen Gefühle geht.«

»Wieso?«

»Weil man zurückgewiesen werden kann!«

»Na und?«

»Na und?«, echote ich perplex. »Dein Ernst?«

»Na ja.« Er hob eine Schulter. »Ist es nicht besser, sofort zurückgewiesen zu werden, als monatelang auf eine Beziehung zu hoffen? Sich monatelang nach dem anderen zu verzehren und sich nur auszumalen, dass er die Gefühle erwidert?«

Monatelang? Oh, was für ein Anfänger. »Keine Ahnung, ob es *besser* ist, aber … die Hoffnung ist schön. Ebenso wie die Bilder, die ich mir ausmalen kann.«

»Aber sie werden möglicherweise niemals real.«

Oh Mann. Erst kam er mir mit Logik, dann mit der Realität? Er kannte mich trotz Liste wohl noch nicht allzu gut. »Okay, lass mich das klarstellen«, meinte ich und beugte mich auf die Ellbogen gestützt auf dem Tisch vor. »Wenn *du* Gefühle für jemanden hast, dann gehst du einfach zu ihm oder ihr hin und sagst: *Hey, ich mag dich.*«

»Ja«, erwiderte er verdutzt.

Schnaubend verdrehte ich die Augen. Das war doch gelogen.

»Es ist die Wahrheit«, beharrte Will, als hätte er meine Gedanken gelesen.

»Aha. Und trotzdem bist du Single, oder?«

Er hob einen Mundwinkel. »Ich war nicht *immer* Single.«

Nein, natürlich nicht. Männer mit seinem Kiefer und Kontostand waren es nie.

»Mein Punkt ist«, fuhr er unbeirrt fort. »Ehrlichkeit ist immer der richtige Weg.«

»Wirklich?«, fragte ich gedehnt und warf ihm meinen besten ironischen Blick zu. »Dein ältester Freund fragt, ob die teure Krawatte, die er sich gerade gekauft hat, gut aussieht, und du antwortest: *Nein, sie ist absolut hässlich!*«

»Wenn sie hässlich ist? Dann ja.«

»Aber damit verletzt du seine Gefühle!«

»Wieso? Ich habe nicht ihn hässlich genannt, sondern die Krawatte. Und wenn er den Bon noch hat, kann er sie umtauschen, und ich bewahre ihn davor, mit einer schrecklichen Krawatte herumzulaufen.«

Widerwillig musste ich lachen. »Okay, dein neuster Freund fragt, ob er dick ist, und du sagst …«

Will seufzte. »Ich weiß, worauf du hinauswillst, Svea. Und ich würde niemals Menschen, die ich gern hab, absichtlich verletzen, nur um ehrlich zu sein. Es gibt immer noch die Möglichkeit, *nicht* zu antworten. Aber bis zu einem gewissen Grad sollte es einem egal sein, ob man sein Gegenüber wütend macht oder verletzt. Langfristig ist Ehrlichkeit wichtiger als gekränkter Stolz oder angeschlagene Emotionen. Mit Lügen mögen wir Menschen kurzfristig glücklich machen, aber mit Ehrlichkeit plant man für die Zukunft. Und letztendlich investieren wir doch in Beziehungen, um ein langfristig zufriedenstellendes Endprodukt vorweisen zu können, oder nicht? Je ehrlicher wir sind, desto reibungsloser ist der Prozess und desto glücklicher sind wir am Ende.«

»Wow«, sagte ich fassungslos und weitete die Augen. »Du redest, als wäre das Leben ein Geschäft. Oder eine Lieferkette. Und Emotionen sind dann … was? Der Papierkram? Den man korrekt ausfüllen und ordentlich abheften sollte, damit man am Ende weniger Arbeit hat?«

Er nickte. »Das ist tatsächlich eine gute Analogie.«

»Nein, ist es nicht!«, widersprach ich kopfschüttelnd. »Das Leben ist nicht planbar, und Beziehungen sind kein Arbeitsprozess, den man mit ein paar Excel-Formeln vereinfachen kann. Emotionen sind unordentlich. Liebe sowieso. Und manchmal ist eine kleine Lüge nichts Schlechtes.«

Will hob eine einzelne Augenbraue. »Sagt die Frau, die weniger lügen will, weil sie sich in ihre eigenen Unwahrheiten verstrickt hat?«

Ich zog eine Grimasse. Mist. In diesem Moment war es wirklich ärgerlich, dass er die Liste kannte. »Das ist nicht fair«, murmelte ich. »Du darfst mich nicht für das, was du *aus Versehen* über mich gelesen hast, verurteilen.«

»Was? Ich verurteile dich nicht.« Überrascht setzte er sich aufrechter hin. »Ich finde dich nur … faszinierend.«

»Oh.«

War das gut oder schlecht? War es *faszinierend* wie die Tatsache, dass Wombats Würfel kackten, oder *faszinierend* wie die wissenschaftliche Erkenntnis, dass Psychopathen keine Gehirnaktivität in den Arealen hatten, die mit dem Furchtsystem zusammenhingen? Na gut, wenn ich ehrlich war, waren beides blöde Beispiele. Ich wollte weder mit Kacke noch mit Psychopathen verglichen werden.

»Was ist faszinierend?«, fragte ich deshalb sicherheitshalber nach.

»Dass du nicht nur bei schlimmen Dingen lügst«, meinte er.

»Bei schlimmen Dingen?«

»Na ja, ich kann nachvollziehen, warum man seinen gläubigen Eltern verschweigt, dass man aus der Kirche ausgetreten ist. Selbst die Sache mit Flying Louie ergibt noch irgendwie Sinn für mich. Aber ...« Zögerlich rieb er sich über den Nacken, sodass sich sein Hemd über die Brust spannte. »Warum dich nicht bei deinem Kollegen dafür entschuldigen, dass die veganen Kekse Ei enthalten haben? Warum darüber lügen, Sport zu mögen? Kandinsky zu mögen? Den Spitznamen *Motte?*«

Ich senkte den Blick und lächelte matt. Unterm Strich verstand er nicht, warum man flunkern sollte, um sich beliebter zu machen. Andere davon abzuhalten, wütend auf einen zu sein. Gebildeter oder einfach nur ein bisschen besser zu wirken als sein reales Ich.

Und natürlich verstand er es nicht. Denn er war erfolgreich. Er war gut aussehend. Er hatte ein Konto, wahrscheinlich sogar mehrere, voller Geld. Sein Leben war ... objektiv gut. Vermutlich so ordentlich wie der absurde Schreibtisch in seinem Büro. Seine Art und Weise, es zu führen, sozial anerkannt.

Es war das komplette Gegenteil von meinem.

William Grant war bestimmt noch nie in einem Haufen Chipskrümel aufgewacht, geschmolzene Schokolade in seinen Haaren. Er war sicherlich noch nie von einem Arbeitskollegen gefragt worden, ob er so durcheinander und unorganisiert sei, weil er inkompetent war oder gerade seine Tage hatte. Er hatte sich vermutlich noch nie vor seiner superdünnen Schwester dafür rechtfertigen müssen, dass seine Jeans zu eng war. Oder sich von seinen Eltern anhören müssen, dass er etwas exzentrisch und *larifari* sei. Was immer das auch bedeuten mochte. Wenn William Grant ein Wort nicht verstand, dann lachten die Umstehenden wahrscheinlich nur, bevor sie es ihm erklärten. Wenn ich ein Wort nicht verstand, bedachte man mich mit einem herablassenden Blick, der mir zu verstehen gab, wie dumm ich war.

William Grant machte sich bestimmt keine Sorgen darüber, ob Leute ihn mochten, weil eben alle es taten. Oder zumindest vorgaben, es zu tun. Er war vermutlich niemals unzulänglich, egal, wo er sich gerade befand. Also natürlich, *natürlich* verstand er nicht, warum ich ab und an log, um mich besser zu fühlen.

»Wo bist du hin?«

Ich blinzelte und sah auf. Mitten in Wills fragendes Gesicht. »Was?«

»Du warst kurz weg. An einem anderen Ort.«

»Oh, in meinen Gedanken.«

»Und?« Er lächelte schief. »Schön dort?«

»Oh ja. Vor allem im Winter«, erwiderte ich und hob ebenfalls die Mundwinkel. »Also. Du bist immer ehrlich?« Ich hoffte, dass er vergaß, dass ich seine Frage nicht beantwortet hatte, wenn ich ihm einfach eine eigene stellte.

»Immer.«

»Außer, wenn es um von mir erfundene Termine und Whiskey geht?«

»Wenn meine Freunde mich fragen würden, ob ich Whiskey mag, würde ich ehrlich antworten. Aber sie fragen nicht«, sagte er.

Ich schnaubte. »Oh, komm schon. Das ist eine Ausrede. Es kann einfach nicht stimmen. Du bist nicht *immer* ehrlich.«

»In der Regel, ja. Außer, es lässt sich nicht vermeiden. Wie bei der Termin-Lüge vorhin. Da hätte ich dich bloßgestellt, wenn ich die Wahrheit gesagt hätte.«

»Mhm.« Provokant hob ich das Kinn. »Ich könnte dir also jede Frage stellen, und du würdest ehrlich antworten?«

»Ja.«

»Okay. An welchem Ort hast du deine Unschuld verloren?«

Er schmunzelte. »Du kannst mich *alles* fragen – und das ist es, was du wissen willst?«

»Ich stand unter Leistungsdruck«, sagte ich verärgert. »Und du hast nicht geantwortet.«

»Ja, entschuldige. Aber darüber möchte ich nicht reden.«

Ich öffnete den Mund, blinzelte … ah. Richtig. Das konnte man auch sagen. Dann musste man nicht lügen.

»Das war ein gemeines Schlupfloch«, protestierte ich.

»Es war ehrlich.«

Frustriert stieß ich Luft aus. »Schön. Du hast gewonnen! Ich glaube dir. Du bist immer ehrlich. Du bist die seltenste aller Tierarten.«

»Ich wollte nicht *gewinnen*«, sagte er ruhig. »Worauf ich eigentlich hinauswollte, Svea: Bist du auch schon einen einzigen Punkt deiner Liste richtig angegangen?«

»Na ja, ich *versuche,* weniger zu lügen …«

»Und? Klappt das gut?«

Stöhnend sank ich im Stuhl zusammen und stopfte das letzte Stück Muffin in mich hinein, bevor ich mit vollem Mund verkündete: »Es ist eine Katastrophe!« Ich schluckte hinunter und seufzte schwer. »Aber es ist so schwierig. Ich muss mich nur vor mir selbst rechtfertigen, wenn ich die Liste nicht durchziehe. Niemand anderes weiß davon.«

»Ich weiß davon«, sagte Will ungerührt.

Ich prustete. »Ja. Und du wirst mir einen blauen Brief schreiben, wenn ich sie nicht einhalte?«

Will verengte nachdenklich die Augen, bevor er murmelte: »Ich könnte.«

Blinzelnd richtete ich mich auf. »Was?«

»Ich könnte«, wiederholte er. »Dir einen blauen Brief schreiben. Dich ins Klassenbuch eintragen. Dich mit Wasserballons abwerfen. Dich dazu zwingen, Eminem und Taylor Swift mit mir zu hören, wenn du die Liste nicht abarbeitest.«

Ich lachte laut. »Wirklich?«

»Ja.«

Eindringlich, aber auch nachdenklich sah er mich an – was mich etwas unruhig werden ließ. Denn sein Gesicht blieb gruselig ernst dabei.

»Ich meine es ernst«, sagte er wie auf Kommando. »Du hast völlig recht. Der Druck, die Liste zu schaffen, ist nicht groß genug. Wenn du mich nicht praktisch dazu gedrängt hättest, hätte ich es in einem halben Jahr wahrscheinlich immer noch nicht hinbekommen, vor fünf das Büro zu verlassen.«

»Meinst du?«

Er presste die Lippen zusammen. »Ich *weiß* es. Und wenn dir niemand in den Hintern tritt, stehen vermutlich noch in zwei Jahren die pornografischen Figuren deiner Mutter in deiner Wohnung.«

Ich verzog das Gesicht. Er hatte meine Liste wirklich viel zu gründlich gelesen. »Also was genau schlägst du vor? Wir beide spielen gegenseitig unsere … Listen-Aufpasser?«

»Ja«, sagte er leichthin. »Warum nicht?«

»Na ja, weil …« Ich hielt inne. Denn mir fiel kein guter Grund ein. Außer … »… weil es verrückt ist!«

»Wieso?«

»Wir kennen uns kaum.«

»Aber wir kennen die Listen und brauchen offensichtlich Hilfe dabei, unsere Ziele zu erreichen. Und ich habe nicht das Verlangen, meine Liste noch einer weiteren Menschenseele zu zeigen. Du etwa?«

»Um Gottes willen, nein!« Allein die Vorstellung ließ mich erschaudern.

»Eben. Also, die logische Schlussfolgerung ist, dass wir einander helfen müssen.«

Die logische Schlussfolgerung … Gott, der Kerl machte mich fertig. »Aber – was ist, wenn ich zu manchen Punkten nicht gedrängt werden will? Wenn ich sie in meinem Tempo erledigen möchte?«, fragte ich unsicher und presste meine Unterlippe mit Daumen und Zeigefinger zusammen.

Denn wenn es nach Will ging, würde ich morgen mit Herzchenballon bei Leon auf der Matte stehen und ihm ein Liebeslied singen müssen.

»Dann legen wir das als Regel fest«, sagte er sofort und zog Stift und Papier aus seiner Umhängetasche. »Wir dürfen einander helfen – aber nicht drängen. Nur unterstützen. Nicht füreinander entscheiden.«

»Ja, und wir dürfen nicht über die Liste des anderen urteilen. Oder sie jemand anderem verraten«, sagte ich sofort. »Niemals. Das sind intime, persönliche Details, über die sollte nicht hergezogen werden.«

Will nickte zufrieden, offenbar war das logisch genug für ihn, und notierte es unter Punkt eins auf seinem Blatt Papier. »Außerdem dürfen die Listen nicht unserer Arbeit in die Quere kommen.«

»Ja, das ist wichtig«, stimmte ich zu, während ich gleichzeitig dachte: Was zur Hölle taten wir hier? Wollten wir das ernsthaft durchziehen? Einem fast fremden Menschen bei der Lösung seiner Lebensprobleme helfen? Es war lächerlich – und gleichzeitig hatte Will recht. Ich würde die Liste vermutlich niemals erledigen, wenn mir niemand in den Hintern trat. Ich war zu ängstlich, zu vorsichtig, zu unsicher …

»Ich habe noch eine Regel«, riss mich Will aus den Gedanken, und ich blickte auf.

»Was für eine?«

Er räusperte sich, bevor er Blickkontakt suchte. Sich seine dunklen Augen in meine hellen brannten. »Du darfst mich nicht anlügen«, flüsterte er schließlich.

Ich lächelte etwas unsicher. »Na, das passt doch gut zu meiner Liste.«

Er lächelte nicht. »Ich meine es ernst, Svea. Ich bin ehrlich. Du bist ehrlich. Wir sind ehrlich. Das ist mir wichtig. Ich will, dass wir einander helfen. Keine Lügen. Kein Drama.«

Ich schluckte, nickte jedoch. »Verstehe. Aber mach dir mal keinen Kopf. Ich muss dich nicht anlügen.«

»Tatsächlich nicht?«

»Nein.« Ich lachte trocken auf. »Du weißt schon alles Schreckliche über mich. Was sollte ich dir noch verheimlichen?«

Ein unsicheres, fast schüchternes Lächeln flackerte über sein Gesicht. »Das ist ein guter Punkt. In Ordnung. Also haben wir einen Deal?«

Er streckte seine Hand aus.

Ich starrte sie nur an.

Er hob eine Augenbraue.

Ich seufzte gequält und schüttelte sie. »Gott, wir sind bescheuert.«

»Wir sind pragmatisch und ehrlich«, widersprach er schmunzelnd. »Wir wollen etwas an unserem Leben ändern und wissen, dass wir es nicht allein schaffen – also haben wir uns die logische Lösung gesucht.«

Ich stöhnte laut. »Im Auftrag deiner geliebten Ehrlichkeit muss ich dir sagen, dass es mich aufregen wird, wenn du dauernd von Logik und Pragmatik faselst.«

Er grinste und stand auf. »Ist notiert. Ich schick dir eine Kopie unserer Regeln, ja?«

»In Ordnung.« Ich seufzte. »Und da wir gerade bei unseren Listen sind: Was genau bedeutet der Punkt auf deiner mit *Ein Privatleben zulegen. Vielleicht?*«

»Das erklär ich dir dann beim nächsten Mal. Ich muss los.«

Skeptisch verengte ich die Augen. »Wohin? Du hast frei, schon vergessen?«

»Ja, aber ein Freund hat vorhin gefragt, ob ich meine untypische Freiheit nicht dazu nutzen will, mit ihm trainieren zu gehen.«

»Wirklich?«, fragte ich gedehnt. Das hörte sich nach einer Ausrede an, die ich erfinden würde, wenn mir ein Treffen zu unangenehm wurde. Zum Beispiel, wenn man gerade mit Handschlag besiegelt hatte, einander bei seinen Neujahrsvorsätzen zu helfen.

Will lächelte und lehnte sich zu mir vor, sodass ich seinen Atem auf meiner Wange spüren konnte. »Nicht jedes Handy vibriert bei einer Nachricht, weißt du?«, murmelte er, bevor er mir sein Display zeigte.

Da war eine Nachricht von einem gewissen Ben, der meinte:

Ben
Nicht zu fassen, Batman kommt vor sechs aus seiner Höhle. Na dann – Lust, zusammen zu trainieren?

Ich seufzte. Japp. William Grant war immer ehrlich. »Schön. Dann viel Spaß.«

»Danke. Ich schick dir meine Handynummer per Mail. Darüber können wir leichter kommunizieren«, murmelte er und trat schon auf den Ausgang zu, als er sich noch ein letztes Mal umdrehte. »Es war der Rücksitz eines Audis.«

Ich blinzelte. »Was?«

»Der Ort, an dem ich meine Unschuld verloren habe.« Er lächelte, hob die Hand und verschwand aus der Tür.

KAPITEL 8

Am nächsten Morgen wachte ich mit dem Gefühl auf, einen Pakt mit dem Teufel geschlossen zu haben. Einem gut aussehenden, sehr ehrlichen Teufel, der seine Hörner gekonnt unter braunem, zerzaustem Haar versteckte … aber nichtsdestotrotz dem Teufel.

Der zumindest musste mich geritten haben, um der Sache zuzustimmen. Will mochte es *logisch* nennen, aber ich hatte den Eindruck, dass er das Adjektiv anders definierte als ich.

Ich fand es *logisch,* meinem Nachbarn zu erzählen, dass ich das ganze Wochenende auf diversen Partys unterwegs gewesen wäre und deshalb mein Paket nicht hatte annehmen können – obwohl ich dem DHL-Mann nur nicht aufgemacht hatte, weil meine Haare fettiger als eine Packung Butter gewesen waren und ich den ganzen Samstag keinen BH getragen hatte.

William Grant fand es logisch, unsere professionelle *Oh Gott, er hat meine Liste gelesen*-Beziehung auf die sehr persönliche *Cool, er sorgt dafür, dass ich sie auch erledige*-Ebene zu heben.

Stöhnend stieg ich aus dem Bett und stellte mich unter die Dusche, doch das heiße Wasser versagte darin, mir die Zweifel von der Haut zu waschen. Dafür saßen sie wohl zu tief. Wenn ich ehrlich war, machte mir die Aussicht auf die nächsten Wochen ziemlich Angst. Nicht weil ich glaubte, dass Will eine unserer Regeln brechen und meine Geheimnisse weitererzählen könnte, nein. Sondern weil ich fürchtete, dass er Abmachungen sehr, sehr ernst nahm und nicht eher ruhen würde, bis wir jeden Punkt auf unseren Listen gestrichen hatten. Dabei fühlten sich ein paar von ihnen sehr wohl auf ihrem neuen, papierenen Zuhause. Sie waren eher so eine fixe Idee meines verkaterten Ichs gewesen. Dinge, die ich ändern sollte, aber nicht unbedingt ändern *wollte.*

Ich hatte dieses *Ich möchte, dass sich etwas verändert, aber möchte nichts ändern*-Gefühl. Dieses Gefühl, das einem sagte, dass es zu schwer war, etwas an seinem Leben zu ändern. Sodass man sich einredete, man sei doch eigentlich ganz zufrieden. Weil die Anstrengung, etwas anders zu machen, zu groß war.

So schlimm war mein Leben doch gar nicht. Die paar Lügen, die ich erzählte, machten niemandem etwas aus! Und wenn ich Leon weiter aus der Ferne anschmachtete, konnte er mich zumindest nicht zurückweisen.

Frustriert über mich selbst, legte ich den Kopf in den Nacken. Es war die beste und furchtbarste Idee zugleich gewesen, diese Abmachung mit Will zu treffen. Denn einerseits stresste sie mich total, aber andererseits hätte ich meine Vorsätze ansonsten vermutlich zu genau diesem Zeitpunkt aufgegeben.

Gott! Ich war so ein Feigling. Ich *brauchte* einen Aufpasser. Das war tragisch, aber wahr.

»Was stöhnst du hier frühmorgens schon so rum – und nicht auf die gute Art und Weise?«, wollte Elisa wissen, die im Schlafanzug, einen Becher Kaffee in der Hand, an unserem Tisch saß, als ich im Bademantel und mit Handtuchturban auf dem Kopf aus dem Bad stapfte.

»Ich habe gestern möglicherweise etwas Dummes … oder Geniales getan«, gab ich zerknirscht zu. Denn Einsicht war der erste Schritt zur Besserung.

»Du hast schon wieder deine Wäsche nicht gemacht und musst jetzt unter deiner Kleidung einen Badeanzug tragen, weil du keine saubere Unterwäsche mehr hast?«, fragte sie unschuldig und hielt mir eine zweite Tasse hin.

»Einmal! Einmal ist mir das passiert!«, erwiderte ich verärgert, ließ mich jedoch neben sie sinken.

Und Mist, ich hatte wirklich vergessen, die Wäsche zu machen. Okay, nein. Das war gelogen. Ich hatte sie bewusst ignoriert.

»Also ist es nicht die Wäsche, aber …?«, hakte sie nach, schüttete mir Milch in den Kaffee und schob ihn zu mir rüber.

»Danke, und ich …« Ich hielt inne. Denn ich konnte es ihr nicht sagen. Es war ein Geheimnis. Zwischen Will und mir. Außerdem: Wenn ich ihr davon erzählte, würde sie meine Liste definitiv lesen wollen. »Es ist nichts«, sagte ich hastig. »Ich komm schon drüber hinweg.«

Ich hoffte sehr, dass das keine meiner vielen Lügen war.

Elisas skeptischen Blick ignorierend, nahm ich einen Schluck von meinem Kaffee und zog mein vibrierendes Handy aus der Bademanteltasche. Ich hatte eine Mail erhalten – von William Grant.

Japp, das passte. Es war nicht einmal sieben, ich schrieb meinen Namen auf den beschlagenen Badezimmerspiegel und er bereits seine erste Mail.

Hey, Svea,
wie besprochen im Anhang unsere Vereinbarung und meine private Handynummer. Ruf mich an oder schreib mir, damit ich deine auch habe.
Liebe Grüße
Will

»Wer ist Will?«

Ich zuckte zusammen und sah ungläubig Elisa an, die schamlos über meine Schulter geschaut hatte. »Was tust du?!«

»Dich nerven, damit du mir verrätst, was du gestern Dummes oder Geniales gemacht hast«, erwiderte sie leichthin. »Oh, ist es Will? Ist Will eine dumme Entscheidung, obwohl er genial in manchen Bereichen ist?« Sie wackelte grinsend mit den Augenbrauen.

»Nein!«, sagte ich entsetzt, und Hitze kaperte meine Wangen. Der Gedanke war … lächerlich! Abgesehen davon, dass ich mir ziemlich sicher war, dass William Grant der Typ Mann war, der mit Supermodels und nicht mit mittelmäßigen Marktforscherinnen ausging, war er praktisch so was wie mein Boss. Er würde nie … Nein!

»Wer ist er dann?«, drängte Elisa.

»Er ist …« Ich wollte lügen. Ich wusste nicht einmal, warum, aber die Ausrede, dass Will der Fitnesstrainer war, den meine Schwester mir unbedingt andrehen wollte, lag mir bereits auf der Zunge und schmeckte um einiges süßer als der Kaffee. Shit, es stand schlimmer um mich, als ich dachte. Warum war die Wahrheit so unfassbar schwer für mich? Die Abmachung war doch eine geniale Idee! Ich sollte sie vielleicht ebenso ernst nehmen wie Will. Denn ich mochte mein lügendes Ich nicht sonderlich. Vor allem nicht, wenn es in Gegenwart meiner besten Freundin zum Vorschein kam.

Ich räusperte mich hastig, richtete mich im Stuhl auf und sagte: »Will – William Grant – ist der CEO von *Revolution G.*«

»Ahh. Die Firma, bei der du den Riesenauftrag gelandet hast?«

»Japp.«

»Und er gibt dir seine private Handynummer? Und du ihm deine?«

Meine Wangen waren mittlerweile zwei Kochplatten. »Ja. Wir nehmen unseren Job eben sehr ernst.« Ich reckte das Kinn. »Und das große K in meinem Vornamen steht für *Kundenzufriedenheit.*«

»Alles klar, *Ksvea*«, meinte Elisa prustend. »Aber nur, weil du jetzt dein erstes Projekt leitest, heißt das nicht, dass du doppelt so hart arbeiten musst, das ist dir klar, oder?«

Doch, das hieß es. Aber es machte mir nichts aus. Ich freute mich sogar ein wenig darauf, mich zu beweisen. »Geh duschen, Elisa«, wies ich sie an, um mich vom Lügen abzuhalten, und wedelte mit der Hand in Richtung Bad.

»So unhöflich zu der Frau, die dir Koffein gegeben hat«, meinte sie gespielt echauffiert, grinste mich jedoch an, bevor sie im Badezimmer verschwand.

Ich wartete, bis ich den Schlüssel im Schloss hörte, dann öffnete ich hastig den Anhang von Wills Mail.

Da waren sie. Unsere Regeln. Sogar von ihm unterschrieben.

Japp, ich hatte recht. Er nahm die Sache sehr ernst. Ich zog eine Grimasse, kopierte mir seine Handynummer und schrieb ihm eine Nachricht.

Svea
Hey. Hier ist deine Listenbeauftragte, danke für die Handynummer – und du solltest wirklich nicht vor sieben arbeiten. 😑

Die Antwort folgte prompt.

Will (Listenbeauftragter)
Listenbeauftragte? Ist das jetzt der offizielle Titel, mit dem ich dich ansprechen muss? Und die Liste ist keine Arbeit. Die hab ich unter Vergnügen abgespeichert.

Ich prustete. Wir waren zwei wirklich sehr unterschiedliche Menschen. Eine Liste abarbeiten war Vergnügen – dass ich nicht lachte! Wenn es keine Einkaufsliste war, auf der nichts als Eiscreme draufstand, fiel nämlich nichts, was verschriftlicht und dann mit Zahlen versehen worden war, in diese Kategorie.

Ich konnte mir nicht verkneifen, zurückzuschreiben:

Du darfst mich LB nennen. Ich bin nicht so formell. 😎 Und mehr oder weniger Vergnügen, als man auf dem Rücksitz eines Audis haben kann?

Es war merkwürdig, wie seltsam entspannt ich mich fühlte, wenn es um Will ging. Weil er so viel Schreckliches über mich wusste, dass ich keine Angst mehr davor hatte, einen schlechten Eindruck zu machen. Als bräuchte ich keinen Filter, wenn es um ihn ging.

Wird sich zeigen. Und? Heute schon gelogen?

Stirnrunzelnd dachte ich darüber nach, bevor ich tippte:

Ich hab mir selbst erzählt, dass ich vergessen hätte zu waschen, obwohl ich den Dreckberg auf meinem Schreibtischstuhl absichtlich ignoriert habe. Zählt das? 🤔

Darüber sehe ich großzügig hinweg.

Sehr freundlich 😇 Und ich dachte, wir könnten am Wochenende den einfachsten Punkt von deiner Liste streichen.

Der wäre?

Ein neues Bett.

Ahhh …

Stirnrunzelnd betrachtete ich die Nachricht. Bedeutete das jetzt, dass er mir zustimmte? Dass es wirklich der einfachste Punkt war? Oder dass er überhaupt keine Lust darauf hatte? Der Kerl benutzte keine Emojis, das verwirrte mich!

Die Antwort folgte nach wenigen Sekunden.

In Ordnung. Kannst du Samstag um zehn?

Ja. Das passte mir gut. Ich traf Leon um vier, und wir würden ja wohl kaum mehr als sechs Stunden brauchen, um ein Bett zu finden.

Deal. Gehen Leute, die mit Goldbarren unter ihrem Kopfkissen schlafen, auch zu Ikea, oder ist das unter ihrer Würde? 🤨

Definitiv unter ihrer Würde. Aber da es in meinem Fall ja Diamanten sind, sehe ich da kein Problem …

Ich musste lachen.

Schön.

Jupp. Dann sehen wir uns Samstag um zehn vor Ikea. Danke, Sven!

...

Sorry. *Svea. Obwohl ich mit Sven bestimmt auch eine tolle Zeit hätte.

Mein Lachen wurde lauter.

Alles klar. Dann bleibt nur noch eine Frage offen: Konnte man die Sitze zurückklappen?

Was?

Vom Audi 😄

Okay, ich muss zur Arbeit ... und Ja.

Noch immer grinsend, legte ich das Handy weg. Vielleicht war meine Angst unbegründet. Will war witzig. Es war leicht, mit ihm zu sprechen. Seine Ehrlichkeit war absurd, aber irgendwie auch schön. Weil man wusste, woran man war. Und wenn wir Arbeit und Liste strikt voneinander trennten, würde alles halb so wild.

Es war gut, dass wir mit dem Kauf seines Betts anfingen! Ein leichter Start war genau das, was wir brauchten.

»Hey«, sagte ich drei Tage später atemlos, sodass sich weiße Kondenswölkchen in der kalten Luft vor meinem Mund bildeten, und kam ruckartig vorm Ikea-Eingang zum Stehen, die Hände in meine stechenden Seiten gestemmt. »Sorry, ich bin zu spät. Aber mein Wecker hat nicht geklingelt und …« Ich brach abrupt ab und schüttelte über mich selbst den Kopf. Nicht lügen! Ich wollte *nicht* lügen. Das war Will. Ehrlichkeit war seine Droge. Er durfte mich nicht verurteilen. Alles war gut. »Okay, mit meinem Wecker ist alles in Ordnung«, fing ich mich. »Ich hab meine Bahn verpasst, weil ich mir noch ein Schokocroissant gekauft habe!« Entschuldigend zog ich eine Grimasse. »Shit, ich bin schlimm! Sorry.«

Zu meiner Überraschung lächelte Will schief, als ich endlich wieder ruhig genug atmen konnte, um mich aufzurichten und ihn anzusehen. »Danke. Für die Ehrlichkeit. Nicht dafür, dass du mir kein Schokocroissant mitgebracht hast.«

Ich lachte. »Es war das letzte, das sie hatten.«

Er verengte misstrauisch die Augen. »Ist das die Wahrheit?«

»Ja! Pfadfinderehrenwort.« Ich hob zwei Finger in die Luft, denn es stimmte.

»Du warst Pfadfinderin?«

»Gott, nein.« Ich prustete. »Ich hab gern vier Wände um mich herum, und die einzigen Knoten, die ich mache, sind die in meinen Haaren. Ich finde die Pfadfinder absolut albern.«

»Wirklich? Ich war Pfadfinder.«

Hitze schoss in meine Wangen, und hastig ließ ich die Hand fallen. »Ähm … ich meine … Pfadfinder können ganz cool sein, wenn …«

Er lachte leise und schüttelte den Kopf. »Es ist okay, dass du Pfadfinder albern findest, Svea! Auch wenn du, was die Knoten angeht, eindeutig was verpasst hast.«

Ich grinste. »Weil du jetzt so viel versierter in Fesselspielchen bist als alle anderen?«

»Oh ja«, sagte er gespielt ernst, und seine Stimme wurde ein paar Töne dunkler. »Wir müssen ein Bett kaufen, das sich dafür eignet.

Damit all die Jahre, in denen ich den doppelten Palstek gelernt habe, nicht umsonst waren.«

Ich lachte, musste jedoch gleichzeitig den Blick abwenden, weil meine Wangen heiß wurden. Er machte Witze, da war ich mir … fast sicher. So oder so war das kein Gespräch, das eine platonische Freundschaft zwischen Listenbeauftragten förderte.

»Du kommst mit Ehrlichkeit wirklich besser klar als die meisten.« Ich seufzte und sah ihn wieder an. »Einige Pfadfinder wären bestimmt in ihrer Ehre verletzt.«

»Ich habs dir doch gesagt«, meinte er und zuckte die Schultern. »Es gibt nichts, bei dem du nicht ehrlich zu mir sein kannst. Ich verurteile dich nicht. Versprochen.« Sein Blick verließ, während er sprach, keine Sekunde lang meine Augen, und die Aufrichtigkeit in seiner Stimme ließ meinen Magen verkrampfen. Er verurteilte mich nicht … Niemals?

Wer war dieser Mann?

»Okay«, sagte ich zögerlich. »Wenn das so ist: Ich fand es sehr mutig von dir, mir deine Liste zu schicken – würde aber grundsätzlich nicht jeder Frau, die dir aus Versehen das Herz ausschüttet, intime Details aus deinem Privatleben verraten.«

»Warum nicht?«

»Na ja, du kannst doch keine so brisanten Infos einfach rumschicken!«, meinte ich und schnalzte mit der Zunge, bevor ich betont dramatisch fortfuhr: »Du bist William Grant. Alleinerbe des *Revolution-G*-Imperiums. Heißer Millionär. Nicht zu vergessen ein Phantom, über das nichts im Internet steht.« Kopfschüttelnd und gespielt ernst sah ich ihn an. »Ich hätte deine Liste für eine enorme Summe an die Zeitung verkaufen können.«

Amüsiert schüttelte er den Kopf. »Das würdest du nicht wagen. Ich würde deine Schandtaten an deine Schwester verpetzen. Und …« Er lächelte und neigte interessiert den Kopf. »Ich bin ein heißer Millionär?«

Ich räusperte mich und wandte den Blick ab. Er war viel zu attraktiv, wenn er lächelte. Denn dann entstanden Fältchen um seine dunklen Augen, die seine unendlich langen, schwarzen Wimpern betonten. Das gefiel mir nicht. Wenn ich zu lange hinsah, würde mir noch klar werden, dass ich viel nervöser in seiner Gegenwart sein sollte, als ich es war. »Du kennst dein Bankkonto und dein Spiegelbild am besten, Will«, sagte ich deshalb nur leichthin und warf ihm einen ironischen Blick zu. »Und mit dem Geld der Zeitungen könnte ich meiner Schwester einen neuen Wellensittich kaufen.«

»Ah ja. Da ist was Wahres dran«, gab er zu. »Na gut. Du wirst meine einzige Listenbeauftragte bleiben.«

»Wundervoll. Sollen wir dann rein?« Ich nickte zum Eingang des gelbblauen Monstrums. »Ich hab bis vier Uhr Zeit.«

»Was ist um vier?«

Ich biss mir auf die Unterlippe. »Ähm … Ich treff mich mit Leon.«

»Ah, richtig.« Er nickte. »Um ihm bei seinem Arbeitsproblem zu helfen.«

»Jupp.«

»Hast du dich deswegen so schick gemacht?« Sein dunkler Blick glitt an meiner Erscheinung hinunter … und unangenehm berührt trat ich von einem Bein auf das andere. Wills Ausdruck war so intensiv, dass ich das Gefühl hatte, er könnte geradewegs durch meine Kleidung hindurchsehen.

»Ist es zu offensichtlich?«, fragte ich verunsichert und sah auf meine Beine, die in einer dem Januarwetter nicht angemessenen dünnen Strumpfhose steckten.

»Nein, ich denke nicht.« Sein Blick huschte zurück zu meinem Gesicht. Tastete sich über meine Lippen bis zu meinen Augen vor, sodass meine Haut anfing zu kribbeln. »Du hast nur die Haare offen. Bis jetzt hattest du sie immer im Zopf.«

»Oh …« Ich blinzelte irritiert. Das war ihm aufgefallen? »Na ja … Ich habe sie heute gewaschen.« Fahrig fuhr ich mit den Fingern durch meine straßenköterfarbenen Haare, die zugegebenermaßen nicht natürlich gelockt waren. »Es käme mir wie Verschwendung vor, das nicht zu zeigen.«

Er lächelte schief. »Nun, es hat sich gelohnt«, meinte er und glitt mit dem Blick seiner dunkelbraunen Augen die Konturen meines sicherlich sehr roten Gesichtes ab. »Okay. Ich hoffe, wir sind bis vier fertig.«

Irritiert blickte ich auf seine Armbanduhr, die unter seinem grünen Jackenärmel hervorblitzte. Es war zwanzig nach zehn. »Wir kaufen doch nur ein neues Bett, oder? Keine gesamte Einrichtung?«

»Ja. Aber das Bett ist wichtig.«

»Sie haben hier eine große Auswahl«, sagte ich optimistisch. »Wie alt ist dein Bett denn? Und was willst du daran ändern?«

»Sehr alt – und alles«, war seine schlichte Antwort, und endlich ließ er den Blick von meinem Gesicht sinken.

»Und warum hast du dir bis jetzt noch kein neues gekauft?«

Eine Sekunde lang kam es mir so vor, als würden sich Wills Schultern versteifen. Als entstünde ein harter Zug um seinen Mund. Doch als er im nächsten Augenblick lässig abwinkte und mit »Bin nicht dazu gekommen« antwortete, war ich fast davon überzeugt, es mir eingebildet zu haben. Fast.

»Lass uns reingehen«, murmelte er und rieb sich den Nacken.

»Klar.«

Ich lief ihm voran zu der Drehtür und atmete tief durch. Zwei Stunden. Maximal. Dann wären wir wieder draußen. Wir wollten ein Bett kaufen! Kein Raumschiff.

KAPITEL 9

Ich weiß nicht«, sagte Will zwei sehr lange Stunden später und trat stirnrunzelnd zurück, während er den Blick missbilligend über das Boxspringbett vor ihm gleiten ließ. Als wäre es ein Zelt, das sich erdreistete, keine *Fresh-&-Black*-Technologie zu benutzen.

»Was weißt du nicht?«, fragte ich angespannt.

»Na ja, der Bettkasten ist mir … zu eckig.«

Ich presste die Lippen aufeinander. »Zu eckig? Es ist ein Bettkasten. Er *muss* eckig sein. Sonst lachen die anderen Bettkästen ihn aus, und er verliert seinen Titel als *Kasten!*«

»Ja, schon klar …« Die Furchen in seiner Stirn vertieften sich. »Aber das Kopfteil ist im Vergleich dazu so unfassbar … rund.«

»Bitte, was?«

Mit zusammengepressten Lippen sah ich ihn an. Mir fiel es sehr schwer, eine passende Antwort darauf zu finden. Möglicherweise, weil ich langsam die Geduld mit ihm verlor. Will mochte in seinem Aufzug aus schwarzer Jeans, blauem Norweger-Pullover und mittlerweile Fünftagebart aussehen wie ein normaler Mensch – aber nichts, was er in den letzten Stunden von sich gegeben hatte, ließ auch nur ansatzweise darauf schließen. Er hatte ein Muster. Er stand fünf Minuten wortlos vor jedem Bett, inspizierte es genau und fällte dann sein Urteil. Das bisher nicht sonderlich gut ausgefallen war. Mir war klar, dass er der CEO eines Multimillionen-Euro-Unternehmens war und meine Karriere von dem Auftrag von *Revolution G* und seinem Wohlwollen abhing. Aber wir wollten Arbeit und Liste voneinander trennen – und meine Güte, Listen-Will war kurz davor, mich ernsthaft aufzuregen.

»Der Kontrast ist absurd«, murmelte er nachdenklich. »Rund und eckig …«

»Du musst Fußball ja richtig scheiße finden«, erwiderte ich trocken.

Seine Mundwinkel zuckten. »Nein. Es ist zwar kein Rugby, aber kein Sport ist perfekt. Wie kommst du drauf?«

Oh mein Gott. »Will: Dir ist klar, dass du albern bist, oder?«, sagte ich betont ernst und gab mir Mühe, meine Stimme ruhig zu halten.

Er schnaubte und warf mir einen ironischen Seitenblick zu, bevor er wieder den zu eckigen Bettkasten fixierte. »Nein. Albern ist es, E-Mails in Comic Sans zu schreiben.«

»Hey, Herr Times New Roman!«, beschwerte ich mich sofort. »Es geht hier gerade um dein Bett, nicht um meine kreative Mailfreiheit – und wir reden nicht über die Arbeit.«

»Ich wollte nicht …«

»Nein!«, unterbrach ich ihn und hob warnend den Zeigefinger. »Sonst stell ich dir deine Zeit mit mir in Rechnung. Wir wollten Listen und Arbeit strikt voneinander trennen. Das war doch deine Idee. Entspann dich einfach. Ein neues Bett zu kaufen, sollte Spaß machen.«

Er seufzte, bevor er murmelte: »*Entspannen … Spaß …*« Als wären ihm diese Wörter in etwa so fremd wie die Delphi-Methode. Als wäre es ein Ding der Unmöglichkeit, unsere heutige Aufgabe mit ihnen in Verbindung zu bringen.

Und scheiße, er behielt recht.

Ein Bett mit William Grant zu kaufen, war weder entspannt noch sonderlich witzig! Es war die reinste Geduldsprobe. Als würde ich versuchen, meiner Mutter übers Telefon zu erklären, wie sie einen Gruppenchat bei Whatsapp eröffnete – nur um herauszufinden, dass sie ihn nutzen wollte, um mit mir und meiner gesamten Familie über meine Ernährung zu diskutieren.

Der zu eckige Bettkasten war nur der Anfang. Der nächste war Will zu niedrig. Das Gerüst darauf war zu metallen. Das danach zu hölzern. Manchmal war das Kopfteil zu rund, andermal zu spitz.

Will waren die Füße des teuersten Betts zu quadratisch, die des billigsten Betts zu schmal. Das Verkaufsschlagerbett war ihm zu schwarz und das darauf zu blau und zu weiß. Die Beine des Betts ohnehin *zu klauenhaft*.

»Was soll das überhaupt bedeuten, *zu klauenhaft?*«, fragte ich scharf und tippte ungeduldig mit dem Fuß auf den Boden.

»Es bedeutet, dass ich in einem Bett, nicht in dem Maul eines Bären schlafen möchte«, sagte er abwesend, während er kritisch mit dem Zeigefinger über das *zu grobkörnige* Holz des Betts vor ihm fuhr.

»Niemand achtet auf die Füße eines Betts«, erwiderte ich zähneknirschend und stopfte meine Fäuste in die Taschen meiner Jacke.

»Ich achte drauf. Und das Bett hat keine gute Qualität. Das Holz wird in zwei bis drei Monaten splittern.«

»Hast du Bettologie studiert, oder woher weißt du das?«, presste ich angestrengt hervor.

»Nein, BWL«, erwiderte er ungerührt. Nicht im Mindesten davon beeindruckt, dass meine Stimme eine Oktave höher gerutscht war. »Aber ich habe eine Menge Meinungen zu Betten.«

»Das kommt klar rüber!« Meine Stimme hörte sich mittlerweile an, als hätte sie bereits einen Weg durch die Müllpresse hinter sich. »Was war mit dem letzten Bett? Da hat dir doch zumindest die Form gefallen.«

»Das war zu schwarz.«

»Wie, in Gottes Namen, kann ein Bett *zu schwarz* sein? Schwarz ist schick!«, sagte ich aufgebracht.

»Schwarz ist traurig.«

Ich biss mir auf die Zunge und atmete tief durch. »Das gleiche Bett gibt es auch in Weiß und Rot und Blau!«

»Weiß ist langweilig, Rot ist zu grell, bei Blau krieg ich das Gefühl, im Meer zu liegen.«

Ein entferntes Pfeifen dröhnte in meinen Ohren, während ich

mich dazu zwang, Will ins absolut entspannte Gesicht zu sehen. »Lass mich zusammenfassen: Du willst ein unsichtbares, formloses Bett aus Titan, das über dem Boden schwebt.«

Er hob eine einzelne Augenbraue. »Gab es das irgendwo? Ich bin interessiert.«

Starr sah ich ihn an. Dann schlug ich mit der Faust gegen seinen Bizeps. Es war eine Kurzschlussreaktion. Weil es noch nie ein Mann geschafft hatte, mich derartig schnell aufzuregen. Doch Will zuckte nicht einmal – während ich irritiert die Augenbrauen zusammenzog. »*Warum* spannst du deinen Arm an?«

»Er war nicht angespannt«, erwiderte er amüsiert. »Und wofür war das denn?«

»Dafür, dass meine Worte nicht zu dir durchzudringen scheinen!«, fuhr ich ihn ungläubig an. »Und hey: *Es gibt nichts, bei dem ich nicht ehrlich zu dir sein kann.* Richtig? Das gerade war ein sehr ehrlicher Schlag! Denn du bist *unmöglich!* Du hättest sagen müssen, dass du nicht zu Ikea, sondern zum Alien-Outlet in Superheldhausen willst!«

Seine Mundwinkel zuckten. »Ich dachte, der Anfahrtsweg wäre dir vielleicht zu weit.«

»Oh, heilige Mutter Gottes«, rief ich frustriert und versenkte beide Hände in meinen Haaren. »Weißt du was? Wir entscheiden uns später für ein Bettgestell. Wir gucken jetzt erst einmal nach einer Matratze! Matratzen sollte man vor Ort aussuchen, das Bettgestell kannst du zur Not auch im Internet bestellen.« Am besten ohne mich!

»Schön«, sagte er unverbindlich und schlenderte mir voran zum Ende der Bettenabteilung, wo Dutzende unterschiedliche Matratzen auslagen – die er sofort kritisch musterte. Als stünde auf dem Schild, dass sie mit menschlichen Haaren gefüllt waren und nicht etwa mit Kaltschaum.

»Die Matratzen sind gar nicht bezogen«, meinte er langsam und beäugte das Doppelbett vor uns.

»Zum Probeliegen müssen sie nicht bezogen sein.«

»Aber Matratzen mit Bettlaken fühlen sich anders an als Matratzen ohne Bettlaken.«

Ich presste die Lippen zusammen. Sein Kinn würde sich gleich auch anders anfühlen, wenn meine Faust bekam, was sie wollte.

»Es ist unwichtig«, sagte ich angespannt. »So wie ... ob ein Bett gemacht ist oder nicht!«

Er wandte mir den Kopf zu und verzog gequält das Gesicht. »Bitte nimm das zurück. Natürlich ist es wichtig, ob ein Bett gemacht ist oder nicht.«

Ich schnaubte. »Oh, komm schon. *Niemand* macht sein Bett!«

»Ich mache mein Bett.«

»Jeden Morgen?« Meine Stimme rutschte eine Oktave höher.

»Ja.«

»Warum? Wer sieht dein Bett?«

»All meine Fesselspiel-Freundinnen – und ich.«

»Oh Gott. Du ordnest deine Gewürze auch nach dem Alphabet, oder?«, fragte ich erschöpft.

Er lächelte unschuldig. »Wonach denn sonst? Ganz sicher nicht nach Farbe!«

Kopfschüttelnd sah ich ihn an. »Will? Tu mir einen Gefallen und leg dich auf diese verdammte Matratze. Bevor ich dich schubse.«

Ich könnte schwören, dass seine Mundwinkel auf ein Neues zuckten, doch die Regung war so leicht, dass ich mir partout nicht sicher war. Es war auch egal, im nächsten Moment wurde ich ohnehin abgelenkt.

Denn Will ließ sich mit über den Kopf gestreckten Armen rückwärts auf die Matratze fallen. Dabei rutschte sein Pullover seinen Oberkörper hinauf und legte einen Streifen straffe Haut frei.

Mein Blick glitt automatisch über die sichtbaren Muskeln. Es war nicht meine Schuld. Und auch nicht die meiner Augen. Ich persönlich würde die Evolution verantwortlich machen, die mir diesen Reflex aufgebürdet hatte. Meine Doppel-X-Chromosomen wollten einfach gern wissen, ob die XY-Chromosomen-Person vor mir ihrer Statur nach zu urteilen eher Jäger- oder Sammler-Material war. Und ich, als chronische Kaloriensammlerin, konnte nicht anders, als beeindruckt von einem Jäger-Körper zu sein. Denn Holy-Moly ... Mein Mund wurde trocken, während ich die definierten Bauchmuskeln betrachtete und mir Mühe gab, der feinen dunklen Linie an Härchen nicht mit dem Blick in den Jeansbund zu folgen. Shit, ich verstand, warum Will sich nur *vielleicht* ein Privatleben zulegen wollte. Er hatte zwischen Fitnessstudio und Arbeit schlichtweg keine Zeit dafür!

»Sollten Matratzen piksen?«

Ich riss meinen Blick nach oben und versuchte, die Hitze zu ignorieren, die sich in meinem Bauch gesammelt hatte und nun mein Gesicht besuchte. »Was?«

»Die Matratze ... sticht.«

»*Was?*«, wiederholte ich, denn zurzeit ergaben seine Bauchmuskeln sehr viel mehr Sinn als seine Worte.

»Na, probier selbst!«, meinte Will und deutete auf die freie Stelle neben ihm.

Seufzend sank ich rücklings auf das freie Matratzenstück ... das vollkommen in Ordnung war! »Sie *sticht* nicht.«

»Nur manchmal. Wenn man sich bewegt«, erklärte er und rutschte von links nach rechts, sodass seine Schulter meine streifte. »Und sie wird mit jedem Moment härter.«

Stirnrunzelnd wand ich mich ebenfalls auf der Matratze, doch das einzig *Harte* war Wills unfassbar solide Seite, die meine Hüfte streifte. »Sie ist vollkommen in Ordnung.«

»Nein. Es fühlt sich an, als hätte jemand hundert Nadeln in den Stoff gewebt.«

»Ja, weil sie wussten, dass *du* kommst«, feuerte ich zurück und betrachtete wütend sein Profil.

»Ich glaube, du gestehst Matratzen ein zu großes Eigenleben zu«, meinte er leichthin und drehte sich auf die Seite, sodass seine Knie meine Beine berührten.

»Ich bin es nicht, die behauptet, von ihnen tätlich angegriffen zu werden«, gab ich genervt zurück.

»Ich auch nicht! Die Nadeln sind es, die mich angreifen.« Will grinste, und mein Magen verkrampfte sich plötzlich. Sein Gesicht lag so nah an meinem, dass ich die Lichtreflexe in seinen dunkelbraunen Iriden zählen konnte. Der Geruch nach frischen Holzspänen und etwas Klarem, Herberem stieg mir in die Nase, und für einen Moment wurde mir schwindelig. Wärme kroch meinen Hals hinauf, während ich noch immer den fremden und doch vertrauten Duft einatmete und meine Beine dort anfingen zu kribbeln, wo Wills Knie sie berührten.

Wann waren wir uns so … nah gekommen?

»Svea?« Wills Blick huschte fragend über mein Gesicht, und meine Nackenhaare stellten sich auf. War seine Stimme immer schon so rau gewesen?

»Du …« Ich schluckte, rutschte etwas nach hinten, doch dieses Bett war unendlich klein. »Du stellst dich an. Es ist keine große Sache. Es ist *nur* ein Bett.«

Das Lächeln fiel von seinem Gesicht, und sein Blick wurde auf einmal hart. Vor meinen Augen verdunkelten sich seine braunen Iriden. Drehten die Hitze auf. Schmolzen zu Zartbitterschokolade, während die Luft zwischen uns langsamer zu fließen schien. Es fiel mir schwer, gleichmäßig zu atmen. Und als Will das nächste Mal sprach, war seine Stimme eindringlich und leise. »Es ist *nicht* nur ein Bett, Svea.«

»Aber … warum nicht?«

Will antwortete nicht. Sah mich nur unverwandt an, während die Luft immer schwerer wurde. Gefüllt mit ungesagten Worten und einer merkwürdigen Hitze, die in meiner Brust brannte.

»Ich will nicht drüber reden«, erwiderte er leise und verlagerte das Gewicht. Sein Oberschenkel streifte die Innenseite meines, und eine Gänsehaut fächerte sich über meinen Rücken auf. Es war angenehm und … zu viel. Seltsam. Beunruhigend.

Hastig richtete ich mich auf und rutschte von der Matratze. »Schön«, brach ich den merkwürdigen Moment und schüttelte den Kopf. Versuchte, die Watte zu verscheuchen, die sich darin eingenistet hatte. »Wenn das so ist, dann …« Ich räusperte mich und strich meine feuchten Handflächen an meiner Strumpfhose ab. »Wie gefällt dir die Matratze denn jetzt. Also die Härte und die Textur allgemein?« Ich wandte den Blick ab und öffnete den Reißverschluss meiner Jacke. Warum stellte Ikea die Heizung so lächerlich hoch?

Will seufzte und erhob sich ebenfalls. Er hatte jedoch kein Problem damit, mich anzusehen. Er wirkte genauso souverän und unberührt von allem wie zuvor. »Ich weiß nicht.«

»Was genau weißt du nicht?«

»Sie ist irgendwie zu weich … Aber wenn man sich zu oft dreht, wird sie hart.«

Perplex öffnete ich den Mund, und als diesmal Hitze in mein Gesicht strömte, lag das nicht daran, dass seltsamer Holzgeruch meinen Verstand stottern ließ. Sondern daran, dass der Kerl mir gegenüber absolut absurd war! »Sag mal, hörst du dir selbst zu?«

»Ja, und die Matratze ist … falsch. Genauso wie die Betten. Es gibt nicht genug Auswahl. Und wenn ich ehrlich bin, sehen alle Matratzen hier sehr weiß aus.«

Mit offenem Mund starrte ich ihn an, während ich meine Geduld winkend um die Ecke zur Büroabteilung verschwinden sah. »Was?«, fuhr ich ihn an. »Wen interessiert es, ob eine Matratze weiß ist? Du ziehst ohnehin einen Bezug drüber!«

»Aber Weiß scheint durch und verändert die Farbe vom Bezug.«

»*Was?*« Meine Stimme wurde immer lauter, doch ich konnte mich nicht davon abhalten. »Welche Farbe hat deine jetzige Matratze?«

Will rieb sich den Nacken. »Na ja, sie ist weiß, aber …«

»Oh mein Gott!« Ich presste mir beide Fäuste auf die Stirn. »Hör auf zu reden! Die Betten sind alle *vollkommen* in Ordnung!« Jedes Wort übertönte das davor. »Es ist nicht so verdammt schwer, sich zu entscheiden! Und daraus schließe ich: Das Bett ist nicht das Problem – *du bist es!*« Mein Zeigefinger landete hart auf seiner Brust. »Und ich kenne die Lösung: Nimm endlich die Diamanten unter deinem Kopfkissen weg! Dann schläfst du bestimmt wie ein Baby. Meine Fresse.« Ruckartig wandte ich ihm den Rücken zu. Die Hitze von vorhin war Wut gewesen! Das war jetzt glasklar. »Die Matratze ist zu weiß … Großer Gott! Ich muss was essen. Es ist gleich zwei, Will, ist dir das klar?! Wir sind fast vier Stunden hier und haben *nichts* erreicht. Deinetwegen! Also halt die Klappe und komm mit. Du zahlst!«

»Warum genau zahle ich?«

»Weil du reich bist und nervst.« Zornig stapfte ich ihm voran aus der Bettenabteilung.

Will lief mir schweigend hinterher – auch wenn ich die Mundwinkel des Verräters zucken sah, als ich einen aggressiven Blick über meine Schulter warf und ihn anbellte, dass er sich schön allein anstellen und uns beiden Köttbullar sowie ein zuckerverseuchtes Getränk holen konnte. Ich brauchte eine Pause.

Will folgte wortlos meinem Befehl, während ich uns einen freien Tisch suchte und den imaginären Rauch wegwedelte, der aus meinen Ohren stob.

Ich hatte mir das hier *viel einfacher* vorgestellt! Will war Geschäftsmann. Er leitete ein riesiges Unternehmen. Er traf jeden Tag Hunderte Entscheidungen. Wie konnte ein solcher Kerl an einer *Bettform* scheitern? Es war mir schleierhaft!

Ich zog meine Jacke aus, band meine offenen Haare zum Zopf – denn mir war aus Wut heiß geworden, und Will hatte mit seiner Bettsuche meine Frisur zerstört! – und legte meinen Kopf in den Nacken.

Das war der einfachste Punkt auf unseren Listen gewesen! Wie sollte ich den Rest überstehen, ohne den Kerl umzubringen?

Mit beiden Händen rieb ich mir übers Gesicht, während ich versuchte, mich zu beruhigen – als mir einfiel, dass ich vergessen hatte, Will daran zu erinnern, dass ich Vegetarierin war.

Shit. Vermutlich würde ich mir …

»Hier«, erklang es, und ein Teller mit Köttbullar landete vor mir auf dem Tisch, auf dem zwei grüne Fähnchen mit der Aufschrift *vegetarisch* prangten. Eins steckte in den Köttbullar, eins in den Pommes, die es als Beilage gab.

Oh. Er wusste es noch. Der hitzige Teil meiner Wut verpuffte verblüfft. Will hatte ein wirklich gutes Gedächtnis!

»Und hier …« Ein Becher mit einer roten Flüssigkeit folgte. »Ich wusste nicht, ob du Johannisbeere magst, aber da du dir gern einbildest, dass zuckrige Dinge gesund sind, sobald sie Obst enthalten, dachte ich, passt es zu dir.«

Mit leicht geöffnetem Mund sah ich ihn an. Ich liebte Johannisbeersaft. Aus genau diesem Grund. Aber das musste er ja nicht wissen. »Ist okay«, sagte ich knapp und schürzte die Lippen. »Aber ernsthaft: Für einen Typen, der behauptet, sich der Logik verschrieben zu haben, hast du dich die letzten vier Stunden absolut irrational verhalten! Ein Essen und ein wenig Saft machen den mentalen Stress, den du mir bereitet hast, wirklich nicht wett.«

Zu meiner Überraschung lachte Will bei meinen Worten leise. »Ich finde es vollkommen logisch, nicht einfach das erstbeste Bett zu kaufen. Aber ich dachte mir, dass du immer noch wütend bist«, meinte er leichthin, ließ sich auf dem Stuhl mir gegenüber nieder und griff in die zweite Etage des Wagens. »Deshalb hab ich dir noch das mitgebracht.«

Er stellte einen Schokoladenmuffin vor mich auf den Tisch.

Mhm. Ich verengte die Augen. »Ist das ein Bestechungsversuch?«

»Ein sehr offensichtlicher, ja«, erwiderte er unumwunden. »Funktioniert es?«

Unschlüssig sah ich vom Muffin zu ihm und zurück.

»Ah, in dem Fall.« Wieder beugte er sich vor, bevor ein zweiter Muffin wie von Zauberhand vor meinem Teller erschien. Diesmal Blaubeer.

Ein Lächeln zerrte an meinen Lippen. »Das ist nicht fair. Du spielst dreckig.«

»Ich weiß. Ich bekomm einfach gern, was ich will«, meinte er und hob eine Schulter. »Und es tut mir ehrlich leid. Ich wollte dich nicht wütend machen.« Er kratzte sich am Hinterkopf. »Ich weiß, dass ich bei manchen Dingen etwas kompliziert und … festgefahren sein kann.«

»Festgefahren?«, sagte ich ungläubig. »Deine Meinung war schlichtweg dämlich!«

Seine Augen blitzten amüsiert auf. »Dann das. Sorry. Wirklich.« Seine Stimme war dunkel und ernst. Sie kletterte wie eine weiche Berührung meinen Nacken hinab, und meine dämlichen Mundwinkel ließen das Lächeln doch noch gewinnen. Aber was sollte ich tun? Sie mochten es, mit Schokolade verschmiert zu sein. Und ich hatte nun einmal eine Schwäche für aufrichtige Entschuldigungen!

»Na gut«, sagte ich widerwillig und zog beide Muffins näher an meinen Teller heran. »Dir ist verziehen. Aber nur damit das klar ist …« Ich hob meinen Zeigefinger. »Du hast dir meine Güte nicht erkauft – deine Entschuldigung hat mich überzeugt. Auch wenn die Muffins nicht geschadet haben.«

Ich hatte ihn zum Lachen bringen wollen, doch als ich aufsah, war seine Miene wieder ernst. Sein seltsam intensiver Blick ruhte auf meinem Gesicht, während er sich mit dem Handrücken über sein raues Kinn strich.

Ein Prickeln setzte in meiner Brust ein, während sich die Sekunden zu Minuten zogen … bis ich es nicht mehr aushielt und den Blick auf meine Pommes senkte. Ich rieb mir den plötzlich kribbelnden Nacken und spannte den Bauch an, in dem eine merkwürdig unruhige Wärme eingesetzt hatte.

Warum tat er das? Mich … ansehen? *Richtig* ansehen. Als wäre jede Regung in meinem Gesicht wichtig. Bevor ich Will kennengelernt hatte, war mir nicht klar gewesen, wie flüchtig Blicke normalerweise waren. Wie hektisch. Als hätten sie noch einen wichtigen

Termin. Oder als wollten sie sich nicht anmaßen, die Gastfreundschaft ihres Empfängers überzustrapazieren.

Die Stille zwischen uns dehnte sich wie ein Ballon kurz vorm Platzen. Bis sie unangenehm auf mein Trommelfell drückte und mir herausrutschte: »Was denn, sind dir die Pommes auch zu rechteckig?«

Will lachte leise. »Nein. Pommes erlaube ich es, eckig zu sein.«

»Sehr großzügig von dir. Was ist dann los?«

»Na ja, ich habe gerade gedacht, dass es lange her ist, dass jemand genervt von mir war. Oder wütend auf mich«, antwortete er schließlich zögerlich.

Sofort fuhr mein Kopf wieder in die Höhe. »Das kann nicht die Wahrheit sein«, informierte ich ihn sachlich. »Denn ich habe soeben die Entdeckung gemacht, dass du sehr entnervend und erzürnend sein kannst!«

Das Lächeln auf seinem Gesicht wurde breiter, und er rieb sich über die Stirn, bevor er sein eigenes Essenstablett – ebenfalls gefüllt mit vegetarischem Köttbullar – vom Wagen nahm. »Ja. Der Gedanke kam mir gerade auch. Was mich zu der Annahme verleitet, dass ich eine Menge Leute aufrege, es mir aber niemand ins Gesicht sagt.«

Ich biss auf meine Unterlippe, bevor ich mir einen Köttbullar in den Mund steckte. »Ich verstehe es ein bisschen«, meinte ich, als ich hinuntergeschluckt hatte. »Du bist der Boss. Und egal, wie leger du dich auch kleiden magst, du hast so eine … autoritäre Aura, die dich wie ein Kraftfeld umgibt.«

Seine Augenbrauen flogen in die Höhe. »Hab ich?«

»Ja!«

»Aha.« Er sah mich stirnrunzelnd an, als sei das eine absolute Neuigkeit für ihn. »Warum hast du es mir dann ins Gesicht gesagt? Dass meine Meinung dämlich ist?«

»Ich hatte keine andere Wahl! Du hast mich zu sehr aufgeregt«, meinte ich perplex.

Er gab ein Halblächeln zum Besten. »Verstehe.«

»Na ja, und du hast mich darum gebeten, ehrlich zu sein, oder nicht?«, setzte ich hinzu. »Ich hab das Gefühl, selbst das wäre eine Lüge gewesen. Dir nicht zu sagen, dass du mich aufregst. Und anscheinend versuche ich, mich an deine Bitte zu halten. Dich nicht anzulügen«, bemerkte ich verdutzt und spießte eine Pommes auf. »Zeit mit dir zu verbringen, ist also eine gute Übung für mich.«

»Das freut mich«, meinte Will amüsiert.

Ich musste ebenfalls lächeln. »Gut. Stört es dich denn? Dass andere dich nicht darauf hinweisen, wenn du dich unmöglich verhältst?«

»Natürlich stört es mich.« Er nahm sich eine Pommes. »Du weißt doch, dass mir Ehrlichkeit wichtig ist.«

»Auch bei *so was?* Die meisten Menschen wollen nicht hören, wenn sie nerven.«

»Die meisten Menschen werden aber auch nicht so oft angelogen wie ich«, erwiderte er ruhig, obwohl ein Muskel deutlich an seinem Kiefer hervorsprang.

Stirnrunzelnd neigte ich den Kopf. Stimmte das? Dass Leute weniger ehrlich zu ihm waren, weil er reich und der Boss war?

Ja. Die Antwort lautete Ja. Da brauchte ich gar nicht drüber nachzudenken.

»Okay. Dann werde ich mir Mühe geben, dir immer davon zu berichten, wenn du nervst«, sagte ich leichthin und lächelte ihn breit an.

Er schnaubte, doch seine Augen funkelten amüsiert. »Du freust dich etwas zu sehr darüber.«

»Oh. Ja. Ich bekomme nämlich gerade das Gefühl, dass ich nicht nett zu dir sein muss. Das ist … erfrischend.«

»Du *musst* zu niemandem nett sein.«

»Aber ich bin es sonst«, erwiderte ich perplex.

»Auch zu Stupid-Steffen?«

»Größtenteils.«

»Warum?«

Irritiert blinzelte ich. »Weil es das Leben leichter macht.«

»Deins oder seins?«

»Ich …« Ich brach ab.

»Eben.«

Ich seufzte. »Ich mag Konfrontationen einfach nicht.«

»Warum?«

Liebe Güte, er benutzte das Wort meiner Meinung nach viel zu häufig! Als befänden wir uns in der Sesamstraße. »Weil ich will, dass alle glücklich sind.«

»Aber was machst du, wenn du wütend wirst?«

»Was meinst du?«

»Na, die Leute merken doch, wenn du wütend wirst – und daraus entsteht nun einmal Streit.«

»Oh, nein.« Ich schüttelte den Kopf. »Sie merken es meistens nicht.«

»Wie kann das sein? Ich hab es sofort gemerkt.«

Ich musste lachen. »Ja, aber das war eine Ausnahme. Ich bin normalerweise *leise* wütend. Du hast da eine schlechte Seite an mir hervorgebracht.«

»Ich fand sie gar nicht so schlecht«, erwiderte er ungerührt, und aus irgendeinem Grund rief diese Aussage eine warme Welle in meinem Magen hervor, die mich irritierte. Mich dazu veranlasste, die Aufmerksamkeit in eine andere Richtung zu lenken. »Was ist mit dir? Bist du leise oder laut wütend?«

»Oh, ich bin laut.« Er dachte nicht einmal darüber nach.

Überrascht hob ich die Augenbrauen. »Wirklich? Du scheinst immer so gefasst und ruhig.«

»Das bin ich auch. Außer, wenn ich es nicht mehr bin.« Er hob einen Mundwinkel. »Es gibt sehr wenige Menschen, die mir wichtig genug sind, um mich derartig wütend zu machen, aber wenn es so weit ist …« Er zuckte die Schultern.

»Wirklich?«, wiederholte ich stirnrunzelnd. »Das kann ich mir nur sehr schwer vorstellen!«

Will beugte sich vor, fixierte mich wieder mit seinem Blick und senkte die Stimme. »Svea, ich mache keine halben Sachen. Wenn ich mir schon die Mühe mache, wütend zu werden, bin ich *richtig* wütend. Wenn ich gut bin, bin ich der Beste. Wenn ich mir etwas ernsthaft in den Kopf setze, dann ziehe ich es auch durch. Wenn ich etwas will …« Er zögerte, spannte seine Schultern und Arme an, sodass ich sah, wie die Muskelstränge hervortraten, und wandte den Blick ab. »Dann hole ich es mir.«

Mein Nacken prickelte erneut und … es gefiel mir nicht. Weil ich es nicht verstand. Weil der letzte Satz eine flatternde, warme Emotion in meinem Magen losgetreten hatte, die ich nicht zuordnen konnte. Also rutschte mir heraus: »Außer, es ist ein Bett?«

Will seufzte und rieb sich mit der Hand übers Gesicht. »Das … will ich vielleicht nicht genug.«

Ich blinzelte verwirrt. »Was meinst du?« Das war jetzt schon das zweite Mal, dass er sich merkwürdig über das Bett äußerte.

Er räusperte sich und winkte ab. »Ist egal. Lass uns essen, okay?«

»Okay«, murmelte ich, doch sah mit verengten Augen zu ihm.

Ja, Will log nicht. Aber wenn ihm die Wahrheit wichtig war … wollte er sie offensichtlich nicht erzählen.

KAPITEL 10

Wir schwiegen, während wir aßen, doch es war eine angenehme, ungezwungene Stille. Eine Stille, die ich dafür nutzte, mich um mein Treffen mit Leon zu sorgen. Ich hatte das Gefühl, ich brauchte einen Plan. Zugegeben, einen Fragebogen zur Kundenzufriedenheit zu erstellen und Leon zu erklären, wie er die Ergebnisse am besten auswertete, stand auf der Rangliste der sexy Freizeitbeschäftigungen nicht sonderlich weit oben. Zu meinem Leidwesen war es gar nicht so heiß, wie es sich anhörte, den Unterschied zwischen Korrelation und Kausalität zu erklären. Es stand über *gemeinsam ein Klo putzen,* aber doch deutlich unter *einen Massagekurs belegen.* Wenn ich es mir recht überlegte, stand es sogar noch unter *zusammen ein Bett kaufen.* Und mein Treffen mit Will war in etwa so romantisch, wie einen meiner vielen imaginären Hamster zu begraben.

Also: Wie bekam ich Leon dazu, mich aus der Freundschaftsschublade zu zerren? Bis jetzt hatte ich nämlich nur einmal meine Nase daraus hervorgereckt. Und das war am Abend unseres One-Night-Stands gewesen.

Stirnrunzelnd schob ich mir eine Pommes nach der anderen in den Mund. Was war an dem einen verheißungsvollen Abend anders gewesen? Abgesehen von den unheiligen Mengen an Alkohol, die wir zu uns genommen hatten. Es war der Abend gewesen, an dem mein Chef mir kurz zuvor eröffnet hatte, dass die anstehende Beförderung an seinen Sohn und nicht mich ging. Ich war durch den Wind gewesen, wütend auf Herrn Lindholm, auf Stupid-Steffen, auf mich, weil ich den Mund mal wieder nicht aufbekommen hatte. Ich hatte mich mit Elisa in einer Kneipe betrunken, Leon war dazugestoßen und … Warum eigentlich noch mal? Er hatte auch einen schlechten Tag gehabt. Hatte einen Kunden verloren. Ich erinnerte mich nicht genau. Ich hatte ihm damals nicht richtig zugehört, weil ich in meiner eigenen Misere gefangen gewesen war. Elisa war verschwunden, und wir beide hatten … rumgemacht.

Von einem Moment auf den nächsten. Und er hatte es initiiert, oder? Ja. Hatte er. Aber warum?

Ich war mir ziemlich sicher, dass ich damals mit Kapuzenpullover, verwischter Mascara und verquollenen Augen nicht besonders sexy ausgesehen hatte. Aber Sexappeal war sowieso keine meiner Stärken.

Etwas, das meine Schwester vor ein paar Jahren gesagt hatte, als ich mich darüber beschwerte, dass meine Jeans schon wieder zu eng sei, sprang in meinen Kopf: *Manche Menschen trumpfen durch ihr Aussehen, andere durch ihren Charakter. Ist doch nicht schlimm, zur zweiten Kategorie zu gehören!*

Ich war mir ziemlich sicher, dass Karla glaubte, mir ein Kompliment damit geschenkt zu haben. Dass ihr nicht bewusst war, wie wütend sie mich damit gemacht hatte. Wenn auch leise wütend. Und ich ärgerte mich maßlos darüber, dass ich ihr damals – und heute – insgeheim recht gab.

Man durfte das nicht falsch verstehen: Ich *mochte* mich! Ich mochte meine grünen Augen, und egal, wie oft meine Familie auch an meiner Figur herummäkelte, sie mochte ich auch. Meistens. An guten Tagen. Wenn ich nicht gerade frustriert mit meinem Leben war.

Doch es wäre so viel leichter, Leon zu verführen, wenn ich auf natürliche Art und Weise sexy wäre. Wenn ich wie meine Schwester wüsste, was ich tun und sagen musste, damit alle Kerle in einem Raum – und die Hälfte der Frauen – sich nach mir umdrehten. Es musste da doch einen Trick geben!

Leon und ich verstanden uns bereits gut. Aber wie signalisierte ich subtil, dass ich bereit für mehr war? Und wie überzeugte ich ihn davon, dass er besser dran wäre, wenn ich seine Freundin wurde?

»Was ist los?«

Überrascht sah ich auf und bemerkte, dass Will mich musterte. »Was?«

»Du hast geseufzt.«

»Hab ich?«

»Ja. Als hätte dein Muffin dir von Fesselspielchen erzählt.«

Ich musste lachen. Subtil konnte ich. »Ach, ich hab nur … über gleich nachgedacht.«

»Über dein Treffen mit Leon?«

»Japp.«

»Und was ist das Problem?«

Ich seufzte auf ein Neues. »Alles, Will. Alles.«

Will nickte langsam, als würde er verstehen, bevor er fragte: »Kann ich helfen?«

Ich war drauf und dran, mit Nein zu antworten, als ich abrupt innehielt. Ich bat nicht gern um Hilfe. Ich bot sie lieber an. Ich wollte niemandem Umstände bereiten, aber genau genommen … war es nicht sogar Wills *Job*, mir mit Leon zu helfen? Es war schließlich Punkt eins auf meiner Liste! Und wenn ich mir zwei Stunden lang sein Gejammer über zu zylinderförmige Bettpfosten anhören musste, konnte er auch ein paar Minuten mein Gejammer über Leon ertragen.

»Hey, du bist doch ein Mann«, sagte ich und zog das Papier von meinem Muffin.

»Du bist erschreckend aufmerksam«, meinte Will, und sein Lächeln spiegelte sich auf der Oberfläche seiner Limo, die er sich an die Lippen hielt.

Ich grinste. »Ich weiß, danke. Also: Gib es mir. Das Insiderwissen. Wie verführt man euch am besten?«

Will verschluckte sich und fing an zu husten. »*Euch?*«, echote er und schlug sich mit der Faust auf die Brust.

Ich wedelte mit der Hand in seine Richtung. »Na, euch Männer.«

»Was ist das für eine Aussage?« Er hustete ein letztes Mal, bevor er mich mit seinem Blick fixierte. »Männer sind *unterschiedlich*, Svea.«

»Na, so unterschiedlich nun auch wieder nicht.«

»Doch!«

Ich seufzte. »Jaja, ich weiß, was du meinst. Jeder Mensch ist anders. Jeder hat andere Präferenzen. Sorry. Ich will dein Geschlecht nicht generalisieren. Aber ich bin etwas verzweifelt, und es muss doch … eine allgemeingültige Absprache unter euch geben, was ihr anziehend findet und was nicht!«

Er presste die Lippen zusammen. »Wir treffen uns nicht alle einmal im Monat, um zu besprechen, was wir *heiß* finden«, stellte er klar.

»Na, das erscheint mir wie ein Versäumnis. Ich treffe mich mehr als einmal im Monat mit meinen Freundinnen, um zu besprechen, was wir heiß finden.«

Seine Augenbrauen fuhren in die Höhe, und er sah dezent schockiert aus. »Was? Nein.«

Ich musste lachen und hob eine Schulter. »Na ja, manchmal schon. Aber es geht jetzt nicht um mich. Gib mir nur einen Tipp: Was findet ihr heiß?«

Will sah mich an, als hätte ich ihn darum gebeten, mir eine seiner Nieren zu schenken. Und zwar mit Kettensäge in den Händen.

»Ich kenne diesen Leon nicht«, erwiderte er schließlich langsam. »Ich weiß nicht, was er *heiß* findet.«

»Na gut, was findest du heiß?«

»Kerzen und Kaminfeuer.«

Ich lachte. »Das ist okay. Jedem seine sexuelle Vorliebe.«

Er schnaubte.

»Komm schon, ich mein es ernst!«, sagte ich ungeduldig.

»Das ist es, was mir Angst macht.«

»Es ist keine so schwierige Frage: Was findest du attraktiv? Bei was kannst du nicht widerstehen? Nur damit ich ein Bild davon bekomme, was ich tun *könnte*, damit Leon mehr als nur eine platonische Freundin in mir sieht.«

Will senkte den Blick, drehte wortlos den Becher in seinen Händen, und … liefen seine Ohren rosa an?

Oh mein Gott, hatte ich den harten Geschäftsmann und Logiker William Grant gerade verlegen gemacht?

Nun, darauf konnte ich keine Rücksicht nehmen. Ich brauchte Hilfe, und er hatte sie angeboten! »Ich mach es einfacher für dich: Mit welcher Frau hast du zuletzt geschlafen – und warum?«

»Shit, Svea …«, murmelte er kopfschüttelnd und zog eine Grimasse.

Ach, er war wirklich ärgerlich unkooperativ. »Sieh es als Feldstudie an«, schlug ich vor. »Ich muss Informationen sammeln, damit ich dir bei deinem äußerst kryptischen Punkt *Privatleben zulegen. Vielleicht* helfen kann. Hier geht es also nicht nur um mein Glück, sondern auch um deines!«

Er schnaubte erneut. Diesmal jedoch um einiges lauter. »Was ist an dem Punkt kryptisch? Die drei Worte sagen alles, was es zu wissen gibt.«

»Dass du dir vielleicht ein Privatleben zulegen willst?«

»Exakt.«

»Und warum hast du keins, wenn ich fragen darf?«

»Weil ich Angst davor habe, dass Frauen mich dann fragen, mit wem ich zuletzt geschlafen habe und *warum!*«

Diesmal war es an mir zu schnauben. »Jetzt hör auf, meine innovativen, zielführenden Fragen zu kritisieren. Du wolltest Ehrlichkeit. Das ist eine *ehrliche* Frage, deren Antwort mich interessiert.«

Kopfschüttelnd lehnte er sich in seinem Stuhl zurück und verschränkte die Hände in seinem Nacken. »Im Auftrag der Ehrlichkeit: Mir ist dieses Gespräch sehr, sehr unangenehm.«

Ich musste lächeln. »Ebenfalls im Auftrag der Ehrlichkeit: Das sieht man dir an. Du siehst noch schockierter aus als vorhin, als du das Wort *Entspannung* in den Mund nehmen musstest. Aber ich werde die Frage nicht zurücknehmen. Sie ist *ehrlich.*«

»Gott«, murmelte er und spannte seinen Bizeps an, als er mit den Händen in seinem Nacken herumrutschte. »Ich weiß nicht, ob mir diese neue, ehrliche Seite an dir gefällt.«

»Komm schon. Es steht auf der Liste. Du musst mir dabei helfen, Leon zu daten. Ich treff mich gleich mit ihm und brauche ein paar Tipps.« Ich kniff die Augen zusammen und rieb mir mit der Faust über die Stirn. »Bitte? Ich bin nämlich wirklich nicht gut darin!«

»Worin?«

»Zu daten. Zu flirten. Kerle dazu zu bringen, mich zu mögen. Mehr, als nur mit mir befreundet zu sein.«

Er verdrehte die Augen. »Ich glaub dir kein Wort.«

Überrascht öffnete ich den Mund. »Was? Warum nicht? Das ist mein voller Ernst«, erwiderte ich irritiert. »Ich bin furchtbar im Daten. Ich bin sogar besser im Serviettenschwänefalten als darin, mit einem Mann auszugehen und am Ende des Abends nicht mit einem *War nett, dich kennenzulernen, aber, ich glaub, das wird nichts* abgespeist zu werden. Und du solltest mal meine Serviettenschwäne sehen!«

Will verengte die Augen. Als versuche er zu ergründen, ob ich wirklich ehrlich war, bevor er langsam sagte: »Nein. Deine ganze Ausstrahlung ist … Du bist so …« Er ließ eine Hand aus seinem Nacken sinken und deutete damit in Richtung meines Gesichts.

»Wovon redest du?«, erwiderte ich perplex. »Was ist mit meiner Ausstrahlung?«

Er blinzelte, öffnete den Mund – und schüttelte schließlich den Kopf. Seine Ohren waren noch immer rot.

»Fügst du deinem Schweigen noch was Bedeutsames hinzu?«, fragte ich nach einer Minute verwirrt.

»Ich glaube nicht«, meinte er.

»Okay.« Irritiert musterte ich ihn. Was stimmte nicht mit meiner Ausstrahlung? Egal. Das war nicht das Thema. »Hilfst du mir jetzt oder nicht?«

»Indem ich dir erzähle, warum ich zuletzt mit einer Frau geschlafen habe?«, wollte er wissen, seine Miene plötzlich düster.

»Ja. Ist es, weil der Rücksitz ihres Audis so gemütlich aussah und alte Erinnerungen wachgerufen hat?«

»Ich bereue zutiefst, dir das erzählt zu haben.«

»War es, weil ihr Schreibtisch so ordentlich aussah wie deiner und dich das angeturnt hat?«

»Großer Gott …«

»War es, weil sie die Tochter einer verfeindeten Familie war und dich der Reiz des Verbotenen mitgerissen hat?«

»Ja. Ihr Name war Julia, und als ich sie nicht haben konnte, hab ich mich für sie erstochen«, bemerkte er trocken.

Meine Mundwinkel zuckten. »Tragisch. Und du könntest das Ganze vereinfachen, indem du mir antwortest, anstatt mir beim Spekulieren zuzusehen. Also, war es …«

»Svea«, unterbrach er mich ungeduldig und neigte sich langsam vor, die Handflächen auf den Tisch gestemmt. »Ich hab zuletzt mit einer Frau geschlafen, weil ich sie *mochte.*« Er senkte die Stimme, sodass ich mich ebenfalls zu ihm beugte, um seine Worte nicht zu verpassen. »Nicht, weil sie an der Stange für mich getanzt oder irgendein Parfüm mit Gorilla-Pheromonen getragen hat. Nicht, weil mich eine Eigenart oder ein besonderes Merkmal angeturnt hat, sondern weil ich alles an ihr anziehend fand.« Sein Blick verdüsterte sich, und meine Lunge zog sich zusammen. »Nicht ihren Audi oder ihren Schreibtisch. *Sie.*«

»Aber …« Ich schluckte. »Gibt es nichts, was du *heiß* findest? Wie entscheidest du, ob du jemanden …«

»Ich weiß es«, sagte er scharf. »Ich *weiß* es einfach, ob ich mit jemandem schlafen will oder nicht. Meistens sofort. Vom ersten Moment an. Doch ob ich meinem Wunsch nachgehe …« Sein Blick glitt über mein Gesicht. Huschte zu meinen Fingern, mit denen ich nervös meinen Muffin auseinanderpflückte, wanderte zurück über meine leicht geöffneten Lippen zu meinen Augen. »… das hängt von der Person ab. Der *gesamten* Person.«

Ruckartig lehnte er sich wieder in seinen Stuhl zurück.

Mein Mund wurde trocken, und mein Magen machte einen Hüpfer. Die Luft war seltsam stickig geworden.

Ich weiß *es einfach, ob ich mit jemandem schlafen will oder nicht. Meistens sofort.*

»Und …« Ich räusperte mich und rieb mir über meine plötzlich erhitzten Wangen. »Warum ist diese letzte Frau dann nicht deine Freundin?«

»Weil ich ein zu ernster Workaholic mit einem ungemütlichen Bett bin«, erwiderte er tonlos. »Und nur, weil ich jemanden genug mag, um mit ihr zu schlafen, bedeutet das nicht, dass ich sie langfristig in meinem Leben haben will. Es war Sex. Sex zwischen Leuten, die sich mögen, ist trotzdem *nicht* Liebe.«

»Also erstens: So ernst bist du gar nicht. Und zweitens: vielen herzlichen Dank. Das war mir nicht bewusst«, bemerkte ich ironisch. »Aber Sex mit Leon zu haben, wäre zumindest ein Anfang. Freunde können nicht einfach miteinander schlafen und weiter befreundet bleiben. So was in der Art hat er selbst mal gesagt. Und du bist überhaupt nicht hilfreich.«

Will seufzte schwer und fuhr sich mit der flachen Hand übers Gesicht. »Ich glaube nicht, dass das hier der richtige Weg ist, herauszufinden, wie du Leon ins Bett kriegst. Denn das besprechen wir gerade, oder nicht?«

»Ich denke, ja.«

»Gut«, sagte er knapp. »Es war mir nämlich nicht ganz klar. Weil ich niemals in meinem Leben damit gerechnet habe, mich *jemals* in einer solchen Unterhaltung wiederzufinden!«

Meine Mundwinkel zuckten. »Wenn es dir hilft: ich auch nicht. Aber …« Ich biss mir auf die Unterlippe. »Ich weiß nicht, was ich tun soll, um unsere Beziehung zu ändern. Wir sind schon so lange befreundet … und ich werde ihm *nicht* sagen, was ich fühle!«, verkündete ich laut, sobald ich sah, wie Will den Mund öffnete. »Wenn er meine Gefühle nicht erwidert, zerstöre ich unsere Freundschaft. Ich will … subtil vorgehen. Damit ich beides haben könnte, falls es nicht klappt.«

Will seufzte. »Wenn ihr befreundet seid, dann kennst du diesen Leon doch recht gut, oder nicht?«

Ich runzelte die Stirn und neigte den Kopf. »Ich denke schon.«

»Das hört sich nicht überzeugt an. Wie lang seid ihr befreundet?«

»Sechs Jahre.«

»Sechs *Jahre?*« Ungläubig weitete er die Augen. »Und wie lang bist du in den Kerl verschossen?«

»Ähm …« Mein Gesicht wurde heiß. »So … sechs Jahre?«

»Großer Gott.« Schockiert öffnete er den Mund. »Du magst ihn seit sechs Jahren und hast ihm *nichts* gesagt? Und bist dir noch nicht einmal sicher, ob du ihn *kennst?*«

»Na ja, wie gut kennt man jemanden schon? Es gibt da keine klaren Regeln, die bestimmen, ab wann man jemanden kennt, okay?«, verteidigte ich mich. »Aber wir haben schon mal miteinander geschlafen. Es sollte also nicht so schwer sein, aus eins zwei zu machen, oder?«

»Habt ihr?«, fragte er, die Augenbrauen über seiner Nasenwurzel zusammengezogen.

»Es ist eine Weile her«, meinte ich unbehaglich und wandte den Blick ab.

»Moment, Moment.« Will beugte sich weiter vor. »In diesen sechs Jahren – warst du da mit wem anders zusammen?«

»Ähm, ich hatte Dates. Aber nein.«

Er schwieg und starrte mich mit dunklem Blick an.

»Wir haben gesagt, wir dürfen einander nicht verurteilen!«, sagte ich warnend.

»Das will ich nicht«, erwiderte er hastig. »Wirklich: Ich versuche nur … zu verstehen.«

»Was zu verstehen?«

»Warum du seit sechs Jahren freiwillig auf Sex und Liebe für diesen Kerl verzichtest – und er nichts davon mitbekommt!«

Stöhnend legte ich den Kopf in den Nacken. »Ich hab doch gesagt, ich brauch Hilfe!«

Will rieb sich mit Daumen und Mittelfinger über die Augen.

»Warum machst du dir dein Leben so kompliziert, Svea?«, fragte er dann leise.

Weil ich nicht verletzt werden wollte! Das war doch klar. Aber das würde er vermutlich nicht verstehen. Er hatte zumindest nicht gewirkt, als hätte es ihn im Mindesten gestört, diese eine Frau, mit der er zuletzt geschlafen hatte, aus seinem Leben zu kicken. Insgesamt wirkte es so, als könnte Will Sex und Liebe *sehr gut* voneinander trennen und bisher hätte er sich nur für Kategorie Nummer eins entschieden. Die sicherere der beiden.

»Hast du nun eine Idee, wie ich Leon erobern kann, oder nicht?«, fragte ich deshalb ungeduldig.

Er ließ die Hand fallen und starrte auf den Muffin vor mir, der nur noch aus einem Haufen Krümel bestand. »Gott, ich wüsste, was Ben jetzt sagen würde.«

Ich runzelte die Stirn. »Ben? Der Typ, der dich *Batman* genannt hat?«

»Exakt der. Er meint immer, wenn man das Interesse von jemandem wecken will, muss man desinteressiert sein …«

Sofort richtete ich mich in meinem Stuhl auf. »Das klingt interessant.«

»Es klingt schwachsinnig«, korrigierte Will mich scharf. »Es klingt nach *Spielchen spielen.* Und ich *hasse* Spielchen spielen.«

»Ich nicht«, sagte ich sofort. »Ich liebe Spiele. Also, was war das mit dem Desinteresse?«

Stöhnend rieb er sich übers Gesicht. »Gott, ich fasse nicht, dass ich dir das erzähle, aber … jedes Mal, wenn Ben nicht sicher ist, ob eine Frau mehr als nur freundschaftliches Interesse an ihm hat, trifft er sich mit ihr und ist das gesamte Treffen über abgelenkt.«

»Wovon redest du?«

»Na ja, er überhört aus Versehen Dinge, die die Frau sagt. Er schreibt während seines Treffens die ganze Zeit auf seinem Handy mit jemandem. Mit mir, um genau zu sein. Egal, wie oft ich ihm sage, dass er sich wen anderen suchen muss. Und wenn sie wissen will, mit wem er da schreibt, sagt er nur: *Ach, mit irgendeiner Frau, die ich letztens kennengelernt habe.* Wenn sie wirklich absolut kein Interesse an ihm hat, ist ihr das egal. Dann kann er sie abschreiben. Aber wenn doch … dann nicht.«

Ich runzelte die Stirn. »Ich bin mir nicht sicher, ob dieser Ben ein Genie oder ein Vollidiot ist.«

»Oh, definitiv Letzteres.«

»Na ja, ich weiß nicht«, widersprach ich. »Dein Tipp ist letztendlich ein Klassiker: Mach ihn eifersüchtig.«

»Es ist nicht *mein* Tipp!«, sagte er hart. »Mein Tipp ist: Sag ihm einfach, dass du ihn magst, und guck, was passiert. Aber Ben …« Er schüttelte den Kopf. »Er testet so immer, ob er überhaupt eine Chance hat. Er meint, Eifersucht ist leicht zu erkennen und sagt einem alles, was man wissen muss.«

Irritiert sah ich ihn an. »Wer ist Ben genau? Teenager und Paartherapeut?«

Will lachte. »Definitiv viel zu alt für manche seiner Witze, und er ist Anwalt.«

»Na ja, ein Anwalt kann so dämlich nicht sein.«

»Oh, du wärst überrascht.«

»Vielleicht. Aber würde es bei dir funktionieren?«, wollte ich stirnrunzelnd wissen. »Wärst du eifersüchtig, wenn das eine Frau machen würde, die du magst?«

»Nein«, erwiderte er schlicht. »Aber ich werde auch einfach nicht eifersüchtig. Das passiert nicht.«

Ich prustete, sodass ein paar Krümel von meinem Tablett wehten. »Lass mich raten: Weil du das Konzept von Eifersucht dämlich findest. Weil es ein zu *unordentliches* Gefühl ist, das einem Wasserfleck auf deinem penibel sauberen Schreibtisch gleicht.«

Er lächelte breit. »Genau das.«

Meine Mundwinkel zuckten. »Natürlich.« Ich klaubte die letzten Reste meines Muffins auf, steckte sie in den Mund und den anderen in meine Handtasche, bevor ich aufstand. »Weißt du was? Es kann nicht schaden, es auszuprobieren. Was habe ich zu verlieren?«

»Deinen Stolz?«, schlug er vor.

Lachend winkte ich ab. »Da war bei mir noch nie sonderlich viel zu holen«, meinte ich. »Und los, steh auf. Du fährst mich nach Hause. Sonst komm ich noch zu spät. Dein Bettproblem müssen wir ein andermal lösen.«

Auch wenn ich wirklich nicht wusste, wie!

KAPITEL 11

Ich war pünktlich.

Ich hatte sogar noch genug Zeit, Skippy zu füttern, mir von Elisa anzuhören, dass sie sich bei PETA angemeldet hatte, um – wie auf ihrer Liste vorgesehen – endlich eine aussterbende Tierart zu retten, und mich noch einmal unter die Dusche zu stellen. Den Morgen über hatte ich meine Haare so oft gerauft, dass mein Ansatz wieder fettig geworden war und meine Locken nicht mehr existierten.

Leon hatte vorgeschlagen, dass wir uns im *Coffee Coffin* trafen, weil er wusste, dass es mein Lieblingscafé war. Allein der Gedanke, dass er sich das gemerkt hatte, ließ meine Mitte ganz kribbelig werden. Das Gefühl war mir jedoch bereits so vertraut – da ich es immer bekam, wenn ich allein mit Leon war –, dass ich nur wenige Minuten brauchte, um mich zusammenzureißen und daran zu erinnern, dass der heutige Plan vorsah, möglichst unbeeindruckt und abgelenkt zu wirken.

Ich prustete ein wenig, während ich in meine Schuhe schlüpfte und meine Jacke überzog. Ich fragte mich, ob diese Zeit, in der man sich wie ein dämlicher Teenager fühlte, dessen Hormone die Macht im Körper an sich gerissen hatten und nun untertäniges, albernes Verhalten verlangten, jemals vorbei war. Ich wollte lieber keine Antwort darauf haben.

»Sorry für die Verspätung«, begrüßte mich Leon eine halbe Stunde später seufzend und beugte sich zu einer Umarmung herunter.

»Ach, macht nichts«, erwiderte ich und trat von einem Bein auf das andere, um meine zu Eisklötzen erstarrten Füße wiederzuerwecken, während ich ihn an mich drückte. Leons Umarmungen waren immer kurz, aber fest. Als wolle er seine Zuneigung zeigen, aber auch keine Zeit verlieren. Was ich persönlich sehr schade fand, denn ich hätte noch ein paar Stunden in seinen Armen verbringen und seinen Geruch einatmen können.

»Danke, du bist wirklich immer sehr verständnisvoll«, sagte er seufzend. »Der Tag war ein einziges Durcheinander. Lass uns reingehen, dann kann ich dir davon erzählen.« Er hielt mir die Tür auf und ließ mir den Vortritt.

Ich lächelte ihm dankbar über die Schulter zu, er erwiderte es … und mein Herz flirrte in meiner Brust. Gott, er sah so lächerlich gut aus. Mit seinem glatten, spitzen Kinn, den verwuschelten blonden Haaren, dem breiten Lächeln, das er verteilte wie ältere Herren Karamellbonbons.

Und ich war nicht die Einzige, die das dachte.

»Oh, hallo«, begrüßte die Kellnerin hinter der Theke, die ich bereits kannte, uns überschwänglich. Obwohl *uns* vielleicht nicht das richtige Pronomen war. Denn ihr Blick hatte eine klare Prioritätenliste – und ich befand mich nicht einmal unter den Top Ten. Nein. Platz eins bis sechs wurde von Leons Bauchmuskeln belegt, die durch den engen Pullover unter seiner Jacke hübsch zur Geltung gebracht wurden. Platz sieben bis zehn von seinen Augen, seinen Lippen und seinem Gesicht im Ganzen. Aber ich konnte es ihr nicht einmal wirklich verdenken …

»Hallo«, sagte er warm. »Einen wunderschönen Nachmittag dir, wir sind für Kaffee und Kuchen hier.«

Ihre Wangen liefen rosa an. »Dann seid ihr genau richtig.«

»Wundervoll. Was kannst du uns denn empfehlen?«

Die Kellnerin zählte enthusiastisch alle Kuchenmöglichkeiten auf, während ich mit dem Blick die Auslage studierte – die mir, ehrlich gesagt, alle Informationen lieferte, die ich brauchte. Mein Abendessen würden Chai Latte und Käse-Schoko-Kuchen sein.

Die Kellnerin redete noch immer, als ich wieder aufsah, und Leon streckte sich lächelnd neben mir, sodass er auf seine gesamten eins dreiundneunzig anschwoll. »Danke«, sagte er dann amüsiert und zwinkerte ihr zu. »Ich denke, ich nehme den Milchkaffee und den Möhrenkuchen.«

Oh Gott. *Möhrenkuchen.* Der Fiat Punto unter den Autos. Das Windows Vista unter den Betriebssystemen. Das kölsche Leitungswasser unter den Getränken.

Meine Mutter hatte mir früher immer erzählt, dass Möhren gut für die Augen waren, aber meiner Meinung nach schoss sich das Gemüse damit nur selbst ins Knie. Denn mit besserer Sicht konnte man Möhren gut von anderen Lebensmitteln unterscheiden – und ihnen somit aktiv aus dem Weg gehen!

Ich öffnete den Mund, um Leon genau das belustigt zu sagen, als er sich zu mir umwandte und lächelnd meinte: »Ist auch der einzig annehmbar gesunde Kuchen hier! Der Rest ist das reinste Gift für den Körper. Willst du auch ein Stück?«

Ich vergaß, dass mein Mund bereits offen stand, und sah ihn einfach nur perplex an. »Ähm … klar«, rutschte es mir im nächsten Moment heraus, und meine Wangen nahmen die Farbe von Möhrenkuchen an. »Klingt gut.«

Oh mein Gott, was *erzählte* ich da?

»Wundervoll. Willst du was trinken?«

»Ähm … Chai Latte«, rettete ich meine Listen-Ehre, und Leon sowie die Kellnerin nickten.

»Ich bringe es gleich rüber«, sagte sie dann breit lächelnd.

»Welch ein Service«, erwiderte Leon charmant. Sein Blick huschte eine Zehntelsekunde lang an dem Körper der Kellnerin hinunter – es war kaum bemerkbar, wenn man nicht so erfahren darin war, ihn anzustarren, wie ich –, bevor er mir den Vortritt zu einem der freien runden Tische im Innenraum ließ. Auch ihm konnte ich es nicht wirklich verdenken. Sie war sehr hübsch. Trotzdem verknotete sich mein Magen. Was auch daran liegen könnte, dass ich gerade die womöglich schmerzhafteste Lüge meines Lebens erzählt hatte. Denn sie führte dazu, dass ich gleich orangenen Kuchen essen musste, obwohl ich das Wunschkind von Käse- und

Schokokuchen hätte verspeisen können! Aber ich hatte nicht gierig wirken wollen und … Shit.

»Mann, bin ich erleichtert, endlich zu sitzen«, stöhnte Leon und sank auf einen der Stühle. »Ich hab gestern noch spontan ein paar Bestellungen reinbekommen, die dann hundertmal geändert wurden. Es war eine Katastrophe …«

Leon fuhr fort mit einer Tirade über Kunden und ihre erhöhten Erwartungen, während ich bestätigend nickte und manchmal »Oh Mann« sagte.

Ich hätte ihm gern mehr Feedback gegeben. Ihm bei seinem Problem geholfen. Aber ich verstand, ehrlich gesagt, nicht, worum es ging. Leon erklärte nicht, was das für Bestellungen waren und welcher Kunde oder warum es problematisch war, dass er sie gestern noch spontan reinbekommen hatte. Aber er war so drin in seiner Geschichte, und ihm schien so wichtig, es zu erzählen, dass ich ihn nicht unterbrach. Mir Mühe gab, ihm zuzuhören, aber ehrlicherweise etwas abdriftete. Doch Leon schien es nicht zu bemerken. Er war in seinen Monolog vertieft und … es war der perfekte Moment, oder? Auszuprobieren, was Will erzählt hatte.

Grundsätzlich war es mir wichtig, immer aufmerksam zu sein, wenn mir jemand etwas erzählte. Ich wollte niemandem das Gefühl vermitteln, dass er langweilig war, und jeder hatte es verdient, dass man ihm zuhörte. Aber ich hatte etwas ändern wollen. An meiner Freundschaft mit Leon. An meinem Muster. Also …

Zögerlich zog ich das Handy aus meiner Jackentasche, während die Kellnerin unseren Kuchen und unsere Getränke brachte und Leon diesmal nicht einmal aufsah. Zu beschäftigt damit, sich aufzuregen. Ich bedankte mich und öffnete den ersten Chat auf meinem Handy. Den von Will.

Svea
Hey. Was tust du? 😊

Ich sah nur kurz auf das Display, bevor ich mich wieder auf Leons Geschichte konzentrierte.

Auf Wills Arbeits- und die vermutlich damit verbundene Handysucht war Verlass, denn er antwortete innerhalb einer Minute.

Will (Listenbeauftragter)
Bin trainieren. Aber was tust *du*?
Hast du nicht das Treffen mit Leon?

Hab ich. Aber du meintest, ich soll irgendwem schreiben, während ich mit Leon zusammen bin!

Aber doch nicht *mir*.

Warum nicht? 🤔 Du bist mir als Erstes eingefallen.

Natürlich. Weil wir den ganzen Morgen miteinander verbracht haben!

Ein Lächeln zog an meinen Mundwinkeln.

Nein. Weil der Tisch, an dem ich sitze, wirklich viel zu rund ist … und ich dachte, dass du der Einzige bist, der die Problematik dahinter verstehen kann. 😉

Sehr witzig.

Mein Lächeln wurde breiter, bevor ich kurz wieder aufsah, um zu gucken, ob Leon bemerkt hatte, dass ich abgelenkt war. Doch er redete noch immer, schaute dabei aus dem Fenster, fuhr sich aufgewühlt durch die Haare und achtete gar nicht auf seinen Kuchen oder darauf, wo mein Blick lag.

Das war enttäuschend. *Ich* hätte es bemerkt, wenn mir Leon nicht richtig zuhörte. Sofort. Aber schön, ich würde weitermachen.

Was genau tut ihr?, kam eine neue Nachricht von Will, und ich antwortete rasch.

Wir essen Kuchen.

Was für einen Kuchen?

Ich mag, dass du die wichtigen Fragen stellst! Möhrenkuchen.

Diesmal dauerte es ein paar Momente, bis die Antwort kam.

Dann:

Was?

Ich biss auf meine Unterlippe, um nicht zu lachen, und half ihm auf die Sprünge.

Das ist dieser Kuchen, der aus Möhren gemacht wird 🍰

Aha. Gibt es wenigstens ordentlich Frosting drauf? Dann kann der ganz lecker sein.

Nope.

… Geht es dir gut?

Ein Prusten glitt über meine Lippen.

Nein. Ich hab schon wieder gelogen und muss deswegen jetzt Gemüse in meinem Kuchen erdulden, Will! Ernsthaft, ich ärgere mich maßlos. 😩

Wegen der Liste, oder weil du jetzt keinen anderen Kuchen essen kannst?

Größtenteils wegen Letzterem!

Verständlich. Aber wegen deiner Liste solltest du dich auch ärgern.

Ich seufzte, meine Finger hingen bereits über dem Display, um zu antworten …

»Aber wie läuft es denn bei dir, Svea?«, riss mich Leon aus den Gedanken.

Schuldbewusst sah ich auf. Leons Blick war nicht mehr nach draußen gerichtet, sondern lag stirnrunzelnd auf meinen Händen unter dem Tisch.

Hastig ließ ich das Handy sinken. »Sehr, sehr gut«, sagte ich lächelnd. »Ich hab bei der Arbeit mein erstes eigenes Projekt bekommen! Und es ist direkt eine riesige Firma.«

»Echt? Cool!« Leon nickte anerkennend. »Welche Firma?«

Meine Wangen fingen Feuer. »*Revolution G?* Ich weiß nicht, ob du sie kennst, aber …«

»Oh mein Gott, du arbeitest mit William Grant zusammen?«, unterbrach er mich ungläubig, und seine Augen leuchteten interessiert auf. Als sei Will wirklich Batman, und Leon wolle sich gern auf die Stelle als sein Butler Alfred bewerben.

Irritiert lehnte ich mich zurück. »Ja. Kennst du ihn?«

»Nein, nein.« Hastig winkte er ab. »Nicht persönlich. Niemand kennt ihn wirklich *persönlich*. Ich hab mal gehört, dass das Privateste, was irgendwer über ihn in Erfahrung bringen konnte, war, dass Whiskey sein Lieblingsgetränk ist.«

Ich biss mir auf die Unterlippe und senkte den Blick, damit Leon das amüsierte Lächeln nicht sah, das sich auf meinem Gesicht breit machen wollte. Whiskey … Wills Lieblingsgetränk …

»Aber er ist dafür bekannt, dass er gern mal in Start-ups mit guten, nachhaltigen Ideen investiert.« Das Leuchten in seinen Augen wurde heller. »Also … man kennt seinen Namen, wenn man in der Branche unterwegs ist.«

Ich hatte keine Ahnung, was das genau für eine Branche war, ich würde Leon also beim Wort nehmen müssen. »Okay. Das wusste ich nicht.«

»Echt nicht? Obwohl du ihn sogar schon mal getroffen hast?«, meinte Leon überrascht. »So was sollte man wissen, Svea! Ich meine, der Kerl ist reicher als Gott und ständig auf der Suche nach einer guten Investition. Es ist immer sinnvoll, so jemanden auf seiner Seite zu haben.« Nachdenklich runzelte er die Stirn, bevor er mir einen fast schüchternen Blick zuwarf. »Sag mal, kannst du mich ihm vielleicht vorstellen?«

»Oh.« Ich kratzte mir den Nacken. Das hatte ich nicht erwartet. Ich wusste, ehrlich gesagt, nicht, wie Will darauf reagieren würde. Es kam mir seltsam vor, Leons Bitte nachzukommen, und der Gedanke, dass die beiden aufeinandertrafen, war mir aus irgendeinem Grund unangenehm. »Ich weiß nicht, Leon, ob das nicht etwas übergriffig ist. Wir verkehren geschäftlich miteinander.« Zumindest offiziell.

»Ah ja, versteh ich natürlich.« Entschuldigend lächelte er mich an. »Denk einfach drüber nach! Ich will nicht, dass du dich unwohl fühlst. Es ist nur …« Er begann zu erzählen, welch tolle Möglichkeit es für Will wäre, wenn er in sein Business investierte – dass sie zusammen die Welt zu einem besseren, nachhaltigeren Ort machen konnten. Mir war schleierhaft, wie ein Online-Versand-Business auch nur einen einzigen Gummibaum im

Regenwald retten sollte, aber ich verstand auch wieder nicht ganz, worüber Leon sprach, als er anfing, von irgendwelchen neuartigen Materialien zu reden, die weder Papier noch Plastik waren.

Nachfragen und mir die Blöße geben, wollte ich aber auch nicht, also nickte ich nur wieder … und blickte in meinen Schoß, in dem mein Handy vibrierte.

Will (Listenbeauftragter)
Hast du eigentlich schon damit aufgehört, Steffen Hamsterköttel in den Kaffee zu mischen? Oder steht das noch auf deiner Liste?

Meine Mundwinkel zuckten.

Svea
Ich hab zumindest keine frischen hinzugefügt! Ein paar alte sind aber wohl noch drin. 🤔 Sorgst du dich um Stupid-Steffens Gesundheit?

Sehr. Aber auch darum, dass ich nicht jedes Mal ablehnen kann, wenn er mir Kaffee anbietet.

Ich grinste. Das war …

»Sag mal, Svea, hörst du mir überhaupt zu?«, drang eine bissige Stimme zu mir durch.

Mein Blick fuhr nach oben. Leon sah mich an, eine steile Falte zwischen seinen Augenbrauen. Er schien von Grund auf irritiert. Als hätte er gerade gesehen, wie ein Politiker sich aufrichtig für seine Fehler entschuldigte. Oder eben etwas anderes Menschenunmögliches beobachtet.

»Oh, sorry«, sagte ich hastig. »Ich bin abgelenkt.«

»Das merke ich.« Seine Stimme war rauer als sonst, und er blinzelte verdächtig oft. »Wem schreibst du da die ganze Zeit?«

»Ach, nur so einem Typen, den ich vor Kurzem kennengelernt habe«, erwiderte ich betont lässig, auch wenn mein Puls in die Höhe sprang, als wolle er Olympiasieger werden. Dabei war es nicht einmal gelogen. Will war technisch gesehen ein Typ, den ich vor Kurzem kennengelernt hatte. Ich hatte also nicht einmal meinen Neujahrsvorsatz, weniger zu lügen, weiter befleckt.

Mein Blick fiel auf den Möhrenkuchen vor mir.

Schande über mich.

»Oh.« Leon nickte langsam und kratzte sich den Nacken. »Ein Typ? Was für ein Typ?«

Ich zuckte die Schultern und brachte unter einiger körperlicher Anstrengung – denn mein Körper war im Gegensatz zu meinem Puls kein Goldmedaillengewinner – seelenruhig hervor: »Ist das wichtig?«

Leon verengte die Augen, sah von meinem Handy zu meinem Gesicht und zurück. »Ich … Na ja, normalerweise erzählst du mir von deinen Typen, oder nicht?«

Genau genommen erzählte ich ihm nie etwas von meinem Liebesleben – weil es nicht existent war. Wenn er also auf mein sonstiges Schweigen zu diesem Thema anspielte … »Ich dachte nicht, dass es dich interessiert«, erwiderte ich scheinheilig.

Leon öffnete den Mund. Blinzelte. »Tut es nicht. Ich war nur … überrascht«, sagte er und räusperte sich. »Weil du doch sonst nicht …«

»Weil ich sonst nicht was?«

»Na ja … datest.«

»Tue ich nicht?«, fragte ich überrascht.

Wieder öffnete er den Mund. Dann blinzelte er und schüttelte den Kopf. »Sorry. Natürlich datest du. Ich dachte nur nicht … Also … nein. Geht mich nichts an.« Er drückte meine Hand über dem Tisch und verweilte ein paar Sekunden lang in der Berührung.

Mein Magen nahm sich ein Beispiel an Elisa und lernte steppen.

Oh mein Gott … Er war eifersüchtig.

»Sollen wir dann anfangen mit dem Bewertungsbogen?«, fragte Leon und schenkte mir eines seiner Fünfhundert-Watt-Lächeln. »Und danke noch mal, dass du mir hilfst. Ich weiß es ehrlich zu schätzen.«

»Kein Problem«, erwiderte ich lächelnd, während ich mit dem Fuß unruhig auf den Boden tippte. Das war zumindest nicht *keine* Reaktion gewesen, oder? *Oder?* »Ich muss nur meinen Laptop hochfahren.«

»Cool, ich geh eben auf Toilette, dann können wir loslegen.« Er zwinkerte mir zu und verschwand eine Sekunde später in Richtung der WCs.

Sofort war das Handy wieder in meinen Händen. Ich quietschte ein wenig, während ich an Will tippte:

Svea
Sag deinem Freund Ben,
dass er ein Genie ist! 😍

Will (Listenbeauftragter)
Das werde ich auf gar keinen Fall. Er läuft auf dem Laufband neben mir und würde einen Unfall bauen, sobald es ihm zu Kopf steigt. Und wieso?

Ich bin mir ziemlich sicher, dass
Leon gerade eifersüchtig geworden ist!

Es dauerte diesmal eine Minute, bis Will antwortete. Schließlich schrieb er:

Herzlichen Glückwunsch.

Ich grinste und steckte das Handy weg. Ja, in der Tat! Denn ich hatte eine Chance. Nichts war verloren!

KAPITEL 12

Montag

Will (Listenbeauftragter)
Und? Heute Morgen joggen gehen?

Svea
Spinnst du? Ich geh nicht joggen. Erst recht nicht morgens, noch vor der Arbeit! 😬

Aber es steht auf deiner Liste. Als dein LB fühle ich mich dazu verpflichtet, dich daran zu erinnern, dass du Sport treiben wolltest! Vielleicht neue sportliche Interessen entwickeln.

Ich erinnere mich. Aber *joggen gehen* ist die schlimmste aller Sportarten! Wenn ich will, dass Leute mich mit rotem Gesicht sehen, gehe ich in die Sauna.

Wenn man es genau nimmt, ist *joggen gehen* nicht einmal eine Sportart.

Na, da hast du es. Es passt also gar nicht zu meiner Liste! 😇

Donnerstag

Svea
Wie läuft deine Bettsuche?

Will (Listenbeauftragter)
Nicht gut. Überlege, es wie bei Harry Potter zu machen. Nicht der Mensch sucht sich das Bett, sondern das Bett sucht sich den Menschen!

😄 Aber kein Bett wird dich haben wollen, weil es Angst hat, zu eckig oder zu rund für dich zu sein.

Dann gibt es wohl einfach kein richtiges für mich!

Du bist lächerlich. Hast du mal im Internet geguckt?

Das Internet bietet zu viel Auswahl!
Und wie läuft es bei dir mit dem Lügen?

Die deutsche Sprache bietet zu viel Auswahl … 😇

Sonntag

Will (Listenbeauftragter)
Hat sich dein Desinteresse-Date mit Leon eigentlich rentiert?

Svea
Keine Ahnung …

Also, nein.

Aber er war eindeutig eifersüchtig! 😎

Und was bringt dir das?

Hoffnung? Er hat sich nur noch nicht gemeldet …

Aha.

Sag das nicht so!

Ich hab gar nichts gesagt.

Ich hab deine Stimme im Ohr!

Damit solltest du zum Arzt gehen.

🙄

Svea, wenn ich Interesse hätte:
Ich würde mich melden.

…

Aber vielleicht kommt da ja noch was.

Keine Ahnung. Es ist auf der Arbeit sowieso gerade so stressig, ich habe nicht wirklich Zeit, um an die Liste zu denken. 🙈

Ich weiß, du hängst dich rein. Man merkt es. Wenn dir das hilft.

Danke. Das ist lieb. 😘 Wir müssen jetzt Mittwoch nur die erste Welle des Mystery-Shoppings hinter uns bringen, bevor wir eure Gesamtqualitätskontrolle angehen können.

Habe keinen Schimmer, wovon du redest. Es kamen keine Fake-Delphine darin vor. Habe somit das Interesse verloren.

😄 Sorry. Nächstes Mal wieder. Aber wird schon schiefgehen!

»Es ist alles verloren!« Meine Kollegin Jasmin stöhnte laut und schüttelte den Kopf, sodass ihre roten Locken umherflogen. »Es tut mir so leid, Svea. Ich weiß, ich bin für das Mystery-Shopping verantwortlich, und eigentlich habe ich immer einen Ersatz parat, falls jemand ausfällt – aber bei Leander ist es eine Katastrophe!«

Oh Gott, das war das letzte Wort, das ich heute hören wollte. Und das, obwohl meine Mutter mir heute Morgen schon eine Nachricht geschickt hatte, in der sie hatte wissen wollen, ob sie mir die Figur *Glamour-Klitoris* geschenkt hätte oder ob die an Karla gegangen wäre.

Aber ja: Heute schlug *Katastrophe* sogar *Glamour-Klitoris.*

»Okay, worum geht's?«, fragte ich und massierte mir die Schläfen, während der Stress in Form von dicken Schweißtropfen meinen Nacken hinabsickerte. Mir war klar gewesen, dass der *Revolution-G*-Auftrag eine Herausforderung werden würde. Aber ich hatte nicht damit gerechnet, dass die letzten zwei Wochen die stressigsten meines Lebens sein würden.

Mein Problem war, dass ich es *gut* machen wollte. Dass ich meinem Boss, Will und, nicht zu vergessen, mir beweisen wollte, dass ich die verdammt beste Projektleitung seit Alexander dem Großen war. Und so ehrgeizig war ich sonst nur, wenn es um das Hassen von Möhrenkuchen oder das Bingen von Netflix-Serien ging. Doch ich wollte die Beförderung!

Aber normalerweise bekamen wir sehr konkrete Anfragen von Firmen. *Wir haben Produkt X und wissen nicht, auf welchem Medium wir unsere Zielgruppe am besten erreichen.* Oder: *Wie müssen wir unsere Produktverpackung gestalten, um Generation Z anzusprechen?*

Doch *Revolution G*s konkrete Anfrage war: *Wie können wir überhaupt einen Marketingplan für unsere Firma aufbauen? Wer sind unsere Kunden? Was wollen unsere Kunden?*

Was bedeutete, dass ich die letzten Wochen verschiedene Teams für repräsentative Umfragen sowie persönliche Interviews mit potenziellen Kunden beauftragt hatte. Dass ich Fokusgruppen vorbereitete. Dass ich Jasmin die Leitung des Mystery-Shopping-Events anvertraut hatte. Doch jeden Tag kamen neue Probleme dazu!

»Leander war der Einzige, der klettern wollte, Svea«, meinte Jasmin seufzend.

Klettern? Es ging ums Einkaufen. Warum musste man dafür klettern können?

»Ich verstehe nicht ganz …«, begann ich, doch eine männliche Stimme unterbrach mich.

»Was genau ist hier los?« Es war Stupid-Steffen, der gerade hereinspaziert war, vermutlich das Wort *Katastrophe* aufgeschnappt und sich dem Irrtum hingegeben hatte, dass seine Anwesenheit von Hilfe sein würde. Und genau deswegen führte ich geschäftliche Unterhaltungen so ungern in der Lobby unseres Gebäudes. Weil *alle* mithörten und neugierig ihre Hälse reckten, als wäre es ihr tiefer Wunsch, sich in einen Schwan oder noch besser Flamingo zu verwandeln. Aber Jasmin hatte mich direkt nach meiner äußerst verspäteten Mittagspause hier unten abgefangen – was sollte ich tun?

»Steffen, das Gespräch betrifft dich nicht«, informierte ich ihn ungeduldig. »Also …«

Er schnalzte mit der Zunge. Als wäre ich ein Pferd, das bockte.

»Ich bin die Nummer zwei bei diesem Auftrag«, erinnerte er mich mit einer betont entspannten Stimme, die weder ein Pferd noch mich sonderlich beruhigte.

»Steffen …«

»Ich denke, das gibt mir durchaus das Recht, nachzufragen. Damit ich womöglich retten kann, was zu retten ist.«

Ich presste die Lippen aufeinander. »Du musst nichts retten. Ich habe alles …«

»Ich denke, das werde ich selbst entscheiden, Svea!«, unterbrach er mich hochmütig. Der Sohn des Chefs war in den letzten Wochen unausstehlich gewesen. Sein Ego vertrug es überhaupt nicht gut, nicht der Projektleiter zu sein. Doch anstatt zu schrumpfen, blähte es sich nur mit jedem Tag weiter auf.

Leider entschied sich Jasmin dazu, ihn in unsere Misere einzuweihen. »Uns ist ein Tester für den Standort Köln abgesprungen, und ohne ihn können wir nicht jeden Aspekt des Kundenservice von *Revolution G* testen und bewerten. Dabei wollte ich heute die erste Welle beenden.«

»Ah …«, machte Steffen lang gezogen, bevor sein Blick auf mir landete. »Das ist wirklich ein *Problem.*« Er sagte das letzte Wort so laut, dass einige die Köpfe zu uns herumdrehten. Zu meinem Leidwesen gehörte das Haupt von Herrn Lindholm, unserem Chef, dazu.

»Was ist ein Problem?«, wollte er freundlich wissen und gesellte sich zu uns. Das half weder mir noch dem Problem noch meinen Kopfschmerzen.

»Nun, das Mystery-Shopping-Event im örtlichen Standort ist in Gefahr«, sagte Steffen sachlich.

Ich konnte mich nur schwer davon abhalten, die Augen zu verdrehen. Denn das Einzige, was gerade *in Gefahr* war, waren meine geistige Gesundheit und sein Kinn.

»Was?« Herr Lindholm hob alarmiert die Augenbrauen.

»Ja, ein wichtiger Tester ist abgesprungen«, unterrichtete Stupid-Steffen freundlicherweise seinen Vater, bevor er in meine Richtung gewandt hinzufügte: »Svea: nur so als kleiner Tipp, von einem Mann mit mehr Erfahrung als du … Vorab sollte man sich als Projektleiterin über alle möglichen Dinge, die schiefgehen könnten, informieren und einen Plan B zurechtlegen.«

Ich biss die Zähne zusammen, während leise Wut in mir hochstieg. Stupid-Steffen hatte nie einen Plan, geschweige denn einen Plan B! Und jetzt so zu tun, als wäre ich unvorbereitet, obwohl ich mir die letzten Wochen den Arsch aufgerissen hatte, war … es war …

Ich atmete tief durch und senkte den Blick. Damit ich leise wütend blieb und nicht doch laut wurde. Denn was würde es bringen? Es machte keinen guten Eindruck, den Sohn vom Chef anzubrüllen. Ebenso wenig, wie ihn niederzustrecken. Da war ich mir fast sicher.

»Wie gut, dass ich einen Plan B habe«, hörte ich mich stattdessen scheinbar aus weiter Entfernung, aber mit absolut ruhiger Stimme sagen. »Ich springe für Leander ein.«

»Ähm, er ist unser Action-Shopper«, sagte Jasmin langsam. »Bist du sicher, dass …«

»Natürlich bin ich sicher«, unterbrach ich sie – und was meinte sie mit *Action-Shopper?* Mein letztes Mystery-Shopping-Event mochte schon ein Jahr zurückliegen, aber ich hatte nie *Action-Shopper* benötigt.

»Das ist doch prima.« Die Miene meines Chefs erhellte sich. »Svea ist genau die Richtige«, fügte er dann an Jasmin gewandt hinzu. »Sie ist totaler Outdoor-Fan. Sie wird kein Problem mit dem Kanu oder der Kletterwand haben.«

Moment … *was?*

Hatte er Kanu gesagt, wie in … das Boot? Oder war es Keanu gewesen, wie in Keanu Reeves? Mit Letzterem konnte ich nämlich sehr viel mehr anfangen. Und *Revolution G* verkaufte Kletterwände? Eigentlich dachte ich, dass ich ihre Produkte mittlerweile ganz gut kannte.

»Oh, das wusste ich gar nicht«, sagte Jasmin begeistert und drückte erleichtert meinen Arm. »Na, dann kennst du dich mit Kletterschuhen sicher aus und weißt, ob du gut beraten wirst, oder nicht?«

Kletterschuhe? Nein. In einem Persönlichkeitstest mit der Fragestellung *Welcher Schuh bist du?* würde bei mir höchstwahrscheinlich ein Pantoffel herauskommen!

»Ich denke auch. Es ist also gar kein Problem. Svea kann alles ausprobieren.« Mein Chef nickte bestimmt – und mein Magen verkrampfte sich.

Oh, Shit ... *Action-Shopper.* Ich würde mich in ein Kanu setzen und eine Kletterwand erklimmen müssen. Gott, ich hoffte sehr, dass das Kanu die Form einer Couch hatte und die Kletterwand auf dem Boden lag. Denn sonst würde ich ein Problem bekommen.

Aber das vor meinem Chef zugeben, der mir die Leitung des Projekts vermutlich nur gegeben hatte, weil ich eine Outdoor-Enthusiastin – beziehungsweise eine gute Lügnerin – war, konnte ich auch nicht!

»Mhm, das wird ... super«, presste ich deswegen hervor. »Hast du die Briefing-Unterlagen und einen Bewertungsbogen für mich, Jasmin?«

Sie nickte. »Ich schick ihn dir per Mail!«

»Wundervoll, dann ist das doch geregelt.« Herr Lindholm klang so zuversichtlich wie eine arme Karotte, der nicht klar war, dass sie demnächst zu Kuchen verarbeitet werden würde. »Und sagt nichts davon Grant! Er soll denken, dass alles wie am Schnürchen läuft«, murmelte er mit gesenkter Stimme und nickte zum Eingang, an dem ich überraschenderweise Will entdeckte, der gerade mit Amanda Krill und Seb redete.

Meine Handflächen wurden feucht, und mein Herz vollführte einen kleinen Hüpfer. Weil es mich nervös machte, dass er direkte

Einsicht in meine Arbeit erhielt, schätzte ich. Ich hatte ihn zwar seit der Ikea-Sache nicht mehr gesehen, weil ich zu beschäftigt gewesen war, doch wir hatten fast täglich miteinander geschrieben. Wir waren Freunde geworden, oder?

Aber zu schreiben und einander zu sehen, war etwas anderes, stellte ich gerade fest. Denn wenn man mit jemandem schrieb, dann … sah man ihn nicht.

Mir war klar, dass meine Gedanken gerade nicht besonders eloquent waren, aber das lag daran, dass Wills Erscheinung mich irritierte. Er trug zwar Jeans, aber dazu ein weißes Hemd mit Krawatte. Ich hatte ihn noch nie mit Krawatte gesehen. Sein Hemd war bis zum obersten Knopf geschlossen. Der helle Kragen schmiegte sich an seinen gebräunten, starken Hals und betonte seinen Kehlkopf und sein Kinn … Er hatte sich rasiert. Sein dunkler Bart hatte jetzt eine respektable Länge, die alte Damen nicht mehr dazu verleiten würde, die Straßenseite zu wechseln. Er hatte den Kopf leicht geneigt, so wie er es immer machte, wenn er konzentriert zuhörte, sodass ihm seine braunen, glänzenden Haare in die Stirn fielen. Er trug seine grüne Jacke über den Armen, die er vor der Brust überkreuzt hatte, sodass sein Bizeps deutlich unter dem eng anliegenden Hemdsärmel …

»Mann, er ist ja schon lächerlich attraktiv, was?«

Ich zuckte zusammen und wandte mich um. Jasmin stand noch immer neben mir, doch Herr Lindholm und Stupid-Steffen waren verschwunden. Huch, ich hatte gar nicht mitbekommen, dass sie gegangen waren.

»Ähm, wer?«, fragte ich unschuldig.

»William Grant. Obwohl er mit Löchern in seiner Kleidung herumläuft und nicht wie ein Millionär.« Sie schnalzte mit der Zunge. »Ernsthaft, möchte er allen ins Gesicht drücken, wie *bodenständig* er ist, oder was?«

Ich senkte den Blick, erwiderte jedoch nichts. Ehrlich gesagt, war ich mir ziemlich sicher, dass Will sein Aussehen schlichtweg nicht wichtig war. Dass er Dinge benutzte, bis sie zu kaputt waren, um ihren Zweck zu erfüllen. Dass er Geld viel mehr als Accessoire, nicht als charakterprägende Eigenschaft betrachtete.

»Aber für einen Bürohengst ist er sehr muskulös«, sinnierte sie weiter. »Und die Wangenknochen …«

Nein. Der Kiefer. Es war der scharf geschnittene Kiefer.

»Meinst du nicht, dass er heiß ist?«

Überrascht öffnete ich den Mund und sah auf. »Äh, doch.« Ich strich mir mit meinen kühlen Händen über meine erhitzten Wangen. »Er sieht gut aus, schätze ich.«

Nicht so gut wie Leon, aber … na ja. Anders halt. Man konnte sie nicht wirklich vergleichen. Will war … rauer? Hatte mehr Ecken und Kanten. Kein so breites, strahlendes Lächeln wie Leon. Eher ein heimliches, zurückhaltendes und doch durchtriebenes Lächeln. Wenn man das mochte, dann schätzte ich, dass er relativ attraktiv … Oh Gott. Das *schätzte ich* und das *relativ* waren auch nur weitere Lügen, oder?

»Ja. Vor allem, wenn er so ernst guckt.« Sie seufzte. »Warum sind ernste, intensive Kerle so viel heißer als andere?«

Nein. Es war sein Lächeln, das ihn erst richtig attraktiv machte.

»Weißt du, ob er eine Freundin hat?«

Ich blinzelte verwirrt. Warum redete sie immer noch über ihn? Ich fand, dass sie das Thema wechseln sollte. »Ähm … ich glaub nicht«, fühlte ich mich dennoch verpflichtet zu antworten.

»Mhm …« Sie neigte den Kopf. »Meinst du, er würde Ja sagen, wenn ich ihn nach seiner Nummer frage?«

Mein Mund wurde trocken, und ein seltsamer Knoten bildete sich in meinem Magen. Jasmin war sehr hübsch und sehr freundlich und unfassbar intelligent. Ich mochte sie. Vielleicht würde Will sich gut mit ihr verstehen. Ich sollte ihm zumindest die Chance geben, sie kennenzulernen, also …

»Ich glaub nicht. Weil ihr doch zusammenarbeitet«, rutschte es mir heraus. Mein Hals zog sich enger, und ich wandte den Blick ab, während mein Nacken heiß prickelte.

Es *könnte* stimmen. Es war nicht wirklich gelogen. Es war … Ich rieb mit den Fingerknöcheln über meine Beine. Warum hatte ich das gesagt?

Weil es kompliziert werden würde, wenn sie ihn datet! Weil ihr Arbeit und Liste nicht mehr so gut voneinander trennen könntet. Außerdem will sich William nur vielleicht *ein Privatleben zulegen.*

Ich nickte mir selbst zu. Ja. Er hatte kein Drama gewollt, und wenn er anfing, eine meiner Mitarbeiterinnen zu daten, würde es alles schwieriger machen. Unsere Welten vermischen. Das wäre nicht gut.

»Schade.« Sie seufzte. »Aber ist vielleicht auch gar nicht schlecht.« Sie senkte die Stimme verschwörerisch. »Eine aus seiner Marketingabteilung, mit der ich gerade arbeite, meinte, er wäre eigentlich faul und hätte das Imperium seines Vaters gar nicht verdient. Er wäre fast gefeuert worden, kurz bevor sein Vater gestorben ist. Aber sein Dad hat sein Testament wegen seines plötzlichen Todes nicht ändern können, und der Papierkram der Entlassung war auch noch nicht durch – also hat er die Firma durch pures Glück erhalten. Theoretisch hätte sie an wen anders gehen sollen.«

Stirnrunzelnd riss ich den Blick endgültig von Will los und sah sie an. »Was?«

Das war doch Schwachsinn. Wenn Will faul war, dann waren … Faultiere die besten Sprinter dieser Welt.

»Ja, wäre die Entlassung rechtzeitig durchgegangen, wäre er jetzt nicht der CEO von *Revolution G*«, bestätigte sie und hob vielsagend die Augenbrauen. »Das ist nicht fair, oder? Dass ihm Macht und Geld einfach so in den Schoß gelegt werden, während andere sich vermutlich den Arsch aufreißen?«

Ich biss mir auf die Zunge, und die leise Wut, die Stupid-Steffen in meinen Adern hinterlassen hatte, kehrte schleichend zurück. »Du solltest aufhören, Gerüchte zu verbreiten«, sagte ich scharf, und es überraschte mich selbst, wie autoritär ich plötzlich klang. »Du bist zum Arbeiten hier, nicht zum Tratschen. Also, Jasmin, ich brauche die Briefing-Unterlagen, bevor ich bei *Revolution G* einkaufe.«

Überrascht machte Jasmin einen Schritt zurück. »Okay, okay. Sorry. Ich schick dir die Unterlagen sofort«, meinte sie kleinlaut.

»Gut.« Ich presste die Lippen zusammen, und mein Blick flog automatisch zu der Stelle, an der Will gerade noch gestanden hatte. Doch er war verschwunden. Enttäuschung sank in meinen Magen, die ich nicht ganz zuordnen konnte.

»Ich hab noch eine Frage ...« Ich zwang meinen Blick wieder zu Jasmin, die zögerlich ihre Fingernägel betrachtete. »Ich wollte wissen, ob wir eigentlich *alle* auf diese Firmenfeier von *Revolution G* eingeladen sind, oder darf nur die Chefetage kommen?«

Perplex öffnete ich den Mund. »Feier? Welche Feier?«

Überrascht hob Jasmin die Augenbrauen. »Weißt du davon nichts? Steffen meinte, es wäre eine Einladung von *Revolution G* gekommen. Ist wohl eine schicke Angelegenheit mit offener Bar und allem. Eine Art verspäteter Neujahrsempfang für alle Mitarbeiter, Investoren, Aktionäre und so weiter, auf dem Grant als neuer CEO seine Pläne für *Revolution G* vorstellt. Praktisch das, was Lindholm im März mit seinem dämlichen Nature-Retreat plant. Nur dass Grant ordentlich was dafür springen lässt und nicht auf der Wiese hinter seinem Büro feiert.« Sie verdrehte die Augen. »Hat Steffen dir die Einladung nicht gegeben? Sie war an die Projektleitung adressiert, meine ich.«

Ich presste die Lippen aufeinander, und in meinem Magen rumorte es, als hätte ich ein Kleintier geschluckt. Und dieses Kleintier hatte Krallen. Denn nein, natürlich hatte er das nicht. »Ich frag nach, ob das ganze Team kommen darf«, murmelte ich und warf einen Blick auf meine Handyuhr. »Ich mach mich jetzt aber erst mal auf den Weg zu *Revolution G.*«

»Okay. Wie gesagt: Die Unterlagen sind praktisch schon auf dem Weg!«, versicherte mir Jasmin hastig, winkte mir zu und verschwand in Richtung der Fahrstühle.

KAPITEL 13

Auch der kalte, stechende Wind, der mich draußen begrüßte, mir unter die Jacke und in meine Glieder fuhr, konnte meinen Ärger über Steffen nicht vertreiben. Es passte zu meiner Stimmung, dass der Februar bisher genauso erbarmungslos wie der Januar war. Nur dass deutlich mehr Schneeregen fiel.

Genervt zog ich die Kapuze über meinen Kopf, während meine Gedanken merkwürdigerweise nicht zu Steffen, sondern zu Jasmins Worten zurückkreisten. Sie hatte gemeint, dass Will *faul* sei.

Mein Kiefer knackte. Wer verbreitete solch lächerliche Lügen?

Will arbeitete hart. Es war nicht fair, ihm nachzusagen, dass er nichts dafür hatte tun müssen, CEO eines Multimillionen-Euro-Unternehmens zu werden. Ja, vielleicht hätte er den Job nicht, wenn sein Vater *Revolution G* nicht gegründet hätte, aber das machte seine Arbeit doch nicht weniger wertvoll! Genauso wie *meine* Arbeit nicht weniger wertvoll war, nur weil Stupid-Steffen …

»Hey, LB.«

Abrupt blieb ich stehen. Die Kapuze hing mir ins Gesicht, sodass ich den Kopf in den Nacken legen musste, um zu sehen, wer mich da angesprochen hatte – auch wenn ich es längst wusste. Als ich Wills Blick begegnete, der mit einem schiefen Lächeln an einem schwarzen Audi lehnte, Hunderte glitzernde Wassertropfen vom Nieselschnee in seinen Haaren, zog sich mein Unterleib quälend langsam zusammen. Ja. Er war nicht nur relativ attraktiv.

Aber er war auch nicht Leon, also war es mir egal. Und unwichtig.

»Hi«, sagte ich etwas verspätet und wandte den Blick ab. »Hast du … auf mich gewartet?«

»Nicht absichtlich. Ich hab noch telefoniert.«

Oh Gott. Natürlich hatte er nicht absichtlich gewartet! Wie dumm von mir.

»Ich hatte ein Gespräch mit Seb wegen der User-Freundlichkeit unserer Website«, fuhr Will fort. »Und anscheinend ist unsere Schriftart, ich möchte deinen Kollegen hier zitieren: *Verdammt asozial gegenüber einer Kundengruppe älter als fünfundfünfzig Jahre.*«

Ich stöhnte innerlich und kniff die Augen zusammen. Shit. So hatte Seb es ausgedrückt? Wenn Stupid-Steffen das zu Ohren kam … Er würde einen Grund dafür finden, warum Sebs mangelnde Manieren ebenfalls meine Schuld waren!

»Tut mir leid«, murmelte ich. »Das hätte er so nicht sagen sollen.«

»Ist schon okay, ich hab mich amüsiert und …« Will hielt inne. »Svea, ist alles in Ordnung?«

Ich wusste, dass er mich ansah. Spürte an dem Kribbeln an meiner Wange, dass ich seine volle Aufmerksamkeit hatte.

Er hatte recht. Er machte keine halben Sachen. Das galt sogar fürs Ansehen. Aber ich wollte keinen Small Talk führen. Nicht freundlich sein. Mich nicht erklären müssen …

»Svea. Bist du gerade leise wütend?«

Mein Blick schoss nach oben. Will hatte sich von dem Wagen abgestoßen und stand nun direkt vor mir. Er sah zu mir herab, wischte sich einen Tropfen von der Wange und wartete. Als wolle er mich nicht mit einer Antwort hetzen. Oder mir die Möglichkeit geben zu sagen, dass ich nicht drüber reden wollte.

»Wie kommst du darauf?«, presste ich hervor.

»Nun, weil du dich für etwas entschuldigst, das absolut nicht in deiner Verantwortung liegt …«

»Aber es *liegt* in meiner Verantwortung, Will!«

»… und weil du Hi gesagt hast, anstatt einen albernen Kommentar dazu zu machen, dass ich eine Krawatte trage und ob sie mir nicht zu krawattenförmig ist«, schloss er.

Meine Mundwinkel zuckten. Ich wollte nicht lächeln, aber … der rote Knoten in meinem Bauch, den die letzten zwanzig Minuten verursacht hatten, löste sich trotzdem ein wenig.

Mein Blick glitt zu Wills Brust. Zu dem weißen Hemd, das sich darüber spannte, und zu der dunkelblauen Krawatte, die seine Knopfleiste zu großen Teilen verdeckte. »Es ist eine sehr schicke Krawatte«, murmelte ich schließlich. »Ich möchte ihr nicht den Tag versauen, indem ich ihre Gefühle verletze.«

»Oh, das habe ich schon getan«, erwiderte er leichthin. »Ich hab sie heute Morgen sehr unsanft dreimal zerknüllt, weil ich vergessen hab, wie man sie bindet.«

Ich nickte und löste meine zu Fäusten geballten Hände etwas, bevor ich schwer seufzte. »Tut mir leid, du hast recht. Vielleicht bin ich ein wenig leise wütend. Ich hab einfach einen schlechten Tag.« Denn da war noch immer dieses bittere Gefühl der Unzufriedenheit in meiner Brust, das sich als prickelnder Ärger in meinem Kopf manifestierte. Ich hasste, dass Stupid-Steffen solchen Einfluss auf meine Stimmung hatte und dass Menschen schlecht über andere hinter ihrem Rücken redeten. Auch wenn mir bewusst war, dass ich nicht unschuldig war und ich mich genug hinter Steffens Rücken über ihn beschwerte. Aber niemals bei meinen Arbeitskollegen!

Ich holte tief Luft und betrachtete den Schneeregen, der auf meinen verdreckten Turnschuhen schmolz. »Aber meine leise Wut hat nichts mit unserer Liste zu tun. Es kann dir also egal sein, ob …«

Warme Finger strichen sacht über meinen Handrücken, und mein Herz stolperte in meiner Brust. Mein Blick fuhr zu der Stelle, an der Will mich berührte. Seine Hände waren riesig im Vergleich zu meinen. Doch seine Berührung war sanft. Kaum spürbar, federleicht. Trotzdem zog sich eine Gänsehaut meinen Arm hinab. »Warum bist du leise wütend, Svea?«, fragte Will, seine Stimme seltsam rau. Als wollte er mich nicht drängen, könne sich aber nur schwer zurückhalten.

Ich schluckte und starrte auf meine Fingerknöchel. Er hatte die Hand wieder sinken lassen, trotzdem … spürte ich ihn noch immer.

Hastig rieb ich meine prickelnden Hände aneinander, denn das Gefühl verwirrte mich. Dann zwang ich mich zu einem Lächeln und sah auf. »Weil laut wütend zu sein, mir immer auf die Stimmbänder schlägt.«

Will lachte nicht. Er sah mich nur unverwandt an. »Svea … Warum?«

Ich seufzte und schloss die Augen. »Weil …«, begann ich, doch hielt inne. Wollte etwas Floskelhaftes wie: *Weil das Leben schwer ist* oder *Weil Menschen blöd sind* sagen. Doch dann überlegte ich es mir anders. Denn es wäre nicht ehrlich. Das war nicht wirklich der Grund, aus dem ich wütend war. Warum eine brennende Spur sich durch meine Lunge zog. Warum ich mich fragte, ob sich der Stress der letzten Wochen überhaupt lohnte.

Schließlich zog ich die Augenbrauen zusammen und murmelte: »Ich bin wütend, weil ich wirklich schon selbst einen hervorragenden Job darin leiste, anzuzweifeln, ob ich … nun, meinen Job hervorragend verrichte. Und ich niemand anderen brauche, der mir das Gefühl gibt, nicht *gut* zu sein. Und sich trotzdem manche Leute dazu berufen fühlen, mir ihre Meinung aufzudrücken.«

Will nickte langsam, doch sagte nichts. Was ich als Anlass nahm, weiterzusprechen.

»Weißt du, mir ist klar, dass das mein erstes Projekt ist, das ich allein leite. Dass ihr ein sehr großer, wichtiger Kunde seid. Dass ich immer Plan A und B haben sollte. Aber ich kann doch nicht hellsehen! Wenn jemand krank wird, wird jemand krank. Wenn Seb unhöflich ist, dann ist er unhöflich. Das ist nicht *meine Schuld.* Und eigentlich sollte Jasmin sich um Ersatz kümmern, anstatt dass *ich* als Mystery-Shopperin einspringe!«

Will schwieg immer noch verdächtig, also sah ich verärgert auf. Denn wenn er mir jetzt widersprach …

»Was denkst *du* denn?«, wollte er wissen. Seine Miene war schrecklich neutral. So wie ich mich noch keine einzige Sekunde in meinem Leben gefühlt hatte.

»Was meinst du?«, fragte ich scharf.

»Na, was *du* denkst, wie du dich anstellst.«

Ich schnaubte. »Ich denke, dass ich mir den Arsch aufgerissen habe!«, fuhr ich auf. »Dass ich mein verdammt Bestes gebe.«

»Na, da hast du es«, sagte er leichthin.

Irritiert blinzelte ich zu ihm hoch. »Da habe ich was?«

»Alles, was du wissen musst.« Er winkte ab. »Die Meinung anderer über dich zählt nur halb so viel wie deine eigene, Svea.«

»Tut sie das?«, fragte ich zweifelnd. Denn das ergab nicht wirklich Sinn in meinem Kopf.

»Ja«, erwiderte er schlicht. »Warum, glaubst du, habe ich *dich* bei unserem ersten Meeting gefragt, ob du die richtige Person für den Job bist, und nicht deinen Chef?«

Ich blinzelte. »Na ja, ehrlich gesagt, dachte ich, dass du etwas verrückt bist.«

»Ah ja«, erwiderte er betont sachlich, auch wenn seine Augen amüsiert funkelten. »Eine gesunde Portion verrückt vielleicht. Aber ich glaube, dass wir uns immer noch am besten selbst einschätzen können. Es ist *wichtig*, was wir von uns halten. Und seit du meintest, dass du genau die richtige Kandidatin für den Job bist, mache ich mir keine Gedanken mehr darüber, dass du es nicht sein könntest. Ich vertrau dir da.« Er zuckte die Schultern. Als wäre es so simpel. Als wäre der Rest irrelevant.

Mit geöffneten Lippen starrte ich ihn an, und eine seltsame Ruhe überkam mich. Er vertraute mir. Bei jedem anderen hätte ich vielleicht gedacht, dass er das nur sagte, damit ich mich besser fühlte. Dass er mir etwas vormachte.

Aber Will log nicht. Er war immer aufrichtig. Es musste also stimmen. Wer hätte gedacht, dass Ehrlichkeit so viel Macht besaß?

»Danke«, murmelte ich, auf einmal verlegen, und senkte den Blick. »Das ist … Danke.«

»Kein Problem«, sagte er überrascht. Als würde es ihn wundern, dass ein Danke überhaupt nötig war. »Und sagtest du, du musst als Mystery-Shopperin einspringen? Heißt das, du willst zu unserem *Revolution-G*-Geschäft?«

Ich nickte abwesend. Meine Meinung zählte mehr als die anderen … Theoretisch war mir das klar, aber die Meinung anderer hatte einen so viel größeren Einfluss auf mein Leben als meine eigene.

»Soll ich dich mitnehmen?«

Blinzelnd sah ich auf. »Hm?«

Ein Lächeln zog an seinen Mundwinkeln, während weiter Nieselschnee in seine Haare fiel – doch Will schien es nicht einmal zu bemerken. Als sei er zu sehr auf mein Gesicht konzentriert. »Irgendwann würde ich deinem Kopf gern mal einen Besuch abstatten. Es scheint äußerst interessant darin zu sein.«

Ich musste widerwillig lachen. »Das täuscht. Kennst du diese Wimmelbücher für Kinder? In denen es so viel zu entdecken gibt, dass die Augen anfangen zu zittern, weil man nicht alles gleichzeitig betrachten kann? So sieht es in meinem Kopf aus. Nur dass dann auch noch Emotionen dazukommen – der unwichtige Papierkram, du weißt schon, der deiner Meinung nach nur stört. Alles in allem ist da oben gerade kein sonderlich angenehmes Klima.«

Will runzelte die Stirn und lehnte sich langsam wieder gegen das Auto. »Ich hab nie gesagt, dass Emotionen unwichtig sind. Oder mich stören.«

Perplex öffnete ich den Mund. »Was?«

»Ich hab nie gesagt, dass Emotionen unwichtig wären oder mich stören«, wiederholte er langsam. »Sie … verkomplizieren Dinge nur.«

»Ähm, ja. Ich schätze schon«, erwiderte ich überrascht. »Aber auf gute Art und Weise!«

Er seufzte und wandte den Blick ab. »Ich bin mir da nicht so sicher.«

»Was meinst du?«

Will verschränkte die Arme und sah zu Boden, wo sein linker Fuß unregelmäßig auf den Bordstein klopfte. »Svea, alles, was ich wissen wollte, ist: Soll ich dich mitnehmen? Ich muss auch zum Geschäft. Ich kann dich fahren.«

»Ach so.« Richtig. Darüber hatten wir eigentlich geredet. Ich blinzelte, schüttelte dann aber den Kopf. »Nein, ich bin gerade keine gute Gesellschaft.«

»Und?«

»Na, ich habe keine Lust auf Small Talk.«

»Das ist okay, dann schweigen wir«, sagte er, bevor er einen Autoschlüssel zückte und der Wagen hinter ihm zweimal piepte.

»Will, ich bin schlecht drauf, ich …«

»Und? Steig trotzdem ein. Es ist nicht deine *Pflicht*, im Gegenzug für einen nichtigen Gefallen gute Gesellschaft zu sein.«

»Aber …«

»Svea, steig ein!« Er öffnete mir die Beifahrertür und gestikulierte ins Wageninnere, bevor er um die Motorhaube herumlief.

Mein Blick huschte über das mit diverser Technik ausgestattete, mit Kunstleder versehene Interior, das in etwa so teuer aussah, wie eine Führung durch meinen Kopf sein würde. Und es war ein Audi.

»Du hast es mit Audis, was?«, rutschte es mir heraus.

Will seufzte und warf mir einen düsteren Blick über das Wagendach zu, der nur dazu führte, dass ich plötzlich lachen wollte. Denn wie er die Augenbrauen zusammenzog und die Lippen aufeinanderpresste …

»Ich hätte dir das nie erzählen dürfen. Es ist vierzehn Jahre her!«

»Vierzehn?«, echote ich verblüfft. »Wie alt bist du?«

»Vierunddreißig.«

Meine Augen wurden groß. »Also warst du …«

»Ja. Zwanzig. Ich war ein Spätzünder.«

»Nein!« Das Wort kam mir etwas zu ungläubig über die Lippen, aber wie konnte das sein? Die Frauen mussten sich doch auf ihn geworfen haben!

Will warf mir einen ironischen Blick zu, bevor er sich in den Wagen setzte – und wenn ich seine Antwort hören wollte, musste ich wohl oder übel dasselbe tun.

»Ich fand Mathe, Latein und Naturdokus cool, Svea, und hab mich erst für Frauen interessiert, als mein Kletterbaum im Garten gefällt wurde und mein Nintendo 64 kaputtgegangen ist«, meinte er trocken.

»*Ernsthaft?*« Ich konnte das Wort nur in kursiv aussprechen.

»Warum ist das so schwer zu glauben?«

»Ich ...« Ich brach ab. Ich hatte keine Antwort auf diese Frage, die nicht *Du bist heiß* miteinschloss. Aber weil das ein Satz war, den man seinem platonischen Listenbeauftragten einfach nicht an den Kopf warf, und ich mir keine Ausrede einfallen lassen wollte, beließ ich es dabei und meinte stattdessen: »Okay, nimm mich mit. Aber du musst mich ein paar Straßen vorher rauslassen, damit wir nicht zusammen gesehen werden. Es heißt Mystery-Shopping, weil niemand wissen soll, dass ich euch gerade teste. Also wehe, du verrätst es jemandem.«

Wills Mundwinkel zuckten, doch er nickte. »Na dann. Und hat dir schon einmal jemand gesagt, dass du äußerst talentiert darin bist, subtil das Thema zu wechseln?«

Meine Wangen wurden heiß. »Nein, aber vielen Dank für das Kompliment. Möchtest du mir vielleicht noch was über deine Audi-Entjungferung erzählen? Oder ist das Thema auch für dich gegessen?«

Seufzend schüttelte er den Kopf, doch der Seitenblick, den er mir zuwarf, während er den Wagen startete, war ... warm. »Sei still. Ich dachte, du hättest keine Lust auf Small Talk und würdest lieber Zeit in deinem Wimmelbuch-Kopf verbringen.«

Ich lächelte breit und schnallte mich an. Ja, das wollte ich.

Und jetzt fühlte ich mich nicht einmal schlecht deswegen.

KAPITEL 14

Das Kanufahren war nicht das Problem. Das war mir klar gewesen, sobald ich das riesige, vierstöckige *Revolution-G*-Geschäft betreten und den gigantischen Pool zu meiner Rechten gesehen hatte, der die Hälfte des ersten Stockwerks einnahm. Ich hatte keine Schwierigkeiten mit Wasser. Ich konnte schwimmen. Ich hatte keine Angst vor hölzernen, ovalen Objekten. Ja, ich drehte mich im Becken sehr oft im Kreis, als ich einen Mitarbeiter bat, es ausprobieren zu dürfen, aber sitzen und die Arme bewegen konnte ich. Das machte ich auch, wenn ich auf der Couch zu Hause Pizza aß. Es war mir also nicht völlig fremd.

Nein, mein Endgegner war die Kletterwand. Das acht Meter hohe, glänzende Biest zur Linken. An dem während meines bisherigen einstündigen Aufenthalts bereits zwei Kunden enthusiastisch emporgeklettert waren, um Ausrüstung und Schuhe zu testen.

Und die Kletterwand wusste, dass sie mir Angst einjagte. Einen anderen Grund konnte es nicht dafür geben, dass sie mit ihren tausend Augen höhnisch auf mich herabblickte. Mich mit ihrem gehässigen Blick verfolgte, egal, ob ich gerade Merinowollhemden ausprobierte oder mich von einer kompetenten Mitarbeiterin dazu beraten ließ, welche Socken ich tragen sollte, wenn ich eine Zwei-Wochen-Wanderung durch die Alpen machen wollte. Ein Szenario, das in etwa so wahrscheinlich war, wie dass Möhrenkuchen die Weltherrschaft an sich riss.

Doch die Verkäuferin glaubte mir offenbar, denn sie gab mir nicht nur Sockentipps, sondern erklärte mir auch, welche Klamotten sie selbst immer auf solche Trips mitnahm, welche Ausrüstungsgegenstände unverzichtbar seien und bei welchen man gut Geld sparen könnte.

Alles in allem hätte es ein netter Nachmittag sein können. Würde ich diese Unterhaltung überall anders als neben der bescheuerten Kletterwand führen, die mich streng daran erinnerte, dass ich vor allem ihretwegen hier war.

Gott, ich verfluchte Leander. Aber um Viertel nach sechs, eine Dreiviertelstunde, bevor der Laden schließen sollte, hatte ich keine Wahl mehr.

Also ignorierte ich meinen grummelnden Magen und mein heftig klopfendes Herz, hielt mit einem freundlichen Lächeln einen weiteren Mitarbeiter in waldgrünem Polohemd an und fragte: »Entschuldigung, ich würde gern die Kletterausrüstung ausprobieren. Könnten Sie mir bitte helfen?«

Konnte er. Es war furchtbar.

Ich hatte in der ersten Klasse herausgefunden, dass ich Höhenangst hatte. Meine Lehrerin hatte mir vorgeschlagen, auf einen Stuhl zu steigen, um mein Schmetterlingsbild an die Wand zu hängen. Ich hatte einen halben Meter über dem Boden gestanden und einen Heulkrampf erlitten, weil ich davon überzeugt gewesen war, dass mir ein elendiger Tod bevorstand und ich meinen Stoffdelphin Flipper niemals wiedersehen würde.

Ich hatte zwei Dinge aus dieser Geschichte gelernt: Erstens, ich war wirklich unfassbar unkreativ gewesen, wenn es um die Namensfindung meiner Kuscheltiere gegangen war. Zweitens, mit beiden Füßen fest auf dem Boden – oder noch besser, zu liegen! – war die Position, in der das Leben den Menschen vorgesehen hatte.

Normalerweise kam ich gut mit meiner Angst klar. Da ich keine hässlichen Schmetterlinge mehr aufhängen musste, bestand nicht die Notwendigkeit, auf einen weiteren Stuhl zu steigen. Und solange ich etwas Festes, Unnachgiebiges unter den Füßen hatte, das für etwas Größeres gedacht war als einen schmalen Hintern, konnte ich fast problemlos über Brückengeländer schauen, Treppen erklimmen und mir für sehr kurze Zeit vorstellen, eine Wolke zu sein, die über den Himmel glitt.

Aber einen Berg zu besteigen, der aus purem Geröll bestand, oder eine zu hohe Leiter zu benutzen – oder eine verdammte Kletterwand zu erklimmen –, war etwas völlig anderes!

Das war schlimmer als ein Stuhl. Schlimmer als *zwei* Stühle.

Andererseits …

Ich hatte seit Ewigkeiten nicht mehr versucht, meine Angst herauszufordern. Das letzte Mal mit Anfang zwanzig. Vielleicht war sie mittlerweile einfach verschwunden? Passierte das? Lösten sich Ängste in Luft auf, wenn man lang genug nicht mehr an sie dachte?

Bestimmt. Ich war erwachsen. Ich hatte vermutlich gar keine Angst mehr vor Höhe. Das war wie mit der Angst vor Monstern unter seinem Bett. Irgendwann verpuffte sie einfach. Oder man besorgte sich ein bis zum Boden reichendes Boxspringbett, unter dem keine Monster Platz hatten.

»Entschuldigung? Sie können loslegen.«

Ich blinzelte verwirrt und wandte mich um. Henrik, der freundliche Mitarbeiter, der mit mir Schuhe ausgesucht, mir den Sicherheitsgurt angelegt und dann das Sicherungsseil an mir und sich selbst befestigt hatte, nickte mir aufmunternd zu.

»Mhm«, machte ich nur, schluckte fest und wandte mich zurück zur Kletterwand.

Komm schon, Svea! Kinder klettern da hoch!, erklärte mir der rationale Teil meines Gehirns.

Leider war er recht klein im Vergleich zu meinem Angstzentrum, das *Ahhhhhh!* schrie und genauso bunt strahlte wie die Klettergriffe vor mir.

Ich schnaubte und schüttelte den Kopf über mich selbst. Ich war absolut albern und lächerlich. Ich war gesichert. Henrik sah recht solide aus. Ich würde nicht fallen.

Ich werde nicht fallen. Ich werde nicht fallen …, redete ich mir selbst gut zu, straffte die Schultern, trat auf der wackligen Matte auf die Kletterwand zu und machte meinen ersten Schritt.

Ich war langsam und vorsichtig, aber viele der Tritte waren recht breit, sodass mein Fuß angenehm Platz darauf fand, und die Sohlen meiner Schuhe rutschten nicht.

Behutsam arbeitete ich mich weiter vor, sah nach oben und suchte erst nach festem Stand, bevor ich mich mit den Händen höher zog.

Hey, das war gar nicht so schwer! Wenn man sich nicht an den Farben orientierte, dann hingen die Griffe wirklich nah beieinander. Das Klettern ging auch gar nicht so sehr in die Arme, wie ich gedacht hatte. Die meiste Kraft holte ich aus meinen Beinen. Mein Blick huschte an ebendiesen hinab und …

Ich erstarrte. Oh Gott.

Blut rauschte durch meine Ohren. Mein Herz flatterte mit Kolibriflügeln in meiner Brust, die schlagartig unangenehm eng wurde. Mir wurde schwindelig, während ein flaues Gefühl durch meinen Körper sauste, das sich anfühlte wie ein hohes, gehässiges Kichern, das in meinen Adern nachvibrierte.

Ziemlich sicher meine Höhenangst, die mich dafür auslachte, dass ich geglaubt hatte, sie abgelegt zu haben.

»Scheiße«, entfuhr es mir, und panisch klammerte ich mich an die Griffe über mir. Ich hatte gar nicht mitbekommen, wie hoch ich bereits geklettert war! Ich war zu sehr darauf konzentriert gewesen, nach oben zu kommen, um nach unten zu sehen, aber jetzt … jetzt konnte ich das Bild nicht mehr löschen.

»Scheiße«, wiederholte ich, meine Stimme ein hohes Kieksen, und ermahnte meine plötzlich zitternden Beine zur Ruhe.

Meine Angst war irrational. Ich war noch immer gesichert, ich …

Oh Gott, ich würde fallen! Ich *wusste,* dass ich fallen würde. Die Panik floss zäh wie Honig durch meine Adern, und eisiger Wind wehte durch meinen Kopf, der auch noch meinen letzten, klaren Gedanken mit sich nahm.

Ich hatte unrecht gehabt. Die Angst war noch da! Und sie war weitaus schlimmer als die vor Monstern unter meinem Bett.

»Alles in Ordnung da oben?«, rief Henrik.

Ich nickte wild. »Klar.«

»Sicher? Brauchen Sie Hilfe?«

»Nein, nein. Ich ... trainiere nur kurz meine Armmuskeln«, erwiderte ich hastig. Ich wagte nicht, nach unten zu sehen. Ich wollte keine Erinnerung daran, dass ich fünf Meter über dem Boden schwebte. Außerdem könnte Henrik es komisch finden, dass ich meine Augen fest zusammengekniffen hatte und mit den Lippen immer wieder die Worte »Oh Gott, oh Gott, oh Gott« formte.

Möglicherweise war meine Möhrenkuchen-Lüge nicht mehr die verheerendste.

Ich atmete tief durch. Immer wieder ein und aus. Ermahnte meine Glieder dazu, sich zu bewegen. Einfach wieder hinunterzuklettern. Doch sie hörten nicht auf mich! Sie waren in etwa so reaktiv wie Flipper, mein Stoffdelphin. Die Panik wurde größer, während meine Fingerknöchel immer weißer hervortraten.

»Ähm ... Wand?«, flüsterte ich vorsichtig, während meine Fingerkuppen anfingen zu schmerzen. »Könntest du dich für mich bücken? Nur ein wenig?«

Die Wand antwortete nicht. Unhöfliches Miststück!

»Du könntest auch zu einem riesigen Kissen werden. Dann würde ich mich wohler fühlen«, schlug ich konstruktiv vor. »Oder mir die Hand geben und mich langsam zu Boden tragen. Was meinst du?«

»Ich glaub, die Wand ist gerade beschäftigt, aber ich habe eine Hand frei.«

Ich zuckte so heftig zusammen, dass ich beinahe hinunterstürzte. Doch meine paralysierten Hände und Füße hatten auch etwas Gutes an sich. Ruckartig wandte ich den Kopf nach links – und sah geradewegs in ein Paar dunkler, warmer Augen.

»Na? Hängst du hier ein bisschen rum?«, fragte Will interessiert. Mein Mund wurde trocken, und ich blinzelte hektisch. Wo zum Teufel war er hergekommen?! Ich wollte nicht, dass er mich so sah – doch dafür war es offensichtlich zu spät, denn sein Gesicht war nur zwanzig Zentimeter von meinem entfernt, auch wenn sich seine Hand zwei Griffe über meiner befand.

Ich biss die Zähne so fest zusammen, dass sich meine Worte anhörten, als würde ich mit einem Nagel über eine Metalldose kratzen. »Haha! Sehr witzig.«

»Ich gebe mir Mühe.«

»Womit genau? Denn *was* tust du hier überhaupt?« Und konnte er *bitte* wieder gehen?

»Ach, ich kam rein zufällig vorbei und dachte: Hm, die Frau, die sich da panisch an der Kletterwand festklammert, sieht fast aus wie Svea.« Er lächelte verschmitzt. »Und als du meinem Mitarbeiter vorgelogen hast, du würdest nur deine Arme trainieren, wusste ich, dass du es wirklich bist.«

Ich presste wütend die Lippen aufeinander, wollte meine linke Hand nehmen und ihn schlagen, doch sobald ich auch nur einen Finger löste, schlingerte ich gefährlich und klammerte mich panisch fest. »Oh Gott, oh Gott«, hauchte ich und kniff die Augen zusammen. »Können wir uns darauf einigen, dass du dich einfach um circa fünfundvierzig Grad nach vorne lehnst, damit ich an dir hinabrutschen kann?«

»Was?«, fragte Will verwirrt.

»Ich rede nicht mit dir! Ich rede mit der Wand«, zischte ich ungläubig und warf ihm einen verärgerten Blick zu.

Einige Augenblicke lang weitete er nur verblüfft die Augen – dann lachte er leise und dunkel. Die Töne kletterten meine Wirbelsäule hinab – und Gott, ich wünschte mir, ich wäre so talentiert wie sie! Denn dann wäre ich schon längst wieder auf dem Boden. »Svea …«, murmelte er.

»Hör auf!«, unterbrach ich ihn hastig. »Die Leute sollen denken, dass ich eine ganz normale Kundin bin.«

»Du bist kalkweiß und redest mit einer Wand. Ich glaub, der Zug, auf dem *Normal* stand, ist abgefahren.«

»Die Wand ist es, die nicht normal ist!«, sagte ich verzweifelt. »Sie hat überall Pickel und Furunkel! Und warum ist sie so hoch?« Ich stöhnte laut. »Gott, ich wünschte, ich hätte keine Höhenangst. Das würde mir das hier definitiv erleichtern.«

Wenn ich mich nicht irrte, sah er ehrlich schockiert aus. »Bitte was? Du hast … *was?*«

»Höhenangst!«, sagte ich lauter. »Das ist, wenn man Angst hat, wenn man high ist. Moment, nein. Das ist nicht wahr.« Ich schüttelte den Kopf. »Oh Mann, ich kann mich nicht konzentrieren. Ich kann nicht einmal Höhenangst definieren!«

»Oh, Shit …« Will klang sofort ernüchtert. »Du hast gerade wirklich Panik.«

Ich lachte freudlos auf, bevor ich zischend Luft ausstieß. »Was war dein erster Hinweis?«

»Oh, fuck. Sorry. Ich wollte mich nicht lustig machen«, sagte er hastig und zog eine Grimasse. »Ich hatte keine Ahnung! Höhenangst zu überwinden, stand überhaupt nicht auf deiner Liste.«

»Das liegt daran, dass ich mich *sehr wohl* mit meiner Höhenangst fühle«, erwiderte ich abgehackt. »Wir beide sind ein Herz und eine Seele. Ich wollte sie genauso wenig überwinden wie diese Kletterwand. Und nur, weil du meine Liste kennst, heißt das nicht, dass du *alles* über mich weißt.«

»Nein, das ist mir an Tag eins klar geworden«, murmelte er, blinzelte und konzentrierte sich wieder auf mein Gesicht. »Ist das der Grund, warum du festhängst? Du hast Angst zu fallen?«

»Ich genieße hier nicht die Aussicht, wenn es das ist, was du meinst«, blaffte ich.

»Aber … *warum* steigst du hier rauf?«, meinte er ungläubig.

»Keine Ahnung. Warum tut man überhaupt Dinge, vor denen man Angst hat?«, fragte ich gequält.

»Um sie zu überwinden?«

Ich schnaubte. »Oh, bitte. Man tut sie, weil man nicht will, dass Leute wissen, dass man Angst hat! Niemand *möchte* seine Ängste überwinden. Man möchte sie nur überwunden *haben*. Das ist ein Unterschied!«

Will schloss die Augen, und … vibrierte die Brust des Bastards?

»Das ist nicht witzig, Will«, zischte ich ungehalten.

»Nein, nein, ich weiß«, meinte er, auch wenn sich seine Stimme erzwungen ernst anhörte und er sich mit einer Hand übers Gesicht rieb. Vermutlich, um sich das Lächeln aus der Visage zu wischen! »Okay, pass auf, es ist eigentlich ganz einfach: Wenn du runterkommen willst, musst du nur loslassen.«

»Aber dann falle ich!«

»Nein, ich verspreche es dir. Du musst dich nur am Seil festhalten und dich mit den Füßen von der Wand abstoßen. Henrik hat dich.«

Ich biss auf meine Unterlippe, riskierte einen Blick nach unten zu Henrik … Doch alles, was ich sehen konnte, war, dass Henrik da allein stand!

»Ach du scheiße, du bist nicht gesichert!«, fuhr ich Will schockiert an. »Was soll das? Bist du lebensmüde?«

Der Kerl hatte den Schneid, leise zu lachen. »Ich bin hier das erste Mal mit fünf hochgeklettert, Svea, ich komm klar«, wisperte er, bevor er lauter hinzufügte: »Henrik, hast du sie? Sie kommt jetzt runter.«

»Komm ich nicht«, widersprach ich sofort.

»Doch, tust du«, erwiderte Will ruhig. »Wie gesagt: Du musst nur loslassen.«

»Aber ich bin nicht gut im Loslassen! Ich kann gut festhalten. An Lügen, an Meinungen … an Muffins.«

Wieder lachte er, bevor er mit weicherer Stimme hinzufügte: »Sieh mich mal an, Svea.«

Ich schüttelte den Kopf. Ich wollte mich nicht zu viel bewegen. Denn meine Hände fingen an, ernsthaft wehzutun, und das Zittern in meinen Beinen war stärker geworden.

»Svea, *bitte*. Sieh mich an.«

Das Wort war so unendlich weich. Genauso wie die Finger, die er unter mein Kinn legte. Es langsam zur Seite drehte, bis ich in Wills braune Augen sah.

»Du musst keine Angst haben. Dir wird nichts passieren. Und ich lüge nicht, schon vergessen?«

Ich schluckte und atmete zitternd ein, während Wärme von dem Punkt aus, an dem er mich berührte, über meine Haut fächerte. Langsam die panische Kälte verdrängte.

»Du lässt los, hältst dich am Seil fest und stößt dich einfach mit deinen Beinen nach hinten ab, in Ordnung? Du wirst nicht fallen. Du wirst gehalten und dann zu Boden gleiten.«

Ich biss mir auf die Unterlippe und nickte kaum merklich, verhakte meinen Blick mit Wills, während er sacht mit dem Daumen meine Wange hinauffuhr.

»Auf drei. Eins …«

Er strich mir eine Haarsträhne hinter die Ohren, hinterließ eine Spur aus Hitze auf meiner Haut.

»Zwei …«

Sein Zeigefinger glitt zu meinem heftig schlagenden Puls an meinem Hals. Fuhr beruhigend darüber.

»Drei.«

Ich ließ los.

Meine Hände fuhren zu dem Seil, das mich hielt, während ich mich zeitgleich von der Wand abstieß. Nicht unfassbar fest, aber fest genug, um sanft in das Seil zu sinken, das Henrik nun langsam und behutsam abließ. Ich hatte genug Zeit, meine Beine anzuwinkeln und mich noch ein zweites Mal abzustoßen, bevor ich auf der weichen Matte landete.

Ein Atemzug, von dem ich nicht gewusst hatte, dass ich ihn anhielt, entglitt meiner Lunge, und meine Beine zitterten unter meinem Gewicht, während ich sah, wie Will vor mir scheinbar mühelos hinabkletterte und die letzten zwei Meter hinuntersprang.

Kopfschüttelnd sah ich ihn an, bevor ich die Augen schloss und tief durchatmete. Versuchte, meinen Herzschlag zu beruhigen. Doch das war gar nicht so einfach. Denn mein Hals und mein Gesicht prickelten seltsam, und die Kälte, die ich oben empfunden hatte, war durch flatternde Hitze ersetzt worden, die durch meine Adern schlich. Ich berührte meine Wange, meinen Puls. Als könnte ich das Prickeln fortwischen. Doch es war hartnäckig.

»Alles okay?«, wollte Will wissen und musterte mich besorgt – und der Bastard war nicht einmal außer Atem!

»Nein, nicht wirklich. Ich komm mir absolut albern vor«, flüsterte ich und verbarg stöhnend das Gesicht in meiner Hand. Ich wollte gar nicht wissen, wie viele Leute das Trauerspiel beobachtet hatten.

»Ach was. Ich bin eher beeindruckt, wie hoch du es mit Höhenangst tatsächlich geschafft hast«, meinte Will kopfschüttelnd, während er routiniert die Schnallen meines Klettergürtels löste, sodass ich hinausschlüpfen konnte.

»Es war dumm, mich hierfür zu melden.« Freudlos lachte ich auf. »Ich wusste es, noch bevor ich es ausgesprochen habe, aber ich konnte mich nicht zurückhalten.«

»Es war nicht dumm. Es war mutig. Und hey, sieh es doch mal so.« Er blickte verschwörerisch zu mir herab. »Du kannst deinen Sportpunkt von der Liste streichen – und das, ohne joggen zu gehen. Du hast heute definitiv neues sportliches Interesse entwickelt.«

»Wohl eher neues sportliches Desinteresse«, bemerkte ich verdrießlich. »Ich weiß nicht, ob das zählt …«

»Sei nicht so verdammt hart zu dir, Svea. Natürlich zählt es«, beharrte Will, eine Spur Ungeduld in seiner Stimme.

Überrascht sah ich ihn an. »Okay. Mir war nicht klar, wie wichtig es dir ist, dass ich die Liste schaffe.«

Er seufzte und wandte den Blick ab. »Mir ist wichtig, dass du deinem Wimmelbuch-Kopf mal eine Pause gönnst«, murmelte er, bevor er lauter hinzufügte: »Willst du was trinken? Was essen? Ich hab was in dem Büro, das ich heute benutze. Direkt die Tür hinter dem Pool. Falls du es also nutzen willst, um dir Notizen zu machen und etwas Farbe in dein Gesicht zu bekommen …« Besorgt beugte er sich vor und inspizierte meine Wangen, die die neugewonnene Hitze in meinem Körper offenbar noch nicht erreicht hatte. »Wir schließen eh gleich, es stört nicht. Die Tür ist offen. Ich muss hier noch mit ein paar Leuten reden, aber geh du ruhig.«

Ich schluckte und nickte, denn das hörte sich gut an. Ein wenig Wasser – und ein Stuhl, auf den ich mich setzen konnte.

»Euer Service ist wirklich sehr gut«, murmelte ich mit noch immer wackeligen Knien, bevor ich tat wie geheißen.

KAPITEL 15

Ich brauchte eine Weile, bis ich mich wieder beruhigt hatte. Bis mein Atem sich regulierte, mein Puls dem Flügelschlag einer Stadttaube und nicht dem eines Kolibris glich. Bis sich das Kribbeln auf meiner Haut verflüchtigt hatte. Merkwürdig, wie sensibel Adrenalin einen machen konnte.

Wie Will versprochen hatte, lag Essen – in Form von Müsliriegeln – auf dem Schreibtisch, außerdem gab es eine Flasche Wasser und diverse Gläser. Das hier war nicht Wills Büro. Auch ohne Wills Hinweis erkannte ich es auf einen Blick. Es war viel zu vollgestellt. Zu chaotisch. Die Stifte waren gar nicht parallel zur Tischkante ausgerichtet. Ich hörte seine Stimme praktisch in meinem Kopf: »Es ist nicht logisch, den Tacker neben den Tesafilm zu stellen. Wenn man das eine hat, braucht man das andere nicht. Es ist sowieso Papierverschwendung, so viel auszudrucken.«

Meine Mundwinkel zuckten, während ich den Bewertungsbogen von Jasmin auf dem Handy aufrief und nach bestem Gewissen ausfüllte.

Draußen war es längst dunkel geworden, und eine Müdigkeit setzte sich in meinen Gliedern fest, die einem nur ein äußerst langer und anstrengender Tag bescheren konnte. Die mich gähnen ließ, obwohl ich die letzte Nacht acht Stunden geschlafen hatte. Die selbst meine Gedanken verlangsamte.

Sei nicht so verdammt hart zu dir, Svea.

Will hatte sich angespannt angehört, als er das gesagt hatte. Fast, als mache er mir einen Vorwurf daraus, dass … ich mir Vorwürfe machte.

Vielleicht hatte er recht. Vielleicht musste ich aufhören, zu schnell über mich selbst zu urteilen. Ich tat es bei anderen doch auch nicht. Seufzend rieb ich mir über mein Gesicht, in der Hoffnung, etwas von der Müdigkeit loszuwerden, als mein Handy klingelte.

»Hallo?«, meldete ich mich.

»Motte, ich bin es. Deine Mutter. Silke.«

Ich schmunzelte und lehnte mich im Stuhl zurück. »Ich erkenne deine Stimme, Mama. Ich hab sie ziemlich oft in meinem Leben gehört. Du musst dich nicht noch zusätzlich identifizieren.«

»Sicher ist sicher«, antwortete sie schlicht. »Wie geht's dir, Motte? Wir haben schon länger nichts von dir gehört.«

»Ich arbeite viel. Ich …« Zögerlich klaubte ich einen der Kugelschreiber von der chaotischen Tischplatte. »Ich hab mein erstes eigenes Projekt bekommen.«

»Wirklich? Das ist ja toll!«, sagte meine Mutter begeistert.

»Was ist toll?«, drang eine weibliche Stimme aus dem Off.

Ziemlich sicher Karla.

»Svea hat ihr erstes eigenes Projekt!«

»Oh, heißt das, sie wurde endlich befördert?«

Japp, definitiv Karla.

»Warte, ich stell sie auf Lautsprecher …«

»Nein, Mama, du musst nicht …«, begann ich, doch da drang schon ein hallendes Geräusch durch mein Handy.

Ich unterdrückte ein Seufzen. Meine Mutter mochte die Lautsprecherfunktion in etwa so gern wie die pornösen Figuren, die sie mir jedes Jahr schenkte.

»Heißt das, du wurdest befördert, Motte?«, wiederholte meine Mutter, ihre Stimme jetzt weiter weg.

Ich zog eine Grimasse. »Nicht direkt, aber es geht in die richtige Richtung.«

»Oh, super. Das freut mich!«

»Was bedeutet: *richtige Richtung?*«, wollte Karla laut wissen.

»Nun, es ist nicht die falsche«, erwiderte ich trocken.

»Wunderbar. Weswegen ich anrufe …«, fuhr Mama unbeirrt fort. »Du hast bald Geburtstag.«

»In anderthalb Monaten, Mama. Das ist nicht so bald.«

»Bald genug. Und ich muss wissen, ob ich mir den Tag freihalten soll. Feierst du? Oder möchtest du wie jedes Jahr mit uns zusammen zu Abend essen?«

Ich stieß einen Schwall Luft aus. Ich hatte mir noch keine Gedanken darüber gemacht, was in anderthalb Monaten war. Zurzeit hatte ich Probleme mit den nächsten zwei Wochen. »Ich weiß nicht …«

»Ich kriege Anfragen für den Termin und weiß nicht, ob ich ihn mir freihalten soll, Motte.«

»Na gut, dann … ja, halt ihn dir frei. Ein gemeinsames Essen wäre schön.« Das könnte ich zur Listenbewältigung gebrauchen. Meinen Eltern endlich sagen, dass ich nun an einem reifen, erwachsenen Punkt in meinem Leben angekommen war, der es nicht zuließ, noch länger Motte genannt zu werden.

»Oh, wir können eine Dinnerparty veranstalten«, drang Karlas begeisterte Stimme durchs Handy. »Wir machen uns alle schick! Ah, ich weiß: Wir machen eine Zwanziger-Jahre-Mottoparty.«

Ich verzog das Gesicht. Ich wollte mich an meinem Geburtstag entspannen – nicht um eine Verkleidung sorgen müssen. »Ich weiß nicht, ich würde lieber …«, begann ich, doch meine Stimme ging in Karlas Tirade darüber unter, was sie anziehen würde.

»Das ist eine fantastische Idee«, stimmte unsere Mutter mit ein. »Was meinst du, Motte?«

Ich öffnete den Mund … und sagte nichts. Scheiße. Ich wollte ihnen ihre Begeisterung nicht kaputtmachen – aber *Ja, klar* zu sagen, wäre nicht ehrlich.

Tief holte ich Luft. »Ehrlich gesagt, hätte ich lieber kein Motto. Das hört sich aufwendig an. Ich will einfach einen entspannten Abend«, meinte ich und hasste, wie viel schwerer es war, ehrlich zu meiner Familie zu sein als zu Will. Es fühlte sich an, als wäre ich Sisyphos und meine Worte der Felsbrocken, den ich zum hundertsten Mal den Berg hinaufrollte …

»Na gut, dann eben nur schick!«, rief Karla.

… bevor er auf der anderen Seite wieder hinuntertaumelte.

»Wundervoll, dann ist das notiert«, ergänzte meine Mutter.

Ich schloss die Augen. Es war ein Anfang. Es war ein Kompromiss. Ich war ehrlich gewesen und hatte *fast* bekommen, was ich wollte.

»Wen soll ich einladen? Bringst du wen mit?«, hakte Mama weiter nach.

»Mama, sie bringt doch nie jemanden mit«, kam es amüsiert von Karla.

Ich presste meine Lippen zusammen. »Diesmal schon.« Die Worte waren aus meinem Mund, bevor ich sie aufhalten konnte. Und ich *wollte*, dass sie keine Lüge waren. Ich würde sie wahr machen. Mein Geburtstag lag anderthalb Monate in der Zukunft. Das war genug Zeit, um Leon endlich zu sagen, dass ich mehr als Freundschaft wollte. Um mir sicher genug zu sein, ob er meine Gefühle erwiderte. Das war mein Ablaufdatum. Bis zu meinem Geburtstag würde ich Punkt eins auf meiner Liste erledigen. Bis dahin würde ich Leon meine Gefühle gestanden haben oder ihn aufgeben.

»Wirklich? Wen bringst du mit? Hast du einen Freund?«

Ich presste die Lippen zusammen. Meiner Meinung nach hörte sich meine Mutter etwas zu schockiert von dieser Nachricht an. Als hätte ich erzählt, dass ich einen Eisbären zum Essen mitbringen wollte, nicht etwa einen Menschen.

»Es steht noch nichts fest«, meinte ich vage. Wollte mich wirklich in keine weitere Lüge verstricken, also … »Ich will nicht drüber reden«, stieß ich hastig aus, und erleichtert sackten meine Schultern nach unten. Wills magische fünf Worte waren wie zwei Paar Extrahände, die meinen Felsen den Berg hinaufschoben.

Einige Momente lang herrschte absolute Stille auf der anderen Seite. Dann kam ein perplexes: »Okay.«

Ein Lächeln zog an meinen Mundwinkeln. »Okay. Ich muss auch auflegen. Endlich was essen.«

»Motte, es ist halb acht! Jetzt aber flott«, sagte meine Mutter besorgt.

»Ja, Mama. Bis dann!«

Ich legte auf und ließ das Handy sinken. Das war okay gelaufen, oder? Ich war ein wenig stolz auf mich. Klar, ich würde mich zu meinem eigenen Geburtstag in ein Kleid zwängen müssen, obwohl ich lieber eine Jogginghose tragen würde, aber alles in allem war ich so gut wie ehrlich gewesen.

Merkwürdig beflügelt stand ich auf, steckte mein Handy weg und legte meine Jacke über den Arm. Ich sollte nach Hause gehen. Mir eine Tiefkühlpizza in den Ofen schieben, mich auf die Couch werfen und einfach nichts mehr tun. Ja, das hörte sich fantastisch an.

Ich streckte die Hand aus, um die Klinke zu drücken, als zwei Stimmen durch die Tür wehten.

»... ist nicht *eure* Entscheidung, Robert. Es ist meine!«

»Das ist mir natürlich bewusst, William, aber dein Vater hat uns immer in die Entscheidungsfindung miteinbezogen. Er würde sicherlich wollen, dass die Tradition fortgeführt wird.«

Ich ließ die Hand sinken und lauschte. Eine kleine Pause entstand, bevor Will mit seiner tiefen Stimme antwortete. Er hob sie nicht. Trotzdem verlangte jede Silbe nach Respekt, und ich hörte jedes einzelne Wort.

»Mein Vater ist nicht mehr hier, Robert. Und ich werde Dinge anders machen als er! Ihr bekommt die Chance, mir eure Meinung zu geben. Aber erst, wenn ich mir alle Informationen, alle Zahlen und alle Prognosen zusammengesucht habe.«

»Das hat dein Vater niemals getan. Er hielt nicht viel von ...«

»Das weiß ich«, unterbrach Will ihn scharf. »Ich kannte ihn gut. Er war *mein* Vater. Ich hab selbst fast zehn Jahre hier gearbeitet, bevor er gestorben ist, du erinnerst dich?«

Wills Gesprächspartner räusperte sich. »Natürlich. Wir alle fragen uns nur, was du noch ändern willst.«

»Das erfahrt ihr noch früh genug.«

»Wann?«

»Ich werde auf dem Neujahrsempfang etwas dazu sagen.«

»Das ist noch lange hin, dein Vater hätte …«

»Ich verliere langsam die Geduld, Robert. Es ist spät. Geh nach Hause. Ich schließ den Laden.«

»Aber …«

»*Jetzt.*«

Ein Seufzen erklang, dann hörte ich Schritte … Im nächsten Moment war es still. Mann, Will hatte sich ungeduldig angehört. Da war eine Schärfe in seiner Stimme gewesen, die ich so noch nicht kannte.

Ich schluckte und zögerte. Wartete noch ein paar Momente, bis ich die Tür zum Verkaufsraum öffnete – und blieb überrascht stehen. *Revolution G* war vollkommen leer. Die großen Lichter an der Decke waren bereits gedimmt. Die Gänge wie ausgestorben. Keine Kunden wuselten mehr durch den Raum, keine in Grün gekleideten Mitarbeiter legten Kleidung zusammen. Das hellste Licht stammte vom Pool, der von innen heraus leuchtete. Als wäre er ein magisches Artefakt aus einem Fantasyroman. Er warf blau flackernde Spiegelungen auf Wände und Decke … und auf einen hochgewachsenen Mann in weißem Hemd, der an seinem Rand stand und Kanupaddel ordnete.

Ich schmunzelte. Es war so klar, dass Will, der verdammte CEO der Firma, der letzte Mitarbeiter vor Ort war und seine Zeit dazu nutzte, *aufzuräumen.*

Vorsichtig schloss ich die Bürotür hinter mir und schlenderte in seine Richtung. Dieser riesige, leere Raum hatte etwas seltsam Beruhigendes an sich. Etwas Unberührtes. Obwohl er keine Stunde zuvor von Hunderten von Menschen bevölkert gewesen war. Es war so friedlich. Ich hörte nur das sanfte Schwappen des Wassers und das Aneinanderschlagen der Holz- oder Plastikpaddel, die Will gerade an ihre angestammten Plätze an der Wand hängte. Er hatte seine Ärmel hochgekrempelt, sodass ich das Spiel seiner Unterarmmuskeln beobachten konnte. Außerdem war der erste Knopf seines Hemdes geöffnet, die Krawatte nicht mehr zu sehen, und seine Haare waren ein einziges Durcheinander. Vermutlich war er immer wieder mit den Händen hindurchgefahren.

»Du räumst auf?«, fragte ich, und meine Stimme hallte hohl im Raum wider, als befänden wir uns in einem Schwimmbad.

Will blickte auf und strich sich gleich noch ein weiteres Mal durch seine Haare, als er mich erkannte. Schließlich nickte er und fuhr damit fort, Paddel umzusortieren. Seine Schultern waren angespannt. Wegen des Gesprächs, das ich gerade belauscht hatte?

»Will …«, fragte ich vorsichtig. »Warum räumst du auf?«

»Es ist unordentlich«, erwiderte er abgehackt. Als sei das offensichtlich.

Ich lachte. Ich konnte nicht anders. Dieser ganze Tag war lang gewesen. Ich hatte Stress, Wut, Panik und Euphorie durchlebt. Letzteres, weil ich meine Mutter nicht wie gedruckt belogen hatte. Will hatte mich unterdessen mit einem einfachen Lächeln dazu gebracht, besagte Wut zu vergessen. War mit Hemd und Krawatte eine Wand hochgeklettert, als wäre er King Kong und sie das Empire State Building. Hatte mit dem Wort *Jetzt* die Autorität eines erfolgreichen Top-Ten-Tyrannen ausgestrahlt. Und nun stand der Mann, der mehr Geld als ich dumme Ideen hatte, da und ordnete Paddel. Als wäre er Gruppenleiter einer Ferienfreizeit. Oder immer noch Pfadfinder. Nicht CEO eines der erfolgreichsten Unternehmen Deutschlands.

»Was ist so witzig?«, wollte Will überrascht wissen und sah für eine Zehntelsekunde zu mir herüber, bevor er mit seiner Arbeit fortfuhr.

»Wir. Wir sind witzig«, stellte ich fest, legte meinen Wintermantel über einen der Kleiderständer und schlenderte zum Beckenrand. Badete in den Lichtreflexen des Wassers. »Und du hast offensichtlich ein großes Problem mit Chaos.«

»Ich hab nichts gegen Chaos«, sagte er abwesend. »Solange es nicht *mein* Chaos ist. *Dein* Chaos zum Beispiel ist ganz unterhaltsam.«

»Ah. Und das hier ist *dein* Chaos?« Ich gestikulierte zu den Paddeln.

»Es ist *mein* Geschäft, oder nicht?«, meinte er angespannt. »Das ist es doch, was mir alle immer wieder erklären. Und mein Dad hatte diese Weisheit, die sich seiner Meinung nach alle Menschen in Führungspositionen zu Herzen nehmen sollten: Kein Problem ist zu klein oder zu nichtig. Also … es war unordentlich. Es war ein Problem. Ich löse es.«

Ich nickte langsam und ließ meinen Blick über ihn schweifen. Das weiße Hemd spannte sich über seine breiten Schultern, die noch immer seltsam steif wirkten. Seine Hände arbeiteten effizient, aber ruckartig … und er mied meinen Blick.

Er war wütend. Dieser Robert hatte ihn wütend gemacht.

»Sag mal, warum hat Jasmin, die für das Mystery-Shopping verantwortlich ist, mir gerade am Telefon gesagt, dass sie es schade findet, dass wir zusammenarbeiten?«, wollte Will plötzlich wissen und lief um mich herum, um zwei Paddel aus dem Kanu zu holen, das ich vor ein paar Stunden noch im Pool getestet hatte.

Meine Wangen wurden heiß. »Keinen Schimmer.« Es war eine Notlüge! Die musste man mir gönnen!

»Mhm«, machte er und sah kurz mit verengten Augen zu mir rüber. Als wüsste er genau, dass ich nicht ganz ehrlich war. Er schien jedoch eine Sekunde später zu entscheiden, dass es ihm egal war. Gott sei Dank.

»Du hast deine Krawatte ausgezogen«, bemerkte ich.

»Offiziell ist mein Arbeitstag jetzt vorbei.«

»Ah, und das vor acht. Mensch, du hast dich wirklich gebessert.«

Er hob eine Augenbraue in meine Richtung. »Und das von der Frau, die behauptet hat, sie hinge an der Kletterwand fest, um ihre Armmuskeln zu trainieren.«

Widerwillig musste ich lächeln. »Es war sogar eine doppelte Lüge. Da ich keine Armmuskeln besitze, die ich trainieren könnte.«

»Das ist nicht wahr.« Will lief erneut um mich herum und streifte dabei mit seinem Bizeps meine Schulter. »Ich hab dich zwei Muffins stemmen sehen.«

»Stimmt.« Ich nickte. »Und das gleichzeitig. Ich bin krass beeindruckend.«

»Das bist du«, murmelte er … und seine Stimme blieb ernst.

In meinem Magen setzte ein Fallgefühl ein, als hinge ich noch immer an der Kletterwand, während Wärme meine Wangen eroberte. Ich rang die Hände. »Ähm, also …« Ich räusperte mich und wusste nicht, ob ich verlegen oder amüsiert sein sollte. »Warum hast du überhaupt eine getragen? Eine Krawatte. In deinem Büro trägst du doch auch keine.«

»Ja, aber das hier ist *nicht* mein Büro. Und der …« Er zögerte, bevor er fortfuhr. »Der hiesige Geschäftsführer legt Wert auf so was. Ich wollte keinen schlechten Eindruck machen.«

Überrascht öffnete ich den Mund. »Ich dachte, ehrlich gesagt, dir ist egal, was andere von dir denken.«

»Ist es auch«, erwiderte er nüchtern. »Aber nur, weil es mich nicht kümmert, dass Leute hinter meinem Rücken über mich reden, heißt das ja nicht, dass ich mich nicht …« Sein Kiefer knackte. »… dass ich mich nicht bemühen würde, die Wünsche meiner Mitarbeiter zu respektieren. Und wenn ich es ihnen leichter machen kann, indem ich eine verdammte Krawatte anziehe, dann sei es drum.« Er drückte das Paddel so energisch in seine Haltevorrichtung, dass das laute Knacken des Holzes von der Decke widerhallte.

»Wenn du ihnen was leichter machen kannst?«, fragte ich stirnrunzelnd.

»Den Übergang«, murmelte er schroff und ging erneut um mich herum, um das Kanu vom Beckenrand zu seinen Schwestern an der Wand zu ziehen.

Er sah mich nicht an. Fuhr nur damit fort, das Boot zu schleppen, bevor er die Paddel nicht nur nach Material, sondern auch nach Größe ordnete. Seine Bewegungen waren ruckartig, und die ganze Zeit mied er den Augenkontakt mit mir. So oft es mich auch irritiert hatte, wie lang er mich ansah, so irritierte es mich jetzt, dass er mich *nicht* ansah. Ich hatte mich an die Intensität seiner Blicke gewöhnt. Na ja, fast.

»Will«, sagte ich vorsichtig. »Darf ich dir eine persönliche Frage stellen?«

»Noch persönlicher als die, mit welcher Frau ich zuletzt geschlafen habe und warum?«

Ich zog eine Grimasse. »*Anders* persönlich.«

Ein Muskel an seinem Kiefer sprang hervor. »Ah, ich freu mich drauf.«

Das wertete ich als Ja. »Bist du sauer?«

Er runzelte die Stirn und richtete sich auf. »Auf dich?«

»Natürlich nicht auf mich«, erwiderte ich verärgert. »Ich war den ganzen Tag über entzückend. Aber du wirkst angespannt.«

Seine Mundwinkel zuckten, doch das mir bekannte Halblächeln schaffte es nicht auf sein Gesicht. »Das passiert mit Muskeln, wenn man sie benutzt«, stellte er trocken fest und schob das Kanu weiter nach vorn, damit es in perfekter paralleler Linie zu seinen Freunden stand.

»Ah, darüber weiß ich nichts, wie wir bereits erörtert haben«, sagte ich leichthin. »Aber damit, wie man sich verhält, wenn einem jemand gerade seinen Tag versaut hat, kenne ich mich aus.«

Will seufzte, richtete sich auf, klopfte die Hände an der Jeans ab … und dann sah er mich an. Doch sein Blick war undurchdringlicher als sonst. Nicht suchend, sondern absichtlich nicht findend. In seinen dunklen Iriden blitzten die Lichter des Wassers auf, während er schwieg. Die Sekunden dahinticken ließ, als könnten ihm Zeit und Stille nichts anhaben. Als wären sie irrelevant, solange er mich anschaute.

Niemand sah mich an wie Will, ging es mir durch den Kopf. Und niemand sagte so viel wie er, ohne ein einziges Wort zu benutzen.

»Du hast uns gehört«, stellte er schließlich schroff fest.

Ich schluckte, nickte jedoch. »Ich wollte nicht, aber … du hast recht. Du bist laut wütend. Auch wenn du nicht geschrien hast.«

Er schnaubte. »Klasse. Aber ich …«

»… will nicht drüber reden, schon klar«, beendete ich seinen Satz und lächelte. Wollte ihm Leichtigkeit zu der Schwere geben, die seine Stille hinterließ. »Weißt du, du magst nicht lügen, aber jedes Mal, wenn du nicht die Wahrheit sagen willst, schweigst du einfach und bekommst diesen Blick. Diesen intensiven Blick, als würdest du den anderen herausfordern, noch mal zu fragen. Und ich bekomme das Gefühl, dass es nie jemand tut. Wegen deiner autoritären Ausstrahlung, von der ich dir erzählt habe. Aber weißt du was?« Mein Lächeln wurde breiter, bevor ich flüsterte: »Ich bin nicht jemand. Und ich musste dir heute schon erklären, warum *ich* wütend war. Es ist nur *fair*, wenn du den Gefallen erwiderst.«

Wills Blick glitt über mein Gesicht und blieb an meinem Lächeln hängen, bevor er sich abwandte. Aufs Wasser starrte, als hätte es alle Antworten, die er brauchte.

»Mann, Mann, Mann«, meinte er nach einer Weile rau. »Geschlagen von meinen eigenen Waffen.«

»Ich weiß, ich bin gewieft«, sagte ich lächelnd. »Also? Worum ging es in dem Streit? Was stört dich an Robert?«

Seufzend rieb Will sich mit Daumen und Zeigefinger über die Augen, bevor er murmelte: »Es ist nicht das *Was*, das mich stört. Es ist das … Warum?«

Überrascht hob ich die Augenbrauen. »Ist das eine Frage?«

»Nein. Mich stört, *warum* es mich stört. Das ist es.« Er lachte trocken. »Mann, ich bin ein echter Poet.«

»Ich weiß nicht. Einen Pulitzer wirst du dafür wohl nicht bekommen«, flüsterte ich schmunzelnd.

Wieder zuckten Wills Mundwinkel, bevor er die Stirn runzelte, mit zwei Fingern unter den Kragen seines Hemdes fuhr und ihn von seinem Hals wegschob. Als enge er ihn zu sehr ein. »Weißt du, alle erinnern mich immer wieder daran, dass ich der Chef bin. Dass *Revolution G* mir gehört. Aber es fühlt sich nicht wirklich so an.«

»Was meinst du? Bringen dir die Mitarbeiter keinen Respekt entgegen?«

»Nein, das Problem sind nicht unbedingt die Mitarbeiter. Nicht nur zumindest. *Ich* bin es. Ich habe das Gefühl, ich bin ein ... Platzhalter.« Zögerlich kratzte er sich den Nacken. »Sie alle begrüßen mich, sehen ehrfürchtig zu mir auf, behandeln mich wie ihren Boss, aber nicht so, wie sie meinen Dad behandelt haben. Natürlich nicht. Sie kannten ihn viel länger, viel besser. Gott, er hat sich jeden verdammten Namen gemerkt, und ... sie vermissen ihn.« Er lachte freudlos und fuhr sich mit der Hand übers Gesicht. »Meinen Vater. Seine ganze Art. Weil er der verdammt beste Chef der Weltgeschichte war. Immer ein offenes Ohr für jeden hatte. Sich nie für etwas Besseres gehalten hat.« Er schluckte. Ich sah, wie sich sein Adamsapfel bewegte. Und als er weitersprach, war seine Stimme unendlich leise. »Ich kann es ihnen nicht verübeln. Ich vermisse ihn auch. Aber gleichzeitig wünsche ich mir, dass er einen etwas weniger guten Job gemacht hätte. Dass er Leuten nicht solchen Anlass dazu gegeben hätte, mir jede halbe Stunde zu erzählen, was für ein toller Kerl er doch war. Wie großzügig und bescheiden. Wie selbstsicher und trotzdem nahbar. Und was für großartige Arbeit er doch mit *Revolution G* geleistet hat.« Tief holte er Luft. »Und sie alle denken, dass sie mir einen Gefallen damit tun, ihn vor mir zu loben. Dass sie für mich die guten Erinnerungen warmhalten. Aber eigentlich ärgere ich mich nur darüber. Obwohl es stimmt. Obwohl mein Dad all das war und mehr. Also ... am meisten ärgere ich mich darüber, dass ich mich darüber ärgere.« Wieder fuhr er zu seinem Hals, öffnete einen weiteren Knopf seines Hemdes. Zog den Kragen von seiner Haut.

Ich schluckte, während sich etwas Warmes, Dumpfes in meinem Bauch festsetzte. Die Arme um meinen eigenen Hals schlang und leicht zudrückte. Ich wünschte, Will würde mich ansehen. Würde mich so mit meinen Blicken sprechen lassen, wie er es immer tat. Würde das Mitgefühl in meinen Augen annehmen. Doch er starrte noch immer aufs Wasser. Als wären seine eigenen Emotionen und die, die das kühle Plätschern des Pools hinterließ, die einzigen, die er gerade haben wollte. Die er gerade ertrug.

»Es ist verständlich. Dass du nicht andauernd mit ihm verglichen werden willst«, murmelte ich. »Nicht jede Sekunde an ihn erinnert.«

»Ist es das?«, fragte er zweifelnd. »Denn die meisten scheinen zu denken, dass ich mich geehrt fühlen sollte.«

»Wieso?« Stirnrunzelnd trat ich näher. »Es ist nicht *deine* Ehre. Es ist die deines Vaters, die du nur stellvertretend annimmst. Das ist so, als würde meine Schwester einen Oscar gewinnen, und ich nehme die Trophäe für sie entgegen. Sie ist in meinem Besitz, aber eigentlich dient sie mir nur als Erinnerung, dass ich sie nicht gewonnen habe.«

Will lachte trocken auf und fuhr sich mit der Hand durch die Haare. »Ja. Das ist ein guter Vergleich. Denn scheiße, genauso fühlt es sich an. Und diese dumme Krawatte …« Er schloss die Augen. »Ich hab sie nur angezogen, weil Robert Tracht, der Geschäftsführer dieses Ladens, als ich mit siebenundzwanzig angefangen habe, für *Revolution G* zu arbeiten, spöttisch meinen Kapuzenpullover und meine Trekkingshorts betrachtet hat. Weil er meinte, dass man sich respektabel kleiden solle, wenn man Respekt verdienen wolle. Egal, ob Sohn vom Chef oder nicht. Als hätte ich mich aus Arroganz so beschissen gekleidet. Als würde ich mir etwas erlauben, weil ich dachte, dass mir als Sohn vom Boss sowieso niemand einen Strick draus drehen würde. Was Schwachsinn war. Ich bin damals einfach nur täglich im selben Aufzug herumgelaufen. Aber es ist hängen geblieben. Natürlich ist es hängen geblieben. Also hab ich ein weißes Hemd und diese dumme Krawatte angezogen, obwohl ich die Teile hasse … und habe mir eingebildet, dass es helfen könnte. Aber eine Krawatte ändert nicht, wer ich bin. Eine Krawatte führt nicht dazu, dass ich zu meinem Vater werde. Mir automatisch den Respekt aller Mitarbeiter verdiene.« Er seufzte und schloss die Augen. »Es war dämlich. Ich hab mich den ganzen Tag unwohl damit gefühlt. Hatte das Gefühl, dass alle mich anstarren …«

Ich betrachtete sein Profil. Das Profil, das ich heute Nachmittag angestarrt hatte. Ließ den Blick seinen starken Hals hinab zu den geöffneten Knöpfen seines Hemdes wandern. Zu dem Dreieck bloßer Haut, das dort zum Vorschein kam. Den feinen Haaren, die ich erahnen konnte. Ja, ich hatte ihn angestarrt. Genauso, wie er gesagt hatte. Weil er einfach so unfassbar gut mit dem Hemd und der Krawatte ausgesehen hatte. Nicht, weil ich darüber nachgedacht hätte, was sein Aufzug sollte. Oder dass er arrogant damit wirkte.

»Ich …«, flüsterte ich und trat zögerlich einen Schritt nach vorn. »Ich gucke dich einfach gern an.« Die ehrlichen Worte schwappten über meine Lippen wie das Wasser gegen den Beckenrand. Brannten genauso wie meine Wangen.

Natürlich wandte sich Will um. Entschied genau in diesem Moment, mich wieder anzusehen.

»Was?«, fragte er und blinzelte. Er sah so völlig perplex aus, dass ein Lächeln an meinen Lippen zog. Trotz der Schwere in meiner Brust. Trotz des warmen Mitgefühls, das meinen Hals verengte.

»Ich glaube, deswegen starren Leute«, fuhr ich fort. »Weil sie dich gern angucken. So wie ich. Nicht, weil sie denken, dass du versuchst, ihnen etwas vorzuspielen. Oder dass du arrogant bist.«

Er hob eine Augenbraue. »Sie sind also keine Kritiker – sondern Möchtegern-Stalker?«

Ich konnte mein Lächeln nicht zurückhalten. »Ich bin kein Möchtegern-Stalker! Ich weiß eine schöne Aussicht nur zu schätzen. Und ja, vielleicht gucken auch einige, weil sie Gerüchte gehört haben, dass du arrogant und faul wärst, aber …« Ich trat einen weiteren Schritt vor und sah ihn ernst an. »Sie haben unrecht! Du bist großzügig, Will. Du hältst dich nicht für etwas Besseres.«

»Nein, natürlich nicht«, erwiderte er tonlos und verhakte seinen Blick mit meinem, als müsse er sich daran festhalten. »Ich bin eben doch der Sohn meines Vaters. Und vielleicht sollte ich mich darüber freuen, dass sie ihn mit ihren Geschichten am Leben erhalten. Aber … er ist *tot.* Ich bin es nicht. Trotzdem wurde mir gerade zu jeder Idee, die ich hatte, jedem Änderungswunsch, den ich bei dem Geschäftsführer durchsetzen wollte, gesagt, was mein Vater nicht gutgeheißen hätte. Was mein Vater anders gemacht hätte. Was mein Vater sich noch einmal überlegt hätte. Und ich weiß, Robert will mir helfen. Ihm liegt *Revolution G* genauso am Herzen wie mir. Aber trotzdem frage ich mich: Bin ich der Boss? Ist es *meine* Firma, wie alle immer wieder sagen? Oder führt mein Dad sie eigentlich noch aus dem Grab heraus, und ich tue nur das Minimum, um sein Erbe nicht zu versauen?«

Ein harter Zug entstand um seinen Mund – und ich hasste, dass er existierte. Dass Wills Schultern sich bei seinen Worten angespannt hatten. Dass sein Kiefer sich verhärtete.

»Du tust *mehr* als das Minimum«, sagte ich eindringlich. »Das *weißt* du. Du bist der reinste Workaholic! Und ein weiser Mann hat mir mal gesagt, dass meine Meinung zählt! *Deine* zählt auch.«

Er hob einen Mundwinkel, doch das Lächeln erreichte seine Augen nicht. »Meine Meinung ist das Problem, Svea.«

»Was?« Das ergab absolut keinen Sinn.

Er seufzte und rieb sich den Nacken. Streifte mit seinem Kinn fast meine Schläfe, als er sich vorbeugte.

»Ich weiß, dass ich keinen furchtbaren Job mache«, murmelte er. »Aber gleichzeitig weiß ich, dass ich nie *seinen* Job machen werde. Die Firma niemals auch nur ansatzweise auf die Art und Weise führen kann wie er. Mein Vater …« Er schüttelte den Kopf. »Er hat alles mit Intuition gemacht. Entscheidungen getroffen. Richtungen eingeschlagen. Leute eingestellt. Alles nur nach Bauchgefühl. Aber ich hab keine Intuition. Und mein Bauch sagt mir nur, wenn ich was Falsches gegessen habe. Ich brauche Fakten und Logik und Zahlen und Lebensläufe. Und mein Dad … Er hat sich jedes Problem angehört. Er hat Mitgefühl gezeigt, war so unfassbar warmherzig. Aber ich bin nicht gut darin. Gefühle zu zeigen. Mein Vater hat sich nicht für die Presse interessiert. Er war nach außen hin ein sehr privater Mann. Aber bei seiner Arbeit? Da war er ein verdammtes offenes Buch. Alle mochten ihn.«

»Aber deine Mitarbeiter …«

»Ich bin zu ehrlich dafür, um von allen gemocht zu werden, Svea«, unterbrach er mich schroff. »Das weißt du. Ich bin freundlich und lange nicht so arrogant, wie die meisten Leute denken. Aber du hast es selbst gesagt: Mein kühler Logikfanatismus könnte dir auf Dauer auf die Nerven gehen. Und das tut er vielen!«

»Aber du bist nicht kalt. Du bist nur rational«, sagte ich verblüfft.

Ein Lächeln zog an seinem Mundwinkel – und es fühlte sich an, als würde ein einzelner Sonnenstrahl die Dunkelheit des Geschäfts zerreißen. »Bin ich das?«

»Ja! Und wenn ich das weiß, dann wissen das bestimmt auch viele andere, die …«

»Aber du bist nicht die anderen, Svea«, sagte er, und seine Stimme verlor an Härte. War weich geworden, sodass mein Name auf seinen Lippen unendlich warm klang. »Dein Einfühlungsvermögen ist so absurd groß. Du strahlst mit nur einem Lächeln so viel Vertrauen und Wärme aus wie ein Block Uran radioaktive Strahlung. Denkst du, ich hätte *irgendeiner anderen Person* außer dir meine Liste geschickt? Scheiße, nein!«

Mein Herz zog sich zusammen, und mein Hals wurde trocken, doch Will redete einfach weiter.

»Aber das ist okay. Es stört mich nicht, dass mich nicht alle mögen. Dass die Leute hinter meinem Rücken darüber tratschen, ob ich faul bin, ob ich überhaupt einen Abschluss gemacht habe und ob ich das Ganze verdient habe oder nicht. Aber es erschwert mir meinen Job! Nein, mein ganzes fucking Leben. Dass sie an meinem Vater festhalten. Dass *ich* an meinem Vater festhalte.« Sein Blick glitt unruhig zum Wasser. »Ich hab Ideen. Ich weiß, dass ich mich ins gemachte Nest gesetzt habe, aber das bedeutet nicht, dass ich keine Pläne habe. Dass ich nicht hart für diese Firma arbeiten will. Ich möchte *Revolution G* nach vorn bringen. Deswegen hab ich euch doch überhaupt erst engagiert, obwohl Robert meinte, dass das nicht nötig sei. Dass unser Konzept auch so funktioniere. Obwohl Amanda mir erklärt hat, dass mein Vater nicht an so einen Marketing-Hokuspokus geglaubt hat. Obwohl meine Mutter meinte, dass es rausgeworfenes Geld sei, das mein Vater niemals investiert hätte.« Er presste die Lippen zusammen. »Aber ich glaube, dass es das Richtige war. Und nicht nur, weil ich dich kennengelernt habe. Aber all diese Zweifel …« Fahrig rieb er sich über sein raues Kinn. »Ich weiß nicht, ob es richtig oder falsch war. Ob es sinnvoll ist oder nicht. Und der einzige Kerl, der mir hätte sagen können, dass ich meine eigenen Entscheidungen treffen soll, dass seine Meinung nicht so wichtig ist … ist tot.«

Wills Stimme verlor sich fast im Plätschern des Wassers.

»Er kann den anderen nicht mehr sagen, dass sie mich in Ruhe lassen sollen, weil ich meine eigenen Fehler machen muss. Dass alles, was ich tue, okay ist, solange ich es mit mir selbst vereinbaren kann. Dass die Ergebnisse nicht immer wichtig sind, solange ich ein guter Mensch bleibe.« Seine Worte brannten ein Loch durch meine Brust, während seine Augen anfingen zu glänzen. »Und ich *will* trotzdem etwas verändern. Aber mit jeder Änderung, die ich an *Revolution G* vornehme, geht etwas von ihm verloren. Das ist es, wovor ich … Angst habe.« Er schluckte. »Ich habe ihn schon einmal verloren. Was, wenn ich ihn ein zweites Mal verliere und es diesmal wirklich meine Schuld ist?«

»Das ist unmöglich«, widersprach ich leise, stellte mich neben ihn an den Beckenrand und strich über seinen Handrücken. Umschloss seine Finger fest mit meinen. »Das Erbe deines Vaters besteht doch nicht nur aus Leistungen und Erfolgen. Das Wichtigste, das er hinterlassen hat, sind Erinnerungen. Dein Vater hat dir nicht *Revolution G* vererbt … sondern das Gefühl, dass du dir selbst vertrauen sollst. Wie könntest du ihn also verlieren, indem du seinen Ratschlägen folgst? Indem du weiter nach seiner Devise lebst? Und hey, du musst mir glauben. Denn mir wurde heute erklärt: Meine Meinung *zählt.*«

Wieder hob er einen Mundwinkel, doch noch immer lächelte er nicht. Noch immer spiegelte sich das Licht des Wassers in seinen glänzenden Augen.

Er wirkte so verloren. Verloren in seinen Gedanken und Zweifeln, die sich zu überschlagen schienen. In alle Richtungen gleichzeitig drängten und ihn zerrissen.

Also stellte ich mich auf die Zehen, schlang die Arme um seine Schultern und ließ mich gegen ihn sinken. Presste meine Wange an seinen rauen Kiefer und legte die Fingerspitzen behutsam in seinem Nacken ab. Um ihn zusammenzuhalten. Die Gedanken und Zweifel an einen Platz zu drängen, wo sie vielleicht weniger Schaden anrichten konnten.

Will versteifte sich in meinen Armen, und ich spürte, wie er den Kopf zurückzog. »Was tust du?« Seine Worte streiften über meine Ohrmuschel und hinterließen Gänsehaut in meinem Nacken.

»Ich umarme dich. Mann, wirklich weltfremd, diese Millionäre.«

Ein unterdrücktes, leicht verzweifeltes Prusten war die Antwort. »Svea …«

»Du sahst aus, als könntest du eine gebrauchen«, flüsterte ich. »Und dadurch, dass ich keine Muskeln habe, gebe ich erstklassige Umarmungen.« Ich zog ihn enger an mich, spürte seinen noch immer angespannten Körper unter meinem. Seine Hände an meinen Schultern, als wolle er mich wegschieben.

»Außerdem …«, fuhr ich fort, »… brauch ich selbst eine Umarmung. Der Tag war anstrengend. Ich habe mein Leben riskiert, als ich diese Todeswand erklommen habe. Das erschöpft. Also halt still. Für mich. Nicht für dich.«

Bei meinen letzten Worten hielt Will inne. Ich spürte sein Kinn an meiner Schläfe. Seine angespannten Muskeln unter meiner Berührung.

Und dann lehnte er sich langsam nach vorn. Seine Brust streifte meine … und er war so unfassbar warm. Warm und hart und doch so unendlich sanft. Seine Hitze sickerte durch meine Bluse, während er zögerlich meine Arme hinabstrich. Als wisse er nicht, welche Berührungen okay und welche zu viel waren. Doch schließlich schlüpfte er darunter hindurch, glitt mit den Händen meinen Rücken hinauf und fächerte die Finger auf, bevor er mich enger an sich zog. Mich auf den Zehenspitzen hielt.

Und ich könnte ihm seine ungestellte Frage beantworten: Die Berührungen waren okay – und gleichzeitig zu viel. Denn ich spürte seine Finger durch den dünnen Stoff meiner Bluse, als würden sie auf nackter Haut liegen.

Kribbelnde Wärme strömte durch meinen Körper, während meine Hände über seine breiten Schultern glitten, als er tiefer in meine Umarmung trat. Mich mit seinen Muskeln und seinem Geruch einhüllte. Holzspäne und diese herbe Note, die ich nichts Spezifischem zuordnen konnte. Nichts außer Will. Er senkte den Kopf, sodass seine Bartstoppeln über meinen Kiefer kratzten. Meinen Hals kitzelten. Kleine elektrische Blitze meine Brust hinab bis in meinen Unterleib schossen.

Mein Atem wurde schwerer, während ich die Augen schloss und mein Kinn automatisch auf seine Schulter sank. Wir waren uns so nah, dass ich seinen schnellen Herzschlag in meiner eigenen Brust spürte. So nah, dass ich den Kopf nur drehen müsste, um meine Lippen an seinen Hals zu pressen. Seinen Geruch vollkommen einzuatmen.

Wills Griff um mich wurde fester, und ich fühlte mich so …

klein in seinen Armen. Seltsam kostbar. Mein Mund war trocken, und mit jeder verstreichenden Sekunde richteten sich sämtliche meiner Nervenenden auf. Doch ich ließ nicht los, denn ich spürte, wie Will sich entspannte. Wie seine Schultern hinabsanken, wie sein Daumen über meine Wirbelsäule fuhr. Auf und ab glitt. Wärme und kleine Stromstöße hinterließ, die nicht da sein sollten, die es mir schwer machten zu denken. Denn ich spürte sie. Überall. Und ich konnte nichts dagegen tun, also ließ ich mich fallen. Atmete ihn tief ein und wartete nur darauf, dass Will sagte, dass es reichte. Dass ich ihn loslassen konnte.

Doch der Moment kam nicht. Stattdessen hörte ich ihn nah an meinem Ohr flüstern: »Du hast recht. Du gibst gute Umarmungen.«

Ich hob die Mundwinkel. »Danke. Du … bist auch nicht schlecht.«

Er nickte. Ich spürte es daran, wie sein raues Kinn über meine Wange strich. Wie sich sein Nacken anspannte, an dem meine Fingerspitzen mittlerweile ruhten. Wo seine Haare meine Handgelenke kitzelten.

»Es stimmt übrigens nicht. Was ich damals im Café gesagt habe. Dass ich niemals lügen würde«, murmelte er und strich langsam meinen Rücken hinab. Machte es mir schwer, mich zu konzentrieren, als sein Zeigefinger über den Streifen nackter Haut zwischen meiner Bluse und meiner Jeans fuhr.

Eine platonische Umarmung. Es war eine … eine …

»Die letzte Lüge liegt nur schon so lang zurück.«

Ich schluckte. Wünschte, ich würde nicht jeden Finger von Will spüren, der Kreise auf meinem Rücken zog. Wünschte, ich würde *mehr* spüren. »Was war deine letzte Lüge?«

»Ich hab meinem Dad gesagt, dass ich *Revolution G* nicht übernehmen will. Dass ich alles, was er aufgebaut hat, scheiße finde.«

»Warum?« Ich wandte den Kopf leicht. Strich mit der Nase über seinen Hals. Wollte ihn ansehen. Wollte nicht loslassen.

Ich hörte, wie Will zitternd einatmete. Spürte, wie er die Finger in den Stoff meiner Bluse grub. Wusste nicht, ob es an mir lag. Oder an den Worten auf seiner Zunge.

»Ich wollte ihn wütend machen. Weil er nie wütend wurde.« Seine Bartstoppeln kitzelten meine Schläfe. Lächelte er wieder? »Er wusste, dass ich log. Er hat bloß geseufzt. So, wie nur Eltern seufzen können. Was einen sofort wieder wie ein Kind fühlen lässt. Egal, wie alt man ist.«

Jetzt war ich es, die lächelte. »Ich weiß, was du meinst. Was ist dann passiert?«

»Dann …« Seine Stimme verlor sich im Raum, eine Hand glitt in meinen Nacken, strich über die Spitze meines Zopfes, der meine Schultern kitzelte. »Dann hat er mich in seinem Büro stehen lassen. Ist einfach gegangen. Und zwölf Stunden später war er tot.«

Ein Kloß schob sich in meinen Hals, und ich fuhr mit der Hand in seine Haare, strich beruhigend über seinen Hinterkopf. Sie waren so weich. »Scheiße.«

»Es ist okay«, erwiderte er ruhig und atmete tief ein. Seine Lippen streiften meine Wange, ließen mich meinen Atem anhalten. Absicht? Zufall? »Es war kein optimales letztes Gespräch, aber … es stört mich nicht länger. Ich glaube, Dad fand es lustig, dass ich versucht habe, ihn dazu zu bringen, dass er mich anfleht, es mir noch einmal zu überlegen. Mir zu sagen, dass ich die beste Wahl für den Job bin. Wegen meiner harten Arbeit. Nicht meines Nachnamens. Es hat ihn amüsiert, dass ich ihn belogen habe, um ein Kompliment zu bekommen.« Er lachte leise, und sein Atem strich federleicht über meinen Hals. Floss in Form heißer Wellen meinen Körper hinab. »Ich war bescheuert. Und das wusste er. Aber dieses Seufzen von ihm ist eine meiner schönsten Erinnerungen. Weil es ein: *Das hier ist so unnötig, Sohn*-Seufzen war. Weil er mir nicht sagen wollte, was ich ohnehin wissen sollte.«

Ich schluckte und biss mir auf die Unterlippe, streichelte sacht seinen Nacken. Spürte seine Hand noch immer in meinem. Seinen

Daumen an meinem heftig schlagenden Puls. »Du arbeitest. Du hast den Job verdient. Nachname hin oder her«, flüsterte ich, denn er musste es wissen.

»Ich weiß«, sagte er leise. »Aber …«

»Man muss es manchmal hören.«

»Ja. Ist das dämlich? Ich fühle mich dämlich dabei. Ich war ein dreiunddreißigjähriger *heißer Millionär* und brauchte Bestätigung.«

Ich lächelte wacklig. Fragte mich, wie lange wir hier schon standen. Hoffte, dass wir noch ewig so verweilen konnten. Gefangen in unseren Armen. In der Hitze. In dem Kribbeln. »*Jeder* braucht manchmal Bestätigung. Und ich hätte dich nicht heißer Millionär nennen sollen. Der Ausdruck wird dir nicht gerecht.«

»Nein?« Seine amüsierte, raue Stimme war ein Kitzeln in meinem Ohr.

»Nein. Es ist ein Label. Es reduziert dich auf dein Geld und dein gutes Aussehen, und … das gefällt mir nicht.«

Diesmal wusste ich, dass er lächelte. Denn wieder kratzte sein Bart über meine Haut, diesmal über mein Kinn, weil er den Kopf senkte. »Es hat mich nicht gestört. Ich hab mich geschmeichelt gefühlt. Davon, dass du mich heiß findest.«

Meine Brust wurde enger und mein Unterleib warm. Denn er war heiß. Und hart. Und ich spürte ihn. Überall. Aber er war Will. Mein Listenbeauftragter. *Nur* Will …

»*Mich* stört es jetzt aber«, widersprach ich und versuchte, mich auf etwas anderes zu konzentrieren als seinen an mich gepressten Körper. Seine Hände, die tiefer wanderten. Seinen Geruch, der meinen Geist vernebelte. »Du bist mehr als nur heiß.«

»Ah. Ich bin also Wasserdampf?«

Ich musste lachen, und das Bedürfnis, ihn anzusehen, wurde unfassbar groß. Also lehnte ich mich zurück … und Wills Lippen strichen über meinen Hals. Direkt über meinen pochenden Puls.

Ich hielt den Atem an, während sich kleine Blitze von der Stelle aus, an der sein Mund über meine bloße Haut geglitten war, in meinem Körper ausbreiteten. Die Luft um uns herum wurde dick. Meine Muskeln spannten sich an, und meine Lider wollten zufallen. Um mehr zu spüren.

Er ist nicht Leon, Svea. Was tust du?

Die Stimme hatte recht. Er war nicht Leon. Er war Will. Doch wir waren uns so nah. Leon hatte keinen Platz zwischen uns.

Ich sollte nicht. Aber ich *konnte* nicht ...

Wills Hand wanderte höher, bis ich seine Fingerkuppen an meinem obersten Wirbel spürte. Da, wo Stoff auf nackte Haut traf. Er war still, doch ich bemerkte jede seiner Bewegungen. Fühlte, wie er den anderen Arm lockerte, sodass ich zurück auf meine Fersen sank.

Langsam glitt ich an seinem Körper hinab. Die Knopfleiste von Wills Hemd strich rau über meine Brüste, und schwere Hitze sank in meinen Unterleib. Seine warme Hand fuhr wieder in meinen Nacken, fegte mit jeder weiteren Berührung die letzten verständlichen Gedanken aus meinem Kopf. Mit dem Daumen strich er über meinen Kiefer, und ein Kribbeln setzte in meinem Körper ein. Doch es war kein nervöses Kribbeln, das ich schon von Leon her kannte. Es war mir nicht vertraut. Es war ... neu. Heiß. Drängend. Ich spürte es nicht nur in der Brust, sondern vor allem im Bauch. Tiefer. Auf meinen Lippen, meinen Wangen. Es war ... Erwartung und Verwirrung und Angst. Alles auf einmal. Und ich wusste nicht, was am schwersten wog.

Ich lehnte mich zurück, und erst als unsere Blicke sich trafen, stieß ich den Atem aus, den ich angehalten hatte. Wills braune Augen waren dunkel. Dunkler, als ich sie in Erinnerung hatte. Wärmer. Der Schatten eines letzten Lächelns lag noch immer auf seiner Miene, als sein Blick zu meinen leicht geöffneten Lippen huschte. Eine Zehntelsekunde dort hängen blieb, bevor er zurück zu meinen Augen wanderte. Er war mir so unfassbar nah. Wir atmeten dieselbe erhitzte Luft. Ich konnte ihn noch immer riechen. Hörte mein

Herz in meinen Ohren hämmern. Sah die Lichtsprenkel der Wasserspiegelung in seinen Iriden, die sich mit jeder Sekunde weiter zu verdunkeln schienen, während mein Atem hektischer wurde.

Wenn ich wollte, dann könnte ich … Wenn ich nur ….

Aber er war nicht Leon. Ich wollte doch … Wieso war ich …

»Hallo? Ist hier noch jemand?«

Ich zuckte zusammen und stolperte nach hinten.

Das Gefühl, bei etwas Verbotenem erwischt worden zu sein, wusch wie eine kalte Welle über mich hinweg.

Was zur Hölle tat ich hier?

»Hallo?«

Die fremde, männliche Stimme hallte von Wänden und Boden wider, und im nächsten Moment ging die Deckenbeleuchtung an.

Ich blinzelte. Mein Herz klopfte noch immer heftig in meiner Brust, während mein Kopf mir ein und dieselbe Frage stellte: *Was tust du hier?*

Ich hatte keine Antwort darauf. Hatte das Gefühl, jemanden betrogen zu haben. Leon? Vielleicht mich selbst. Obwohl nichts passiert war! Obwohl die Situation … Obwohl das alles …

Schwer atmend sah ich zurück zu Will, dessen Brust sich schnell hob und senkte. Er schaute nicht zu mir. Rieb sich mit der Hand über das Gesicht. Blickte schließlich zur Seite, wo ein Mann im blauen Overall neben einem Putzwagen stand.

»Ach, Sie sind das«, sagte der Kerl. »Ich war verwirrt. Normalerweise bin ich es, der das Licht ausmacht. Ähm … soll ich noch warten mit dem Putzen? Eigentlich fang ich immer direkt um acht an, weil dann wirklich alle fertig sind, aber …« Er sah fragend von mir zu Will und wieder zurück.

Wills Blick glitt in meine Richtung. Über mein Gesicht. Ich hatte das Gefühl, eine Frage lag darin. Doch ich hatte keine Antwort. Da waren nur Unruhe in meiner Brust und der Kloß in meinem Hals, der mit jeder Sekunde größer wurde.

»Ich … Ich sollte gehen«, wisperte ich.

Er nickte langsam und blickte zurück zum Overall-Mann. »Wir sind hier fertig.«

Ich nickte hastig und presste die Hand auf meine Brust. Als könne ich so meine Lunge daran erinnern, dass sie arbeiten musste.

Ich holte meine Jacke und zog sie über. Auch wenn mir warm war. Unendlich warm. »Eine Tiefkühlpizza wartet auf mich«, meinte ich, meine Stimme seltsam hoch und atemlos.

»Na dann. Guten Hunger.« Seine Stimme war leise und rau. Als hätte er sie lange nicht benutzt. Ansonsten jedoch klang er völlig normal. *Furchtbar* normal. Weil nichts passiert war. Es war *nichts* passiert.

Ich nickte, hob die Hand und eilte zum Ausgang … als Will mich noch einmal zurückrief.

»Svea! Danke. Fürs Zuhören.«

Überrascht sah ich ihn an. »Gern. Jederzeit wieder.«

Er nickte und wandte sich ab.

Ich schluckte und zog die Schultern höher. Gut. Das war … gut.

Wieso war es hier so heiß? Kalte Luft. Ich brauchte kalte Luft.

KAPITEL 16

Als ich eine halbe Stunde später zu Hause ankam, war ich unfassbar erschöpft. Doch überhaupt nicht mehr hungrig. Denn Pizza konnte mir nicht geben, was ich wollte, und mein Magen war voll mit … anderen Dingen. Beunruhigenden Dingen, die ich nicht genau benennen konnte, die aber nichts dort verloren hatten.

Ich zog die Jacke aus. Hatte das Gefühl, dass die Ärmel, die meine Arme hinabglitten, Hände waren.

Ich weiß *es einfach, ob ich mit jemandem schlafen will oder nicht. Meistens sofort.*

Ich schüttelte den Kopf. Wills Worte hatten da nichts verloren. Wir arbeiteten zusammen. Er wollte kein Drama. Er wollte kein *Kompliziert*. Und ich wollte *Leon!*

Das war doch das Einzige, bei dem ich mir seit Jahren *sicher* war. Es war schließlich die verdammte Nummer eins auf meiner Liste! Ich hatte mich die letzten Wochen nur zu sehr in der Lösung der anderen Punkte verloren. Das war mein Problem.

Elisa war nicht da, also zog ich die Schuhe aus, ging geradewegs in mein Zimmer, schloss die Tür hinter mir und lehnte mich einen kurzen Moment dagegen. Ich brauchte nur Ruhe und ein paar entspannte Atemzüge, damit sich mein Herzschlag wieder beruhigte, dann würde alles wieder normal sein. Davon war ich fast überzeugt.

Mein Herzschlag war es jedoch nicht. Denn immer, wenn ich die Augen schloss, blitzte dieses Bild von Will auf … seinen dunklen Augen … und er nahm wieder an Fahrt auf.

Ich schluckte und schüttelte den Kopf.

Ich war in Leon verliebt. Seit Ewigkeiten. Ich mochte *Leon*. Will war … Wir waren Freunde. Vielleicht noch nicht einmal das. Listenbeauftragte. Somit … Bekannte mit gewissen Vorzügen?

Nein, gar keine Vorzüge. Nicht *diese* Art der Vorzüge. Wir waren eben füreinander da, wenn es um die Liste ging. Auf Wills Liste hatte gestanden, dass er seiner Mutter klarmachen musste, dass er nicht sein Vater war, und unser Gespräch hatte damit zusammengehangen. Das war alles.

Herrgott, es war eine Umarmung gewesen! Eine unschuldige Umarmung!

Ich presste meine Lippen zusammen, schüttelte den Kopf und stieß mich von der Tür ab, um den Geigenkoffer von meinem Schrank herunterzuholen. Musik half mir immer dabei, meinen Kopf zu leeren. Freier zu atmen. Und das hatte ich bitter nötig, denn mein Körper tat nicht das, was ich wollte.

Ich öffnete den Koffer, holte das Instrument heraus und begann routiniert, die Saiten zu stimmen, bevor ich meine Bogenhaare mit dem dafür vorgesehenen Harz einrieb.

Ich betrachtete meine Fingernägel, die noch kurz genug waren, bevor ich die Noten von Vittorio Montis *Csárdás* herausholte und auf den Ständer stellte, der einen Stammplatz direkt an meinem Fenster hatte.

Meine Bewegungen waren fahriger als sonst, aber die Routinen beruhigten mich. Das vertraute Gefühl der Saiten unter meinen Fingern. Nicht Wills warme Haut, seine starken Schultern, seine Hand in meinem Nacken, seine Hand unter meiner Bluse …

Ich schluckte, spielte ein paar Tonleitern und versuchte, mich in den Tönen zu verlieren, doch das Einzige, was ich zu verlieren schien, war mein Verstand!

Also ließ ich die Tonleitern bleiben und konzentrierte mich stattdessen auf das Stück. Atmete tief durch und spielte die erste Seite. Wollte an die Noten denken, doch dachte an Leon und an Will und … Leon.

Seit sechs Jahren. Ich wollte ihn seit sechs Jahren. Und endlich tat ich etwas deswegen. Aber noch nicht genug, wenn ich darüber nachdachte. Die letzten Wochen war ich zu sehr mit Will … nein, mit der *Arbeit* beschäftigt gewesen! Dabei sollte ich dringend Schritt zwei in meinem Plan, Leon zu erobern, angehen.

Ich musste ein richtiges Date mit ihm organisieren. Kein Treffen in irgendeinem Café, in dem er von der Kellnerin und ich von dem Karottenkuchen abgelenkt wurde. Ich brauchte ein romantisches Setting. Am besten am Abend. Mit stimmungsvollem Licht und geschmackvoller Musik. Leon, ich, Kerzenschein … Das war es, was ich wollte. Ich musste nur den passenden Anlass finden, das war alles.

Lachend ließ ich die Geige sinken. Ich war bescheuert!

Ich *wusste,* was ich wollte. Was ich brauchte. Es stand auf meiner Liste. Dieser Moment vorhin am Wasser war … nicht real gewesen. Ein Glitch. Herausgefordert durch die ewig anhaltende Umarmung.

Will war ehrlich. Wenn er jemanden mochte, dann *sagte* er es ihm oder ihr. Er sah mich nicht auf *diese* Art und Weise. Sonst hätte er es gesagt!

Wieder schüttelte ich meinen Kopf. Wieder lachte ich.

Albern. Das war ich. Natürlich *mochte* ich Will. Er war nett und witzig. Und ja, er war beschissen attraktiv und dieser Bizeps und der Kiefer … Das hatte meinen Körper zeitweilig verwirrt.

Aber ich liebte Leon! Ich wollte Leon. Alles andere war irrelevant.

Ich nickte fest, setzte die Violine erneut an Schulter und Kinn an …

Du strahlst mit nur einem Lächeln so viel Vertrauen und Wärme aus wie ein Block Uran radioaktive Strahlung.

Ich glaube, dass es das Richtige war. Und nicht nur, weil ich dich kennengelernt habe.

Ich schloss die Augen, und meine Hand verkrampfte sich um meinen Geigenbogen.

Will hatte es so zwischendurch fallen lassen. Zwischen hundert anderen Sätzen. Doch es war möglicherweise das Schönste, was je jemand zu mir gesagt hatte.

KAPITEL 17

Donnerstag

Jasmin (Research Intelligence)
Hast du wegen der Gala gefragt?

Freitag

Will (Listenbeauftragter)
Ich bin dieses Wochenende geschäftlich weg.
Hab also leider keine Zeit für Listenresolutionen.

Svea
Okay, kein Problem. Ich weiß sowieso nicht, welchen Punkt wir als Nächstes angehen könnten. 🤷‍♀️ Außer, du willst mit deinen Freunden unbedingt einen bunten Cocktail trinken gehen?

Ich denk drüber nach. Ach, übrigens. Ich finde, dass du
Punkt 12: Chef beichten, dass ich eigentlich die schlechteste Wahl für den Revoluton-G-Account bin, streichen kannst.
Du bist eine gute Wahl. Ich liebe die Statistiken, die gestern auf meinem Schreibtisch gelandet sind!

Das dachte ich mir 😄 So viele Zahlen und Graphen … Der feuchte Traum eines BWLers.

Ja.

Samstag

Svea
Wo bist du, Elisa? Hast du Lust, dieses Wochenende was zu machen? Ich könnte die Ablenkung gebrauchen. 😬

Elisa 🤍🤍🤍
Lea und ich gehen gleich auf den Mittelaltermarkt, um unsere eigene Butter zu stampfen! Kannst gern mitkommen, wenn du magst. 😇

Butter stampfen? 😂

Ja, es steht auf meiner Liste! Diese Liste ist wirklich supercool. Hilft mir total.

Mhm. Listen sind fantastisch … Aber meine Güte, du bist zurzeit wirklich schrecklich aktiv!

Das meinte Lea auch! Wie kommt ihr darauf? 🤔

😄 Erinnere mich noch mal: Was habt ihr die letzten drei Wochenenden gemacht?

Na ja, wir haben den Steppkurs belegt, uns – wie du weißt! – bei PETA angemeldet, damit ich eine aussterbende Tierart retten kann. Und letzte Woche haben wir tausend Kraniche gefaltet. Weil man nach alter japanischer Legende dann von den Göttern einen Wunsch erfüllt bekommt – und weil es das einzige Tier war, bei dem die Googleanleitung verständlich war.

Und was hat Lea noch gleich gemeint, als ihr mit dem Falten fertig wart? 😄

😑 Dass ihr Wunsch ist, die letzten drei Stunden zurückzubekommen, in denen sie die dämlichen Kraniche falten musste.

Jaja. Du warst überhaupt nicht beschäftigt. 😄 Und Nein zum Butterstampfen.

Na gut! Wir können morgen was zusammen machen.

... und warum brauchst du die Ablenkung?

Ach, nur so!

Mhm. Ist alles okay bei dir? 🩶 Du spielst in letzter Zeit viel mehr Violine als sonst. Was du das letzte Mal getan hast, als Stupid-Steffen dir deine Beförderung weggenommen hat und du deine verrückte Nacht mit Leon hattest. Ist irgendetwas passiert?

Nein, es ist nichts passiert! Viel Spaß euch 😊

Sonntag

Elisa 🩶🩶🩶
Gut, dass du nicht mitgekommen bist! Wir haben unsere selbst gestampfte Butter die ganze Nacht wieder ausgekotzt.

Es war nichts passiert.

Und auch eine Woche später war das noch die Wahrheit. Ich nahm eine Gabel Gemüselasagne, schob mein Handy zurück in die Handtasche, damit ich nicht auf die Idee kam, nachzugucken, ob ich eine Nachricht von Will bekommen hatte – hatte ich nicht! Nicht mehr seit Freitag –, und atmete tief durch. Wir hatten gleich ein Meeting, und es würde völlig normal sein. So wie die Nachrichten von Freitag völlig normal gewesen waren. Alles war *völlig* normal!

Vielleicht kam Will gar nicht. Er hatte gemeint, dass er geschäftlich verreiste, wer wusste, ob er schon wieder da war. Es war auch egal!

Selbst wenn man in einer Beziehung steckte, hörte man nicht auf, Leute attraktiv zu finden. Will war heiß. Und das hatte mein Körper bemerkt.

Du bist nicht mit Leon in einer Beziehung, Svea …

Nein, aber ich wollte es seit sechs Jahren sein! Und das erste Mal tat sich etwas in der Richtung. Leon war eifersüchtig gewesen! Gut, er hatte sich seit ein paar Wochen nicht mehr gemeldet, aber ich suchte fleißig nach einem Anlass, ihn zu einem abendlichen Treffen im Kerzenschein zu überreden. Und mit Sicherheit hatte ich innerhalb der nächsten Tage eine zündende Idee.

Also … das, was im *Revolution-G*-Geschäft passiert war, war natürlich gewesen. Eine natürliche körperliche Reaktion auf einen heißen Mann. Einen … Wasserdampf-Mann.

Ich lächelte und nahm den letzten Bissen. Ich machte eine zu große Sache aus der Umarmung. Ich umarmte andauernd Leute! Ich war ein Touchy-Feely-Mensch. Das war nun einmal meine Persönlichkeit. Deswegen sollte ich mich nicht davon abhalten lassen, mit Will weiter die Liste …

»Du hast nicht auf meine Nachricht geantwortet!«

Verwundert sah ich auf und entdeckte Jasmin direkt vor mir. Die Arme vorm Körper verschränkt, während sie ungeduldig mit dem

Fuß auf den Boden tippte. So laut, dass sich einige Mitarbeiter, die ebenfalls gerade Mittagspause in unserer Cafeteria machten, schon zu uns umdrehten.

»Deine Nachricht?«, fragte ich stirnrunzelnd.

»Ja! Du meintest letzte Woche, du würdest Grant fragen, ob wir alle zur Gala kommen dürfen – und du hast noch nicht erzählt, was Grant gesagt hat!«

Oh. Das lag daran, dass ich vollkommen vergessen hatte, ihn zu fragen. Mein Kopf war anderweitig beschäftigt gewesen.

»Tut mir leid, Jasmin«, sagte ich schuldbewusst. »Ich hab noch gar nicht gefragt. Aber wir haben gleich ein Meeting mit ihm, da kann ich …«

»Aber wehe, du vergisst es!«

Ich seufzte. »Jasmin, wir haben noch Zeit.«

»Die Gala ist Samstag«, murmelte Seb, der neben ihr aufgetaucht war.

Ich weitete die Augen. »*Diesen* Samstag?«

»Ja. Die Einladung kam schon vor Wochen. Und es ist möglicherweise das coolste Event, zu dem ich je eingeladen werde, also … vergiss nicht, ihn zu fragen.«

Ich biss die Zähne aufeinander. Stupid-Steffen hatte mir *wochenlang* ein wichtiges Business-Event vorenthalten? »Ich vergesse es nicht«, versprach ich. »Ach, und Seb, da du gerade schon hier bist, kannst du gleich beim Meeting alle Fragen von Herrn Grant aufschreiben?«

»Mhm, klar, mach ich«, sagte er überschwänglich, und seine Worte stießen mir sofort bitter auf. Denn ich wusste, dass sie nichts als heiße Luft waren.

Und war es nicht auch irgendwie eine Lüge, ihn nicht darauf anzusprechen? Schuldete ich es meiner Liste nicht, auch auf der Arbeit ehrlicher zu sein? Ja, tat ich. Und je eher ich meine Liste erledigt hatte, desto eher würde alles wieder *völlig* normal sein!

»Seb, machst du sie wirklich?«, hakte ich vorsichtig nach.

»Klar, ich schreib das auf, was wichtig ist.« Er lächelte breit.

»Und … was ist wichtig?«

Er blinzelte irritiert. »Na ja. Es ist meistens nicht so viel.«

»Wenn du jede Frage mitschreiben würdest, wäre es das aber«, beharrte ich, auch wenn ich nervös die Hände unterm Tisch rang. Das hier fühlte sich verdammt nach einer Konfrontation an.

Er winkte ab. »Du behältst doch ohnehin alles im Kopf. Wenn ich *alles* aufschreibe, wäre es doppelte Arbeit. Ist doch nicht schlimm, wenn ich mir die Sache erleichtere.«

Jasmin seufzte und verdrehte die Augen, und ich hielt mich davon ab, dasselbe zu tun.

»Seb«, sagte ich fest. »Ich will ehrlich sein: Ich merke mir das meiste, weil du die Aufgaben, um die ich dich bitte, nie vollständig erledigst. Ich weiß, wir sind Kollegen, aber für dieses Projekt trage ich die Verantwortung, und ich habe zu viel zu tun, um auch noch deine zu übernehmen. Also, wenn ich dich jetzt darum bitte, dir gleich im Meeting mit Herrn Grant Notizen zu machen … machst du sie bitte? Wenn du es nicht tust, werden wir nämlich keine haben.«

Seb blinzelte und öffnete dann schockiert den Mund. »Also, ich …«

»Ihr könnt dann gehen. Ich beende noch meine Mittagspause«, setzte ich hastig hinzu, während mein Herzschlag sich beschleunigte.

Seb starrte noch immer verwirrt auf mich herab, doch Jasmin hakte sich bei ihm unter und zog ihn weiter. »Komm, du musst noch Kopien vor dem Meeting machen«, sagte sie leichthin, und im nächsten Moment verschwanden sie aus der Tür.

Augenblicklich sackten meine angespannten Schultern nach unten, und ich presste die Hand auf mein heftig pochendes Herz. Das war … aufregend gewesen. Aber irgendwie auch erleichternd.

Ich hatte noch nie freiwillig eine Konfrontation gesucht. Und dann auch noch erfolgreich. Gott, ich hatte das Bedürfnis, Will davon zu erzählen! Weil es ein Sieg war. Nicht zu hundert Prozent ein Listensieg, aber ein persönlicher. Er würde es verstehen.

Ich würde ihn ja gleich ohnehin sehen. Oder auch nicht.

Mein Magen zog sich zusammen. Und als ich eine Viertelstunde später in Richtung Kaffeeküche schlenderte, wusste ich immer noch nicht, auf welche der zwei Möglichkeiten sich mein Magen bezogen hatte.

Mann, ich war zurzeit wirklich etwas durcheinander. Ich fühlte mich, als hätte ich doch etwas von Elisas selbstgestampfter Butter gegessen. »Oh Gott«, stieß ich aus und legte eine Hand über meine Augen … was ein taktischer Fehler war, wie ich bemerkte, als ich um die nächste Ecke bog und mit einem harten Körper kollidierte.

Ich stolperte zurück, doch zwei große Hände umschlossen meine Schultern und bewahrten mich davor, äußerst unelegant zu Boden zu stürzen.

Ich wusste, wer mich festhielt. Wusste es, bevor ich den Blick hob. Denn ich erinnerte mich an seine Berührung. Erinnerte mich an den bestimmten, aber sanften Druck der Finger auf meinen Schulterblättern. Das Kitzeln der rauen Kuppen an meinem bloßen Nacken, das mir sämtliche Härchen aufstellte. Seinen Daumen, der über meinen Puls strich, der allein durch seinen Blick in die Höhe schoss …

»Hey«, krächzte ich, fing mich hastig und trat einen Schritt zurück, während Hitze meine Wangen kaperte. Gott, ich hoffte sehr, dass Will dachte, es sei mir peinlich, nicht aufgepasst zu haben und in ihn hineinzurennen. Dabei ärgerte ich mich eigentlich nur darüber, dass ich nicht weniger Schwung gehabt hatte. Denn dann wäre ich womöglich mit ihm nach vorn und nicht nach hinten gestolpert und …

Reiß dich zusammen, Svea! Es war nur eine Umarmung!

Ich schluckte, rang die Hände, und aus irgendeinem Grund fiel es mir schwer, Will in die Augen zu sehen. Ich *wollte* ihn ansehen. Doch gleichzeitig hatte ich Angst vor dem Blick, den er mir zuwerfen würde, und vor dem, was er in mir auslösen könnte. Ich wollte meinen Körper nicht unnötig verwirren, deswegen trat ich lieber einen weiteren Schritt zurück.

»Hey«, wiederholte ich, denn mein Kopf hatte plötzlich Schwierigkeiten damit, sich zu erinnern, ob ich das Wort schon laut ausgesprochen oder nur in Gedanken benutzt hatte. »Du bist da! Ich … Ich wusste nicht, ob du kommst.«

»Hallo«, erwiderte Will und hob einen Mundwinkel. Gott, er sah so schrecklich gelassen aus! Wieso sah der Kerl immer so gelassen aus? »Und natürlich bin ich da. Ich lass mir doch kein Meeting entgehen, in dem ich mit noch mehr sexy Zahlen und Statistiken gefüttert werde.«

Ich musste lachen, und der nervöse Knoten in meiner Brust löste sich etwas. Normal. Alles war *völlig* normal! »Das hätte ich ahnen sollen. Es gibt heute sogar einige freizügige Balken- und Tortendiagramme.«

Will seufzte dramatisch auf, bevor er breit lächelte. »Heiß.«

Ich bekam sein Lächeln nur aus den Augenwinkeln mit, weil ich ihm immer noch nicht direkt ins Gesicht sah – doch es traf mich trotzdem in der Uterusgegend … und ich musste ihm zustimmen. Es war heiß hier drin.

Scheiße. Was stimmte nicht mit mir? Wir hatten eine Umarmung ausgetauscht, keinen Porno miteinander gedreht!

Hatte ich zu lange keinen Sex mehr gehabt? War das mein Problem? Leon anzuschmachten, war nun einmal nicht sonderlich befriedigend. Er war nicht mit einem Balken- oder Tortendiagramm vergleichbar.

»Sag mal, ist unser Meeting nicht in die Richtung?« Will deutete über meine Schulter, und ich riss mich zusammen.

»Jaja, doch. Ich wollte mir nur einen Kaffee holen, aber … eigentlich bist du genau der, den ich gesucht habe!« Jasmin würde mich umbringen, wenn ich es wieder vergaß. »Dieses Wochenende ist dieser verspätete Neujahrsempfang bei euch, richtig? Und mein

Team wollte wissen, ob nur die Chefetage kommen darf oder ob es ebenfalls eingeladen ist.« Ich riskierte einen kurzen Blick nach oben und sah, dass Will überrascht auf mich herabblickte.

»Natürlich. Stand in der Einladung. Ihr dürft sogar alle ein Plus One mitbringen. Wir haben genug Platz, und da *Revolution G* vermutlich langfristig mit euch zusammenarbeiten wird, freu ich mich drauf, alle kennenzulernen.«

»Wirklich? Ich …« Ich runzelte die Stirn und brach ab. Wir durften jemanden mitbringen? Mein Herz flatterte in meiner Brust, während meine Gedanken ratterten. Es war der Anlass, den ich seit Tagen suchte! Eine schicke Abendveranstaltung – auf der es sicherlich ein paar Kerzen und gute Musik gab! –, um Punkt eins auf meiner Liste intensiver anzugehen.

Leon hatte Will kennenlernen wollen, er würde sich die Chance nicht entgehen lassen, ein Event von *Revolution G* mit mir zu besuchen. Und wenn wir zusammen auf eine schicke Gala gingen, wäre das fast so etwas wie ein … Date.

Zögerlich biss ich auf meine Unterlippe, bevor ich aufsah.

Will musterte mich fragend. »Bist du wieder in deinem Wimmelbuch-Kopf?«

»Ja. Dort ist zurzeit eine Menge los«, meinte ich und lächelte, auch wenn es sich etwas verkniffen anfühlte. Denn ich sollte etwas fragen, aber gleichzeitig *wollte* ich nicht fragen, weil … weil …

Mein Magen machte eine merkwürdige Verrenkung.

Nein. Es gab kein Weil.

Ich streckte die Schultern durch und wollte wissen: »Da wir ein Plus One bekommen – könnte ich zum Beispiel Leon mitbringen?«

Will wandte den Blick ab und wippte auf die Fersen zurück. »Klar.«

Er klang gelassen. Wie immer. Es schien ihn nicht zu stören.

Natürlich stört es ihn nicht, Svea!

»Okay, das ist gut«, sagte ich und lächelte breit. Doch Will sah mich immer noch nicht an, bekam es also wohl nicht mit. »Danke.

Dann gebe ich das an das Team weiter, und … ähm, wie war denn dein Businesstrip?« Ich hatte das Verlangen, das Thema zu wechseln.

»Nicht sehr ereignisreich«, meinte er, kratzte sich den Nacken und sah endlich wieder zu mir. »Ich war in Berlin. Unser Standort-Manager hat einige Leute entlassen, sodass ich zu den Backfill-Interviews hingereist bin. Wir haben …«

Er redete weiter, doch mein Kopf kam nicht ganz mit. Back… Was? Das Wort hatte ich noch nie gehört. »Ah«, machte ich dennoch und nickte.

Will verstummte sofort und verengte die Augen. »Du hast keine Ahnung, worüber ich rede, oder?«

Mein Lächeln wurde breiter. Ich hätte damit rechnen müssen, dass er es merkte, wenn ich abschaltete. Er redete nicht, um zu reden. Er redete, um etwas zu teilen. »Nicht im Geringsten.«

Er lachte leise. »Warum nickst du dann?«

»Na ja, weil du so in Fahrt warst! Es hat sich wichtig angehört.«

Einige Sekunden lang blinzelte Will mich nur verständnislos an – dann fragte er: »Na und? Ein Gespräch ist nicht dafür da, dass einer redet und der andere nickt.«

Ich zog eine Grimasse. »Ich wollte dich nicht unterbrechen!«

Er seufzte. »Willst du, dass ich es dir erkläre?«

Ich blinzelte ihn verblüfft an. Das hatte mich noch nie jemand gefragt. Steffen mansplainte immer automatisch, um mir ein Gefühl der Unterlegenheit zu geben. Leon bekam einfach nie mit, wenn ich nicht verstand, worüber er sprach. Aber Will … »Klar, gern, du …« Ich brach ab. Nur, weil er es mir erklären würde, hieß das nicht, dass ich es mir erklären lassen musste. »Nein, es interessiert mich überhaupt nicht«, fing ich mich wieder.

»Gott.« Er schnaubte. »Da bin ich ein Wochenende weg, und du lässt dich schon wieder zum Lügen hinreißen.«

»Es war eher Höflichkeit«, verteidigte ich mich sofort. »Aber wenn es dir wichtig ist, dein Arbeitswochenende mit irgendwem zu teilen, höre ich dir trotzdem aufmerksam zu.«

Nachdenklich sah er mich an und neigte den Kopf. »Das würdest du, oder? Aber nein. Monologe halte ich nur unter der Dusche.«

»Wirklich?« Ich grinste. »Da wäre ich gern einmal dabei.«

Er hob eine Augenbraue und beugte sich kaum merklich zu mir vor. »Ist das so?«, wisperte er rau.

Hitze stieg in meine Wangen. »Also, beim Monolog. Nicht bei dir unter der Dusche!«, sagte ich sofort und kniff die Augen zusammen. Was keine gute Idee war, denn mit geschlossenen Augen manifestierte sich das Bild in meinem Kopf noch viel deutlicher! »Du weißt, wie ich das meinte!«, rief ich verärgert stöhnend und rieb mir über die Stirn.

Als ich wieder aufblickte, sah ich das vertraute Halblächeln auf seiner Miene. »Es ist sehr, sehr leicht, dich erröten zu lassen. Und du solltest dir dein Stöhnen wirklich für die Torten- und Balkendiagramme aufbewahren – oder für … Leon. Bis gleich.« Er räusperte sich und lief an mir vorbei in die richtige Richtung.

KAPITEL 18

Mittwoch

Leon
Cool! Natürlich bin ich dabei. Hört sich witzig an. Danke, Sven! 😉

Freitag

Svea
Sag mal, Will … Ist die Gala schick? 😬

Will (Listenbeauftragter)
Definiere schick.

(in Bezug auf Kleidung o.Ä.) modisch und geschmackvoll

Ist das die Google-Definition?

Japp.

Was genau willst du jetzt von mir?

Muss ich ein Kleid anziehen, Will? 😳

Du *musst* überhaupt nichts! Aber ich werde wohl im Smoking aufkreuzen. Meine Mutter meinte, sie redet sonst nicht mehr mit mir.

seufz Na schön. Ich zieh ein Kleid an. 🙄

Ich trug das Kleid von Silvester.

Ich besaß kein anderes, das für eine (in Bezug auf Kleidung o.Ä.) modische und geschmackvolle Gala geeignet war. Auch wenn ich es bereits bereute, mir kein neues, gemütlicheres gekauft zu haben, als ich das direkt am Rhein liegende Grand Red Hotel betrat, in dem Will seinen verspäteten Neujahrsempfang abhielt. Der blaue Satinstoff juckte jetzt schon an meinem Rücken, und andauernd zuppelte ich an meinem Ausschnitt herum, der bei gefühlt jedem Schritt verrutschte.

Ich hatte mir stundenlang den Kopf darüber zerbrochen, was Leon am hübschesten finden könnte, bis ich auf die Uhr gesehen und erschrocken festgestellt hatte, dass mir nicht nur die Geduld, sondern auch die Zeit für eine Hochsteckfrisur fehlte, weshalb ich die Haare einfach offen trug. Nachdem ich an der Kletterwand aus erster Hand erfahren hatte, dass meine Höhenangst noch sehr real war, hatte ich auch auf High Heels verzichtet.

Elisa hatte behauptet, ich sähe zauberhaft aus, und objektiv betrachtet fand ich auch, dass mir Kleid und dezentes Make-up sehr gut standen. Ich kam mir trotzdem wie eine Hochstaplerin vor, die kürzlich noch ein Kürbis gewesen war, bevor eine gute Fee sich ihrer erbarmt und ihr ein paar Räder angeschnallt hatte. Ich konnte nicht einmal genau sagen, warum ich mich in schicker Kleidung unwohl fühlte. Vielleicht, weil ich mich selbst nicht als sonderlich elegante Person empfand und es mir vorkam, als würde ich eine imitieren. Als wäre ich … eine Dose Katzenfutter, die sich bei *Germany's Next Topmodel* beworben hatte.

So oder so kam ich mir seltsam nackt und falsch vor, als ich meine Jacke an der Garderobe abgab und durch die Eingangshalle schlenderte, in der sich bereits einige andere Frauen in Abendkleidern oder Männer in Smokings tummelten, die ich allesamt nicht kannte. Meine Mitarbeiter befanden sich wohl schon drin, und Leon hatte mir vor zehn Minuten eine Nachricht geschickt.

Leon
Tut mir leid, Sven! Ich verspäte mich.
Hab schon mal Spaß ohne mich. 😥

Ein kleiner Ball der Enttäuschung hatte sich bei den Worten in meiner Brust festgesetzt. Aber ich hatte ihm *ab* acht geschrieben. Nicht *um* acht. Ich konnte ihm also keinen wirklichen Vorwurf machen. Er kam. Er hatte sich sehr über die Einladung gefreut und zugesagt. Das war das Wichtigste.

Es gab keinen Esssaal. Es wurden nur Getränke und Kanapees gereicht. Als ich Will gefragt hatte, warum es kein richtiges Essen gäbe, hatte er nur gemeint, dass Sitzpartys immer furchtbar verkrampft und steif seien und er es lieber mochte, wenn alle Gäste ständig in Bewegung waren. Sich mit anderen Leuten als ihren eigenen Grüppchen unterhielten. Tanzten und vergaßen, dass sie mit Geschäftspartnern zusammen waren, nicht etwa mit Freunden.

Also stand der Veranstaltung nur der kleine Vorraum mit Garderobe zur Verfügung, aus dem ich gerade gekommen war, und der große Saal, in den ich jetzt trat … und der mehr als genug war.

Mit offenem Mund blieb ich im Eingang stehen. Der Saal war so groß wie ein halbes Fußballfeld. Nur dass hier viel mehr Menschen herumstanden. Alle Stehtische sowie auch eine einzelne Bühne auf der anderen Seite des Saals und die Bar zu meiner Rechten waren mit waldgrünem Samt überzogen, der Firmenfarbe von *Revolution Green.* Auf den Tischen befanden sich kleine weiße Blumentöpfe mit grünen Sukkulenten. Doch der Boden und die Tische waren nur halb so interessant wie das, was sich über unseren Köpfen befand.

Langsam trat ich vor und legte den Kopf in den Nacken. Es sah aus, als bestünde die Decke aus Glas und würde die Sicht auf den klaren Kölner Nachthimmel preisgeben. Was jeder Kölnerin natürlich direkt verdächtig vorkam, denn Köln besaß keinen *klaren Nachthimmel.* Sterne waren hier in etwa genauso sichtbar wie ehrliche Reue auf dem Gesicht eines Politikers.

Was der Grund war, warum ich zweimal hinsah. Warum ich mit verengten Augen die hohe Decke studierte ... die nicht aus Glas bestand, sondern über und über mit Bildschirmen bestückt war, die die Illusion eines Nachthimmels erschufen. Von der Decke hingen Hunderte runde Lampen, die den Sternenhimmel-Effekt verstärkten und mir das Gefühl gaben, geradewegs in den Himmel zu treten. Oder als würden wir im Freien feiern.

Ein Lächeln zog an meinen Lippen. Sehr passend für eine Outdoorfirma. Ich fragte mich, ob Will das beabsichtigt hatte.

Sanfte Streichmusik drang an meine Ohren, und ich bekam eine wohlige Gänsehaut, während ich den Blick schweifen ließ ... und begeistert feststellte, dass es Livemusik, nicht etwa eine Aufnahme war. Auf der kleinen Bühne am anderen Ende des Saals saß ein Streichquartett. Das war ja fantastisch!

Breit lächelnd wiegte ich mich zu der Musik, während ich mich im Raum umsah. Herr Lindholm stand mit seinem Sohn nahe der Bühne und unterhielt sich gerade mit einem weißhaarigen Mann, den ich nicht kannte. Jasmin und Seb fand ich weiter links. Sie standen um einen der Tische herum, lachten und hatten bereits ein Wein- oder Bierglas vor sich stehen, also beschloss ich, einen ersten Stopp bei der Bar einzulegen, vor der sich eine kurze Schlange gebildet hatte. Kein Wunder. Es gab kostenlosen Alkohol. Für das und Achterbahnen stand jeder gern an.

Ich ließ den Blick weiterschweifen, während ich darauf wartete, bedient zu werden ... bis ich an einem großen, dunkelhaarigen Mann hängen blieb, der mit dem Rücken zu mir stand.

Es war Will. Ich erkannte ihn sofort. An seiner Haltung. An meinem Magen, der hüpfte. An den durchgestreckten Schultern. Der leicht schiefgelegten Haltung seines Kopfes. An dem Prickeln in meinem Nacken. An der Art und Weise, wie er die Hand locker um ein leeres Champagnerglas gelegt hatte. Und daran, wie sein Jackett sich an seine Schultern klammerte.

Ich schluckte und ließ den Blick einen Meter weiterschweifen. Will stand neben einem hochgewachsenen Mann mit raspelkurzen blonden Haaren, der ein um einiges schmaleres Kreuz als Will hatte, dafür aber diverse Zentimeter größer war. Er warf gerade lachend den Kopf zurück, während Will sich leicht drehte. Ich entdeckte nur ein leicht amüsiertes Mundwinkelzucken auf seinem Profil, bis er sich vollends umdrehte und … Mir blieb der nächste Atemzug im Halse stecken.

Denn Will trug tatsächlich einen Smoking. Und Will hatte sich die Haare geschnitten. Und sein Lächeln erreichte jetzt seine Augen.

Mein Herz übersprang einen Schlag, und meine Lippen öffneten sich, während ich ihn anstarrte.

Ich hatte nie verstanden, warum Männer einen Haufen Geld dafür ausgaben, Anzüge maßschneidern zu lassen, aber Scheiße, wenn *das* dabei herauskam, war ich voll dafür. Wer hatte Slim-Fit erfunden – und war er dafür bereits vom Staat belangt worden, weil er eine Gefahr für den Straßenverkehr erschaffen hatte?

Mein Mund wurde trocken, während ich an dem schwarzen, eng anliegenden Jackett hinabsah, bevor mein Blick zurück nach oben schnellte. Denn Krawatten waren überbewertet. Fliegen gehörten um einen Hals. Immer und überall.

Ich schluckte und zwang mich dazu, den Blick abzuwenden.

Gott, ich brauchte wirklich einen Drink. Wo war der Alkohol? Und wo war Leon?

»Was darf es sein?«, fragte der Barkeeper wie auf Kommando, und erleichtert lehnte ich mich gegen den freigewordenen Holztresen. »Weißweinschorle bitte, und …« Mein Blick glitt zu Wills leerem Glas. Ein Lächeln breitete sich auf meinem Gesicht aus. »… haben Sie bunte Cocktails? Am besten einen mit Schirmchen?«

»Haben wir«, erwiderte er perplex.

»Wundervoll. Dann irgendeinen, der pink und lecker ist!«

Mein Wunsch war dem Barkeeper Befehl, und fünf Minuten später schlängelte ich mich mit Wein- und Cocktailglas in den Händen durch den Raum auf Will und seinen Begleiter zu.

Der blonde Mann bemerkte mich zuerst. Er erfasste mich über Wills Schulter hinweg, und als ihm klar wurde, dass ich sie anvisierte, sagte er irgendetwas zu Will, der sich umdrehte ... und mich anstarrte. Er öffnete den Mund, als wolle er etwas sagen, doch nach zwei Sekunden schloss er ihn einfach wieder, während sein Blick noch immer an mir hinabhuschte.

Mein Kopf wurde heiß. Wenn Will mich anschaute, fühlte es sich nie aufdringlich an. Immer zu intensiv, aber nie auf eine unangenehme Art und Weise, die mich nervös gemacht hätte. Bis jetzt.

Denn er sah mich an, als bräuchte er ein paar Momente, um sich daran zu erinnern, wer ich war. Als müsse er erst jeden Zentimeter meines Körpers abtasten, bevor er zuordnen konnte, woher er mich kannte. Und vielleicht war unangenehm nicht das richtige Wort, denn die Nervosität, die meinen Körper flutete, fühlte sich nicht schlecht an. Sie war heiß und kribbelnd und wollte mich lächeln lassen. Nein, sie war nicht schlecht. Nur ... fehl am Platz? So wie ich an diesem Ort.

»Hallo«, meinte er, als ich vor ihm stehen blieb, und riss den Blick zu meinem Gesicht. »Du ... trägst ein Kleid.«

Meine Mundwinkel zuckten. »Ich hab dir gesagt, dass ich ein Kleid anziehen werde.«

»Ja, ich war ... offensichtlich trotzdem nicht darauf vorbereitet«, murmelte er stirnrunzelnd, seine Worte so leise, dass ich mir nicht sicher war, ob ich ihn richtig verstanden hatte, und fuhr sich mit der Hand durch die Haare.

Sie waren an den Seiten kürzer und hingen ihm nicht mehr ganz so weit in die Stirn. Sein Bart hatte eine respektable Länge. Der Kragen seines Hemdes stand leicht von seinem Hals ab, als wäre er immer wieder mit zwei Fingern daruntergefahren. Doch der Rest des Smokings saß makellos … nein, zu eng. Ich fand ihn viel zu eng.

»Du starrst«, informierte Will mich leise, sodass Hitze in meine Wangen strömte.

»Ihr starrt beide ziemlich«, warf der Blonde ein.

Ich ignorierte ihn. Ich war zu sehr mit Starren beschäftigt.

Will räusperte sich und zog die Fliege von seinem Hals. »Guck mich nicht so an.«

»Aber … du hast einen Haarschnitt!«, stieß ich hervor.

Er sah mich düster an. »Den hatte ich davor auch.«

»Keinen erkennbaren.«

Der blonde Mann neben Will lachte leise – was ihm einen vorwurfsvollen Blick von Will einhandelte.

»Was denn?«, fragte er unschuldig. »Sie hat recht. Du lässt dir deine Haare sonst vom Wind frisieren.«

»Der Wind macht wenigstens keine dummen Kommentare!«, erwiderte Will trocken.

»Da kannst du dir nicht sicher sein. Sprichst du Windisch?«, wollte ich unschuldig wissen. Ich brauchte Normalität. Etwas, das mich daran erinnerte, dass wir Freunde waren und es Freunden natürlich auffiel, wenn sie scheiße noch mal heiß waren! Denn Will war … Er musste doch wissen, dass er nicht einfach einen Smoking tragen und erwarten konnte, dass … dass *niemand* ihn anstarrte! Das wäre schlichtweg unrealistisch von ihm. *Unlogisch.*

Das Lachen des Blonden wurde lauter. »Ich mag dich! Hey, ich bin Ben. Sehr erfreut, dich kennenzulernen.« Er streckte mir die Hand entgegen. »Und du bist?«

»Ben?«, fragte ich, und meine Miene erhellte sich, auch wenn ich seine Hand nicht schütteln konnte, da meine beiden noch belegt waren. »Du bist der *Mach ihn eifersüchtig*-Typ.«

Ben runzelte die Stirn. »Der … was?«

Will seufzte. »Ben, das ist Svea.«

»Ah.« Ben warf seinem Freund einen interessierten Blick zu, bevor er hinzufügte: »*Die* Svea.«

»*Die* Svea?«, echote ich und sah Will erwartungsvoll an.

Doch es war wieder Ben, der antwortete. »Na, die Svea, die mit ihm bei Ikea war und es lebend wieder rausgeschafft hat. Ich hab schon eine Menge Geschichten über dich gehört … Ich mag es, dass du anscheinend keine Angst vor Will hast.«

Ich lachte und nahm einen Schluck von meinem Weißwein. »Was für Geschichten? Und warum sollte man vor Will Angst haben?«

»Absolut uninteressant«, sagte Will hastig … und wurde er gerade rot? »Du bist ganz schön durstig, was?«, riss er mich aus meinen Gedanken und deutete auf das zweite Glas in meiner Hand, das mit einer pinken Flüssigkeit gefüllt und einer Cocktailkirsche sowie einem hellblauen Papierschirmchen verziert war.

»Oh, nein. Das ist für dich.« Ich lächelte breit und hielt es ihm hin. »Ich hab gesehen, dass dein Getränk alle ist, und …« Mein Blick schweifte zu Ben. »… dachte, das hier ist eine sehr gute Möglichkeit, etwas zu erledigen.«

Nämlich Punkt zwei von seiner Liste.

Ein Lächeln huschte über Wills Gesicht, während er langsam den Cocktail entgegennahm. »Ich dachte, wir dürfen einander nicht drängen«, flüsterte er kaum hörbar.

»Wenn du dich gedrängt fühlst, tu ich gern so, als wäre es ein Witz!«, sagte ich hastig.

»Was tuschelt ihr da?«, wollte Ben wissen und beugte sich vor. »Und Shit, das Gesöff sieht ja furchtbar aus.« Kritisch beäugte er den pinken Drink. »Soll ich dir lieber einen Whiskey holen?« Er schwenkte sein eigenes Glas, in dem eine bernsteinfarbene Flüssigkeit von einer Seite zur anderen schwappte.

Will kniff die Augen zusammen, nickte dann jedoch bestimmt, bevor er sich leise seufzend umwandte und feierlich sagte: »Ben, ich mag keinen Whiskey.«

»Was?«

»Ich mag keinen Whiskey«, wiederholte Will.

Wie vom Donner gerührt sah sein Freund ihn an. »Wovon redest du?«

»Whiskey schmeckt, als würde man an einem Baum lecken«, stellte Will langsam fest und kratzte sich unangenehm berührt den Nacken. »Dieses pinke Zeug?« Er hob sein Cocktailglas. »Sehr viel leckerer.«

Ben riss die Augen so weit auf, dass ich das Verlangen hatte, mein Weinglas unter sein Kinn zu halten. Um sie aufzufangen, falls sie aus ihren Höhlen sprangen. »Aber ... du trinkst seit fünfzehn Jahren Whiskey mit mir!«

Will rieb sich die Schläfe. »Ich weiß.«

»Und du *magst* ihn nicht?«

»Nope.«

»Ich schenke dir jedes Jahr zum Geburtstag welchen!«

»Und ich hab ihn jedes Jahr an meinen Dad weiterverschenkt.«

»Was zur Hölle?« Entgeistert sah er mich an. Als suche er eine Verbündete in diesen verrückten Zeiten.

»Ich mag Whiskey auch nicht«, stellte ich fest, hob eine Schulter und lächelte Will von unten hinauf an. *Sehr gut gemacht,* formte ich mit den Lippen, bevor ich einen Schluck aus meinem Glas nahm.

»Aber *du* wusstest es?«, fragte Ben ungläubig. »Dass der treulose Bastard hier ihn nicht trinkt ... aber den Cocktail schon.«

»Ach, es kam mal zur Sprache«, sagte ich und zuckte die Schultern.

»*Wann?* Beim jährlichen Pinke-Cocktail-Liebhaber-Treffen?«

Das brachte mich zum Lachen, und als ich zurück zu Will blickte, bemerkte ich, dass er mich ansah. Einen amüsierten Ausdruck auf dem Gesicht und eine Wärme in seinen Augen, die mich schlucken ließ. Er musste aufhören, mich so anzuschauen. Denn manchmal dachte ich ... Ganz manchmal kam es mir so vor, als ob ... als ob ...

»Mach nicht so eine große Sache draus«, meinte Will und wandte den Blick ab.

»Hallo? Entschuldige mal, aber der Kerl, der behauptet, Ehrlichkeit ist der einzig richtige Weg im Leben, hat mich fünfzehn Jahre lang belogen!«, echauffierte Ben sich.

»Es war keine Lüge«, sagte Will sachlich. »Du hast nie gefragt, ob ich Whiskey mag.«

Ungläubig schüttelte Ben den Kopf, bevor er an mich gewandt murmelte: »Siehst du, womit ich es hier zu tun habe?«

»Oh ja.« Ich nickte. »Seine Argumentation ist manchmal ein bisschen schwach, oder?«

Will seufzte. »Svea …«

»Der Bettkasten ist zu eckig, Will?«, erinnerte ich ihn vielsagend.

Er lächelte schief. »Er war schon *sehr* eckig«, murmelte er dann und nahm einen Schluck von seinem Cocktail.

Ich lachte laut, hörte jedoch auf, als ich bemerkte, wie Ben mit verengten Augen zwischen mir und Will hin- und hersah. Doch er sagte nichts, also meinte ich stattdessen zu Will: »Du hast ein Streichquartett besorgt!«

»Ja, und niemand versteht, warum!«, grätschte Ben kopfschüttelnd rein. »Es ist teurer und schlechter als ein DJ.«

Schockiert sog ich die Luft ein. »Das nimmst du zurück.«

Belustigt hob er eine Augenbraue. »Was?«

»Ein DJ drückt auf Knöpfe. Weißt du, wie hart die vier da auf der Bühne gearbeitet haben, um *so* zu klingen?« Ich richtete meinen Zeigefinger auf ihn. »Schäm dich.«

Aus den Augenwinkeln bekam ich mit, wie Will breit lächelte, und mein Magen machte dabei die komischste Verrenkung.

Ich hätte vielleicht doch noch was essen sollen, bevor ich den Weißwein trank.

»Oh, ich schäme mich«, sagte Ben schuldbewusst und beugte sich zu mir vor, bevor er wisperte: »Aber meistens eher wegen anderer Dinge. Allen voran meiner Gedanken.«

Ich prustete.

»Aber Will kann mit klassischer Musik nichts anfangen!«, fuhr Ben unbeirrt fort. »Ernsthaft, ich versteh nicht, warum du sie engagiert hast.«

Will zuckte nur die Schultern. »Wollte mal was Neues ausprobieren.«

»Eine sehr gute Entscheidung«, unterstützte ich ihn. »Nichts ist so schön und sexy wie ein paar gute Streicher.«

»Sexy?«, echote Ben. »Das musst du mir erklären. Ich *weiß*, was sexy ist, und dieser Lärm in meinen Ohren gehört nicht dazu.«

»Du *weißt*, was sexy ist?«, fragte ich lachend.

»Ja. Sieh mich an.« Er deutete an sich hinab und setzte dabei einen so gespielt übertrieben arroganten Blick auf, dass ich nicht anders konnte, als noch lauter zu lachen.

»Also«, fuhr Ben fort. »Falls du mal ein wenig Unterricht in *Sexy* brauchst, ruf mich an! Ich gebe auch Einzelstunden.«

»Ben«, sagte Will schroff. »Hör auf, mit ihr zu flirten.«

Mein Magen zog sich zusammen.

»Warum?«, wollte Ben interessiert wissen.

»Weil es mich nervt«, antwortete er hart, sodass mein Herz einen Hüpfer machte. »Und weil sie …« Er räusperte sich, bevor sein Blick zu mir huschte. »… mit wem anderen hier ist.«

»Ich sehe niemand anderen«, meinte Ben verwirrt.

Wieder wurden meine Wangen heiß, doch bevor ich erklären konnte, dass mein Date sich verspätete, murmelte Will mit Blick über meine Schulter: »Entschuldigt mich, ich muss wen begrüßen.« Sein Blick glitt zu mir. »Ist es okay, wenn ich euch kurz allein lasse?«

»Klar. Ich streite mich weiter mit Ben darüber, warum Whiskey eklig ist und Streicher sexy sind«, erwiderte ich fröhlich, doch meine Stimme hörte sich seltsam dumpf in meinen Ohren an. Vielleicht, weil das laute Klopfen meines Herzens sie übertönte.

»Gut.« Er drückte kurz meine Schulter, bevor er sich an mir vorbei in Richtung Eingang schob. Ich zwang mich, ihm nicht hinterherzusehen. Auch wenn die bloße Stelle, an der er mich berührt hatte, an der kühlen Luft brannte. Auch wenn ich das Gefühl hatte, ein Magnet würde an meinem Hinterkopf zerren und ihn anflehen, sich umzudrehen.

Ich schluckte, und meine Gedanken wurden schwammig. Sie wurden von den Empfindungen meines Körpers übertönt, der mir sagte, ich solle Leon absagen. Solle ihm schreiben, dass er nicht mehr kommen musste. Denn auf einmal wollte ich ihn nicht hier haben.

Ich biss mir auf die Unterlippe und senkte den Blick. Was war *los* mit mir? Ich träumte seit sechs Jahren von einem solchen Abend, und jetzt war er da, und … es war falsch. Alles war falsch.

»Es freut mich wirklich, dich kennenzulernen«, riss Ben mich aus den Gedanken, und der gespielt arrogante Blick war gänzlich aus seinem Gesicht gewichen. Nichts als warme Ernsthaftigkeit war übrig geblieben. »Will hat nicht viele gute Freunde und Freundinnen. Es ist wohl schwer, Freundschaften zu schließen, wenn man so wenig von sich selbst erzählt.«

Überrascht ließ ich meinen Weißwein sinken. »Was meinst du?«

»Na ja. Will ist der privateste Mensch, den ich kenne. Er erzählt nie etwas Persönliches. Wenn du ihn googelst, erfährst du nicht einmal seinen Geburtstag. Er redet nicht über seine Beziehungen oder Gefühle. Er antwortet auf jede persönliche Frage mit: *Darüber möchte ich nicht reden.* Weißt du, wie viele Jahre ich mit ihm befreundet war, bevor ich herausgefunden habe, dass der Kerl stinkreich ist? Fünf! Weil er nie erwähnt hat, wer sein Vater ist und was er macht. Ich bin seit fünfzehn Jahren mit ihm befreundet, seit Beginn meines BWL-Studiums – das ich sehr schnell geschmissen habe, um Jura zu studieren. Und trotzdem hat er mir nicht anvertraut, dass er Whiskey scheiße findet.« Er lachte leise und schüttelte den Kopf. »Es grenzt an ein Wunder, dass er mir von dir erzählt hat. Und ihr seid nur befreundet. Von seiner letzten festen Freundin habe ich nämlich erst erfahren, als es schon fast wieder vorbei war.«

Perplex blinzelte ich ihn an. Das konnte nicht stimmen. Klar, Will war ein eher verschlossener Mensch, aber … er war auch der Kerl, der mir seine persönliche Liste geschickt hatte! Der mir von dem letzten Streit mit seinem Vater erzählt hatte. Der über sein erstes Mal auf der Rückbank eines Audis lachen konnte. Wieso sollte er Ben dann nicht von seiner letzten Freundin erzählen?

Und wer zur Hölle *war* seine letzte Freundin? Und wie lange war sie her? Und wie lange waren sie zusammen gewesen? Und wieso hatte Will *mir* nicht von ihr erzählt?

»Also …« Ben prostete mir zu und zwinkerte. »Schön, dich kennenzulernen. Du musst was Besonderes sein.«

Ich schluckte und senkte den Blick, während ein Kribbeln tief in meinem Bauch einsetzte. Er übertrieb maßlos. Ich war nicht … Will war nicht … Nein. »Ebenso«, murmelte ich und nahm noch einen Schluck von meinem Getränk, während in der kurzen Stille, die zwischen uns entstand, zwei Männerstimmen zu uns herüberwehten.

»… hab gehört, dass er nicht einmal einen Masterabschluss hat! Dass er einfach so, nachdem er fünf Jahre für den Bachelor gebraucht hat, das Zepter der Firma in die Hand gedrückt bekommen hat.«

»Ich hab sogar gehört, dass sein Vater ihn einen Tag vor seinem Tod gefeuert hat und ihm die Firma eigentlich gar nicht hätte vererbt werden sollen. Grant hatte Glück, dass sein alter Herr das Zeitliche gesegnet hat, bevor er das Testament ändern konnte.«

Säure brannte sich abrupt meinen Hals hinauf.

Glück? Er hatte *Glück,* dass sein Vater gestorben war?

Ben verdrehte die Augen. »Nett.«

Meine Zähne knirschten, während der andere Mann meinte: »So ein Business läuft von ganz allein, wenn man es erst einmal geschafft hat. Grant braucht sich mit dieser Gala wirklich nicht so aufspielen.«

Okay, das reichte. Ich wandte mich um und wollte einen Schritt auf die beiden Arschgeigen – das einzige Streichinstrument, für das ich nichts übrighatte! – zu machen, doch Ben hielt mich am Arm zurück.

»Lass mal gut sein«, murmelte er. »Es ist das Aufsehen nicht wert. Will würde nicht wollen, dass irgendein Zwischenfall die Feier überschattet. Vor allem nicht, wenn er indirekt darin involviert ist.«

Ich presste die Lippen zusammen. Er hatte recht. Trotzdem …

»Sie sind auf seiner Feier, essen sein Essen, trinken seinen Alkohol und haben nichts Besseres zu tun, als über ihn herzuziehen? Und es stimmt nicht! Sein Vater hat ihn nicht rausgeworfen. Er hätte nur fast gekündigt.«

Bens Augenbrauen wanderten in die Höhe. »Das hat er dir erzählt?«

»Ja, es … ja«, murmelte ich und wandte den Blick ab. »Und es macht mich so wütend, dass Leute es darstellen, als würde er nicht hart arbeiten.«

»Es stört Will nicht sonderlich.«

»Mich aber!«, sagte ich ungläubig.

Ben lächelte verschmitzt. »Das merke ich. Und hey, wenn du willst, kannst du es Will gern persönlich erzählen. Er kommt zurück. Ich hol mir noch einen Drink. Irgendwer muss hier den Whiskey schließlich leeren, und von euch ist wohl nichts zu erwarten.«

Er warf mir einen letzten, betont enttäuschten Blick zu, bevor er sich zur Bar vorarbeitete und nur einmal kurz innehielt, um Will etwas ins Ohr zu flüstern, der stirnrunzelnd zu mir sah und dann nickte. Aber mir war egal, was er gesagt hatte, mein Blick war an Wills großen Händen hängen geblieben, mit denen er den Hemdkragen von seinem Hals zog. Ich fragte mich unwillkürlich, ob es nur der Stoff war, der ihn einengte, oder der gesamte Abend. Es war seltsam, denn im Gegensatz zu mir passte Will hierher. Er war

Gastgeber der Feierlichkeit. Trotzdem wirkte es nicht, als würde er sich zu hundert Prozent wohlfühlen.

Ich öffnete den Mund, um ihn erneut zu begrüßen und vielleicht genau das zu fragen, doch jemand kam mir zuvor.

»William. Hier bist du.«

KAPITEL 19

Eine kleine, schlanke Frau mit kurzen grauen Haaren, in einem schlichten schwarzen Kleid, hatte gesprochen. Sie stand keine zwei Meter von mir und somit dem Ort, auf den Will zugesteuert hatte, entfernt, doch beachtete mich gar nicht.

»Die Leute wollen wissen, wann du deine Rede hältst«, sagte sie in diesem harschen Flüsterton, den trotzdem jeder im Umkreis von zwei Metern hörte. Ich musste nicht einmal einen Schritt auf sie zu machen, um jedes Wort mitzubekommen. »Ich meine, die Ersten *tanzen* schon, obwohl du dieses Event noch gar nicht eröffnet hast!« Sie schürzte die Lippen und schaute zu den diversen Pärchen, die sich zu irgendeinem Lied von Debussy im Takt wiegten, das ich nur vage kannte.

Ich sah, dass Will seufzte. Sah, wie sich seine Schultern erschöpft hoben und senkten, als würde er diese Unterhaltung heute nicht zum ersten Mal führen. Auch wenn er keinen Ton von sich gab.

»Ich hatte nicht vor, es offiziell zu eröffnen, Mama«, erwiderte er ruhig. »Das hier soll eine lockere Angelegenheit sein. Ein Dankeschön für die tolle Arbeit letztes Jahr. Trotz besonderer Umstände. Es soll Spaß machen. Und Events, die man mit langen Reden einleitet, sind dröge, nicht lustig.«

Die Grauhaarige schüttelte den Kopf. »Man hält eine Rede am Anfang, William. Nicht in der Mitte oder am Ende. Am Anfang. Dein Vater hat sie *immer* am Anfang gehalten! Es ist eine Tradition.«

»Es ist *seine* Tradition. Vielleicht wird das hier meine«, murmelte Will.

Seine Mutter seufzte schwer, bevor sie seinen Arm tätschelte. »William, ich weiß, dass es dir in den Fingern juckt, Dinge zu ändern. *Revolution G … anzupassen,* wie du sagst. Aber wir haben darüber geredet, dass es keine gute Idee ist. Dein Vater wusste, was er tut. Er hatte jahrzehntelange Erfahrung. Du musst nicht versuchen, an ihn heranzureichen. Das ist zu viel verlangt.«

Ich sah, wie sich Wills Kiefer verhärtete.

»Du musst sein Erbe nur vernünftig führen. Warum etwas reparieren, das nicht kaputt ist?«

»Es sollte doch niemals darum gehen, an jemanden heranzureichen, oder?« Die Worte kamen aus meinem Mund, bevor ich sie aufhalten konnte. »Es sollte darum gehen, etwas Eigenes zu erschaffen.«

Beide, sowohl Will als auch Frau Grant, drehten sich zu mir um.

Will wirkte überrascht. Seine Mutter sichtlich verwirrt. Allerdings nicht auf die gute *Warum hat er mich gerade hübsch genannt, obwohl ich ungeschminkt bin und eine Jogginghose trage?*-Art und Weise. Nein. Auf die schlechte *Warum ist ein Zehennagel in meinem Essen?*-Art und Weise. Und ich war in diesem Szenario der Zehennagel.

»Wer sind Sie?«, fragte Frau Grant scharf.

Oh Mann. Ich wusste jetzt, von wem Will seine intensiven Blicke geerbt hatte. Denn ihrer ging mir durch Mark und Bein und erweckte in mir den Wunsch, ein paar hundert Schritte zurückzustolpern und mich als Zehennagel in einem fremden Essen zu tarnen. Aber bevor ich ihre Frage beantworten konnte, sprach Will bereits.

»Svea, das ist meine Mutter. Mama, das ist Svea. Sie ist die Leitung unseres Marktforschungs-Projekts und …« Er zögerte, bevor er sich räusperte und fortfuhr: »Eine Freundin.«

»Soso«, sagte sie und musterte mich kritisch. »Eine Freundin, die dieses Gespräch wirklich nichts angeht.«

Ich biss mir auf die Lippe und nickte. »Das stimmt. Tut mir leid. Ich … hab nur gehört, was Sie gesagt haben und …«

»Sie haben gelauscht?« Sie verengte die Augen.

»Mama, wenn du laut redest, musst du damit rechnen, von anderen als mir gehört zu werden«, murmelte Will eindringlich. »Da kann Svea wahrhaft nichts für.«

Seine Mutter warf ihm einen angesäuerten Blick zu, nickte dann jedoch. »Schön. Alles, was ich sagen wollte: Es wird Zeit für die Rede. Halte sie. Jetzt.«

Sie warf mir einen letzten Blick zu – nicht abschätzig, aber doch kühl und äußerst irritiert –, bevor sie durch den Raum verschwand.

Will schloss einige Sekunden lang die Augen. Er sah nicht wirklich erschöpft oder resigniert aus. Viel eher … nicht überrascht.

Ich öffnete den Mund. Wollte irgendetwas Tröstendes, Freundliches, Unterstützendes sagen, doch bevor auch nur ein Ton über meine Lippen kam, fragte Will: »Willst du tanzen?«

Meine Augenbrauen schnellten in die Höhe, und es fühlte sich an, als würden sie mein Herz mitziehen.

»Tanzen?«, echote ich.

»Ja, du weißt schon.« Er lächelte und nickte nach rechts zur freien Fläche, auf der sich bereits einige Leute tummelten. »Gestik, Mimik und ganzkörperliche Bewegungen, die zusammen mit Musik etwas Wundervolles ergeben?«

Ich musste lachen. »Also, wenn du glaubst, dass das etwas *Wundervolles* ergibt, hast du mich noch nie tanzen sehen.«

»Das riskiere ich«, murmelte er, nahm im nächsten Moment meine Hand und zog mich weiter in den Raum hinein.

Gänsehaut kletterte von dem Punkt meinen Arm hinauf, an dem er seine Finger mit meinen verschränkte, und kaperte meine Lunge, die ihre Arbeit deutlich hektischer verrichtete.

»Äh, Will«, murmelte ich und musste mich davon abhalten, meine freie Hand an meine erhitzte Wange zu legen. »Meine Kollegen sind hier und deine Mitarbeiter, ich … ich weiß nicht, was sie denken werden.«

»Ich weiß es auch nicht«, sagte er unbekümmert. »Und es ist mir herzlich egal. Dir nicht?« Er hielt inne und sah nachdenklich zu mir herab, entzog mir langsam seine Hand …

»Doch«, rutschte es mir heraus, und ich schloss die Finger fester um ihn. »Natürlich ist es mir egal. Es ist nur ein Tanz. Vollkommen harmlos.«

Wills Blick huschte über mein Gesicht und schließlich zu unseren Händen. Über meine Finger auf seinem Handrücken. »Ja. Vollkommen«, sagte er rau und legte die andere Hand an meine Taille. Zog mich näher zu sich heran. Vermutlich müsste er meine Finger loslassen. Die Musik war langsam, aber kein Walzer, diese Haltung also wahrscheinlich nicht richtig – ich hatte keinen Schimmer, mein Tanzwissen beschränkte sich darauf, dass ich *wusste,* dass ich es nicht konnte. Vielleicht müsste seine Hand auf meinem oberen Rücken liegen, meine auf seinem Arm, und ... ach, ich hatte keine Ahnung. Es war mir egal. Alles war mir egal. Wer mich ansah. Wer was dachte.

Falls es fremde Blicke gab, spürte ich sie nicht. Alles, was ich spürte, waren Wills Hand an meiner Taille und seine Finger, die meine umschlossen. Seine Schultermuskeln, die sich unter meiner Berührung anspannten. Von denen ich jeden einzelnen Strang gern nachzeichnen wollte, nur um zu sehen, wo sie anfingen und wo sie endeten.

Will schob seine Hand meinen Rücken hinab. Fächerte seine Finger auf, sodass ich jede einzelne Kuppe durch den dünnen Satinstoff hindurch spürte, während er anfing, sich zur Musik zu wiegen. Nicht im Takt. Nicht im Einklang mit den vier Streichern. Es war, als höre er sie gar nicht. Und als er mit dem Daumen sacht über meinen Handrücken strich, verlor ich sie auch aus den Ohren.

Ich konzentrierte mich auf Wills Kiefer direkt in meinem Sichtfeld. Auf die Hitze seiner Finger. Auf die Wärme, die sich rasend schnell in meiner Brust ausbreitete und tiefer wanderte. Auf mein Herz, das eine Nummer zu groß für meine Rippen schien, während wir uns mehr zur Musik wiegten, als tanzten. Doch es war okay. Die leichten Berührungen und Bewegungen waren ohnehin fast zu viel für mich. Sie brachten sämtliche Nervenenden in Aufruhr, die nicht mehr wussten, wie sie sich zu verhalten hatten. Leider bedeutete das auch, dass nicht viel Konzentration für meine Füße übrig blieb … und ich beinahe über meinen Kleidersaum stolperte.

»Oh, Mist. Entschuldigung.« Hastig ließ ich Wills Hand los, um den Rock zu raffen. »Das Kleid ist zu lang. Ich hätte eigentlich High Heels tragen müssen, aber … nun, dann hätte ich High Heels tragen müssen! Es war also nicht wirklich eine Option, also …« Ich brach ab, denn Will zog meine Hand zurück in seine, während meine Wangen eine Bewerbung für den Job als Feuer schrieben.

»Ich weiß nicht, ob du es merkst, Svea«, murmelte er, beugte sich leicht vor und drückte meine Finger. »Aber ich besitze keinerlei Rhythmusgefühl. Für mich sieht alles, was du da tust, absolut richtig aus.«

Ich musste lachen, biss mir auf die Unterlippe und blickte zu ihm auf. »Rhythmus habe ich. Es ist wirklich nur das Kleid. Es ist eher ein Sitzkleid. Der Ausschnitt verrutscht auch ständig und …« Ich brach ab, denn ein Lächeln breitete sich auf Wills Gesicht aus, das mich vergessen ließ, was ich eigentlich hatte sagen wollen.

»Du fühlst dich sehr unwohl in diesem Kleid, oder?«, fragte er amüsiert.

Ich zog eine Grimasse. »Ja. Aber ich hatte gehofft, es besser zu verbergen.«

»Nun, deine Hoffnung war vergebens.«

Ich lachte widerwillig. »Verrat es niemandem.«

»Ich nehme es mit ins Grab. Ich frag mich nur …« Sein Blick glitt über mein Gesicht. »Ist es das Tanzen? Der Saal? Dein Kleid? Oder … bin ich es, der dich unwohl fühlen lässt?«

»Nicht du.« Die Worte verließen meinen Mund, bevor ich sie davon abhalten konnte. »Nie du.«

Will verhakte seinen Blick mit meinem und nickte. »Das ist … gut«, sagte er leise. »Also, was stimmt nicht mit dem Kleid?«

»Es ist sehr satinlastig. Und schick. Ich …« Seufzend ließ ich die

Schultern sinken. »Ich fühle mich einfach etwas fehl am Platz, wenn ich hübsche Kleider trage.«

Will ließ den Blick an mir hinabgleiten. Als wäre er selbst auch Stoff, den ich mir über den Körper zog. Schließlich schluckte er und sah mich wieder an. »Du brauchst das hübsche Kleid nicht, Svea, um mich jedes Mal aufs Neue, wenn ich dich sehe, vollkommen … unvorbereitet zu treffen. Aber …« Er räusperte sich. Der Ton war ein leises, dunkles Geräusch, das meinen Nacken zum Kribbeln brachte. »Ich würde mir an deiner Stelle niemals Gedanken darüber machen, fehl am Platz zu sein. Du bist hier genau richtig.«

Er verstärkte den Druck seiner Finger an meinem Rücken. Zog mich noch ein paar Zentimeter zu ihm, und ein Schauder lief meine Wirbelsäule hinab. Brachte mein Inneres in Aufruhr.

Denn ich könnte mich daran gewöhnen. An seine Hände auf meinem Körper. So sanft und bestimmt zugleich. Wie Wills ganze Art. Ich fragte mich, wie sie sich unter meinem Kleid anfühlen würden. An meinen Beinen. Meiner Taille …

Ich schluckte. Mir hatte noch nie ein Mann gesagt, dass ihn mein Anblick *unvorbereitet traf.* Und das Gefühl, dass seine Worte in mir lostraten, war ein seltsames, sehnsuchtsvolles Ziehen, das ich so nicht kannte. Ich wollte ihn ansehen, doch hatte gleichzeitig Angst davor, dann nicht mehr aufhören zu können. Also blickte ich über seine Schulter, ließ den Blick schweifen …

»Der Saal ist sehr hübsch«, murmelte ich.

»Ich mag ihn auch. Er heißt Himmelssaal.«

»Passend.«

Ich spürte, dass er nickte. Sein Kinn strich über meine Schläfe und meine Wange.

»Übrigens«, flüsterte er dann, seine Lippen nur Zentimeter von meinem Ohr entfernt. »Nicht, dass es mir wichtig wäre, dass alle Leute es wissen, aber ich hab mein Studium beendet. Ich hab zwei Master. Einen in Controlling, den ich in Neuseeland gemacht habe, und einen in BWL.«

Ich blinzelte verwirrt. »Wie kommst du denn jetzt darauf?«

»Nun, ich weiß, dass meine Mitarbeiter hinter meinem Rücken reden, Svea. Es geht mit dem Job als Chef einher. Es macht mir nichts aus. Ich kenne die Wahrheit. Du …« Ich spürte sein Lächeln an meiner Wange. »Du musst mich also nicht vor ihnen verteidigen.«

Ich biss mir auf die Unterlippe. »Ben ist eine Petze.«

»Ja. Eine ziemliche.«

»Ich mag ihn trotzdem.«

»Ich auch.«

»Warum fällt es dir dann so schwer, dein Leben und deine Gedanken mit ihm zu teilen?«

Will verengte die Augen. »Du hast recht. Er ist *wirklich* eine Petze.«

Ich lachte leise. »Ich meine ja nur. Weißt du, seinen Freunden von seinen Problemen, seinem Alltag und Whiskey-Antipathien zu erzählen, gehört auch dazu, wenn man sich *Ein Privatleben zulegen* will. Ich würde es vielleicht sogar als neues Hobby gelten lassen, dich mehr gegenüber deinen Freunden zu öffnen. Und stehen *Hobbys suchen* und *ein Privatleben zulegen* nicht auf deiner Liste?«

»Mhm. Jetzt weiß ich, warum Ben so beeindruckt von dir war.«

Ich grinste. »Er ist wohl leicht zu beeindrucken.«

»Nein«, sagte er nüchtern. »Überhaupt nicht.«

Mein Magen fühlte sich an, als würde ich eine Stufe auf einer Treppe verpassen, und ich konnte nicht anders, als aufzusehen. »Du übertreibst.«

Er lächelte. »Überhaupt nicht.«

Prustend schüttelte ich den Kopf. »Will, ich möchte dir nicht zu nahe treten, aber …«

»Manche könnten behaupten, dass es *zu nahe getreten* ist, wenn du auf meinem Fuß stehst.«

Ich musste lachen und machte automatisch einen Schritt zurück.

»Das liegt nicht an mir! Das liegt daran, dass du in etwa so gut tanzt, wie ich klettere.«

Ich sah zu ihm auf und bemerkte, dass er mich noch immer ansah. Auf diese intensive, ernste Art und Weise … die überhaupt nicht ernst war, obwohl sein Blick es vermuten ließ. Doch da waren diese amüsierten Lichtsprenkel in seinen dunklen Iriden. Jedes Mal, wenn ich sie entdeckte, fühlte es sich an, als hätte ich ein Geheimnis gelüftet.

»Ich habe keine Ahnung, was du meinst. Klettern kannst du gut. Das Runterkommen hast du nur noch nicht gemeistert.«

Wieder lachte ich, und für einen Moment hatte ich das Verlangen, meine Wange auf seiner Schulter abzulegen. Die Wärme seines Körpers meinen erhitzen zu lassen, bis ich nicht mehr wusste, wo ich anfing und er aufhörte.

Aber ich … sollte nicht.

Warum solltest du nicht?

Wills und meine Füße kollidierten auf ein Neues, und ich grinste. »Wie war das noch? *Gestik, Mimik und ganzkörperliche Bewegungen, die zusammen mit Musik etwas Wundervolles ergeben?*«

»Na ja, im Optimalfall«, erklärte er. »Habe ich nicht erwähnt, dass ich definitiv nicht der Optimalfall bin?«

»Nein!«

»Ich hatte Angst, dass du dann Nein dazu sagst, mit mir zu tanzen. Das konnte ich nicht riskieren.«

Seine Hand glitt höher, sein Daumen über die nackte Haut, wo der Stoff meines Kleides endete, und ich erschauderte.

Wegen seiner Worte. Wegen der Berührung. Wegen … dieses Mannes. Ich öffnete den Mund. Wollte etwas sagen. Irgendetwas von Bedeutung …

»Hey, darf ich abklatschen?«

Eine weitere Berührung gesellte sich zu Wills an meinem Rücken, und ich zuckte zurück.

»Leon«, stieß ich überrascht hervor und ließ reflexartig die Hand von Wills Schulter sinken.

»Hey«, sagte er grinsend. Ich starrte meinen Schwarm von sechs Jahren an, der im dunkelblauen Anzug hinreißend aussah … und hatte doch das Gefühl, jemand schüttete mir einen Eimer eiskaltes Wasser über den Kopf.

»Leon?«, echote Will tonlos und trat einen Schritt zurück. Sah von mir zum Bruder meines Schwagers und zurück – bevor er mich so abrupt losließ, als hätte er sich an mir verbrannt. »Du bist Leon? *Der* Leon?«

Ich blinzelte. Klang er … vorwurfsvoll?

Leon lächelte sein breitestes, charmantestes Lächeln, das mich sonst immer zum Seufzen verleitete. Aber mein Kopf war zu voll und mein Körper kribbelte noch immer und …

»*Der* Leon?« Er zwinkerte mir zu. »Ja, ich schätze, der bin ich.«

Ich schluckte und lachte peinlich berührt auf. Ich hatte vergessen, dass er kam. Ich hatte vergessen, dass er *existierte!*

Wills Blick flog zu mir. Er hatte die Augenbrauen zusammengezogen. »Ich dachte, er kommt vielleicht nicht, weil die Gala vor einer Stunde angefangen hat«, murmelte er.

Ich öffnete den Mund, doch Leon sprach bereits.

»Oh, ja. Ich hatte noch zu tun. Ich bin Geschäftsmann.« Er zauberte eine Visitenkarte aus seiner Jacketttasche und reichte sie Will, der sie wortlos entgegennahm, aber nicht einmal einen Blick drauf warf.

»Entschuldige die Verspätung«, fuhr er an mich gewandt fort. »Bist du sauer? Es tut mir wirklich leid. Es war nur so wichtig, die Bestellung rechtzeitig zu erledigen, und, ehrlich gesagt, wusste ich nicht einmal, ob ich es überhaupt noch schaffe, aber …« Unsicher sah er zu mir.

»Alles gut. Und natürlich hast du es geschafft«, ergänzte ich automatisch. »Weil du es immer schaffst.« Ich lächelte, doch meine Mundwinkel fühlten sich seltsam steif an.

»Ach du Scheiße.«

Verwirrt blinzelte ich und sah zu Will, der gesprochen hatte. Auch wenn es eher ein Ausatmen gewesen war.

»Was hast du gesagt?«

Er räusperte sich. »Ich sagte: Ach du Scheiße.«

Ich öffnete perplex den Mund, doch Leon schien unsere Unterhaltung überhaupt nicht mitbekommen zu haben.

»Sie sind William Grant, richtig?« Seine Augen leuchteten auf. »Ich bin ein großer Fan von Ihnen! Sie tätigen so viele bedeutungsvolle Investitionen! Stimmt doch, Svea, oder?«

Er legte den Arm um meine Schultern und sah mich erwartungsvoll an.

Ich schluckte. »Ähm. Ja.«

Will lachte trocken, während sein Blick zu Leons Hand auf meiner nackten Haut glitt. »Was genau weißt du über die Investitionen, die ich tätige, Svea?«, fragte er dann interessiert.

Meine Wangen wurden heiß. »Na ja, sie sind … gut?«

Will seufzte. Leon lachte und beugte sich dann verschwörerisch vor. »Sie interessiert sich nicht so fürs Geschäftliche wie wir. Apropos, ich würde nachher sehr gern noch einmal mit Ihnen persönlich sprechen. Ich habe ein paar gute Einsichten zur Sprinklerstrategie, die Sie ja gerade benutzen. Außerdem weiß ich als erfolgreicher Versandhausbesitzer, wie man ein paar Stolperfallen aus dem HGB umgehen kann. Wissen Sie, ich habe mein Imperium mit fünfundzwanzig gestartet, wir beide haben eine Menge gemeinsam. Ich habe ein paar tolle Angebote, die Sie mit Sicherheit wertzuschätzen wissen, ich …«

»Sind Sie meinetwegen hier oder für Svea?«, unterbrach Will ihn schroff und sah Leon herausfordernd an. Sie waren etwa gleich groß … aber es wirkte nicht so. Es sah aus, als würde Will auf ihn hinabsehen.

Leon blinzelte ihn verständnislos an. »Bitte was?«

»Ob Sie die Gala besuchen, um Zeit mit *mir* zu verbringen. Oder mit Svea«, wiederholte er so gespenstisch ruhig, dass mein Hals enger wurde.

Was tat er?

»Mit Svea natürlich«, meinte Leon sofort und warf mir einen irritierten Blick zu. »Sie ist schließlich mein Date.« Er zwinkerte mir zu … und ich wurde rot. Nicht weil ich mich geschmeichelt fühlte, sondern weil er es vor Will tat. Und weil Will es sah! Ebenso wie er bemerkte, dass ich rot wurde. Weil er *alles* bemerkte.

»Gut«, sagte Will tonlos. »Dann wüsste ich nicht, was wir zu besprechen haben. Ihr entschuldigt mich.«

Im nächsten Moment wandte er sich um und ließ uns auf der Tanzfläche stehen.

Ich sog meine Unterlippe ein und biss darauf, während die Hitze in meinen Wangen kein Ende fand. Wieso war es so schlimm, dass sie sich kennengelernt hatten? Wieso fühlte es sich so … falsch an?

Alles an dieser Situation. Obwohl es bis vor wenigen Minuten nicht richtiger hätte sein können. Und das, obwohl Will und ich einander auf die Füße getreten waren.

»Er ist ein wenig unhöflich, oder?«, sagte Leon lachend. »Aber na, ich schätze, wenn man reich ist, kann man sich einige Charakterfehler leisten.«

Ich schluckte und sah auf meine Hände, die sich furchtbar kalt anfühlten. »Eigentlich nicht«, murmelte ich.

»Was?« Leon blickte zu mir herab.

»Eigentlich ist er nicht sonderlich unhöflich«, erwiderte ich lauter. »Und dass man viel Geld besitzt, sollte nie eine Ausrede dafür sein, dass man unhöflich ist.«

Leon lächelte. »Du hast recht. Es war ein blöder Spruch. Und es tut mir *wirklich* leid, dass ich dich habe warten lassen.« Er nahm meine Hand, drückte sie kurz, bevor er den Blick anerkennend an mir hinabschweifen ließ. »Wunderschönes Kleid. Ist das neu?«

Ich starrte auf unsere verschränkten Finger und suchte nach einer Ausrede, sie zu lösen. »Ähm, nein. Ich hatte es Silvester schon an.«

»Richtig. Stimmt.« Er nickte. »Willst du tanzen? Ich habe einiges gutzumachen.«

Ohne auf meine Antwort zu warten, nahm er meine Hände, platzierte sie um seine Mitte und flocht seine eigenen Arme zwischen meinen hindurch, damit er sie an meine Hüfte legen konnte.

Leon konnte gut tanzen. Ich *wusste*, dass Leon gut tanzen konnte. Etliche Male hatte ich ihn dabei beobachtet und mir gewünscht, in seinen Armen zu sein, während er mich drehte. In einem Raum, wo alle uns sehen konnten.

Trotzdem fühlte sich alles an unseren Bewegungen falsch an. Trotzdem wurde mein Hals bei jeder Drehung enger. Trotzdem wurde mein Magen schwummriger. Als hätte ich zu viel Kuchen gegessen, bevor ich eine Kirmes besuchte.

Jedes Mal, wenn wir uns erneut im Kreis drehten, lugte ich suchend an ihm vorbei. Konnte Will aber nicht entdecken. Unser Moment war … vorbei. Und das war gut so. Wir waren Listenbeauftragte, nicht mehr.

Okay, das war gelogen. Und diesmal glaubte ich meinen eigenen Lügen nicht. Ich *wollte* ihnen gar nicht glauben.

»Das Kleid schwingt wirklich sehr schön mit«, flüsterte Leon plötzlich so nah an meinem Ohr, dass ich zusammenzuckte.

Ich räusperte mich. Versuchte, mich auf diesen Moment zu konzentrieren. Nicht auf den kaputten mit Will. »Ja? Ich mag das Kleid auch. Ich fühle mich nur nicht immer wohl darin. Ich komme mir dann vor, als würde ich mich verkleiden.«

Leon sah mich an und lächelte. »Du bist wunderschön. Glaub mir.«

Ich versuchte, ebenfalls zu lächeln, konnte aber nur schlucken. Will hatte nicht gesagt, dass ich wunderschön war. Aber irgendwie hatte er mir dennoch das Gefühl vermittelt. Mehr, als es Leon mit seinen Worten tat.

»Ach, es tut gut, dich zu sehen«, meinte Leon und seufzte. »Ich habe heute Morgen einen Kunden verloren. Es war nicht der beste Tag bis jetzt. Aber hier zu sein – mit dir –, hilft. Und vielleicht kann ich ja auch einen neuen Kunden gewinnen.«

Ich nickte, doch war zugegebenermaßen nicht ganz bei der Sache. Wieder sah ich an ihm vorbei. Suchte in der Menge nach dem vertrauten dunklen Schopf, wurde aber nicht fündig.

Was tust du, Svea? Das hier ist alles, was du jemals wolltest. Die Nummer eins auf deiner Liste.

Ich schloss die Augen und nickte … und schüttelte den Kopf.

Ich war verwirrt. Ich fühlte mich, als würde ich in den Armen der letzten sechs Jahre liegen – nur um zu bemerken, dass ihr Griff zu fest war. Dass ich klaustrophobisch in ihnen wurde. Dass sie gar nicht das waren, was sie versprochen hatten zu sein.

»Oh mein Gott, ist das Viktor Salbing?«

»Wer?«, fragte ich irritiert und folgte Leons Blick. Doch ich sah nur eine Traube aus Männern im Anzug oder Smoking.

»Der Glatzkopf mit der roten Fliege. Er ist Geschäftsmann des Jahres geworden, Svea. Wie kannst du das nicht wissen?«, meinte Leon lachend.

Meine Finger verkrampften sich in seinen. »Ich interessiere mich nicht für Geschäftsmänner.«

»Richtig«, sagte Leon abwesend. »Macht es dir was aus, wenn ich mich kurz vorstelle?«

»Ähm …«

Ein Quietschen ertönte, und im nächsten Moment verstummte die Musik. Ich wandte mich um, und jetzt wusste ich, wo Will war. Er stand auf der Bühne.

»Oh, gibt es eine Rede?« Leon griff nach meiner Hand und zog mich näher zum Podium … in Richtung Viktor Salbing.

Will ließ den Blick über die Menge schweifen und blieb damit den Bruchteil einer Sekunde länger an mir hängen als am Rest. Bildete ich mir zumindest ein.

Nein. Er hatte mich vermutlich gar nicht gesehen. Ein Scheinwerfer wurde nun auf ihn gerichtet. Er wurde geblendet und konnte unmöglich Gesichter in der Menge ausmachen.

Leon blieb direkt neben der Geschäftsmann-Traube stehen und ließ mich los.

Ich rieb mir über die Finger und schluckte.

Wieso lief alles … schief?

KAPITEL 20

»Hallo. Mir wurde gesagt, ich muss als CEO von *Revolution G* und Gastgeber dieses Abends eine Rede halten … Also tue ich das wohl.«

Gedämpftes Gelächter füllte den Raum, und es sah aus, als gehöre Will auf eine Bühne. Als wäre er dafür gemacht, Reden vor fünfhundert Leuten zu halten. Doch er fuhr mit zwei Fingern unter seinen Kragen, zog ihn von seinem Hals … Er war nervös. Er war unfassbar nervös. Ich erkannte es in dem kaum merklichen Wippen seines Fußes. In der Art und Weise, wie er die Hände verschränkte. Mein Herz wurde schwer und warm zugleich, und es war mir egal, ob er mich hier sehen konnte. Ich lächelte zu ihm hoch und nickte fest, um ihm wortlos Sicherheit zu geben.

Es war albern. Es war vermutlich nutzlos. Aber ich konnte nicht anders, als es dennoch zu versuchen.

Will räusperte sich und fuhr fort: »Wir alle wissen, dass es nichts gibt, was einen schönen Abend effektiver verdirbt als eine langatmige, langweilige Rede, deswegen möchte ich es kurz halten: Ich bin Ihnen allen sehr dankbar. Das letzte Jahr hat uns vor eine riesige Herausforderung gestellt. Wir … wir alle waren gleichermaßen schockiert über den plötzlichen Tod meines Vaters und …« Er stockte kurz.

Ich starrte ihn an und nickte wieder. Lächelte. *Du kannst das, Will. Es ist alles gut. Du kannst das.*

»… und … wir alle vermissen ihn. Er war ein unvergleichlicher Mann. Ein unvergleichlicher Chef. Ein Visionär, ohne den es nichts von alledem heute geben würde.« Er machte eine ausladende Geste in den Raum hinein. »Er hat ein Loch in der *Revolution-G*-Familie hinterlassen – und ich danke Ihnen allen, dass Sie mir dabei geholfen haben, es das letzte Jahr über zu flicken. Dass Sie so hart dafür gearbeitet haben, dass *Revolution G* trotzdem funktioniert. Danke an alle Mitarbeiter und Mitarbeiterinnen, die aufgefangen haben, was ich in meinen ersten ahnungslosen Wochen als CEO verbockt habe.«

Wieder erklang leises Lachen.

»Danke an alle Geschäftsführer, die geduldig mit mir und meinem Prozess waren. Danke an all die Firmen, Männer und Frauen, die neu dazugekommen sind und uns dabei helfen, uns weiterzuentwickeln. Denn das ist es, was ich tun möchte. *Revolution G* weiterentwickeln.«

Ich sah, dass er schluckte und auf dem Podium die Hände rang.

»Ich werde in den nächsten Monaten einiges ändern. Ich weiß, davor fürchten sich die meisten, aber mein Vater hat immer gesagt: Wenn man etwas als gegeben hinnimmt, dann ist das der Anfang vom Ende. Das gilt für Beziehungen. Familie. Und *Revolution G*. Also …«

»Apropos Veränderung«, wisperte Leon plötzlich neben mir, allerdings laut genug, sodass sich einige der Umstehenden umdrehten. Allen voran die Gruppe an Anzugträgern, denen er sich zuwandte. »Wussten Sie, dass für die Produktion eines DIN-A4-Blattes aus Papier ungefähr zehn Liter Wasser verbraucht werden? Ich habe deswegen mit dem Versandhaus, das ich leite, beschlossen, dass Papier und Karton nicht die Zukunft der Verpackungsindustrie sein können.«

Er zauberte Visitenkarten aus seiner Jacketttasche und reichte sie an die Männer, die der Bühne nun keine Beachtung mehr schenkten, sondern ihn nur verwirrt ansahen.

Hitze strömte in meinen Kopf. *Was tat er?*

»Ich werde einige Umstrukturierungen vornehmen, aber ich versichere Ihnen, dass keine Arbeitsplätze darunter leiden werden«, sagte Will ruhig.

»Außerdem …«, fuhr Leon fort, sodass sich immer mehr Leute zu uns umdrehten, »… setzen wir Fahrradkuriere innerhalb von

Städten ein. Ich weiß, es klingt so, als wäre das nicht effizient. Aber die Erde weiter umzubringen, ist auch nicht effizient, oder?« Er lachte, ich blickte zur Bühne … und diesmal war ich sicher, dass Wills Blick auf uns landete. Dass er genau sah, wer ihm da reinredete. Mein Herz zog sich abrupt zusammen.

»Leon, das ist nicht der richtige Zeitpunkt«, flüsterte ich scharf und berührte ihn am Arm.

Doch er hörte nicht auf mich. Und Will fuhr einfach fort. Aber ich verstand seine Worte nicht richtig, weil Leon mit gedämpfter, aber unfassbar störender Stimme weiter von seinem Geschäft redete … bis ein hochgewachsener blonder Mann zu uns trat. Ben.

Er sah erst mit zusammengepressten Lippen zu mir, bevor er Leon an der Schulter packte. »Hey, Kumpel«, sagte er schroff. »Halt die Klappe.«

Leon schnaubte. »Ich habe nicht mit dir geredet.«

»Du solltest gerade mit *niemandem* reden«, informierte Ben ihn scharf.

»Oh, bitte, es …«

»Leon«, zischte ich genervt. »Sei leise.«

»Svea, die Leute interessiert, was ich zu erzählen habe«, sagte er verärgert. Und jetzt flüsterte er überhaupt nicht mehr.

»Leon …« Gott, ich wünschte, ich wäre ein Maulwurf. Dann könnte ich mich jetzt hastig im Boden vergraben. Aber die Wahrscheinlichkeit, dass ich einfach in Flammen aufging und zu Asche zerfiel, war weitaus höher, denn mein ganzes Gesicht glühte. »Bitte!«

»Niemanden interessiert es«, mischte sich Ben kühl ein.

Leon lachte freudlos. »Junge! Ich habe keine Ahnung, wer du bist, aber ich darf sagen, was ich will. *Wann* ich es will. Ich …«

»Leon, halt verdammt noch mal die Klappe«, fuhr ich ihn laut an. Meine Stimme hallte durchdringend von der Decke wider und dröhnte in meinen eigenen Ohren. Plötzliche, absolute Stille umgab mich … Und alle starrten mich an.

Fuck.

»Ähm, sorry«, murmelte ich verlegen. Mein Gesicht fühlte sich an, als wäre es ein Scheinwerfer. »Ich …«

»Meine Güte«, drang Wills laute, trockene Stimme von vorn zu mir. »Ich hätte nie gedacht, dass meine Reden eine solche Leidenschaft entfachen können.«

Alle lachten, und die Anspannung schien gelöst. Zumindest die im Saal. Die in meiner Brust jedoch …

Was stimmte nicht mit Leon? War er schon immer so … ichbezogen gewesen?

»Aber es ist in Ordnung. Es gibt auch nichts mehr wirklich zu sagen«, fuhr Will unbeirrt fort. »Nichts mehr, als Ihnen noch einen wunderschönen Abend zu wünschen. Die Getränke bleiben bis zum Schluss kostenlos. Das ist es, was alle hören wollten, richtig?«

Erneutes Gelächter und dann Beifall.

Ich presste die Lippen aufeinander und schlug mechanisch die Hände zusammen, während Leon neben mir die Augen verdrehte. »Was für ein Arsch. Aber hey, kostenlose Getränke. Ich hol mir was an der Bar. Möchtest du auch was, Svea?«

»Nein«, sagte ich tonlos und schüttelte den Kopf.

»Na gut.« Im nächsten Moment verschwand Leon – und es war mir egal. Mir war alles egal, außer Wills wie immer gelassener Gesichtsausdruck.

Ich sah, wie er von der Bühne trat, einige ihm zu seiner Rede gratulierten, andere ihm konkrete Fragen zu seinen weiteren Plänen stellten, und er nickte, antwortete höflich … doch sein Kiefer war hart. Und die Hände hatte er in seine Anzughose gestopft. Scheiße.

»Will …«, murmelte ich, als ich mich zu ihm vorgekämpft hatte. »Will, es tut mir leid. Ich wollte nicht deine Rede kaputtmachen …«

Will beachtete mich nicht. Er schüttelte nur kaum merklich den Kopf, warf mir einen einzigen kühlen Blick zu und verschwand dann in Richtung Eingangshalle.

Scheiße!

»Oh, oh«, murmelte Ben, der mir gefolgt war.

Ich kniff die Augen zusammen. Ich verstand ihn. Denn Will war wütend gewesen. Egal, wie lässig er den Tumult auf der Bühne abgetan hatte. Er war wütend.

»Ich rede mit ihm.« Seitlich drängte ich mich an Ben vorbei und folgte Will. Ich würde mich entschuldigen. Es war nur … nur … eine Kleinigkeit.

Mein Herzschlag beschleunigte sich. Das war gelogen. Verdammt!

Die Eingangshalle war leer, als ich sie erreichte. Selbst hinter der Theke der Garderobe stand niemand. Zuerst dachte ich, Will wäre ebenfalls einfach gegangen, doch als die Tür zum Festsaal hinter mir zufiel, erklang seine abgehackte Stimme: »Ich weiß nicht, ob es eine so kluge Idee von dir war, mir nachzulaufen.«

Will befand sich praktisch direkt neben mir. Er lehnte an der Wand zu meiner Rechten, die Arme vorm Körper verschränkt. Und vielleicht war es der Schatten der riesigen, grünen Pflanze neben ihm, aber seine Augen wirkten fast schwarz.

»Gott sei Dank, du bist noch hier«, sagte ich erleichtert und atmete tief durch.

»Natürlich bin ich noch hier, Svea!«, erwiderte er scharf. »Ich bin der verdammte CEO. Es ist nicht so, als könnte ich einfach *weglaufen*, wenn eine Situation kompliziert oder unangenehm wird. Das ist eher deine Expertise.«

Ich runzelte perplex die Stirn. »Was?«

Will seufzte und wandte den Blick ab. »Ist egal. Was genau willst du von mir?«

Ich schluckte, streckte jedoch die Schultern durch. »Ich wollte mich für Leons Verhalten entschuldigen.«

»Du wolltest dich für *ihn* entschuldigen?«, erwiderte er scharf und stieß sich von der Wand ab.

»Ja. Ich …«

»*Du* warst es, die mitten in meiner Rede herumgeschrien hat.«

Ich biss die Zähne aufeinander. »Ich weiß, aber nur, weil er geredet hat und ...«

»Du hast ihn eingeladen, oder nicht?« Er trat einen Schritt auf mich zu und verengte die Augen.

»Ja, aber ...« Irritiert sah ich ihn an. Was hatte das denn jetzt damit zu tun? »Ich hab dich gefragt, ob ich ihn mitbringen darf. Du meintest, es wäre okay!«

»Ich weiß, was ich *meinte*«, sagte er hart, und seine Stimme wurde mit jedem Wort lauter. »Aber wer hätte damit rechnen sollen, dass du seit sechs Jahren in so einen Vollidioten *verliebt* bist? Gott ...«

Mit offenem Mund sah ich ihn an. Seine Worte waren wie Nadeln in meiner Brust. »Entschuldigung?«, fragte ich kühl. »*Was* genau machst du mir hier gerade zum Vorwurf?«

»Svea ...« Er rieb sich mit der Hand über das Gesicht, schüttelte den Kopf, und wenn es möglich war, wurde seine Miene noch düsterer. »Du *wusstest,* wie wichtig der Abend für mich ist! Wie wichtig die Rede für mich war! Du wusstest, dass ich allen erzählen wollte, dass ein paar Änderungen anstehen. Dass ich nicht mein Vater bin ...«

»Ich weiß!«

»Warum zur Hölle bringst du dann den Trottel mit?« Seine Stimme hallte von der Decke wider, und verblüfft schloss ich den Mund.

»Ich wusste nicht, dass er ...« Ich schüttelte verwirrt den Kopf. Will ergab keinen Sinn! »*Was?* Bist du jetzt sauer, dass ich deine Rede unterbrochen oder ihn mitgebracht habe? Ich hab dich verdammt noch mal gefragt, Will!«, fuhr ich ihn an. »Du hast Ja gesagt!«

»Ich *weiß!* Aber was hätte ich anderes tun sollen? Scheiße, Svea, was stimmt nicht mit dir? Was *findest* du an ihm? Wirklich. Ich versuche die gesamte letzte Stunde über, das Rätsel zu lösen, aber es ist unmöglich.«

Mein Magen zog sich bitter zusammen, und ein schaler Geschmack flutete meinen Mund. *Was stimmte nicht mit mir?* War das sein verdammter Ernst? Jetzt war auf einmal doch ich das Problem und nicht Leon?

»Der Kerl interessiert sich nur für sich selbst, Svea! Ich habe zwei Sekunden gebraucht, um das zu wissen. Und das meiste von dem, was er sagt, ist absoluter Unsinn! Wie kann dir das nicht klar sein?« Mit jedem Wort wurde Wills Stimme lauter – und mit jedem Wort wurde ich wütender.

Ich presste die Lippen aufeinander. Er konnte zornig sein, weil Leon sich danebenbenommen hatte, aber er konnte jetzt nicht meine Menschenkenntnis dafür verantwortlich machen! Will *kannte* Leon nicht. Er konnte kein Urteil über seinen gesamten Charakter fällen! »Er ist manchmal eben etwas in Gedanken versunken und vergisst, genauer zu erklären, was er meint. Deswegen versteht man nicht alles«, sagte ich scharf.

»Nein«, erwiderte Will hart und trat bedrohlich auf mich zu, sodass er mich nun um einen Kopf überragte. Die Augen entfachten Kohlen. »Man versteht nicht alles – weil das meiste Blödsinn ist, Svea! Er will gern *wichtig* sein, deswegen sagt er Dinge, die wichtig klingen! Weil er denkt, dass er Leute damit beeindruckt.«

»Oh, bitte!«, rief ich entnervt. »Jetzt bist du nicht nur CEO, sondern auch Psychologe? Du *weißt* nicht, was er denkt! Du bist nicht Leon!«

»Oh, glaub mir, das ist mir jeden verdammten Tag der letzten sechs Wochen sehr bewusst gewesen, Svea!«, erwiderte er bitter, schüttelte den Kopf und fuhr sich mit beiden Händen in die Haare. »Aber er hat gerade während meiner Rede versucht, Kunden zu akquirieren! Indem er Mist erzählt! Warum, zur Hölle, verteidigst du den Vollpfosten?«

»*Ich* war es, die in deine Rede reingebrüllt hat! Das hast du gerade selbst gesagt«, fuhr ich ihn zornig an, und meine Zehen stießen gegen seine. »Das war *nicht* Leon. Also sei auf *mich* wütend!«

»Oh, scheiße, das bin ich!«

»Wundervoll!«, schrie ich, mein Sarkasmus so beißend, dass meine Lippen brannten. »Dann kannst du ja aufhören, ihn anzugreifen.«

»*Du* bist es, die ihn angreifen sollte, Svea!«, erwiderte Will, und die Hitze, die sein Körper ausstrahlte, schlug in Wellen auf meinen. »Er hat sich wie das reinste Arschloch dir gegenüber aufgeführt! Er ist zu spät gekommen, er hat mehr mit mir als mit dir geredet. Er hat dich *benutzt*, um neue Leute kennenzulernen.«

»Nein!« Ich funkelte ihn wütend an. Es war mir egal, ob Will recht hatte. Denn so, wie er es sagte, ließ er mich verdammt dumm fühlen. Und dafür brauchte ich ihn nicht! Das schaffte ich schon allein. »So schlimm war es nicht.«

»Ich hab deinen Kopf noch nie so rot gesehen, Svea!«, fuhr er mich an. »*Du* hast dich miserabel gefühlt.«

»Na und? Es war nicht …«

»Na und?«, donnerte er, und ich zuckte unter seiner lauten Stimme zusammen. »Hörst du dir selbst zu, Svea? Es ist nicht egal, ob *du* dich schlecht fühlst! Es ist nicht egal, was *du* willst. Kein Mann auf dieser Welt sollte dich so behandeln, als wäre es das. Und Leon …« Sein Kiefer knackte hörbar. »Leon nutzt es aus! Dass du so verdammt talentiert darin bist, einen *gut* fühlen zu lassen. Einem das Gefühl zu geben, *alles* schaffen zu können, solange man nur daran glaubt. Und er hat es nicht verdient! Gott … Ich *fasse* nicht, dass du jemals mit dem Idioten geschlafen hast!«

Mit geöffnetem Mund starrte ich ihn an. War das sein Ernst? *Das* machte er mir zum Vorwurf? »Wovon zur Hölle redest du, Will?«, ging ich ihn ungehalten an. »Was hat das eine mit dem anderen zu tun? Ich hab mich dafür entschuldigt, in deine Rede reingebrüllt zu haben. Aber ansonsten habe ich *nichts* falsch gemacht! Ich kann schlafen, mit wem ich will. Ich kann mitbringen, wen ich will … Darauf hast du nicht das Recht, wütend zu sein! Also *warum* in Gottes Namen bist du so sauer?«

Will kniff die Augen zusammen und rieb mit Daumen und Zeigefinger darüber. Doch er sagte nichts.

»Jetzt ist nicht der verdammte Zeitpunkt, um zu schweigen, Will!«, zischte ich zornig und stieß ihn mit den Händen gegen die Brust. »Wenn du mir sagst, dass du nicht drüber reden willst, schubs ich dich …!«

Will fing meine Fäuste ab und presste sie gegen seine Brust, bevor er mich kühl mit seinem Blick fixierte. Ich wollte ihm meine Hände entziehen, doch er hielt sie fest. Langsam trat er vor und beugte sich zu mir herunter, bis ich weder ihm noch seinem Blick ausweichen konnte. Bis seine Füße zu beiden Seiten von meinen standen und ich die harte Wand in meinem Rücken spürte. »Ich bin sauer, Svea, weil du so viel mehr wert bist, als auf einen Kerl zu warten, der dich nicht verdient hat«, flüsterte er gefährlich leise. »Einen Kerl, der dich nicht einmal kennt. Bei dem du dich nicht wohl genug fühlst, um laut wütend zu sein. Den du geschlagene fünf Minuten nur anflüstern, nicht etwa anschreien kannst!«

»Oh, ich habe überhaupt kein Problem damit zu schreien!«, schrie ich und wollte ihn wegdrücken. Weil er mich einengte. Weil er mir keine Fluchtmöglichkeit ließ. Doch Will hielt meine Handgelenke noch immer fest.

»*Fantastisch!*«, erwiderte er hart. »Denn es wird Zeit! Du verkaufst dich verdammt noch mal unter Wert, Svea. Du bist nicht Leons Freundin, du bist seine Cheerleaderin! Scheiße, wie kannst du so lächerlich dickköpfig sein und dir einbilden, dass ihr gut zusammenpasst? Nur weil du seit *Jahren* in ihn verschossen bist, in ein Arschloch, das genau weiß, was du fühlst!«

»*Was?*«

»Er *weiß* es, Svea! Dass du an ihm hängst. Gefühle hast. Er *weiß* es.«

»Das ist Schwachsinn!«, entgegnete ich zornig und zog wieder an meinen Handgelenken. Ich hasste, dass seine Berührung Löcher in meine Haut zu brennen schien. Dass sein Blick mein Herz zum Stolpern brachte. Dass ich seinen Geruch einatmen konnte, der meine Gedanken vernebelte.

»Ist es nicht. Glaub mir«, sagte Will steinern.

Ich schnaubte. »Wenn er es wüsste, würde er mit mir darüber reden.«

»Warum sollte er? Er genießt es doch so sehr. Und du lässt ihn. Scheiße, wenn Leon dich wirklich *wollen* würde, dann hätte er dich bereits! *Warum* lässt du das mit dir machen?«

Meine Augen fingen an zu brennen, und ich schüttelte den Kopf. »Hör auf damit«, flüsterte ich heiser. »Du urteilst über Dinge, von denen du keine Ahnung hast!«

»Weil ich sie nicht *verstehe!*«

»Na und?«, fuhr ich ihn an. »Nur weil du etwas nicht nachvollziehen kannst, heißt es nicht, dass es falsch ist. Nur weil du etwas nicht *logisch* findest, heißt es nicht, dass es *dumm* ist! Nur weil du absolut im Reinen mit deinen Emotionen bist, heißt das nicht, dass ich es sein muss!«

»Das behaupte ich gar nicht, Svea. Ich …«

»Doch, genau das tust du!« Meine Stimme bebte vor Wut, und ich richtete mich zu meiner vollen Größe auf. »Du urteilst über mich. Du erzählst mir, wie dumm es ist, die letzten sechs Jahre zu fühlen, was ich fühle. Dass ich es besser wissen sollte. Dabei haben wir uns versprochen, es *nicht* zu tun!«

Will schüttelte eisern den Kopf. »Ich urteile nicht, ich sage dir die verdammte Wahrheit!«, entgegnete er ungehalten. »Und anscheinend bin ich der Einzige, der das tut, während du dich fröhlich weiter selbst belügst.«

»*Du* bist es gerade, der sich selbst belügt«, sagte ich hitzig und krallte die Finger in sein Hemd. »Indem du dir einredest, dass du wütend auf mich bist, weil ich irrational handele. Dabei bist du verdammt noch mal nur eifersüchtig auf Leon!«

Der letzte Satz traf wie ein Kanonenschuss auf Wände und Decke. Hallte scheinbar tausendfach wider. Dröhnte in meinen Ohren.

Will ließ mich nicht los. Er stand da, seine Hände um meine. Sein Gesicht nur Zentimeter von meinem entfernt. Und der Moment zwischen uns zog sich in die Ewigkeit. War laut und flirrte vor Hitze. Schloss sich wie eine Faust um mein heftig pochendes Herz.

Sein Blick huschte zu meinen leicht geöffneten Lippen. Zurück zu meinen Augen. Mein ganzer Körper kribbelte, wartete …

Bis Will den Mund auf meinen senkte. Er legte beide Hände um meine Wangen, drängte mich gegen die Wand zurück, zog mich auf die Zehenspitzen und küsste mich. Vereinnahmte meine Lippen mit seinen. Nicht sanft, nicht zärtlich. Sondern heiß und drängend. Immer noch wütend. Ich spürte seinen harten Körper an meinem, und Verlangen schwappte in Wellen durch meine Adern. Meine Lunge versagte ihren Dienst. Mein Kopf hörte auf zu funktionieren.

Doch bevor ich reagieren konnte, bevor ich mich auch nur bewegen oder den Kuss erwidern konnte, löste Will sich bereits von mir.

Schwer atmend sah ich ihn an, starrte ihm in die dunklen Augen, während er mit den Daumen sacht über meine Wangen strich. »*Natürlich* bin ich eifersüchtig, Svea«, murmelte er rau. »Stand das überhaupt zur Debatte?«

Er ließ mich abrupt los. Meine Hände fielen zu meinen Seiten, während er zurücktrat und mich noch immer ansah. Mich mit den Händen gehen ließ, aber nicht mit dem Blick.

Bis er sich kopfschüttelnd umwandte und durch die Drehtür verschwand.

KAPITEL 21

Sonntag

Leon
Wo bist du so plötzlich hin, Sven?

Keine weiteren neuen Nachrichten.

Früher als Kind hatte ich geglaubt, dass das stärkste existierende Element auf dieser Erde meine Bettdecke war.

Diamant konnte einpacken! Wolfram konnte ich mit seiner Zugfestigkeit von 1.510 Megapascal nur müde belächeln. Denn wenn ich mich unter meiner Bettdecke zusammenrollte und sie über meinen Kopf zog, konnte nichts auf der Welt mir noch etwas anhaben. Eine Decke aus Diamant hätte wohl eher den gegenteiligen Effekt gehabt, und Wolfram war giftig … also ja. Meine Bettdecke gewann jedes Mal.

Leider hatte nicht mehr alles, was ich früher geglaubt hatte, eine Bewandtnis. Keine Engel lebten in meinem Fernseher, und ich hatte mich schon lange nicht mehr darüber gewundert, dass es in Muh-seen weder Kühe noch Wasser gab, sondern nur eine Reihe alter, langweiliger Gegenstände.

Ich war kein Kind mehr – und meine Bettdecke konnte mich vor nichts mehr außer ein wenig Kälte schützen. Sie half nicht gegen den großen, schwarzen, zitternden Stein in meinem Magen, mit dem ich aufgewacht war. Bewahrte mich nicht davor, von Wills Gesicht zu träumen und den letzten Abend immer und immer wieder zu durchleben. Und mein klingelndes Handy brachte sie auch nicht zum Schweigen.

Stöhnend zog ich die Decke vom Kopf und tastete auf meinem

Nachttisch nach dem fiesen technischen Gerät. Als ich jedoch *Karla* auf dem Display aufblinken sah, drückte ich sofort den roten Hörer. Ich brauchte heute wirklich keine Hilfe dabei, mich schlecht zu fühlen.

Denn es war Sonntag, ich hatte Leon sowie meine Arbeitskollegen einfach auf der Gala stehen lassen, und Skippy der Siebte lief seit fünf Uhr morgens lautstark in seinem Rad. Als trainiere er für den Köln-Marathon.

Und Will hatte mich angeschrien. Und geküsst. Und war dann gegangen.

Natürlich bin ich eifersüchtig, Svea. Stand das überhaupt zur Debatte?

Ich schluckte, rollte mich auf den Rücken und presste auch die zweite Hand auf meine Brust. Mein Herz fühlte sich wund an.

Ich wusste, dass Will mit vielem, was er über Leon gesagt hatte, recht hatte. Auch wenn es nicht stimmen konnte, dass er ahnte, was ich für ihn empfand. Das hätte ich gemerkt! Das war nur die … Ich schluckte. Eifersucht gewesen, die aus ihm gesprochen hatte.

Meine Wangen wurden heiß und etwas Schweres, Süßes sank in meinen Unterleib. Etwas, das ich seit Wochen versuchte zu ignorieren, wenn es um Will ging. Aber es hatte keinen Sinn mehr. Ich spürte seine Lippen noch immer auf meinen – und *liebte* den Gedanken, dass er eifersüchtig gewesen war. Auch wenn es mir gleichzeitig Angst machte.

Ich war seit sechs Jahren in Sicherheit. Hatte meine Sehnsucht gehabt. Mein *Vielleicht wird Leon ja …*

Und ich war halbwegs zufrieden damit gewesen. Weil es nie ein *Nein* gegeben hatte. Immer Hoffnung. Immer die Möglichkeit. Und ein jahrelanges Vielleicht tat weniger weh als ein zur Gänze gebrochenes Herz.

Aber jetzt … interessierte Leon mich nicht mehr. Eigentlich tat er es schon seit Wochen nicht mehr. Freudlos lachte ich auf.

Ich war es so gewohnt gewesen, in ihn verliebt zu sein, dass ich nicht einmal mitbekommen hatte, als es aufgehört hatte. Vielleicht hatte es auch nicht aufgehört. Vielleicht war ich nur in das Gefühl von Sehnsucht verliebt gewesen. In die Vorstellung von etwas Traumhaftem, das sein könnte, aber vermutlich niemals war.

Denn was war schon romantischer als das, was man sich selbst ausmalte? Was nie unsichere Realität werden, sondern immer nur ein wohliges, sicheres, kribbeliges Gefühl bleiben würde.

Aber diesmal wollte ich die Wirklichkeit. Nicht mehr die Lügen, die ich spann. Die ich nicht nur anderen, sondern auch mir selbst erzählte. Und ich hatte das Gefühl, dass Will … dass das zwischen uns, vor dem ich mich seit Wochen fürchtete, es zu benennen, echt sein könnte. Zumindest fühlte es sich echt an!

Und jetzt hatte ich es möglicherweise vermasselt, bevor es überhaupt begonnen hatte. Er hatte mich geküsst – und war gegangen.

Shit, er war so wütend gewesen!

Mein Magen flatterte, und mein Herz schlug wild, und …

Natürlich bin ich eifersüchtig, Svea. Stand das überhaupt zur Debatte?

Ein Lächeln zog an meinen Mundwinkeln. Wer sagte so etwas?

Es klopfte an der Tür, und im nächsten Moment rief Elisa durchs Holz: »Lea und ich frühstücken gleich, kommst du auch?«

»Okay«, erwiderte ich. »Gib mir ein paar Minuten.«

»Bist du verkatert? Wie war denn die Gala gestern eigentlich? Egal, kannst du gleich erzählen.«

Ihre Schritte entfernten sich, und stöhnend schloss ich die Augen. Ich wollte nicht erzählen, was passiert war. Ich wollte nur mit … Will reden.

Erneut klingelte mein Handy, und ich war plötzlich überzeugt davon, dass er es war, der anrief. Dass er persönlich wiederholen wollte, was ich in Gedanken immer wieder abspielte. Dass er über den Kuss reden wollte. Also achtete ich nicht auf das Display, sondern hob einfach ab.

Ich hatte in meinem Leben noch nie so falschgelegen.

»Svea! Ich habe ein Hühnchen mit dir zu rupfen.«

Ich blinzelte und brauchte ein wenig, um zu verstehen, dass das keine dunkle, männliche Stimme war, die ein sexy Hühnchen-Rupf-Date mit mir vereinbaren wollte. Doch als mir klar wurde, wer da sprach, saß ich augenblicklich kerzengerade im Bett.

»Karla?«

»Natürlich! Hast du noch eine andere Schwester? Und wieso hast du uns nichts gesagt?«

Ich blinzelte. »Was?«

»Dass deine Firma ein Familien-Event ausrichtet!«

»Ein … was?«

»Hier steht es. Schwarz auf weiß. *Als teamfördernde Maßnahme ist die gesamte Familie eines jeden Mitarbeiters eingeladen. Wir freuen uns, wenn ihr zahlreich erscheint!*«

Also, entweder war ich heute Morgen ausgesprochen langsam, oder aber Karla gab Kauderwelsch von sich. Zumindest verstand ich nicht ein Wort aus ihrem Mund. »Wozu eingeladen?«, fragte ich verwirrt.

»Na, zu dem Zeltausflug deiner Firma nächste Woche.«

»Du meinst den Abend, an dem wir hinter unserem Büro grillen und dann in Zelten schlafen wollen? Obwohl es März und immer noch arschkalt ist?«

»Ja, genau! Und die Familie soll mitkommen. Das bedeutet, Mama, Papa und ich sind eingeladen.«

»Seid ihr? Um Gottes willen«, rutschte es mir schockiert heraus.

Das war mir neu. Was zur Hölle dachte sich Herr Lindholm dabei? Arbeit und Familie gehörten strikt voneinander getrennt! Das war, als würde man … Blutwurst und Schokoladenpudding kombinieren. Meine Familie war die Blutwurst!

Ich wollte nicht, dass meine Eltern mit meinen Arbeitskollegen sprachen. Oder meinen Chef fragten, warum ich noch nicht befördert worden war. Oder im schlimmsten Fall irgendetwas Privates über mich ausplauderten, was eine meiner Arbeitslügen aufdeckte und mich zum Deppen machte.

Karla räusperte sich. »Mama und Papa haben leider keine Zeit …«

Erleichterung durchströmte mich, und erschöpft ließ ich mich gegen das Kopfteil des Betts sinken. »Oh, das ist ja sch…«

»Aber ich komme gern!«

»…eiße«, schloss ich.

»Was hast du gesagt? Deine Stimme ist gedämpft.«

Ja, das lag daran, dass ich mir die Hand vor den Mund geschlagen hatte.

»Du … kommst?«, krächzte ich.

»Ja. Ich kann einen Abend ohne Mann und Kind gebrauchen. Das wird witzig.«

Ja. Für *sie.*

»Also, gibt es einen Dresscode?«

»Äh …«

»Es gibt keinen Dresscode«, meinte Herr Lindholm einen Tag später und schüttelte den Kopf. »Das soll eine ganz entspannte Affäre werden, die unseren Zusammenhalt stärkt und unseren geladenen Kunden zeigt, was für ein tolles Team wir sind.«

Ich lehnte mich weiter in meinem Bürostuhl zurück und massierte meine pochenden Schläfen. Wenn er unseren Zusammenhalt stärken wollte, sollte er uns alle doch einfach mit Sekundenkleber aneinanderpappen, nicht unsere Familien einladen! Denn nur die *Uhu*-Familie sorgte für stärkeren Zusammenhalt. Ich schien allerdings nicht die Einzige zu sein, der die Sache Kopfschmerzen bereitete.

»Woher haben Sie die Mailadresse meiner Eltern, Harald?«, wollte Seb wissen, der so verdrießlich aussah, dass man meinen könnte, er hätte eben die Geheimzutat in dem Rezept meiner veganen Kekse herausgefunden.

»Sie haben sie als Notfallkontakt eingetragen«, sagte er leichthin.

Oh Mann. Wo war unser Datenschutzbeauftragter? Und warum unternahm er nichts?

»Wir werden grillen, vielleicht eine Partie Völkerball spielen, und wer dann noch Lust hat, kann die Nacht im Zelt verbringen.«

Wer würde Lust haben, auf dem harten Boden zu schlafen?

Jasmin meldete sich. »Aber es ist noch sehr kalt draußen, Harald! Der kalendarische Frühling hat noch nicht begonnen.«

»Ach, kalendarisch, schmalendarisch. Es gibt kein schlechtes Wetter, nur unpassende Kleidung«, tat Herr Lindholm den Einwand sofort ab.

»Ja. Und unpassende Ideen«, murmelte Jasmin neben mir.

Ich unterdrückte ein Lächeln.

»Leute, das wird lustig«, meinte auch Steffen und stand von seinem Platz auf. »*Revolution G* hat uns ein Dutzend Zelte gespendet! Und etliche eurer Familienmitglieder haben schon zugesagt.«

Ja, weil sie hinter unserem Rücken eingeladen worden waren!

»Okay, wir müssen unsere Vorfreude jetzt etwas dämpfen, weil wir in zwei Minuten das *Revolution-G*-Meeting haben«, fuhr Herr Lindholm beschwingt fort. »Aber ich sehe vorrangig Begeisterung, was mich sehr freut.«

Oh Mann. Herr Lindholm brauchte eindeutig eine Brille, wenn er schon Dinge sah, die nicht existierten.

Doch ich hatte ohnehin Besseres zu tun, als mir darüber Sorgen zu machen. Zum Beispiel, meine Spiegelung in dem Glas unseres Konferenzraums zu checken und mit den Händen über meine Haare zu fahren, in dem hoffnungslosen Wunsch, sie so zu glätten und zum Glänzen zu bringen. Normalerweise würde ich mir nicht die Mühe machen. Ich hatte vor langer Zeit eingesehen, dass glänzendes, glattes Haar den Mädchen aus der Shampoo-Werbung – und Karla – vorbehalten war. Aber ich war leicht nervös, weil ich Will wiedersehen würde.

Ich hatte ihm gestern nicht geschrieben. Ich hatte ihm etwas Zeit und Luft geben wollen. *Mir* etwas Zeit und Luft geben wollen. Aber gleich würde er zum Meeting kommen und …

»Ah, Frau Krill, schön, dass Sie hier sind!«

»Ja, ebenso. Ich muss allerdings für Herrn Grant absagen, er hat heute Morgen anderweitige Verpflichtungen.«

Ich fuhr herum und sah Amanda Krill, die Marketingchefin von *Revolution G,* die keine zwei Meter hinter mir auf Herrn Lindholm getroffen war.

»Er … Was?«, rutschte es mir heraus, bevor ich mich davon abhalten konnte, und ich trat auf sie zu.

»Er ist beschäftigt«, erklärte sie gelassen. »Aber ich werde ihn briefen, sobald ich zurück bin. Sollen wir dann?« Ohne abzuwarten, lief sie uns voran in den Konferenzraum.

Ich blieb, wo ich war. Mein Herz sank, während eine Mischung aus Erleichterung und Verzweiflung mich erfüllte. Hatte er wirklich einen anderen Termin? Oder war er meinetwegen nicht hier?

War er noch immer wütend? Brauchte er Abstand? Was dachte er? Was wollte er? Was tat er? Hätte er mir nicht schreiben können, dass er nicht kam? Dann hätte ich am Morgen nicht auf Kaffee verzichtet, um meinen eifrigen Puls niedrig zu halten.

Ich schluckte und fuhr mir durch die Haare. Das war …

»Hey, Svea, soll ich mir … ähm … Notizen machen?«

Ich blinzelte und wandte mich um. Seb stand neben mir und kratzte sich die Wange. Verblüfft sah ich ihn an. »Ja. Das wäre toll.«

»Gut.« Er nickte und lief mir voran in den Konferenzraum.

Immer noch leicht schockiert, folgte ich ihm. Frau Krill und unser Boss saßen bereits an dem Tisch, und so, wie es aussah, erzählte Herr Lindholm gerade von dem großartigen Event am nächsten Samstag.

»Sie müssen natürlich nicht mit uns in den Zelten übernachten. Aber zumindest können wir uns mit Ihren tollen Produkten vertraut machen und uns besser kennenlernen.«

Frau Krill nickte und machte sich ein paar Notizen in ihrem Kalender. »Das gebe ich so weiter.«

»Schön.« Herr Lindholm strahlte. »Wir würden uns sehr darüber freuen, wenn Herr Grant kommt.«

»Ich werde ihn fragen«, versprach Frau Krill und nickte noch einmal, bevor sie den Kalender wegpackte. »Fangen wir an?«

Ein unruhiges Gefühl setzte sich in meinem Magen fest, während ich den Saum meines T-Shirts malträtierte. Er würde nicht kommen, oder? Wenn er heute schon nicht da war?

»Möchte noch irgendwer Tee oder Kaffee, bevor wir starten?«, fragte ich mit heiserer Stimme, auf der Suche nach einer Ausrede, den Raum noch einmal verlassen zu können.

Gott sei Dank waren Marktforscher ein sehr durstiges Volk, sodass ich problemlos in der Küche verschwinden und mein Handy hervorziehen konnte. Eine geschlagene Minute starrte ich einfach nur das schwarze Display an, dann atmete ich zitternd ein, verdrehte über mich selbst die Augen, rief Wills Kontakt auf und tippte:

Svea
Wir haben einander versprochen, dass die Listen unserer Arbeit nicht im Weg stehen werden.

Seine Antwort folgte innerhalb weniger Minuten.

Will (Listenbeauftragter)
Ich habe nicht das Gefühl, dass es die Listen sind, die zwischen uns stehen.

KAPITEL 22

Was immer es war, das zwischen uns stand – es verschwand auch während der nächsten Woche nicht. Hundertmal fing ich an, Will eine Nachricht zu schreiben, in der ich wissen wollte, ob wir nicht reden könnten, und hundertmal löschte ich sie wieder. Denn er hatte kein Drama gewollt, und ich hatte Angst, es herbeizuführen. Er hatte unser Privatleben die Arbeit nicht beeinflussen lassen wollen, und ich hatte Angst, dass das längst passiert war. Doch gleichzeitig war ich wütend auf ihn! Denn er hatte mich geküsst, und jetzt ignorierte er mich, und … was stimmte nicht mit dem Kerl?!

Ich hatte das Gefühl, festzustecken. Nicht zurückzukönnen, aber auch nicht zu wissen, wie es weitergehen sollte, ohne zu viel zu riskieren. Ohne dass ich … ohne dass ich mutig war. Und scheiße, ich war nicht mutig!

Ich hatte als Kind panische Angst vor Graf Zahl gehabt. Hatte nur ungefähr ein Drittel von *Game of Thrones* mitbekommen, weil ich den Rest der Zeit die Augen geschlossen und die Hände auf meine Ohren gepresst hatte. Ich hatte Leon sechs Jahre nicht erzählt, was ich für ihn empfand. Wie sollte mein verwirrtes Herz jetzt innerhalb weniger Tage einen Entschluss fassen?

Ich wusste, was ich wollte, und gleichzeitig hatte ich Angst, es zu bekommen. Angst davor, dass ich für die Realität nicht geeignet war. Dass es eigentlich meine Aufgabe war, den Rest meines Lebens Tagträumen hinterherzuhängen und mit der Sehnsucht nach mehr zu leben.

Ja, ich war über dreißig, aber ich hatte noch nie eine richtige Beziehung gehabt. Nicht wirklich. Kurze Affären, die nur ein paar Monate anhielten, zählten nicht.

Klar, in meinem Kopf hatte ich Hunderte Kerle verführt, die mir nach der zweiten Nacht erzählt hatten, dass sie nicht ohne mich leben konnten. In meiner Vorstellung hatte ich zehntausendmal *Ich liebe dich* gehaucht, bevor ich den heißen Fremden, den ich in der Bahn gesehen, der im Gegenzug aber nicht einmal Notiz von mir genommen hatte, vor meiner ganzen Familie geheiratet hatte. Doch ich hatte mir all das nur ausgemalt und den Fremden in der Bahn natürlich nicht angesprochen.

Und das mit Will, wenn es etwas war … Es würde echt sein. Das wusste ich. Es würde alles sein. Oder nichts.

Und das war ein verdammtes Problem! Denn wir arbeiteten zusammen. Meine Karriere hing von *Revolution G* ab.

Svea, ich mache keine halben Sachen.

Gänsehaut kletterte meinen Nacken hinab, und ich schluckte. Gott, ich hoffte, dass es die Wahrheit war. Denn in manchen Lebensbereichen wäre es von äußerstem Vorteil! Viele Männer verstanden nämlich ausschließlich etwas von *halben* Sachen, nicht von ganzen.

Ich blinzelte und versuchte, die Bilder, die vor meinem geistigen Auge auftauchten, nicht überhandnehmen zu lassen. Auch wenn ich kurzatmig wurde, während ich mir vorstellte, Wills leises, dunkles Lachen direkt an meinem Ohr zu hören. Seine Lippen besitzergreifend auf meinen. Seine Hände um meine Taille, während er mich näher zog. Sein rauer Kiefer, der über meinen Hals glitt …

Aber was, wenn das wieder nur Fantasie war? Wenn er mich bloß gewollt hatte, weil er dachte, dass er mich nicht haben konnte? Wenn er es sich anders überlegte, sobald ich ihm sagte, was ich empfand?

Er war William Grant! Er war heißer Millionär – und so viel mehr als das. Er könnte Frauen auf der ganzen Welt allein mit seinen intensiven Blicken verführen. Und ich war nichts Besonderes!

Scheiße. Die Zweifel nagten an mir wie Skippy der Siebte an seinen geliebten Sonnenblumenkernen. All diese Netflix-Filme, die ich gesehen hatte, logen. Es gab nicht diesen Moment, in dem man sich plötzlich sicher war. In dem einem auf magische Art und Weise der Mut zuflog, alles zu riskieren. Mut, den man sein ganzes Leben lang nicht besessen hatte.

Das Projekt, das ich für *Revolution G* leitete, war unfassbar wichtig für mich. Ich konnte es nicht vermasseln. Und wenn ich etwas mit Will anfing, er es aber nicht ernst meinte …

Oh Gott, aber ich *wollte* ihn. Ganz. Nicht halb. Ich wollte seine Hände. Ich wollte seinen Mund. Ich wollte sein lautes Ich. Sein leises Ich. Seine Brustmuskeln unter meinen Fingerkuppen. Seinen heißen Atem an meinem Ohr. Ich wollte …

»Svea, hast du Sonnencreme aufgetragen? Dein Gesicht ist ganz rot und fleckig!«

Ich zuckte zusammen, und neue Hitze füllte die Freiräume zwischen den Flecken auf meinem Gesicht. Ich war froh, dass meine Schwester keine Gedanken lesen konnte. Das wäre sehr unangenehm gewesen.

»Es ist kaum März, und die Sonne scheint nicht, Karla«, meinte ich und blinzelte in den wolkenverhangenen Himmel. »Ich brauch keine Sonnencreme.«

»Na gut, wenn du meinst. Ich dachte nur, weil dein Gesicht so unfassbar rot ist.« Sie warf mir einen dieser Blicke zu, der mich wissen ließ, dass ich mich blöd verhielt. Aber ich würde ihr sicherlich nicht verraten, *warum* ich so unfassbar rot war. Mein Plan war es, zwei Pflichtstunden hier zu verbringen und dann einen Hamster-Notfall vorzutäuschen.

Ja, ich wollte ehrlicher sein. Aber verzweifelte Situationen erforderten verzweifelte Maßnahmen! Der Nachmittag mit Karla würde anstrengend werden. Das wusste ich – und ich wurde mir immer sicherer, je weiter wir um das Gebäude herumliefen, in dem *Research Intelligence* seinen Sitz hatte. Denn die dahinterliegende Wiese sah aus, als habe eine Horde Pfadfinder sie mit ihren domestizierten Trüffelschweinen und Maulwürfen überfallen. Und sie waren siegreich hervorgegangen.

Ein Dutzend Zelte standen um zwei gigantische Grills herum,

während zu unserer Rechten ein Beet umgegraben und zu unserer Linken Dutzende Löcher in die Erde geschlagen worden waren, bevor man sie mit dicken Holzpflöcken, deren Bedeutung sich mir noch nicht erschloss, gefüllt hatte.

Der Geruch nach Fleisch – vermutlich die Trüffelschweine der Pfadfinder – lag in der Luft, und Kölsche Lieder spielten aus einer Musikbox, obwohl Karneval schon einige Wochen zurücklag. Aber das wunderte mich nicht. Karnevalsmusik war in Köln ganzjährig angemessen.

»Also, wer ist dein Boss?«, wollte Karla wissen und scannte die Umgebung. Die Bierbänke, die hinter den Monumental-Grills aufgestellt worden waren, waren bereits gefüllt mit Menschen. Da war Jasmin, die neben einem älteren Pärchen saß, das fröhlich ein paar Bratwürste verspeiste. Seb saß ihr gegenüber und hatte eine blonde Frau dabei, die ihm verdächtig ähnlich sah.

Unser Boss Harald stand selbstverständlich am Grill. Doch auch er war nicht allein. Stupid-Steffen befand sich direkt neben ihm sowie eine größere, besser aussehende Version von ihm, die geschäftig Burgerpattys wendete und mit Sicherheit ebenfalls den Nachnamen Lindholm trug. Und dann war da noch …

Mein Herz zog sich zusammen, bevor es in dreifacher Geschwindigkeit weiterschlug. Oh mein Gott.

Ich blieb wie angewurzelt stehen.

Er war hier! Will war hier.

Er trug wieder seinen grünen Mantel. Jeans und ein ebenso grünes Langarmshirt darunter … und hatte ich geglaubt, dass er im Smoking gut aussah? Das war Schwachsinn. So sah er am besten aus! Sein Bart ein wenig zu lang, die braunen Haare noch immer kurz, und … oh Shit, er sah herüber.

Mit der Eleganz eines Trüffelschweins sprang ich hinter Karla und klammerte mich an ihren Schultern fest. Ich hatte ihn angeschrien und geküsst. Das letzte Mal, als ich ihn gesehen hatte, hatte ich ihn angeschrien und geküsst!

»Versteck mich!«, zischte ich.

Karla wandte sofort den Kopf zu mir um. »Ich bin viel dünner als du, ich kann dich nicht verstecken«, sagte sie und schnalzte mit der Zunge.

Ich verdrehte die Augen. »Dann breite deine Arme mit deiner Jacke aus, als wolltest du fliegen.«

»Svea, du bist kindisch!«

»Nein, ich bin Teilzeit-erwachsen«, zischte ich. »Und warum hast du deine Arme nicht ausgebreitet?«

»Wer ist der Typ?« Sie ignorierte mich und legte den Kopf schief. Vermutlich, um wie gebannt Will anzustarren. Oh Gott. Wir waren vielleicht doch miteinander verwandt. Dieses eine gemeinsame Hobby hatten wir zumindest.

»Ähm … niemand?«

»Du versteckst dich vor niemandem?«, fragte sie trocken.

»Ich bin eben ein wenig seltsam, was soll ich tun?«, flüsterte ich.

Karla verdrehte die Augen. »Er hat dich längst gesehen – und er sieht ein wenig genervt davon aus, dass du dich hinter mir versteckst. Oder ist er amüsiert? Ui. Sehr intensiv.«

»Was ist es denn jetzt von den beiden?« Ich beugte mich zur Seite, doch bekam nur Wills Profil zu sehen.

»Jetzt guckt er nicht mehr«, informierte mich Karla. »Also, wer ist er?«

»Ein … Freund.« War er das noch, seit ich ihn angeschrien hatte?

Karla runzelte die Stirn. »Du begrüßt deine Freunde auf eine sehr exzentrische Art, Svea.«

»Teilzeit-erwachsene Art«, korrigierte ich sie.

»Wie auch immer.« Sie trat zur Seite. »Hör auf mit dem Blödsinn und komm. Wir begrüßen deinen Chef. Das gehört sich so. Und ich will mich vorstellen. Ist es der Typ am Grill? Er sieht alt genug aus, um dein Chef zu sein.«

»Ja, das ist er, aber …«

Ich blieb, wo ich war. Denn Will stand bei Harald. Und ich hatte mir noch keinen Schlachtplan zurechtgelegt. Was ich als Vegetarierin vermutlich ohnehin nicht sollte, aber …

Karla hakte sich bei mir ein und zog mich mit roher Gewalt über die Wiese. Und scheiße, sie war stark! Nun, sie hielt professionell eine Geige *und* ein Baby, ihr Bizeps sollte mich also nicht wundern. Aber er passte mir überhaupt nicht in den Kram …

»Ah, hallo, Svea!«, begrüßte Harald mich, sobald er mich entdeckte. »Du bist spät dran!«

Vorwurfsvoll sah Karla mich an. »Sind wir?«

»Na ja, es hieß *ab* vier Uhr«, sagte ich hastig. Und da mein Plan war, so wenig Zeit wie möglich hier zu verbringen, waren wir meiner Meinung nach mit Viertel vor fünf sogar noch deutlich zu früh dran.

Harald lachte nur, während der schönere Steffen sich neugierig zu mir umwandte … und ich Wills Blick auf mir fühlte. Ich versuchte, ihn zu ignorieren. *Konnte* ihn nicht ignorieren. Spürte seine Lippen noch immer auf meinen. Also ließ ich es und wandte den Kopf.

»Hey«, murmelte ich und schluckte, überlegte zu lächeln, hatte Angst, dass es gequält rüberkam, nickte deswegen nur.

»Hallo«, erwiderte Will höflich, wie immer vollkommen gelassen … und ich hasste es. Denn seine Stimme klang förmlich. Nicht amüsiert oder eindringlich leise, so, wie ich sie am liebsten mochte.

»Da Svea mich nicht vorstellt: Ich bin Karla, ihre kleine Schwester.« Karla trat strahlend lächelnd nach vorn und gab allen reihum die Hand.

»Steffen, sehr erfreut«, meinte Sohn Lindholm eins und beäugte Karla interessiert. »Ihr zwei seht euch gar nicht ähnlich.«

»Oh, danke«, sagte Karla fröhlich.

Ich blinzelte perplex und zog die Augenbrauen zusammen. Hatte sie sich gerade dafür bedankt, dass sie nicht aussah wie ich?

»Ich bin Kai, Steffens älterer Bruder«, stellte sich Schönling-Steffen vor.

»Will«, sagte Will und ergriff ebenfalls pflichtbewusst Karlas Hand.

»Will«, wiederholte sie und warf mir einen Seitenblick zu. »Also nicht *niemand.*«

Meine Wangen fingen Feuer, und hastig machte ich einen Schritt nach vorn. »Harald, ich wusste gar nicht, dass Sie noch einen Sohn haben.«

Steffen schnaubte. »Tatsächlich? Er kann doch sonst nicht aufhören, über ihn zu reden.«

Harald lachte. »Oh, das liegt daran, dass Kai der Einzige aus unserer Familie ist, der nicht bei *Research Intelligence* arbeitet. Und ich nehme es ihm immer noch übel.«

Er klopfte seinem ältesten Sohn auf die Schulter.

»Ach, ich wollte mir einfach was Eigenes aufbauen«, sagte Kai und zuckte die Schultern. »Für dich zu arbeiten, wäre schön und gut gewesen, aber … wo läge da der Stolz?«

Oh, wow. Wir hatten eine zweite Karla. Mein Blick huschte zu Steffen, der eine Radlerflasche in der Hand hatte und dessen Lippen deutlich verkniffen aussahen.

Oh mein Gott, hatte ich soeben herausgefunden, warum er ein solcher Wichtigtuer war? Lag es möglicherweise daran, dass er sonst nie die Chance bekam zu glänzen? Und er deswegen auf der Arbeit kategorisch so tat, als wäre er der absolute Hammer?

»Das versteh ich sehr gut, ich bin professionelle Geigerin in der Philharmonie hier in Köln, und es ist einfach so erfüllend, sich nur auf sich selbst verlassen zu können.«

Ja, Karla hatte keine zwei Minuten gebraucht, um ihren Job zu erwähnen. Das passte. Doch ich beschloss, mich nicht darüber aufzuregen – und gegen mein Verlangen, Will wieder anzusehen und jede seiner Gesichtsregungen zu lesen, anzukämpfen –, und fragte Harald stattdessen: »Wofür sind die Holzstäbe da vorn?«

»Oh, schön, dass du fragst! Das ist ein Ringwurf-Spiel für Erwachsene! Es wird heute ein paar Programmpunkte geben, und das Spiel ist einer davon. Später am Abend veranstalten wir dann auch noch ein Völkerballturnier.«

Oh nein. »Aber … dafür ist es doch viel zu dunkel«, wandte ich hastig ein.

»Wir haben Flutlichter aufgestellt, die das Feld erhellen werden, keine Sorge!« Der Enthusiasmus, den Harald ausstrahlte, hätte ansteckend sein können – doch ich war in der Schulzeit gegen Völkerball geimpft worden. Die einzigen Bälle, mit denen ich es zu tun haben wollte, waren die aus Märchenbüchern. Ich war einfach nicht gut im Fangen. Oder Werfen. Oder Rennen. Oder Springen.

Leider war ich nicht die Einzige, die das wusste.

»Oh, Svea wird nicht mitmachen wollen«, meinte Karla lachend. »Sie ist absolut unsportlich!«

Harald runzelte die Stirn. »Was?«

Oh, Kacke. Er dachte, dass ich Sport aller Art liebte. »Was sie meint … Mein Verhalten ist unsportlich!«, sagte ich hastig und wusste nicht, ob ich die Situation gerettet oder mich nur als letzten Vollasi hingestellt hatte. »Wenn ich verliere, werde ich richtig wütend.«

Ein leises Schnauben kam von meiner Rechten. Ich fürchtete, es kam von Will. Aber ich konnte nicht riskieren, ihn anzusehen. Das würde die Situation nur verschlimmern. Wie sein Blick, der mich daran erinnerte, dass ich ehrlicher sein sollte.

Ich gab mein Bestes!

Karla sah mich verständnislos an. »Was? Nein, du bist eine sehr freundliche Verliererin. Wovon redest du?«

Ich schluckte. Mist. »Ähm, ich …«

»Ich habe seit zwanzig Jahren kein Völkerball mehr gespielt«, sagte Will ruhig. »Das müssen Sie mir noch mal erklären, Harald. Was sind die Regeln?«

Dankbar sah ich zu ihm hinüber, doch er beachtete mich gar

nicht. Okay, vielleicht war das kein verstecktes Hilfsangebot gewesen. Vielleicht war er immer noch wütend.

»Oh, alles zu seiner Zeit.« Harald drehte sich um und wendete noch ein paar Burgerpattys. »Wir fangen ja nach dem Essen ohnehin mit dem Ringspiel an. Es kann mitmachen, wer will.« Harald lächelte mir zu. »Du bist doch dabei, Svea, oder? Outdoor und Sport vereint. Was will man mehr.«

Gequält lächelte ich.

Ja, was wollte man mehr?

Einiges, dachte ich eine Stunde später, als ich zum fünften Mal versuchte, einen Plastikring über einen Holzstab zu werfen, und kläglich versagte. Ich kam mir dabei vor wie ein äußerst erfolgloser Cowboy, der unbedingt ein Pferd fangen wollte – aber jedes Mal nur mit ein paar trockenen Ästen zurückkam.

»Nicht dein Spiel, oder?«, meinte Karla zweifelnd, nahm mir meinen letzten Ring ab und warf ihn für mich – natürlich direkt über den Fünfzig-Punkte-Stab.

»Hey, klasse«, sagte Steffen beeindruckt. »Deine Schwester hat Talent, Svea!«

Ja, das wusste ich. Und Stupid-Steffen war wirklich die falsche Ergänzung unserer *Mannschaft* gewesen. Die Sache war die: Ich mochte meine Kollegen und Kolleginnen, und sie mochten mich. Wir hatten eine leichte, unkomplizierte, freundschaftliche Beziehung zueinander. Weshalb ich den Großteil der letzten Stunde damit verbracht hatte, Karla so weit weg wie möglich von ihnen zu halten.

Denn ich mochte die Svea, die ich auf der Arbeit war. Trotz Lügen. Trotz fehlender Beförderung. Ich mochte, dass die meisten mich respektierten. Dass sie mich witzig und sympathisch fanden. Dass sie zusammenlegten, um mir ein Geburtstagsgeschenk zu besorgen.

Und die Svea, zu der ich in Karlas Gegenwart wurde? Die respektierte ich nicht einmal selbst. Also wollte ich die beiden trennen. Was so weit ging, dass ich zugesagt hatte, mit Steffen, Harald, Karla und Will eine Ringspiel-Gruppe zu bilden.

Will hatte nur zugesagt, weil Harald darauf *bestanden* hatte. Ich hatte ihm angesehen, dass er lieber fest auf einer Bierbank verankert geblieben wäre. Oder vielleicht wollte er einfach nur nicht mit mir zusammen sein?

Ich schluckte. Ich wusste es nicht. Sein Gesicht sagte rein *gar nichts* aus. Es war wie seine Textnachrichten – völlig ohne Emojis und somit furchtbar nichtssagend. Und mit jeder Sekunde, die wir nicht normal miteinander sprachen, wurde ich unruhiger. Mit jedem Atemzug, bei dem ich seinen Geruch einatmen, ihm aber nicht nah sein konnte, wurde ich unglücklicher. Mit jedem Augenblick, den ich ihn ansehen konnte, er meinen Blick aber nicht erwiderte, wurde ich verzweifelter.

Das hier war furchtbar falsch!

Ich wollte ihn amüsiert seufzen hören. Wollte sein schiefes Lächeln sehen. Wollte Witze darüber machen, dass mir die Ringe schlichtweg zu rund waren und sie deshalb mein Spiel negativ beeinträchtigten. Doch stattdessen befanden wir uns gefühlt Lichtjahre voneinander entfernt, obwohl keine zwei Meter zwischen uns lagen.

Ich hätte gern gesagt, dass das der wirkliche Grund dafür war, warum ich die Ringe mit der Zielsicherheit eines betrunkenen Huftiers warf … Aber das wäre gelogen.

Ich war nicht gut im Zielen. Wenn ich Amor wäre, würde sich auf der ganzen Welt kein einziger Mensch jemals verlieben, weil meine Pfeile allesamt danebengingen.

Karla hingegen war selbstverständlich treffsicherer als ein Scharfschütze mit neuer Brille. Weil sie nun einmal all die sportlichen Gene, die es bei meiner Zeugung nicht durch die Eizelle geschafft hatten (vermutlich, weil sie zu unsportlich gewesen waren), abbekommen hatte.

»Du musst uns wirklich nicht gewinnen lassen, Svea, nur weil wir deine Vorgesetzten sind«, meinte Harald, als ich den nächsten Ring warf und die Stange großzügig verfehlte.

Karla lachte. Sie dachte vermutlich, dass Harald einen Witz gemacht hatte, obwohl ich fürchtete, dass er es ernst meinte. Weil er glaubte, dass meine Ringwurf-Fähigkeiten als bekennende Sportskanone doch um einiges besser sein müssten!

»Ach, Svea hat andere Stärken. Es ist egal, ob sie gut oder schlecht in einem Spiel ist – niemand hat so viel Spaß an der Sache wie sie«, verkündete Karla amüsiert.

Ich hob einen Mundwinkel. Das war tatsächlich ganz nett gewesen. Mir machte es nichts aus, dass ich …

»Wirklich?«, fragte Harald stirnrunzelnd. »Na, ich schätze, man kann nicht in jedem Sport gut sein.«

Oder auch nur in einem. »Mhm«, machte ich und wandte hastig das Gesicht ab. Ich wollte dringend das Thema wechseln. Am besten so, dass Karla nicht mitreden konnte.

»Harald, Sie fahren im April in den Urlaub, oder? Ich hab es gestern im Plan gesehen«, sagte ich. »Wohin geht es denn?«

»Oh, nach Australien! Kai lädt mich komplett ein.« Er lächelte breit. »Er wusste, dass es bereits lange ein Traum von mir ist. Ich wollte schon immer mal mit einem Känguru boxen!« Er lachte laut, und aus den Augenwinkeln bekam ich mit, wie Stupid-Steffen die Augen verdrehte.

Oh, wow. Heute könnte ich mich ja fast dazu durchringen, Mitgefühl für ihn zu empfinden, und es nicht bereuen, aufgehört zu haben, seinen Kaffee mit Skippys Exkrementen zu würzen.

»Ja, ich weiß, du und William werdet mir jetzt sagen, dass ich auch einen Abstecher nach Neuseeland machen sollte«, fuhr Harald beschwingt fort. »Und vielleicht tue ich das sogar spontan. Svea, du kannst mir gern deine Empfehlungen aussprechen! Was muss man in Neuseeland unbedingt sehen? Du hast vermutlich einen besseren Touristenstandpunkt als unser Fast-Einheimischer hier.« Entschuldigend sah er Will an. »Wie lange warst du noch einmal da?«

Erwartungsvoll blickte er zu mir, während Panik ameisengleich durch meine Adern krabbelte.

Vielleicht hörte Karla gerade gar nicht zu, vielleicht würde sie nicht …

»Neuseeland? Wann warst du in Neuseeland?«, fragte meine Schwester verwirrt.

Scheiße. »Oh, damals. Du weißt doch …«

»Svea, du hast Höhenangst, du *hasst* es zu fliegen!«, sagte sie – und einen Moment lang war ich schlichtweg überrascht darüber, dass sie das wusste. Bis mir das Stirnrunzeln von Herrn Lindholm auffiel.

Fuck, Scheiße, Mist. Ich hatte doch gewusst, dass es besser war, Familie und Arbeit zu trennen.

»Höhenangst?«, fragte Steffen und hob die Augenbrauen. »Du gehst gern klettern, aber hast Höhenangst?«

»Ähm, ich *hatte* mal Höhenangst«, sagte ich hastig, stellte mich enger zu Karla und versuchte, ihr auf den Fuß zu treten. Ihr irgendeine Art von Zeichen zu geben, einfach still zu sein. »Aber ich habe sie überwunden.« Zumindest hatte ich das für einen Moment.

»Klettern? Wann geht Svea denn klettern?«, mischte sich Karla ein. Sie blinzelte mittlerweile so irritiert, dass sie mit ihrem Wimpernschlag sicherlich einen Orkan in Portugal lostrat.

»Bitte sei still«, flüsterte ich flehentlich und versuchte, ihr mit großen Augen zu bedeuten, es einfach gut sein zu lassen.

Doch Karlas Irritation schien nur noch zu wachsen. Sie verstand wohl nicht, was ich ihr sagen wollte, denn sie fuhr fort mit: »*Wie* hast du deine Höhenangst überwunden?« Sie prustete. »Svea, du solltest in der zweiten Klasse vom Einmeterbrett springen und hattest solche Angst, dass du dich bäuchlings aufs Brett gelegt und es mit geschlossenen Augen umklammert hast.«

Ich lachte dumpf, mein Kopf eine reife Tomate, bereit, aus dem

Kochtopf genommen zu werden, damit man sie pellen konnte. Und in diesem Moment erschien mir die Option, ein Leben als Tomate zu führen, gar nicht so schlecht. Denn es würde bedeuten, dass ich gerade nicht hier wäre!

Obwohl, nein. Tomaten wuchsen zu weit oben. Gar nicht gut für meine Höhenangst.

»Gott sei Dank wird man erwachsen, was?«, murmelte ich schwach und zog an Karlas Ärmel. Ich wusste nicht, wie ich sie zum Schweigen brachte, damit sie mich nicht vollkommen bloßstellte.

»Ja, alle außer du, Svea«, meinte Karla amüsiert. »Du lebst immer noch in einer Studentenbude.«

Ich presste die Lippen zusammen. Wollte mich verteidigen, wusste nicht, wie. Hatte das Gefühl, dass ich nur noch kindischer wirken könnte, wenn ich Widerworte gab. War, wie immer, wenn es um meine Familie ging, paralysiert.

»Weißt du noch, als du vor ein paar Monaten dachtest …«

»Hast du auch eine Anekdote, die nicht von Svea handelt?«

Mein Herz zog sich zusammen, und Karla verstummte abrupt.

Mit geöffnetem Mund sah ich zu Will, der gesprochen hatte. Doch ich war nicht die Einzige, die ihn anstarrte. Harald und sein Sohn waren ebenso verdutzt und Karla schlichtweg überrumpelt.

»Was?«, fragte sie.

»Ich hab mich gefragt, ob du keine eigenen Geschichten zu erzählen hast«, meinte Will düster. Seine Stimme so ruhig und entspannt wie ein Strand bei Sonnenaufgang, die Hände in die Hosentaschen gesteckt.

»Entschuldigung?«, hakte Karla nach.

»Na ja«, sagte Will tonlos und wandte sich ihr zu. »Du erzählst seit einer halben Stunde eine Anekdote nach der anderen – doch sie handeln allesamt von Svea. Und ich dachte mir: Wenn Svea wollte, dass Leute sie hören, würde sie sie wohl selbst erzählen, oder nicht? Wenn du also eine witzige Geschichte erzählen willst:

Warum nimmst du nicht eine, in der du die Protagonistin bist und nicht deine Schwester? Du redest nämlich über sie, als wäre sie nicht hier.«

Meine Hände verkrampften sich im Saum meiner Jacke. Er ging zu weit!

»Will …«, sagte ich warnend, doch Karla unterbrach mich.

»Svea hat damit kein Problem, oder?«

Das Nein lag mir auf der Zunge. Wäre so einfach gewesen, auszusprechen … Doch mein Blick glitt zu Will, der mich mit zusammengepressten Lippen ansah.

Ich war nicht mutig, aber ich sollte es langsam wirklich werden. Sonst würde ich niemals bekommen, was ich wollte. Es fiel mir so leicht, für ihn einzustehen – es war nur fair, wenn ich auch für *mich* einstand.

»Karla, er hat recht«, sagte ich und hasste, wie dünn meine Stimme klang. Wie bestimmt sich die Worte in meinem Kopf anhörten und wie leise sie stattdessen aus meinem Mund kamen. Also räusperte ich mich und streckte den Rücken durch. »Ich möchte nicht, dass du diese Dinge über mich erzählst. Sie erwecken den falschen Eindruck. Das ist ewig her. Ich bin nicht mehr das Mädchen von damals. Es ist … nicht okay, was du tust.«

Karla sah mich an, als hätte ich mich vor ihren Augen in eine Tomate verwandelt. Eine hässliche noch dazu. »*Was?*« Ihre Wangen liefen dunkelrot an, und hektisch sah sie zu Harald und Steffen, die mich mit ebenso großen Augen musterten.

Die Luft um uns herum schien einen eigenen hektischen Puls zu bekommen. Geschwängert von Entsetzen, Unglaube und Panik. Letzteres kam gänzlich von mir.

Denn hatte ich das gerade ernsthaft laut ausgesprochen?

Vor *allen?* Shit, ich war *ehrlich* gewesen. Oh Gott, welch ein schreckliches Gefühl.

Es fühlte sich an, als wäre ein Stein von meinem Herzen gerollt, nur um schmerzhaft in meinem Magen zu landen. Als hätte ich einen Teil meiner Seele entblößt, den ich seit Jahren gekonnt unter Verschluss hielt. Und jetzt waren all meine Bemühungen umsonst. Denn ich hatte ihn meiner Schwester ins Gesicht gedrückt. Und gleichzeitig war es so erleichternd. Eines der vielen Schlösser in meiner Brust endlich wegzuschmeißen.

Erleichternd und so verdammt beängstigend. Denn ich konnte meine Worte nicht mehr zurücknehmen. Die Ohren der anderen hatten sie bereits verschluckt und würden sie nicht mehr hergeben.

Meine Beine und meine Augenlider fingen an zu zucken, und mein Fluchtinstinkt setzte ein. Er hatte etwas gebraucht – vermutlich, weil er ebenfalls unsportlich und langsam war –, aber jetzt trieb er meine Zunge an.

»Aber trotzdem hätte Will so was natürlich nicht zu dir sagen sollen.« Meine Worte stolperten so schnell aus meinem Mund, dass sie in meinem Kopf zu einer einzigen Aneinanderreihung von Buchstaben verschwammen. »Ich rede besser mit ihm.« Bevor irgendjemand widersprechen konnte, zog ich ihn am grünen Jackenärmel über den Rasen in Richtung der Zelte. Mit einer Energie und Hast, die meine Unsportlichkeit beeindruckt nicken ließ.

»Wie gut bist du in Erster Hilfe?«, zischte ich Will an.

Irritiert sah er zu mir herunter. »Was?«

»Nun, ich frag nur, weil ich vielleicht gleich einen Herzinfarkt bekomme«, erwiderte ich leise und presste mir eine Hand auf die Brust. Mein Herz hämmerte so heftig darin, dass ich fürchtete, es könnte mir ein paar Rippen brechen.

»Kein Problem. Ich fang dich auf und geb dir eine Ohrfeige, dann wirst du schon wieder wach«, meinte er trocken. »Und meiner Meinung nach warst du noch viel zu freundlich.«

Ich lachte freudlos, atmete durch die Nase ein und stieß die Luft durch den Mund wieder aus. »Du hast mich gedrängt! Indem du mich verteidigt hast!«, beschwerte ich mich kopfschüttelnd.

»Ich hab dich nicht gedrängt. Du hättest überhaupt nichts sagen müssen, Svea«, erwiderte er scharf.

»Doch, hätte ich! Weil du Karla angegriffen hast und ich nach ihrer direkten Nachfrage nicht einfach die Klappe halten konnte!« Abrupt blieb ich stehen und strich mir mit zusammengekniffenen Augen die Haare aus der Stirn.

»Sie hat *dich* angegriffen!«, sagte er ungläubig.

»Ich weiß, aber das ist nun einmal ihre Art!«

»Ah.« Wills Miene versteinerte, und langsam verschränkte er die Arme vor der Brust. »So, wie es Leons Art ist, ein Arschloch zu sein?«

Ich biss mir auf die Zunge und starrte angespannt zu Will hoch. »Das ist noch ein Sonderfall!«

Will schnaubte und rieb sich die Stirn. »Natürlich. Viel Glück mit dem Sonderfall.«

Er trat zur Seite und wollte an mir vorbeilaufen, doch meine Hand schoss vor und hielt ihn am Arm fest. Das hier war falsch! Das war nicht das Gespräch, das ich führen wollte!

»Warte«, sagte ich leise. »Will … Können wir kurz reden?«

Will sah auf meine Hand an seinem Arm. »Worüber willst du reden?«

Über … uns. Den Kuss, an den ich nicht aufhören kann zu denken. Das war die Antwort, die ich geben wollte. Doch sie war zu schwer. Zu bedeutsam. »Über letztes Wochenende?«

Ein Muskel sprang an seinem Kiefer hervor. »Ich hatte das Gefühl, du hast alles gesagt.«

Ich schüttelte steif den Kopf. »Hab ich nicht, und wenn du nicht einfach gegangen wärst, dann …«

»Was zur Hölle sollte das gerade?«, durchschnitt eine weibliche Stimme mein Trommelfell, und zu meinem Leidwesen tauchte Karla direkt neben Will auf. Ihr Blick flog zwischen mir und ihm hin und her, bis er an meiner Hand hängen blieb. »Sag mal, verteidigst du mich gerade vor ihm, oder gratulierst du ihm?«, fragte sie ungläubig.

Ich seufzte schwer und schloss die Augen. Ich konnte das gerade nicht gebrauchen. Nicht *jetzt,* da ich endlich den Mut gefunden hatte, mit Will zu sprechen. »Karla, können wir wann anders reden? Ich würde gern ...«

»Svea, er war absolut respektlos mir gegenüber. *Du* auch.«

Ich starrte sie an. Rote Punkte tanzten vor meinen Augen. Mein Zwerchfell schmerzte, weil es zu verdammt anstrengend war, all meine Gefühle unter Verschluss zu halten. Es war plötzlich ... zu viel. Ihr vorwurfsvoller Blick. Ihr gerecktes Kinn. Sie hatte die Pose nicht verdient.

»Nein. *Du* bist es, die respektlos war, Karla«, fuhr ich sie wütend an. Meine Stimme so laut, dass meine Schwester zusammenzuckte. »*Mir* gegenüber. *Du* erzählst eine peinliche Anekdote nach der anderen über mich ... meinen *Arbeitskollegen.* Meinem verdammten Boss! Menschen, vor denen ich professionell aussehen soll! Also hör auf, so zu tun, als wärst du das verdammte Opfer! Denn das bist du nicht. Gott, ich bin es so leid, mich schlecht in deiner Gegenwart zu fühlen und wütend auf dich sein zu müssen. Ich wollte dich nicht hierhaben, weil ich genau wusste, was passieren würde. Aber du musstest dich ja selbst einladen! Aber ich habe *genug.* Du magst besser und erfolgreicher und schöner als ich sein. Aber das gibt dir verdammt noch mal nicht das Recht, es jedem auf die Nase zu binden! Also erzähl mir nicht, wer respektlos ist. Erzähl mir nicht, dass ich dich verteidigen müsste. Denn die einzige Person, die ich gerade verteidigen will, bin ich selbst!«

Karla starrte mich mit offenem Mund und großen Augen an.

Dann wandte sie sich wortlos um und ging.

»Scheiße«, flüsterte ich und rieb mir über die brennenden Augen. Ich war zu hart gewesen. Ich hätte sie nicht so anfahren dürfen. Ich hätte ... »Scheiße.«

»Alles okay«, murmelte Will, und ich spürte seine Hand an meinem Rücken. Sanft und bestätigend.

Doch sanft und bestätigend war nicht das, was ich gerade wollte!

»Nein, ist es nicht!«, fuhr ich ihn an. »Nichts ist okay. Ich gebe mir

Mühe, ehrlicher zu sein. Es besser zu machen. Deinen doofen Wunsch nach *keinem Drama* zu respektieren, aber es ist so schwer, Will! Die letzte Woche war schrecklich, und du hast dich nicht gemeldet, und ich *hasse*, dass du dich nicht gemeldet hast! Aber gleichzeitig frage ich mich den ganzen Tag, ob du noch sauer bist. Was du denkst. Was du willst …« Ich ließ seinen Arm los und rieb mir fieberhaft über die Stirn. Versuchte, meinen flatternden Puls unter Kontrolle zu kriegen. »Es tut mir ehrlich leid! Dass Samstag so eskaliert ist. Es … es tut mir leid, dass wir uns gestritten haben. Aber scheiße, du bist irrational wütend geworden, und es war nicht fair von dir, mir all diese Dinge zu sagen, mich zu … nun, und dann abzuhauen. Und …« Ich stockte, denn mein Blick war auf Wills Gesicht liegen geblieben. »Warum zur Hölle lächelst du jetzt?«

Hastig ließ er die Mundwinkel sinken. »Tue ich nicht.«

Ungläubig öffnete ich den Mund. »Lügst du mich gerade an, *Herr Ehrlich?!*«

»Ich … sorry.« Er rieb sich den Nacken. »Okay, ich habe ein bisschen gelächelt. Aber … ich mag die laut wütende Svea.«

Mein Mund blieb offen stehen. »Das ist ja schön für dich! Wenn du gern angeschrien wirst – kein Problem! Sag mir einfach noch ein einziges Mal: *Ich will nicht darüber reden,* und ich mach deinen Tag zu etwas ganz Besonderem!«

Wieder zuckten seine Mundwinkel, doch diesmal versuchte er nicht, es zu verbergen. »Ich meine ja nur: Die laute Svea ist sehr viel ehrlicher als die leise. Und ich bin nicht mehr sauer. Nicht auf dich zumindest. Du hast recht. Ich war irrational wütend, und ich kam nicht ganz mit der Situation klar. Ich kenne es nicht von mir, dass ich so reagiere, wenn …« Er brach ab und schüttelte den Kopf. »Mir tut es auch leid. Ich hätte dich nicht so … überfallen dürfen.« Er räusperte sich und rieb mit der rechten Hand über die Fingerknöchel seiner linken. Schluckte. »Es war nur der Gedanke, dass …« Er seufzte und schloss kurz die Augen. »Du und Leon. Seid ihr beide …«

»Nein«, unterbrach ich ihn entgeistert. »Nein, nein. Wir sind nicht … Nein. Ich bin nach unserem Streit direkt nach Hause gegangen. Ich hab seit einer Woche nicht mehr mit ihm geredet. Wollte ich gar nicht.«

Wills Blick glitt forschend über mein Gesicht, und aus den Augenwinkeln sah ich, wie er das Band seiner Kapuze zwischen den Fingern drehte.

Mein Mund wurde trocken. Oh mein Gott – war er *nervös?*

Ich schluckte, während mein Herz aufgeregt flatterte. »Mann, diese Listensache ist doch um einiges intensiver als gedacht, oder?«, flüsterte ich.

Will nickte. Sah mich noch immer an.

»Weißt du, sie setzt mich unter Druck«, fuhr ich leise fort. »Dir mag die Liste abzuarbeiten, *Vergnügen* bereiten, aber für mich ist sie *hart*. Sehr anstrengend.«

»Ich finde die Liste auch hart«, erwiderte er dunkel. »Die Zeit mit dir ist das Vergnügen, Svea. Nicht die Punkte abzuarbeiten.«

Ich starrte ihn an. Unfähig zu sprechen, während mein Herz wuchs. Während mein Hals enger wurde. Gefüllt mit einem sperrigen Gefühl, das zu groß für meinen Körper schien.

Will räusperte sich und wandte den Blick ab. »Es tut mir leid. Ich …« Er rieb sich den Nacken. »Vergessen wir es einfach? Den ganzen Samstagabend?«

Ich schluckte … Doch dann schüttelte ich den Kopf. »Ich möchte es nicht vergessen.«

Überrascht hob er die Augenbrauen. »Nein?«

»Nein. Ich …« Ich blickte auf meine Hände, holte tief Luft … »Will – sollen wir gehen?«

»Was?«

»Willst du …« Ich schluckte. »… gehen?«

»Gehen?«

»Ja.« Ich nickte. »Bevor dieses bescheuerte Völkerballturnier anfängt. Ich wohne in der Nähe, und … na ja, wir könnten ein paar

Sektflaschen mitschmuggeln, und ich bring dir bei, wie du einen Korken knallen lässt? Es ist nur fair. Du hast mir doch gerade bei einem Punkt auf der Liste geholfen.«

Einige Sekunden lang sah Will mich nur an. Ließ seinen Blick langsam über meine Züge streifen. Vorsichtig. Als wolle er keine Spuren hinterlassen. Doch das tat er. Mit jeder weiteren Sekunde, in der ich mit ihm zusammen war.

Schließlich wisperte er: »Ich würde nichts lieber tun. Wo ist der Sekt?«

KAPITEL 23

Meine Wohnung wirkte viel kleiner mit Will darin als ohne. Die Decke schien niedriger. Die Wände enger. Und ich wusste nicht, ob es an seiner Größe lag oder an seiner Präsenz.

Vielleicht war es auch nur meine Nervosität.

Es hatte etwas furchtbar Intimes an sich, Will in meinem Wohnzimmer stehen zu sehen. Zwischen all diesen privaten Dingen. Mit seinem aufmerksamen Blick, der meine Knie weich werden ließ.

Er hatte seine Jacke und Schuhe ausgezogen und trug nun nur noch schwarze Jeans und sein dunkelgrünes Langarmshirt, das eng an Schultern und Armen anlag, bevor es locker an seinem Rumpf hinabfiel. Kurz: Es lenkte ab und half mir wirklich nicht, meinen Puls zur Ruhe zu ermahnen. Nur für den Fall, dass meine körperliche Überanstrengung nichts mit Will, sondern bloß mit all den Treppenstufen, die zu Elisas und meiner Wohnung hochführten, zu tun hatte, lehnte ich an der Theke der offenen Küche neben den drei Sektflaschen, die wir von einem der Tische auf dem Firmenevent hatten mitgehen lassen. Doch auch bei minimaler körperlicher Anstrengung beruhigte mein Atem sich nicht.

Meine Haut war erhitzt. Eine Mischung aus Nervosität, Vorfreude, Panik und … Erwartung. Mein Herz klopfte, als hätte es es eilig. Mein Nacken prickelte, als würden raue Finger darüberstreichen, und es machte mich wahnsinnig, dass Will seelenruhig den Blick schweifen ließ. Dass er anscheinend jede Einzelheit des Raumes einfing, so wie er immer jede Einzelheit von mir einfing.

Er betrachtete die zusammengewürfelten Möbel. Den alten hölzernen Esstisch. Die Tür zum Balkon. Das *Dark*-Poster an der Wand. Die Küchenanrichte … Dabei gab es wirklich nicht viel zu sehen!

»Ich weiß, es ist etwas klein …«

»Ich liebe es«, unterbrach er mich.

Neue Hitze kaperte meine Wangen. »Was?«

Diese Worte aus seinem Mund …

»Es ist du«, erklärte er lächelnd und drehte sich langsam um die eigene Achse. »Sehr … du.«

Ich lachte. »Leicht chaotisch, meinst du?«

»Nein«, meinte er abwesend. »Sehr warm. Freundlich. Besonders.«

Ich schluckte und schob mich näher an die kühlen Sektflaschen. Es erschien mir dringend notwendig.

»Wo ist das berühmte Kandinsky-Poster? Und wo sind die pornografischen Figuren deiner Mutter, die mir versprochen wurden?«

Meine Mundwinkel zuckten, und ich verlagerte mein Gewicht. »Kandinsky liegt unter meinem Bett und verstaubt. Die Figuren meiner Mutter stehen in einer Kiste neben dem Mülleimer. Also fast da, wo sie hingehören.«

Er lächelte sein schiefes Lächeln … Und ich hatte es vermisst, ging mir auf. Ihn zum Lachen zu bringen. Dieses Gefühl von *Richtigkeit* in meiner Brust, wann immer er mich so ansah.

»Hast du die Uhr selbst gebastelt?« Er nickte zu der Schallplatte über meinem Kopf, an der ich Uhrzeiger angebracht hatte.

»Oh, ja.«

»Welche Schallplatte musste dafür draufgehen?«

»Ich weiß es nicht. Ich hab sie ohne Hülle auf dem Sperrmüll gefunden.«

»Mhm.« Er trat um den Esstisch herum und kam auf mich zu. »Ich mag, dass sie kein Ziffernblatt hat und man richtig dafür arbeiten muss, sie zu lesen.«

Ich musste lachen, und ein Teil der Anspannung fiel von mir ab. Ein Teil der Nervosität, die sich die letzte Woche über aufgebaut hatte, verpuffte einfach. Weil es so unendlich schwer für mich war, mich in Wills Gegenwart nicht wohlzufühlen.

»Na ja, dank all dieser Digitaluhren kann kaum noch ein Kind vernünftig die Uhr lesen«, erklärte ich. »Es ist praktisch ein Bildungsauftrag.«

»Ah ja … Und wie viele dieser armen Kinder kommen hier so vorbei?«

»Nun, mein Neffe …«

»Wie alt ist der?«

»Er wird demnächst eins.«

»Ja, da sollte man sich langsam Gedanken darüber machen zu lernen, eine Uhr zu lesen«, bestätigte Will todernst.

Ich grinste. »Apropos lernen … Warum hast du ein Problem damit, einen Sektkorken knallen zu lassen?«

Will lehnte sich neben mich und tippte mit den langen Fingern gegen das Glas der Sektflasche, die ihm am nächsten stand. Und ich erwischte mich dabei, wie ich neidisch auf sie wurde. Weil sie von ihm berührt wurde und ich nicht. Weil seine rauen Fingerkuppen über ihre glatte Oberfläche fuhren, aber nicht über meine Haut.

Oh Gott. Hitze sank in meinen Unterleib, und mein Atem wurde schwerer. Eifersüchtig auf eine Sektflasche. Wie weit sollte es noch kommen?

Ich blinzelte mir die Gedanken aus dem Kopf und konzentrierte mich auf Wills Gesicht, das zu einer griesgrämigen Grimasse verzogen war, die mich noch breiter grinsen ließ.

»Okay, ich sag es dir. Aber du musst versprechen, nicht zu lachen.«

»Oh, das kann ich nicht«, erwiderte ich ernst. »Nicht, wenn ich ehrlich sein soll. Lachen zu unterdrücken, ist auch eine Art der Lüge.«

Er lachte leise. »Kleine Klugscheißerin. Aber schön: Ich habe Angst davor, einen Korken knallen zu lassen … weil ich mich nicht gern erschrecke.«

Ich blinzelte. »Entschuldigung, was?«

»Oh Mann.« Er rieb sich mit der Hand übers Gesicht. »Es geht nicht um den Korken. Es geht um den Knall. Ich habe ein Problem mit Dingen, die … einen Knall machen.«

»Was?«

Stöhnend legte er den Kopf in den Nacken. »Okay, ich werde vollkommen ehrlich sein, und du darfst die Informationen, die ich dir jetzt gebe, niemals gegen mich verwenden.«

Meine Mundwinkel zuckten. »Einer Frau, die einen Knall hat, deine Angst vor Dingen, die einen Knall verursachen, anzuvertrauen, finde ich persönlich sehr mutig, aber okay.«

Er schnaubte amüsiert. »Ach, man kann im Leben nichts gewinnen, ohne mutig zu sein. Also: Ich hab im Oktober Geburtstag, und als ich sechs war, hatten meine Eltern die großartige Idee, mir eine Halloween-Geburtstagsparty zu schmeißen. Sie haben das obere Stockwerk unseres Hauses quasi in ein Gruselkabinett umgebaut und dann mich und meine Freunde nacheinander durchgeschickt. Meinem Vater hat es viel zu viel Spaß gemacht, Kinder zu erschrecken. Aber so richtig getraut hat er sich nur bei mir.« Er zog eine Grimasse. »Ich bin also durch die einzelnen Zimmer gelaufen, habe mich zu Tode gegruselt, dachte, es wäre endlich vorbei, als ich in meinem Zimmer, unserem Zielraum, angekommen bin … als mein Dad direkt neben mir einen Luftballon hat platzen lassen. Ich hab mich derart erschrocken, dass ich in Ohnmacht gefallen bin.«

Ich konnte nicht lachen. Ich konnte es ihm nicht antun. Aber gegen mein Schmunzeln war ich machtlos.

»Du bist ein großer Fan von Horrorfilmen, oder?«, meinte ich unschuldig.

Er schnaubte. »Horrorfilme sind mir egal. In denen knallt es nicht unbedingt. Und Scheppern, Klirren, Jump-Scares … Das alles ist mir völlig gleich. Es ist nur, wenn etwas *knallt.* Dann werde ich zu genau diesem Moment auf meiner Halloween-Geburtstagsparty zurückkatapultiert – und erschreck mich wie damals zu Tode.«

»Oje.« Mitfühlend tätschelte ich seinen Arm, auch wenn ich

noch immer ein Lachen zurückhalten musste. »Wusste dein Dad, dass er dich derartig traumatisiert hat?«

»Natürlich nicht«, sagte er trocken. »Er hätte sich endlos oft darüber lustig gemacht.«

Ich schmunzelte. »Vermutlich. Also, beim Sekt …«

»Wenn man Pech hat, knallt es beim Sekt gleich zweimal. Einmal, wenn der Korken die Flasche verlässt, und ein zweites Mal, wenn er zum Geschoss wird und gegen die Decke donnert.«

Ich winkte ab. »Das passiert nur, wenn man die Flasche ordentlich schüttelt und den Daumen nicht draufhält.«

»Woher weißt du, ob der Daumen stark genug ist?« Er sah so unfassbar süß alarmiert aus, dass ich nun doch lachen musste.

»Will, wenn mein unsportlicher Daumen es schafft, einen Korken unter Kontrolle zu halten, dann schafft es auch dein Muskelprotz-Finger. Keine Sorge. Hier.«

Ich nahm eine der Sektflaschen, öffnete das Papier um den Hals und drehte die Metalllasche auf, die den Korken an Ort und Stelle hielt, während ich den Daumen von oben draufdrückte.

Will machte einen Schritt zurück.

Mein Lachen wurde lauter. »Er tut dir nicht weh, versprochen. Er hat mehr Angst vor dir als du vor ihm. Und wenn du vor Schreck in Ohnmacht fällst, fang ich dich auf.«

Wills Blick verdüsterte sich. »Du findest dich witzig, oder?«

»Heute überdurchschnittlich mehr als gestern, ja«, meinte ich leichthin. »Und guck her. Es gibt nämlich einen guten Trick, wie es nur leise ploppt. Damit du dich nicht erschreckst. Du musst die Flasche schräg halten und größtenteils sie und nicht den Korken drehen.«

Ich machte es ihm vor, und nach ein paar Sekunden löste sich der Korken mit einem unspektakulär leisen *Plopp* aus dem Hals.

Es war so leise, dass Will nicht einmal zusammenzuckte.

»Siehst du? Jetzt du.« Ich reichte ihm die nächste Flasche.

»Oh Gott.« Er fuhr sich mit der Hand durch die Haare.

Ich grinste und tätschelte seinen Arm. »Komm schon. Dann kannst du vor all deinen Freunden angeben, dass du es endlich gelernt hast.«

Er hob einen Mundwinkel. »Svea, niemand weiß, dass ich keinen Korken knallen lassen kann, außer dir.«

»Oh.« Ich ließ die Hand mit der Sektflasche sinken. »Nicht einmal Ben?«

»Nein. Er würde an seinem Lachen ersticken, und ich will nicht für seinen Tod verantwortlich sein.«

Ich prustete. »Ich verstehe es nicht. Warum? Ist das noch so eine Sache, die dich niemand gefragt hat?«

Will neigte den Kopf, als habe er darüber noch nicht nachgedacht, bevor er leise antwortete: »Ja. Und ich hab das Gefühl, dass du eine der Wenigen bist, die es wirklich interessiert. Alles über mich. Die es nicht nur wissen will, um es erzählen zu können.«

»Nun, mich interessiert es wirklich«, sagte ich verblüfft.

Er lächelte … Und ich spürte es bis tief in meinen Bauch. »Ich weiß. Also, die Sektflasche?« Er nahm sie in die Hand und knibbelte die goldene Metallfolie ab.

Ich räusperte mich und nickte. Wünschte, ich könnte so das Blut aus meinem Kopf schütteln, doch egal, auf wie viele Listen ich das Erlernen dieser Fähigkeit setzen würde: Ich wäre niemals erfolgreich.

»Gut. Also, du legst deinen Daumen auf den Korken.«

»Muss ich nicht erst das silberne Gitter abmachen?«

»Nein, das öffnen wir gleich. Und du musst deine Hand schon um den Flaschenhals legen, also …« Ich lachte, bevor ich kurz entschlossen seine Hand nahm, sie um den Flaschenhals schloss und seinen Daumen mit meinem auf den Korken presste.

Seine Hände waren warm und groß und …

»Warum sind deine Finger so rau?«, fragte ich leise. »Das frag ich mich schon seit Wochen.«

»Weil ich kaputte Dinge nicht gern wegschmeiße, sondern repariere. Dazu gehören Möbel.«

»Oh.« Ich hob das Kinn, um ihn anzusehen. »Du rettest deine … nicht zu eckigen und nicht zu runden Möbel?«

Er nickte. Den Blick unverwandt auf mein Gesicht gerichtet … und erst jetzt bemerkte ich, dass ich unterbewusst mit meinem Daumen über seinen strich.

Ich hielt inne, und meine eigenen Kuppen brannten plötzlich. »Auf den Korken«, flüsterte ich. »Du sollst dich auf den Korken konzentrieren.«

»Es fällt mir schwer«, erwiderte er ruhig, während sein Blick zu meinen Lippen und zurück zu meinen Augen huschte.

Neue Hitze kletterte bloßen Händen gleich meinen Rücken hinab, brachte die Luft zum Knistern.

»Du kannst die silberne Lasche jetzt öffnen. Und die Flasche langsam drehen. Halt nur den Druck mit dem Daumen.«

Er nickte leicht. Bewegte die Hand unter meiner, während er tat wie geheißen … Und mit einem leisen *Plopp* glitt der Korken hinaus.

»Mhm«, machte Will und legte ihn beiseite.

»Siehst du?« Ich lächelte, ließ die Hand von seiner sinken und lehnte mich mit dem Po gegen die Anrichte. »War gar nicht so schwer, oder?«

»Nein.«

»Gut. Magst du Sekt überhaupt?«

»Überhaupt nicht. Gib mir trotzdem was.«

Ich lächelte breit. »Sorry. Cocktails mit Schirmchen habe ich heute leider nicht im Angebot.«

»Das ist okay.« Sein Blick glitt meinen Hals hinauf, zurück zu meinen Augen. »Ich hab hier alles, was ich brauche.«

Mein Atem verfing sich in meiner Kehle, und etwas Schweres gesellte sich zu dem Heißen in meinem Unterleib.

»Gut«, wiederholte ich. Wusste nicht mehr wirklich, was ich gut fand. Was ich gemeint hatte. Hatte Schwierigkeiten, mich auf irgendetwas anderes als Will zu konzentrieren. Seine großen Hände, die noch immer die Flasche hielten. Seinen Kehlkopf, der sich bewegte, als er schluckte. Seinen Kiefer, den ein etwas zu langer Bart überschattete … und schließlich seine Augen, die dunkler als sonst schienen. Vielleicht, weil ich nur das Licht im Wohnzimmer angeschaltet hatte, nicht das in der Küche. Vielleicht, weil er genau dasselbe dachte wie ich.

In der Ferne registrierte ich, wie mein Handy vibrierte. Wie jemand erst anrief und dann kurze Zeit später eine Nachricht schrieb. Doch es war schwer, es über den lauten Herzschlag in meinen Ohren hinweg zu hören.

»Willst du nicht drangehen?«

Ich schüttelte den Kopf. Wollte mich nicht von der Stelle bewegen. Nicht aus Wills Blick auftauchen. »Es ist bestimmt Harald, der wissen möchte, wo ich bin. Warum ich das Fest verlassen habe. Er hat nicht nur Probleme damit, die richtigen Leute zu befördern, sondern auch damit, private Grenzen einzuhalten. Weshalb er heute all diese armen Familienmitglieder eingeladen hat.«

Will nickte, und ich sah, wie seine Schultermuskeln arbeiteten, während er sich mit dem Arm neben mir abstützte. »Weißt du, wenn du so unzufrieden bist, könntest du auch anfangen, bei *Revolution G* zu arbeiten.«

»Nein, könnte ich nicht«, antwortete ich sofort. Die Worte verließen meinen Mund, bevor ich sie aufhalten konnte.

Will hob eine Augenbraue. »Warum nicht?«

»Weil …« Ich hielt inne. Wusste, was ich sagen wollte. Wusste nicht, ob ich es sagen konnte.

Weniger lügen. Ich wollte weniger lügen.

Mutig sein. Ich wollte mutig sein.

»Will«, flüsterte ich. »Ich kann nicht bei *Revolution G* anfangen, weil es bedeuten würde, dass ich nichts mehr mit *dir* anfangen kann.« Ich kämpfte gegen das Verlangen an, seinem Blick auszuweichen. War mutig. »Wenn ich bei *Revolution G* arbeiten würde, wärst du *wirklich* mein Boss – und mit dem Boss kann ich nicht schlafen.« Ich schluckte, rang die Finger. »Dabei kann ich seit Tagen an nichts anderes denken.«

Die Worte blieben zwischen uns hängen … und Will sagte nichts. Starrte mich nur an. Seine Augen hatten sich nicht geweitet. Doch seine Pupillen schon. Sie verschluckten fast das ganze warme Braun seiner Iriden.

Mein Atem wurde schwerer, während die Stille um uns herum sich füllte. Mit Hitze und Spannung. Knistern und Atemlosigkeit. Erwartung und Sehnsucht.

Und dann – langsam, quälend langsam – ließ Will die Sektflasche sinken. Stellte sie neben meine andere Hand, bevor er seine dazwischen platzierte. Mich zwischen seinem Körper und der Küchenanrichte einpferchte. Mit den Daumen berührte er meine kleinen Finger. Der Kontakt war nur minimal. Und dennoch schossen Blitze von dem Punkt durch meinen ganzen Körper. Ließen mich alles überdeutlich wahrnehmen. Wie Will sich langsam nach vorn lehnte. Seine Lider kaum merklich senkte. Wie seine Fußspitzen gegen meine stießen, seine Brust meine streifte. Mich in seine Wärme und seinen Geruch einhüllte. Ohne dass er je den Blick von mir nahm.

»Gott sei Dank«, murmelte er und küsste mich.

Seine Lippen strichen federleicht über meine. So sanft und zärtlich, dass meine Augen anfingen zu brennen. So wie mein ganzer Körper. Es war, als würde Will von mir kosten. Nur einen Atemzug lang. Als Vorgeschmack. Dann löste er sich wieder und lächelte. Hob eine Hand. Fuhr mit dem Daumen über meine Lippen, mit dem Zeigefinger die Konturen meines Gesichtes nach. Er berührte mich, als sei ich das Kostbarste, das er je hätte halten dürfen, während er mich gleichzeitig enger gegen die Anrichte presste. Schließlich glitt er besitzergreifend mit der großen Hand in meinen Nacken und hob mit dem Daumen mein Kinn.

»Denn die Dinge, die ich bereits seit Monaten mit dir in meinem Kopf anstelle, würden mir definitiv eine Klage wegen sexueller Belästigung einhandeln«, murmelte er rau, beugte sich herunter und küsste mich erneut. Doch diesmal nicht sanft und kurz. Diesmal lang und tief. Seine Hand sank in meine Haare, sein Körper gegen meinen. Seine Lippen waren drängend, ebenso wie seine Hüfte … und ein kehliges Seufzen entglitt mir. Es war besser als jede Fantasie. Besser als jede Vorstellung. Besser als jahrelange unerfüllte Sehnsucht.

Denn es war real. Und heiß. Und feucht. Und hart. Und so, so gut.

Ich stellte mich auf die Zehenspitzen und schlang die Arme um seinen Hals. Kam ihm entgegen, wo er mir zu viel Platz ließ. Keuchte, als seine Zunge zwischen meine Lippen tauchte und meine fand. Neue Blitze durch meine Körpermitte sandte und meine Hände dazu animierte, seinen Rücken hinunterzuwandern. Ich schlüpfte unter sein Shirt. Fand glatte, warme Haut, die sich über viel zu beeindruckenden Muskeln spannte. Kratzte mit den Nägeln hinauf und spürte, wie ich eine Gänsehaut hinterließ. Wie sein Körper sich immer wieder an- und entspannte, während er den Kuss vertiefte. Meine Seiten hinabstrich und Spuren aus Feuer überall dort hinterließ, wo er mich berührte.

Seine Hände waren überall. Als warte er seit Ewigkeiten auf diesen Moment und habe Angst, ihn verstreichen zu lassen. Als könne er nicht riskieren, auch nur eine weitere Sekunde zu verlieren.

Er küsste mich mit einer Hitze und einem Verlangen, das ich bis in die Zehenspitzen spürte. Ich wurde feucht, krallte die Finger in seine Haut.

Und es war dennoch nicht genug.

Will schob einen Oberschenkel zwischen meine. Hielt mich so auf den Zehenspitzen. Und die Reibung zwischen meinen Beinen war unerträglich. War zu wenig und doch zu viel.

Automatisch wiegte ich mich vor und zurück, während ich den

Saum seines Shirts packte und es ihm über den Kopf zerrte. Es achtlos beiseite warf und ihn endlich …

»Shit«, entfloh es mir, und ungläubig starrte ich seinen Oberkörper an. Mein Blick kletterte seine definierten Bauchmuskeln hinauf, glitt über seine muskulöse Brust, über die sich feine, dunkle Härchen fächerten. »Das kann nicht dein Ernst sein!« Ich schob meine Finger darüber. Spürte, wie sich seine Muskulatur unter meiner Berührung anspannte, mir den Mund austrocknete. Hörte, wie Wills Atem sich beschleunigte. Alles an ihm war hart und fest, und alles an mir war weich und *nicht* fest. »Du hast zu viele Muskeln«, wisperte ich atemlos und sah besorgt zu ihm auf.

Will lachte leise an meinen Lippen. Küsste meinen Kiefer, die Stelle hinter meinem Ohr, meinen Hals, bis mein Kopf zur Seite fiel, ich unruhig auf seinem Bein hin und her rutschte. »Das hat mir noch nie jemand gesagt«, murmelte er und schob das Shirt meinen Bauch hinauf. Zeichnete mit rauen, drängenden Fingern meine Rippenbögen nach. Bis mein ganzer Körper in Flammen stand.

»Das kann nicht sein«, stieß ich atemlos aus, konnte nicht aufhören, ihn zu berühren. Sein Bein zwischen meinen für meine Zwecke zu benutzen. »Sicher wird dir irgendein Fitnesstrainer gesagt haben, dass du aufhören sollst, weitere Muskeln aufzubauen, damit Frauen, die in ihrer Freizeit nur Muffins stemmen, sich nicht unzulänglich fühlen.«

Will hob den Kopf und sah mit dunklem Blick zu mir herab. »*Nichts* an dir ist unzulänglich, Svea«, flüsterte er eindringlich. Strich mit einem Daumen über meine Wange, während er mit dem anderen sacht die Unterseite meiner Brüste streichelte, mir ein Keuchen entrang. »Weißt du noch, als ich meinte, dass ich es schlichtweg *weiß,* wenn ich mit jemandem schlafen will?« Er kratzte mit den Zähnen über meinen Hals, umschloss meine Brust durch den BH und strich grob über meinen Nippel, bis mir ein Wimmern entglitt. »Ich wusste es im verdammten Fahrstuhl.«

Er wartete nicht darauf, dass ich antwortete. Gab mir keine Möglichkeit für Widerworte, sondern senkte seinen Mund erneut auf meinen und ergriff Besitz von meinen Lippen. Hörte nur kurz damit auf, um mir ebenfalls das T-Shirt vom Körper zu schälen. Es zu seinem auf den Boden zu werfen, bevor er mich mit nur einem Arm auf die Anrichte hob und zwischen meine Beine trat.

Ich schloss sie wie von selbst um seine Hüfte. Zog ihn eng an mich. Endlich Haut auf Haut. Hasste, dass wir beide noch eine Hose trugen. Liebte, was er gesagt hatte. Liebte, dass ich spürte, wie verdammt hart er war. Was für einen Effekt ich auf ihn hatte. Wie er es schaffte, dass ich mich so lächerlich begehrt fühlte, ohne viele Worte zu benutzen.

Will öffnete meinen BH, und er war nicht einmal auf dem Boden gelandet, als er bereits meine Brüste umschloss. Und jedes Mal, wenn er mit dem Daumen über meine Brustwarzen fuhr und mir sacht in die Unterlippe biss, zuckten Blitze direkt in meinen Unterleib. Jeder raue Ton, der über seine Lippen kam, ließ mich feuchter werden. Jeder Kuss mich schmelzen.

Mich hatte noch nie jemand berührt wie Will. Als könne er nicht genug bekommen. Als sei jeder Zentimeter meiner Haut, den er nicht berührte, ein kleines Bagatelldelikt. Unsere Hände waren überall, genauso wie unsere Lippen. Ich küsste seinen Hals, seine Brust, während unsere Hüften sich fast verzweifelt aneinanderrieben.

»Schlafzimmer«, flehte ich. »Und werd deine verdammte Hose los!«

Will lachte, zog mich von der Anrichte hinunter in seine Arme … und stieß dabei eine Sektflasche um, die klirrend auf dem Boden zerbarst.

Erschrocken sah ich ihn an. Galt das als …

»Das war kein Knall. Nur ein Klirren«, raunte er atemlos. »Alles gut.«

»Fantastisch, dann können wir den Dreck ja später wegmachen«, flüsterte ich. Doch es war unnötig, denn er trug mich bereits durch die Küche. Löste sich nicht aus dem Kuss, sodass wir zuerst gegen die Wand krachten, bevor ich es schaffte, ihn zu meiner Zimmertür zu lotsen. Doch auch das war mir egal. Denn mit jedem drängenden Kuss wurde ich ungeduldiger. Mit jedem Mal, dass seine Erektion über meine Mitte rieb, wurde ich kurzatmiger. Und als er mich endlich auf mein Bett warf und mir Jeans und Unterwäsche über die Hüfte zog, bevor er sich selbst seiner Hose entledigte, hatte ich das Gefühl, bei jeder seiner nächsten Berührungen explodieren zu müssen.

Will kniete auf dem Bett über mir, sah zu mir herab … und Shit, vielleicht reichte auch schon sein Blick, um mich kommen zu lassen!

»Fuck.« Er schluckte und rieb sich übers Kinn, während er mich ansah. Langsam. Intensiv. Eindringlich. So wie immer. So, als wolle er keine Einzelheit verpassen.

Und wenn man unter einem Blick schmelzen konnte, dann tat ich es. Denn er sah mich an, als wäre ich alles, was er je gewollt hätte. Je gebraucht hätte.

Ich wand mich unter ihm, strich mit meinen Händen über meinen Körper, glitt zwischen meine Beine, denn wenn mich nicht gleich jemand dort berührte …

»Oh Gott, hör auf«, stöhnte er, packte meine Hände und fixierte sie auf der Matratze neben meinem Kopf.

»Hey! Ich wollte …«

»Ich weiß, was du wolltest«, sagte er schroff, und die Hitze in seinem Blick versengte meine Haut. »Und ich hab absolut nichts dagegen, aber wenn du jetzt ohne mich anfängst, höre ich ganz schnell ohne dich auf.«

Ich lächelte und sah seinen Körper entlang, bis mein Blick auf seiner harten Erektion hängen blieb. Ich leckte mir über die Lippe. »Hm«, machte ich. »Soll ich helfen?«

»Oh Gott, du machst mich fertig!«

Ich lachte, doch im nächsten Moment war er wieder über mir, und ich hatte keine Kapazitäten mehr zum Lachen. Er löste seinen Griff, benutzte Hände, Zähne, Lippen. Seinen gesamten Körper. Wir waren alles. Überall. Zur selben Zeit.

Es war, als hätten wir beide zu lang auf diesen Moment gewartet. Als wollten wir all die verlorene Zeit der letzten Wochen aufholen. Als wäre der Drang in uns so groß, dass es unmöglich war, ihn nicht auf einmal auszuleben.

Ich brauchte ihn. *Alles* von ihm. Jetzt. Und er war der erste Mann in meinem Leben, der mir das Gefühl gab, dass er mir auch alles geben wollte. Alles, was ich so sehr brauchte. Mehr als nur seinen Körper. Als seine Zeit. *Alles.*

Wer hätte gedacht, dass die Wahrheit so etwas verdammt Fantastisches zutage förderte! Und ich wollte nicht länger warten. Mit der Hand umschloss ich seine harte, pulsierende Erektion. Liebte das Gefühl seiner samtig weichen Haut unter meinen Fingern, fuhr auf und ab, bis er in meine Faust stieß und …

»Shit, Svea! Du musst aufhören!«

»Bring mich dazu«, meinte ich grinsend.

Sein Blick verdüsterte sich. »Ist das eine Herausforderung?«

»Nun ja, ich …«

Er zog wieder meine Hände weg, fixierte sie über meinem Kopf auf der Matratze, bevor er eine Spur meinen Hals hinabküsste. Ich wand mich unter ihm, sodass meine harten Nippel immer wieder über seine Brust rieben, doch sein Griff war zu stark.

Er verteilte Bisse auf meinem Schlüsselbein, während er mit den Knien meine Schenkel spreizte. Mit der anderen Hand seelenruhig meinen Oberschenkel hinaufstrich. Kreise auf meiner Haut zog, aber nie da, wo ich ihn am meisten brauchte.

»Sind das die Fesselspielchen, von denen du geredet hast?«, brachte ich hervor.

»Oh nein. Aber ich kann gar nicht darauf warten, dir meine fantastischen Knoten zu zeigen!«

Ich lachte.

»Aber gerade bin ich schlichtweg zu ungeduldig.«

»Schade, du … oh Gott.« Ich kam nicht dazu, zu Ende zu sprechen, denn seine Lippen schlossen sich um meine Brustwarze, während seine Hand zwischen meine Beine wanderte und er den Daumen zielsicher auf meine pochende Mitte presste.

Meine Hüfte flog von der Matratze, als er zeitgleich zwei Finger in mir versenkte und mich tief küsste. Aber nie damit aufhörte, mit seinem Daumen zu kreisen. Er entzog mir die Finger, stieß wieder in mich. Wieder und wieder, bis Sterne vor meinen Augen leuchteten.

Es war der Himmel. Es war die Hölle.

Es war real. Und das war das Beste daran.

Unsere Zungen trafen aufeinander, während ich die Beine um seine Hüfte schloss, ihn dazwischen ziehen wollte, versuchte, meine Handgelenke aus seinem Griff zu lösen – und endlich verstand Will, was ich von ihm wollte.

»Kondom?«

»Nachttisch«, keuchte ich.

Will seufzte erleichtert, beugte sich über mich und küsste mich kurz mit offenem Mund, bevor er die Schublade aus meinem Nachttisch herauszerrte, ein Kondom fand, es aufriss und über seine harte Länge rollte. Dann positionierte er sich endlich zwischen meinen Beinen … und sank in mich. Quälend langsam. Genüsslich, Zentimeter für Zentimeter, die mein Inneres in Brand setzten. Ich keuchte auf, zog seinen Kopf zu mir heran, um ihn zu küssen, während er sich immer weiter in mich schob. Er war groß, ließ sich Zeit, bis mein Körper sich seinem anpasste, aber ich wollte keine Zeit!

»Mehr!«, hauchte ich und kam ihm entgegen. Krallte die Fingernägel in seinen Rücken.

Und er gab mir mehr.

Langsam entzog er sich mir wieder, bevor er sich mit einem einzigen Stoß tief in mir versenkte.

Ich wimmerte auf.

»Shit, habe ich dir wehgetan? Ich …«

»Wehe, du hörst jetzt auf«, sagte ich warnend, schloss die Beine um seine Hüfte, während Will leise keuchte: »Glaub mir, so viel Kontrolle habe ich nicht.«

Erneut sank er in mich, entzog sich mir, stieß wieder zu. Beschleunigte seine Bewegungen. Seine Hände glitten über meinen Körper, hinterließen Brandspuren, während seine Stöße härter wurden, wir zusammen alle Kontrolle verloren. Unsere Bewegungen hektisch, eilig.

Ich biss ihm in den Kiefer, suchte seinen Mund. Meine Lippen öffneten sich, während er immer wieder über genau den richtigen Punkt glitt, seine Hand zwischen unsere Körper schob, mit dem Daumen über meine intimste Stelle kreiste … Und mehr brauchte ich nicht.

Ich zog mich um ihn zusammen und kam mit einem Stöhnen auf meinen Lippen. Der Orgasmus brach in zuckenden Wellen über mich ein, während Will die Finger in meine Hüfte grub, den Winkel veränderte und noch tiefer in mich kam. Sich erneut in mir versenkte, meine süße Qual verlängerte und verlängerte, bevor er mir in den Abgrund folgte.

Er küsste mich tief, während ich die Arme um ihn schlang, seinen Körper auf meinen zog. Ihn noch nicht wieder hergeben wollte. Die Nähe genoss.

»Du hast recht«, keuchte ich. »Du machst keine halben Sachen.«

Er lachte leise. Presste mich eng an sich. Küsste meine Schulter, meinen Arm. »Ich hab noch nicht einmal angefangen, Svea.«

Na, Gott sei Dank. Ich war nämlich noch lange nicht fertig.

KAPITEL 24

Ich war gehüllt in Wärme.

In Wärme und Muskeln und das Gefühl, genau dort zu sein, wo ich hingehörte. Und dieses Gefühl war so kostbar, dass ich es für immer festhalten wollte. Also verstärkte ich meinen Griff. Rutschte enger an den harten und gleichzeitig sanften Körper neben mir. Schob meinen Kopf höher seine Brust hinauf, schmiegte ihn in Wills Halsbeuge. Ich spürte seine rauen Hände auf meiner Schulter. Wie er mit den Fingerspitzen Kreise auf meine nackte Haut malte.

Und ich lächelte. Obwohl meine Augen geschlossen waren. Einfach nur wegen des Gefühls, das er mir mit seiner bloßen Anwesenheit gab.

Wir hatten nicht viel geschlafen. Wir waren … beschäftigt gewesen, und ich war es schlichtweg nicht gewohnt, einen Mann in meinem Bett liegen zu haben. Will nahm allein mit seinen Schultern eine Menge Platz ein. Aber es war eine glückliche Müdigkeit, die meine Lider daran hinderte, direkt aufzuflattern. Eine zufriedene Müdigkeit, die mein Herz hüpfen ließ … Und die ziehende Sehnsucht, an die ich mich sechs Jahre lang geklammert hatte, war verschwunden. Denn unerfüllte Sehnsucht mochte in Büchern und Filmen romantisch sein, aber im echten Leben war sie schlichtweg zermürbend. Nicht real, niemals wahr.

Aber Will? Er war echt.

»Morgen«, flüsterte er dunkel an meinem Ohr, bevor er mich direkt dahinter küsste.

Mein Lächeln wurde breiter, und ich presste die Lippen gegen seinen Hals, bevor ich langsam die Augen öffnete. Ich sah eine muskulöse Brust und Blümchenbettwäsche. Letzteres gehörte mir und Ersteres … Na ja, darauf hatte ich gestern Nacht zumindest

Besitzansprüche angemeldet. Sein Oberkörper wirkte so verdammt maskulin im direkten Kontrast zu den rosa Kirschblüten auf weißem Untergrund. Ein Seufzen entglitt meinen Lippen. An den Anblick könnte ich mich gewöhnen.

Will lag auf seinem Rücken, mein Kopf auf seine Brust gebettet, mein Arm um seine Mitte geschlungen, während seiner eng um meine Schultern ruhte. Als habe er Angst, dass ich zu weit wegrollen könnte, wenn er mich losließ.

Es störte mich nicht. Im Gegenteil. Ich wollte für immer so verharren.

»Du bist wach«, murmelte ich und blickte auf.

»Ja. Du hast mich … sagen wir, wachgekuschelt.« Er lächelte breit und strich sacht über meine Haare.

Gähnend machte ich es mir noch etwas gemütlicher auf seiner nackten Brust. »Ich hab was?«

»Du hast meiner Schulter so oft eine Kopfnuss gegeben, bis ich den Arm unter deinen Hals geschoben und dir Platz auf meinem Körper gemacht habe.«

Meine Mundwinkel zuckten, und ich hob das Kinn, um besser in sein Gesicht sehen zu können. »Ich bin echauffiert, dass ich dir mehr als eine Kopfnuss geben muss, bis du mir deinen Körper opferst.«

Er lachte leise und küsste mich sacht auf die Stirn. Auf die eine und dann die andere Wange. »Ich wusste nicht, was du von mir willst. Ich dachte, vielleicht träumst du von einer Karriere als Kampfstier. Die wollte ich dir nicht kaputtmachen.«

»Meine Kampfstierphase ist vorbei«, meinte ich bedauernd. »Das ist nur was für junge Leute. Ich werde bald zweiunddreißig. Meine Knochen sind nicht mehr das, was sie mal waren. Tut mir trotzdem leid, dass ich dich geweckt habe.«

»Ist okay. So konnte ich wenigstens in Ruhe dein Schlafzimmer inspizieren.«

»Oh Mann.« Sofort huschte mein Blick durch mein Zimmer.

Da war der alte Holzschrank, den Elisa und ich in kurzen vier Stunden von einem Sperrmüllhaufen auf der anderen Seite der Stadt über das schmale Treppenhaus bis in mein Zimmer gehievt hatten. Da stand mein Geigenkoffer neben dem Notenständer beim Fenster. Mein chaotischer Schreibtisch, bei dem Will die Krise kriegen würde. Fotos von Elisa und mir, meiner Familie, meinem Neffen.

Es war klein, aber … »Ich mag mein Zimmer«, flüsterte ich und lächelte. Ich hatte nicht das Bedürfnis, mich zu rechtfertigen, denn ich wusste, dass ich es bei Will nicht musste.

»Ich auch. Es ist noch mehr du. Also ein wenig unkonventionell, aber verdammt bezaubernd.«

Ich kräuselte die Nase, während Hitze in meine Wangen strömte, und zog die Decke höher über meine Schulter. »Du musst aufhören, solche Dinge zu sagen. Sonst nimmt mein Kopf nie wieder eine normale, gesunde Farbe an!«

Will lachte leise und hob eines seiner Beine, damit ich meine Füße dazwischenlegen konnte, die ich möglicherweise dagegengedrängt hatte. »Damit käme ich klar. Dann finde ich dich leichter in einer Menschenmenge. Einfach immer dem roten Glühen hinterher.«

»Ey!« Ich kniff ihm in die Schulter.

Sein Lachen wurde nur lauter. »Was denn? Es ist praktisch. Und du weißt doch, dass ich eher praktisch veranlagt bin.« Sein Blick folgte meinem durch mein Zimmer und blieb an meinem Geigenkoffer hängen. »Ich würde dich gern mal spielen hören.«

Meine Ohren wurden heiß. »Ich hab seit Ewigkeiten vor niemandem mehr gespielt.«

»Dann wird es Zeit, oder?«

Ich zog eine Grimasse. »Ich weiß nicht. Ich bin nur … okay.«

»Ah …« Will nickte und runzelte dann die Stirn. »Weißt du, was merkwürdig ist? Du lügst bei so vielen kleinen, unwichtigen Dingen und behauptest, besser in etwas zu sein, bei dem es irrelevanter nicht sein könnte, aber wenn du wirklich gut in etwas bist, fällt es dir schwer, das zuzugeben.«

Verblüfft hob ich die Augenbrauen. »Woher willst du wissen, dass ich gut bin?«

»Du hast mir erzählt, dass du seit deiner Kindheit Violine spielst. Wie scheiße kannst du dann sein?«

»Das hast du dir gemerkt?«

Will fuhr mit den Fingerknöcheln über meinen Kiefer, bevor er abwesend murmelte: »Ich hab mir *alles* gemerkt, Svea. Ist dir das noch nicht aufgefallen?«

Ich schluckte und biss mir auf die Lippen, deren Mundwinkel sich wieder zu einem Lächeln verziehen wollten. Doch. War es mir. »Vielleicht spiele ich dir nachher etwas vor«, flüsterte ich.

»Das Vielleicht kannst du streichen. Eigentlich schuldest du es mir sogar!«

»Warum das?«

»Deswegen.« Er nickte nach rechts zur Pinnwand über meinem Schreibtisch, zu dem großen Blatt Papier, das dort hing. »Ernsthaft: *Mir* verbietest du es, deine Liste auszudrucken, aber meine darfst du hier einfach so rumhängen lassen?« Kopfschüttelnd sah er mich an.

Ich lächelte breit. »Sie motiviert mich, an meiner zu arbeiten. Weniger zu lügen. Und hey, es klappt ganz gut. Ich war gestern sehr ehrlich.« Das Bild der perplexen Karla blitzte in meinem Kopf auf, und ich zog die Schultern höher. Sie hatte dermaßen überrumpelt ausgesehen – und ich verstand es. Ich hatte ihr sehr viel auf einmal an den Kopf geworfen.

Ich kniff kurz die Augen zusammen und seufzte leise. »Ich hab es schlimmer damit gemacht, dass ich meine Schwester so lange belogen und dann so viele Wahrheiten abgefeuert habe, oder?«, fragte ich leise.

»Ja, definitiv.«

Ich verzog das Gesicht. »Jetzt hättest du mich ruhig mal anlügen können.«

»Niemals.« Will strich lächelnd über den Rand meiner Ohrmuschel. »Aber es wird bestimmt wieder. Mit deiner Schwester.«

Ich seufzte schwer und zeichnete seine Rippenbögen nach. »Ich hätte früher ehrlich sein sollen. Das weiß ich. Aber es ist hart, anderen zu gestehen, dass man gelogen hat. Es war so viel leichter, neue Lügen zu erfinden ... bis ich nicht mehr wusste, warum ich eigentlich lüge.«

»Ich weiß es mittlerweile, glaub ich. Ich verstehe es besser«, murmelte Will und wickelte eine meiner Haarsträhnen um seinen Finger.

Misstrauisch verengte ich die Augen. »Ist das so?«

»Ja. Du tust es, weil du glaubst, dass du es musst. Weil du denkst, dass Leute die echte Version von dir nicht mögen – weshalb du dir eine bessere zusammenlügst.«

»Oh.«

Das war eine ernüchternde Zusammenfassung des Tatbestandes. »Und ich glaube, das war es, was mich am wütendsten gemacht hat. Auf diesen ... Leon.« Er biss die Zähne aufeinander. »Es war nicht nur Eifersucht. Es war der Gedanke, dass du an einem Menschen in deinem Leben festhältst, der dir offensichtlich das Gefühl gibt, nicht gut genug zu sein, wie du bist. Dabei ist das so großer Müll, Svea.« Eine steile Falte erschien zwischen seinen Augenbrauen. »Ich mag dich. Du kannst mich nicht anlügen, weil ich weiß, was deine größten Geheimnisse sind – und ich mag dich trotzdem. Nein, nicht trotzdem. Deswegen.«

Meine Augen brannten. »Das ist gut«, flüsterte ich heiser. »Ich mag dich nämlich auch.«

Will lächelte breit und küsste mich sacht auf die Lippen. »Ich bin sehr froh, dass du nicht sechs Jahre gebraucht hast, um mir das zu sagen, Svea.«

Ich musste lachen. »Ich auch, und ich hätte es noch früher gesagt, wenn du mich die letzte Woche nicht so hättest hängen lassen!«

»*Ich* hab dich hängen lassen?«

»Ja! Du hast nicht mehr geschrieben. Du bist nicht zum Meeting gekommen. Du bist untergetaucht.«

»Weil du dran warst«, sagte er überrascht.

Ungläubig weitete ich die Augen. »Dran womit?«

»Damit, mir zu sagen, was du fühlst. Ich hab dich *geküsst* und dir gesagt, dass ich eifersüchtig bin – wie deutlich hätte ich noch werden sollen? Der nächste logische Schritt war, dass du mir sagst, was du fühlst.«

Ich schnaubte laut, aber auch ein wenig amüsiert. »Will! Du weißt doch, dass Logik und ich auf Kriegsfuß stehen. Und dass ich nicht einfach sagen kann, was ich will.«

Er grinste breit. »Das ist dir gestern aber ganz gut gelungen.«

Ich verdrehte die Augen, musste aber lachen, während ich ihm gegen die Schulter schlug. »Ich war unsicher.«

»Warum?« Er klang ehrlich entgeistert. »Ich war der Kerl, der sich in eine Frau verliebt hat, deren erste Information, die sie mir jemals gegeben hat, war, dass sie unsterblich in einen anderen verschossen ist. Und *du* warst unsicher? Das ist nicht logisch.«

Meine Mundwinkel zuckten unkontrolliert, und ich fragte mich, ob er wusste, dass seine Worte ganze Wirbelstürme in meinem Inneren lostraten. »Ja? In meinem Kopf ist das einzig Unlogische, dass du dich in mich verliebt hast«, flüsterte ich, und meine Wangen wurden wieder heiß.

»Wie kann das sein? Ich war schon *sehr interessiert* an dir, nachdem ich deine Liste gelesen habe. Und ich habe ein ernsthaftes Problem bekommen, als du in mein Büro gestapft bist und meinen Schreibtisch als zu ordentlich beschimpft hast. Und am Pool? Ich hätte dich geküsst. Ich hätte dir gesagt, dass ich dich will. Wenn du nicht weggelaufen wärst. Wenn ich nicht gedacht hätte: *Shit, sie mag wen anderen.* Wie kannst du unsicher gewesen sein? Ich war so verdammt offensichtlich.«

Mein Lächeln war mit jedem seiner Worte breiter geworden.

»Ich übersehe *offensichtlich* gern mal«, murmelte ich entschuldigend. »Ich bin es gewohnt, nach Zeichen zu suchen. Zu zweifeln. Das sind meine Stärken. Und ich wusste einfach nicht, was in dir vorgeht.«

»Du musst mich nur fragen, wie ich mich fühle, Svea, wenn du es wissen willst«, murmelte er eindringlich. »Du musst keine Zeichen lesen. Und wenn du zweifelst, dann sag es mir, damit du damit nicht allein bleibst.«

»Na dann … Wie fühlst du dich, Will?«

Er strich mir mit den Fingerknöcheln über die Wange, blieb an meinem Kinn ruhen. Glitt mit dem Blick über mein Gesicht, bis er bei meinen Augen landete. »Lächerlich glücklich«, flüsterte er und küsste mich.

Das war eine gute Beschreibung. Lächerlich glücklich. Ja, das passte.

Ich schlang das Bein um seine Hüfte und vertiefte den Kuss. Glitt mit der Hand über seine Brust zu seinem Hals, zu seiner rauen Wange. Es war so leicht. Alles zu geben. Alles zu nehmen. Wenn man wusste, dass man ehrlich zueinander war.

Was hatte ich die letzten Jahre nur verpasst? Wie hatte mir entgehen können, wie verdammt wundervoll es war, ehrlich zu sein? Nichts zurückhalten zu müssen. Nicht hinterfragen oder zweifeln zu müssen.

Will strich meine Arme hinab, verschränkte seine Finger mit meinen und rollte mich auf den Rücken. Begrub mich unter seinem köstlichen Gewicht, während er feuchte Schlieren meinen Hals hinunterzog. Sein Bart über die empfindliche Haut kratzte, mir eine Gänsehaut bescherte, bis ich …

Es klingelte an der Tür, und Will hielt inne.

»Einfach ignorieren«, wisperte ich, schlang die Arme um seinen Hals und zog ihn zu mir heran. Presste die Lippen auf seine. Legte die Beine um seine Hüfte, bis ich ihn an genau der Stelle hatte, wo ich ihn …

Es klingelte erneut, diesmal jedoch sechsmal hintereinander, bis ein einziger durchgehender Ton beinahe mein Trommelfell zerriss.

Seufzend rollte sich Will zur Seite. »Da scheint dich jemand wirklich gern erreichen zu wollen.«

»Aber es ist Sonntag! Wer klingelt an einem Sonntag Sturm?«, quengelte ich, hoffte, dass es einfach aufhörte … als eine neue Böe des Klingelsturms unsere Ohren erreichte.

Seufzend warf ich die Beine aus dem Bett. »Bleib einfach liegen. Vielleicht ist es Elisa, die ihren Schlüssel vergessen hat. Bin sofort wieder da«, meinte ich, zog das erstbeste Shirt vom Boden, stieg in meine Jogginghose und schlurfte aus meinem Zimmer zur Tür. »Hallo?«, fragte ich durch die Freisprechanlage.

»Svea, mach die Tür auf«, kam eine angespannte Stimme zurück.

Erschrocken machte ich einen Satz nach hinten. Das war Karla.

»Karla? Was tust du hier?«, fragte ich nach einer Weile zögerlich.

»Mach auf, Svea! *Bitte.*«

Sie klang so verdammt bestimmend, dass mein Finger wie von selbst auf die Abbildung des Schlüssels drückte.

Oh Gott. Warum war sie hier? Es war Jahre her, dass sie mich das letzte Mal allein besucht hatte, und nach gestern war ich davon ausgegangen, dass sie erst einmal ein paar Wochen nicht mit mir reden wollen würde.

Mit plötzlich verschwitzten Händen öffnete ich die Tür, während Karlas Schritte bereits laut auf der Treppe widerhallten. Sie schien zwei Stufen auf einmal zu nehmen. Und als Sekunden später ihr Gesicht über dem letzten Geländer auftauchte, verkrampfte sich automatisch mein Magen.

Sie sah wütend aus, aber vor allem … fertig. Unendlich erschöpft. Sie war ungeschminkt, was ich bei Karla bisher nur ein einziges Mal gesehen hatte – direkt nach der Geburt von Noah. Sie trug eine Jogginghose und einen Kapuzenpullover, und ihre Haare waren ein einziges Durcheinander.

»Wurdest du überfallen?«, rutschte es mir schockiert heraus.

Das kommentierte sie nur mit einem trockenen Schnauben, bevor sie den letzten Absatz nahm und an mir vorbei in die Wohnung fegte.

»*Wo* warst du gestern?«, fragte sie und schluckte hörbar, sobald ich die Tür hinter ihr geschlossen hatte. »Ich hab dich angerufen! Aber du warst nicht mehr auf deinem dummen Firmenevent.«

Perplex blinzelte ich sie an und folgte ihr ins Wohnzimmer. »Ich bin gegangen. Aber … du doch auch?«

»Ich bin zurückgekommen! Es wäre *unhöflich* gewesen, einfach so zu gehen. Aber mit Höflichkeit hattest du gestern ja anscheinend auch deine Probleme.«

Ich biss mir von innen auf die Wange und zog unbehaglich die Schultern hoch. Doch ich durfte jetzt keinen Rückzieher machen. Ich *hasste* Konfrontationen, aber ich musste mutig bleiben. Ehrlich. »Ich weiß«, sagte ich langsam. »Ich war etwas hart. Aber …«

»Du hast mich angeschrien.« Ihre Augen waren so groß, dass sie fast aus ihren Höhlen quollen. »Du hast mich noch nie angeschrien. Woher kam das alles plötzlich?« Sie blinzelte hektisch und schüttelte den Kopf. »Und was hast du damit gemeint? Du bist es leid, dich in meiner Gegenwart schlecht zu fühlen?« Karla war definitiv kein Mensch, der leise wütend war. Doch ihre Stimme zitterte und hörte sich seltsam zerbrechlich an. »Ich habe die ganze Nacht darüber nachgedacht und … *Was zur Hölle, Svea?* Wie kannst du mir so was zum Vorwurf machen?«

Ich schluckte und verschränkte die Arme vor der Brust. Vielleicht, weil ich so das Gefühl hatte, mich besser verteidigen zu können, aber …

Nein. Moment.

Warum sollte ich mich verteidigen? Ich hatte es so gemeint. Ich wollte Karla nicht wehtun. Aber es war auch nicht fair, sie stattdessen mir wehtun zu lassen.

Ich streckte die Schultern durch und räusperte mich. »Karla. Ich hätte das gestern vermutlich etwas taktvoller formulieren sollen.

Aber … du bist scheiße noch mal gemein! Ich meine: Als Steffen gestern sagte, dass wir uns gar nicht ähnlich sähen, hast du dich dafür *bedankt,* Karla!«

Sie runzelte die Stirn und strich sich eine dunkle Strähne aus dem Gesicht. »Was? Hat er nicht gesagt, dass ich hübsch aussehe?«

»Oh mein Gott.« Ich legte mir eine Hand über die Augen. »Das kann nicht dein Ernst sein. *Das* ist deine Ausrede?«

»Mir war nicht klar, dass ich eine Ausrede brauche!«, erwiderte sie laut. »Aber ich hab ihm nicht wirklich zugehört. Ich dachte, er hat gesagt, dass ich hübsch bin!«

»Aber das ist doch das Problem. Ich bin es immer, die sie für dich sucht!«, erwiderte ich hitzig. »Jedes Mal, wenn wir uns sehen, wirfst du mir irgendeine Beleidigung an den Kopf. Jedes Mal fühle ich mich nachher schlecht.«

»Beleidigung?«, echote sie verwirrt. »Was denn für Beleidigungen?«

»Du hast mir zum Beispiel mal gesagt: *Manche Menschen trumpfen durch ihr Aussehen, andere durch ihren Charakter. Ist doch nicht schlimm, zur zweiten Kategorie zu gehören!* Und wie soll mich das bitte fühlen lassen, Karla?«

»Wie ein toller Mensch, der das Glück hat, dass *alle* ihn mögen. Eben weil er so einen tollen Charakter hat!«, meinte sie perplex.

Ich schnaubte. »Was ist damit, dass du dachtest, ich würde mich nur vegetarisch ernähren, um abzunehmen?«

»Was denn? Als Jugendliche hast du dauernd irgendwelche Gemüse-Diäten gemacht.«

»Früher! Vor *zehn* Jahren. Aber ich bin erwachsen geworden. Ich mag, wie ich aussehe. Ich mag, wer ich bin.«

»Natürlich tust du das. Warum solltest du nicht?«, fragte sie irritiert.

»Weil du mir das Gefühl gibst, ich müsse mir einen Fitnesstrainer suchen!«, fuhr ich sie an.

»Es wäre ein Gefallen von mir gewesen, Jakob mit dir zu teilen!

Weißt du, wie viele Leute sich um ihn reißen?«, erwiderte sie ungläubig.

»Aber ich will keinen Fitnesstrainer! Ich will einfach so bleiben, wie ich bin.«

»Und woher soll ich das wissen?«, entgegnete Karla gereizt und biss die Zähne aufeinander. Ihr Gesicht war seltsam blass. »Du tust geradezu so, als wolle ich dich absichtlich verletzen!«

»Tust du nicht?«, entfuhr es mir. »Warum erzählst du dann all diese peinlichen Geschichten über mich? Vor meinem Chef?«

Verwirrt blinzelte sie mich an. »Ich dachte nicht, dass es dich stört. Sie waren witzig.«

»Aber unangenehm für mich, Karla!« Meine Stimme wurde lauter. »Erzähl doch deine eigenen verdammten Geschichten.«

Sie presste die Lippen zusammen und wandte das Gesicht ab. »Aber … ich habe keine.«

»Was?«

»Ich habe keine eigenen witzigen Geschichten, Svea! Weil ich schlichtweg nicht witzig bin.«

»Ich …« Ich wusste nicht, was ich darauf erwidern sollte. Also starrte ich sie nur verwirrt an.

Sie lachte tonlos. »Ja. Eben. Du kannst mir nicht einmal widersprechen, oder? Weil du auch keinen Spaß mit mir hast.« Sie schloss die Augen und atmete dreimal tief durch, bevor sie murmelte: »Weißt du, du wirfst mir vor, dass ich dich mies behandeln würde – aber du gibst dir auch nicht viel Mühe, vor mir zu verbergen, wie nervig du mich findest. Du besuchst Noah, nicht mich. Du hast mich seit Jahren nicht mehr gefragt, ob ich was mit dir machen möchte. Und dann hab ich dir vorgeschlagen, mit mir zum Fitnesstraining zu gehen, und du siehst mich an, als wäre ich ein furchtbarer Mensch. Ich bin nicht zu deinem Arbeitsevent gekommen, um dich bloßzustellen! Ich war da, damit ich *raus* aus dem verdammten Haus komme. Damit ich etwas anderes als Violinen und Windeln sehe.« Sie presste die Hand auf ihre Augen.

Vielleicht, weil sie nicht wollte, dass ich die Tränen darin bemerkte.

Karla *weinte.* Meine kleine, störrische, unfassbar starke Schwester weinte. Ich konnte mich nicht erinnern, wann ich sie das letzte Mal so aufgelöst gesehen hatte. Wenn überhaupt schon mal.

»Ich … Ich wusste nicht, dass du mal rausmusst, Karla«, sagte ich schockiert. Und das Angebot, ihren Fitnesstrainer zu teilen, war ein *Annäherungsversuch* gewesen?

»Svea«, erwiderte sie erschöpft. »Ich habe gefühlt gerade erst ein Kind bekommen, hab nur Freunde, deren Leben ein Streichinstrument ist, und mein Mann arbeitet schon wieder Vollzeit! Ich bin komplett überfordert. Ich hab keinen Spaß. Ich hatte gehofft, dein Arbeitsevent könnte mich etwas ablenken.«

Ich schluckte, denn ihre Stimme hörte sich zunehmend verzweifelter an. »Karla, ich …«

»Warum, glaubst du, bin ich *immer* bei Mama, wenn du anrufst? Weil es zu viel ist! Weil ich es allein nicht hinkriege, Svea! Wenn sie nicht praktisch nebenan wohnen würde, wäre ich vermutlich schon tot umgefallen – so scheiße gestresst fühle ich mich. Ein Kind zu haben, ist *hart.* Und Tim kümmert sich nur halb so viel, wie er sollte. Er erzählt mir nur immer, wie erschöpft er von der Arbeit ist, und manchmal möchte ich ihn gern nachts im Schlaf ersticken. Nur manchmal. Es ist also nichts allzu Ernstes, aber … Dieser Trip, den er mir zu Weihnachten geschenkt hat? Er hat mir geschenkt, dass ich ihn nicht mitnehmen muss. Also mach ich ihn allein. Um … aufzuladen.« Sie warf mir einen hastigen Blick zu, sah dann jedoch wieder weg. »Ich hätte dich beinahe gefragt, ob du mitkommen willst, aber dann dachte ich: Nein. Svea hat ihre eigenen Freunde. Mit mir möchte sie nicht wirklich viel zu tun haben. Es ist auch egal. Ich mach ihn allein. Und hätte Tim mir das nicht geschenkt … Gott.« Sie raufte sich die Haare. »Ehe ist auch *hart!* Und wenn ich arbeite, vermisse ich Noah und fühle mich schuldig, und wenn ich bei Noah bin, vermisse ich meine Arbeit und fühle mich schuldig – weil ich viel zu wenig übe. Ich bin nicht mehr die erste Geige, Svea! Ich bin die *zweite!* Und ich weiß, dass es nur fair ist, weil ich natürlich nachgelassen habe nach der Pause, aber … ich bin die *zweite* Geige!«

Fassungslos starrte ich sie an. Mein Mund stand so weit offen, dass ihm kalt wurde. Wie hatte ich all das nicht wissen können? Wie hatte sie all das so lange nicht zeigen können?

Wie hast du sie jahrelang belügen können?

Ich schluckte und zog die Arme enger um mich. »Karla … ich bin schon mein ganzes Leben lang die zweite Geige, und mir geht es auch noch gut. Also keine Sorge, das packst du schon.«

»Wovon redest du?« Verständnislos sah sie mich an. »Warum bist du die zweite Geige?«

Ich verdrehte die Augen. Musste ich es ernsthaft aussprechen? »*Du* warst schon immer die erste Geige, Karla«, sagte ich, und meine Stimme wurde ungewohnt laut. Denn es machte mich wütend, dass sie so tat, als würde ich keinen Sinn ergeben. »In unserer Familie. Bei deinem Job. In der Liebe. Ich bin seit meiner Geburt die zweite Geige. Obwohl ich die Ältere bin!«

»Was?« Ihre Augen wurden groß. »Nein. Was für ein Blödsinn. Du bist der Kontrabass.«

»Na, vielen Dank auch«, sagte ich säuerlich.

»*Jeder* will der Kontrabass sein, Svea!«, setzte sie hastig hinzu. »Du bist nicht nur in der Klassik zu Hause, sondern auch im Jazz oder Rock 'n' Roll, und überall brauchen und wollen sie dich. Ohne Bass? Wer will da noch Musik hören? Weißt du, wie schwer es ist, die Schwester von jemandem zu sein, den *alle* mögen? Den niemand furchtbar findet? Der selbst im Schlaf noch charmant und witzig ist.« Sie schluckte und wischte sich eine Träne von der Wange. »Und Mama und Papa hören nicht auf, von dir zu reden. Motte hier, Motte da. Ich habe noch nicht einmal einen eigenen Spitznamen!«

Verwirrt blinzelte ich. Ich hörte ihre Worte, doch verstand kein einziges davon. »Wovon redest du? Dich mögen auch alle!«

Sie lächelte traurig. »Nein. Tun sie nicht. Den einen bin ich zu arrogant, die anderen finden mich langweilig. Ich bin nicht witzig. Ich bin nicht so unfassbar intelligent wie du. Ich bin nicht einfühlsam, ich finde es anstrengend, unter Menschen zu sein. Ich kann Geige spielen. Das habe ich. Aber du? Du hast *alles andere*. Du hast deine Freunde und Kollegen, die dich lieben. Du hast deine Leidenschaften für dieses Marvel und deinen Hamster und *Marktforschung*, Herrgott! Du kannst dich für so viel begeistern, und das wissen alle. Weshalb jeder gern Zeit mit dir verbringt. Und das war schon *immer* so. Du bist so *zugänglich* und gibst allen ein gutes Gefühl. Wie zur Hölle machst du das? Ich verstehe es nicht!«

Meine Kehle wurde eng, und meine Augen fingen an zu brennen. *So* sah sie mich? »Karla, du hast nie gesagt … Du bist immer so …«

»Ich weiß, dass Worte manchmal falsch aus meinem Mund kommen«, unterbrach sie mich und kniff die Augen zusammen. »Ich bin nicht gut darin, die richtigen Dinge zu sagen. Und ich fühle mich furchtbar dafür, dass du denkst, ich würde es mit Absicht tun. Als würde ich dich verletzen wollen. Aber das stimmt nicht. Ich bin nur gestresst, und dann sage ich manchmal Dinge, die ich nicht so meine oder die blöd rüberkommen und … Shit.« Ihre Augen glänzten, als sie mich wieder ansah. »Das letzte Jahr war einfach scheiße, und ich hätte jemanden gebrauchen können, der für mich da ist. Aber immer wenn ich anrufe, blockst du ab. Immer wenn ich dir vorschlage, etwas zusammen zu machen – wie die Sache mit dem Fitnesstrainer! –, blockst du ab. Was soll ich also tun? Außer, mich selbst auf dein Event einladen?«

Mir klappte die Kinnlade hinunter. Ich war so unglaublich fassungslos, dass ich schwören könnte, Rauch kam aus meinen Ohren. »Warum sagst du denn nicht, dass es *hart* ist, Karla? Dass du Hilfe brauchst?«, erwiderte ich perplex. Denn wie hätte ich das wissen sollen, wenn sie dauernd herumlief, als wäre die Welt ihr persönlicher Spielplatz, auf dem noch nie jemand Katzenkacke gefunden hatte? »Warum zeigst du denn nicht, dass es dir schwerfällt? Warum lügst du deswegen?«

»Weil ich es nicht gewohnt bin zu versagen!«, rief sie ungehalten. »Weil ich gar nicht wüsste, *wie* ich es dir hätte sagen sollen. Außerdem bist du eine solche Heuchlerin. Du hast gestern so viel gelogen, dass überall auf der Welt Balken gebrochen sind! Was zur Hölle war da los? Warum hält dein Chef dich für einen sportlichen Outdoor- und Neuseelandfan? Und offensichtlich bist du ja seit Jahren auf mich wütend und hast deinen Mund nicht aufbekommen. Ich finde, wir sind quitt.«

Ich presste die Lippen aufeinander, denn das war leider ein valider Punkt. »Ich hab auf der Arbeit möglicherweise etwas geflunkert, um ein Projekt leiten zu dürfen! Und es fällt mir manchmal schwer, euch gegenüber ehrlich zu sein. Aber schön, Karla …«, sagte ich mit belegter Stimme. »Da wir uns schon unsere Probleme und Gefühle vom Herzen reden. Ich muss dir etwas sagen.«

Karla wischte sich eine weitere Träne von der Wange und hob die Augenbrauen. »Was?«

»Ich war es, der Flying Louie entwischt ist. Es gab keine Jugendlichen, die eingebrochen sind.«

Sie verdrehte die Augen und fasste ihre chaotischen Haare zu einem Zopf zusammen. »Was du nicht sagst!«

Mein Mund wurde trocken. »Du *wusstest* es?«, erwiderte ich schockiert.

»Svea, *wer* bricht in ein Haus ein, lässt den Wellensittich frei, aber nimmt weder den Laptop auf dem Couchtisch noch das Bargeld im Flur mit? *Wer?*«

»Aber … du bist zur Polizei gegangen!«

Sie prustete. »Bin ich nicht. Ich wollte nur, dass du dich schlecht für deine dumme Lüge fühlst. Aber ich zeige doch nicht meine eigene Schwester an. Ich weiß, du hältst mich nicht für einen sonderlich guten Menschen, aber ein solches Monster bin ich dann auch nicht!«

Mit offenem Mund starrte ich sie an.

»Guck nicht so.« Ihre Mundwinkel zuckten, noch während sie schniefte. »Ein wenig Spaß muss sein, oder?«

»Ja, ich … Ich dachte nur nicht …«

»Was denn? Dass ich mir *Spaß* erlaube?«

»Nun … ja«, erwiderte ich dümmlich.

Das entlockte ihr tatsächlich ein kurzes Lachen. »Ich erlaube mir Spaß. Ab und zu.«

»Ist es auch Spaß für dich, jedes Mal etwas mit Mandeln mitzubringen – obwohl ich allergisch bin?«, fragte ich leise. Ich wollte nicht mehr streiten, aber ebenso wenig wollte ich mich den Rest meines Lebens darüber ärgern.

Karla kniff die Augen zusammen und presste sich Daumen und Mittelfinger auf den Nasenrücken. »Shit. Die dummen Mandeln. Es tut mir leid. Ich versuche, es mir zu merken, Svea. Wirklich. Dich verbinde ich nun einmal mit Mandeln. Und ich vergesse jedes Mal, ob es wegen einer Allergie ist oder weil du sie so gern magst! Es ist keine böse Absicht. Seit der Schwangerschaft und der Geburt noch viel weniger.« Wieder glänzten ihre Augen, und diesmal war es nicht nur eine Träne, die ihre Wange hinabperlte. Es waren Dutzende. »Mein Kopf funktioniert nicht mehr richtig. Ich bin immer *erschöpft*. Ich liebe Noah, aber es ist manchmal echt zu viel. Und ich gebe mir Mühe, alles hinzubekommen, aber anscheinend ist es niemals *genug!*«

Das letzte Wort war so laut, dass es von der Decke zurückhallte und mich direkt in die Brust traf. Denn wie hätte ich wissen sollen, dass Karla und ich uns überhaupt nicht unähnlich waren? Dass unsere Ängste zumindest dieselben waren.

»Hey, ist schon gut«, flüsterte ich, hasste es, sie weinen zu sehen. Egal, wie oft ich wütend auf sie war. Sie war immer noch meine kleine Schwester.

»Nein, es ist nicht gut, dass meine große Schwester denkt, ich wolle sie *umbringen!*«

Meine Mundwinkel zuckten. Trotz allem. »Das habe ich nur ganz manchmal gedacht, wirklich. Und es ist okay, wenn es manchmal zu viel für dich ist. Das ist doch vollkommen normal. Du bist eine absolute Powerfrau, Karla. Ich bewundere dich total.«

Jetzt fing Karla erst recht an zu schluchzen. »Nein, ich bewundere dich! Weil du wütend auf mich bist und mich trotzdem noch tröstest. Du bist so klug, Svea. Und ich finde dich gut so, wie du bist. Auch ohne Fitnesstrainer.«

Und jetzt heulte ich auch. Was sollte ich tun? Karlas Schleusen waren offen, und es wäre unhöflich gewesen, sie damit allein zu lassen.

»Es tut mir leid, dass ich dich gestern so angegangen bin«, flüsterte ich unter Hicksen.

»Nein, mir tut es leid, dass ich dir immer ein schlechtes Gefühl gegeben habe. Das war mir nicht klar.«

»Mir tut es leid, dass ich nicht früher ehrlich zu dir war.«

»Mir auch!«

»Ist okay«, schniefte ich und tätschelte ihren Rücken. »Du kannst es wiedergutmachen, indem du Mama erzählst, dass es keine schicke Dinnerparty an meinem Geburtstag geben wird. Ich will nämlich eigentlich am liebsten in Jeans und Kapuzenpullover auftauchen. Aber ich hab mich nicht getraut, das zu sagen. Weil ihr so begeistert von der Dinnerparty-Idee wart!«

»Oh Mann, Svea! Es ist doch *dein* Geburtstag. Tut mir leid, wenn ich dich überrumpelt habe.«

»Ich hätte was sagen müssen. Mir tut es leid.«

»Nein, mir …«

Ein Quietschen durchbrach plötzlich unsere Schluchzer und gehauchten *Tut mir leids,* und verwundert lösten wir uns voneinander.

Will stand im Türrahmen meines Zimmers. Er trug nur eine Jeans – sein Shirt lag noch immer irgendwo hinter mir auf dem Küchenboden –, sodass er ganz aus Versehen ordentlich mit seinen

Muskeln angab, als er sich peinlich berührt den Nacken kratzte. »Sorry«, murmelte er. »Ich wollte euch nicht stören, aber ich muss unbedingt auf Toilette und kann wirklich nicht länger warten. Sorry.« Er hob eine Hand, bevor er hastig an uns vorbei zur Badezimmertür lief und sie hinter sich schloss.

Ich hatte geglaubt, Karlas Augen könnten heute nicht mehr größer werden. Ich hatte mich geirrt.

»Ist das nicht dein heißer Arbeitskollege von gestern?«, zischte sie.

Meine Wangen fingen Feuer. »Na ja, er ist definitiv heiß, aber er ist nicht wirklich mein Arbeitskollege. Er ist … der CEO der Firma, für die ich das riesige Projekt leite, von dem ich erzählt habe.«

»Svea.« Sie schlug mir auf die Schulter. »Ich dachte, ehrlich gesagt, immer, du würdest auf Leon stehen.«

Ich verzog das Gesicht. Ja, ich auch. Und anscheinend hatten es *alle* mitbekommen.

Scheiße, bedeutete das, dass Will recht hatte? Dass Leon es auch wusste? Gewusst hatte?

Doch bevor ich mir darüber Gedanken machen konnte, ging die Badezimmertür schon wieder auf. Genau in dem Moment, in dem Karla sagte: »Also ist er der Typ, den du zu deinem Geburtstag mitbringst? Will?«

»Ja«, rutschte es mir wie selbstverständlich heraus.

»Ja?«, fragte Will und trat auf uns zu. »Ich gehe wohin mit?«

Meine Wangen wurden noch ein wenig heißer. »Zu meinem Geburtstag?« Ich zog die Schultern hoch. »Ähm, wenn du willst. Es ist erst in einem Monat, aber ich dachte …« Nervös strich ich mir die Haare hinter die Ohren. »Also …«

»Ich komm gern mit«, sagte er leise. »Auch in einem Monat.«

Ich schluckte und biss mir auf die Unterlippe, um mein Lächeln zu verbergen. »Gut. Das ist … gut.«

»Ich hab auch das Gefühl«, murmelte er, trat neben mich und legte eine warme Hand in meinen Nacken, bevor er leiser hinzufügte: »Louie kannst du wohl von deiner Liste streichen, was?«

Ich lachte, wollte antworten … doch kam nicht dazu.

Denn eine weitere Tür ging auf. Diesmal jedoch Elisas, durch deren Spalt im nächsten Moment zwei Gesichter lugten.

»Ist die Luft rein? Darf man die Küche wieder betreten, um seiner ungeduldigen Freundin einen Kaffee zu machen?«, wollte meine Mitbewohnerin unschuldig wissen und ließ den Blick zwischen meiner Schwester, mir und Will umherschweifen.

»Oh Mann. Ihr habt uns auch gehört?«

»Na ja, Svea«, meinte Lea geschäftsmäßig. »Ihr wart nicht sehr leise. Elisa ist mit den Worten: *Was zur Hölle ist das für ein Lärm?* aufgewacht.«

»Oh nein«, flüsterte Karla, und ich stöhnte leise.

»Ach, halb so wild.« Elisa winkte ab und kam grinsend aus ihrem Zimmer. »Schön, dass ihr euch endlich mal gestritten habt und …« Ihr Blick flog zu Will. Genauer gesagt, zu seinem nackten Oberkörper. Ihr Grinsen wurde drei Meter breiter. »Du musst Will sein.«

Will warf mir einen leicht unsicheren Seitenblick zu, bevor er murmelte: »Hast du mich in einem unaufmerksamen Moment nackt fotografiert, oder warum hat sie mich anhand meines Oberkörpers erkannt?«

Ich musste laut lachen.

Aber nicht so laut wie Elisa. »Du bist der einzige Typ, von dem sie mir erzählt hat. Es war jetzt keine Rechnung im irrationalen Zahlenraum, eins und eins zusammenzuzählen …« Sie deutete auf seinen nackten Oberkörper und meine verwuschelten Haare. »… und *Will* dabei herauszubekommen.«

»Das ist beruhigend«, murmelte er.

»Sag mal, seid ihr der Grund dafür, dass der ganze Küchenboden klebt und die arme Sektflasche ein Scherbenhaufen ist?«, wollte Lea neugierig wissen und nickte zu dem Chaos hinter uns.

»Oh mein Gott, was ist denn da passiert?«, fragte Karla schockiert.

Ich zog die Schultern hoch. »Wir … haben sie womöglich umgestoßen«, murmelte ich.

»Und dann macht ihr den Dreck nicht weg?« Tadelnd schüttelte Elisa den Kopf.

»Wir wollten … aber …« Ich sah zu Will.

Der grinste nur.

»Oh Mann.« Elisa lachte laut und blickte zu Lea. »Ich hab dir gesagt, es sind nicht die Nachbarn!«

»Oh Gott.« Entsetzt vergrub ich mein Gesicht in den Händen. Das konnte nicht ihr Ernst sein.

»Ja, das haben wir auch gehört«, stimmte Lea fröhlich zu. »Sehr oft sogar, Svea. Nächstes Mal erweitere dein Vokabular doch ein bisschen, um es für uns interessanter zu machen.«

»Oh Gott«, wiederholte ich lauter und verbarg mein Gesicht diesmal an Wills Brust – die verräterisch vibrierte.

»Du hilfst dir nicht, indem du das immer wieder sagst, Svea«, meinte er leise lachend.

»Nein, nicht wirklich«, stimmte Karla zu, die ebenfalls breit lächelte. »Aber jetzt hast du zumindest eine weitere peinliche Anekdote in deinem Repertoire.«

Ich kniff die Augen zusammen. Ja. Wie schön.

KAPITEL 25

Wenn man lächerlich glücklich war, störten einen Dinge weniger, die einen ansonsten verrückt gemacht hätten.

Zum Beispiel, als Stupid-Steffen mir erklärte, dass ich mich unmöglich verhalten hätte, das Firmenevent, ohne Bescheid zu sagen, zu verlassen – während er auf seiner Switch gerade einen Fragezeichenblock auf der Regenbogenbahn einsammelte. Oder als er mich fragte, ob es Zufall gewesen sei, dass der CEO von *Revolution G* ebenfalls nicht mehr auffindbar gewesen war.

Er war nicht der Einzige, dem Wills und mein Verschwinden aufgefallen war, doch er war der Einzige, der mich mit herablassendem Blick darauf ansprach. Zumindest ins Gesicht.

Ich war mir ziemlich sicher, dass alle hinter meinem und Wills Rücken über uns redeten, aber es machte mir nichts aus. Es war nicht verboten, einen Kunden zu daten, und wenn ich im Gegenzug für ein bisschen Bürotratsch Will bekam, war es die Sache definitiv wert.

Auf der Arbeit ließen wir uns ohnehin nichts anmerken. Abgesehen davon, dass Will mehr als einmal pünktlich um fünf meinetwegen Schluss machte, änderte sich nicht viel. Wir waren so furchtbar professionell, dass wir uns nicht einmal mehr zur Begrüßung die Hand gaben – weil ich Angst hatte, dass ich sie dann das ganze Meeting über einfach nicht mehr loslassen würde und das komisch rüberkommen könnte.

Als ich meine ehrlichen Bedenken mit Will geteilt hatte, hatte er ungefähr fünf Minuten lang durchgelacht. Dann hatte ich ihm meine Hand gegeben, sacht über seinen Daumen gestrichen … und er hatte schlagartig eingesehen, warum so wenig Körperkontakt wie möglich im Arbeitsumfeld eine äußerst gute Idee war.

Ich hatte in meinem Leben noch nie so viel Spaß mit einem

Mann gehabt. Und das nicht nur im Bett, sondern größtenteils außerhalb davon. Ich hatte immer Angst gehabt, dass ich manchmal zu albern und dann plötzlich zu ernst war. Manchmal zu irrational. Manchmal zu faul und manchmal zu energetisch. Aber das war nun einmal *ich.* Und was nützte es mir, einen Mann zu finden, der die falsche Svea mochte? Also blieb ich, wer ich war, und Will schien absolut kein Problem damit zu haben. Im Gegenteil.

Es war so leicht mit ihm. Unendlich leicht. Gerade, weil er so ehrlich war. Weil er mir keinen Grund zum Zweifeln oder Überdenken gab. Ich nicht den Eindruck hatte, in seiner Gegenwart lügen zu müssen.

Weil er mich mochte. Die echte Svea. Nicht die, die ich mit meinen Lügen erschuf. Und dieses Gefühl, das er mir damit gab, ließ mich zu unpassendsten Momenten kichern, auf der Straße nach Wills Hand greifen und nachts im Schlaf seufzen.

Ich überwand mich nach zwei Wochen, in denen wir uns fast jeden Abend gesehen hatten, sogar dazu, ihm etwas auf der Violine vorzuspielen. Auch wenn meine Hände vor Nervosität so zitterten, dass das, was ich fabrizierte, wirklich totaler Mist war.

Aber Will verstand so viel von klassischer Musik wie ich vom Outdoorleben, weshalb es ihm überhaupt nicht auffiel. Er hatte stattdessen den absolut irrationalen Gedanken, dass ich ziemlich heiß sei, wenn ich Geige spielte – was dazu führte, dass wir nicht über das eine, schiefe Lied hinauskamen.

Tatsächlich gab es nur eine einzige Sache, die mich störte.

»Sag mal, warum gehen wir eigentlich immer nur zu mir?«, wollte ich eines Freitagabends wissen, als wir auf meiner Couch saßen und ich überlegte, welchen Marvel-Film ich Will als eiskaltem Einsteiger am besten zeigte. »Ich möchte mich nicht beschweren, aber ich habe das Gefühl, dass dein Fernseher um einiges beeindruckender ist als meiner.« Ich wedelte mit der Fernbedienung zu meinem mickrigen, acht Jahre alten Flatscreen, durch dessen rechte

Seite ein dünner Pixelstreifen lief, dem Elisa und ich liebevoll den Namen Hugo gegeben hatten. »Und so langsam glaube ich, dass Ben recht hat, du wirklich Batman bist und dich weigerst, mir dein Cave zu zeigen.«

»Also erstens: Batman ist eine Flasche, ich bin es nicht. Wir haben also überhaupt nichts gemeinsam. Zweitens: Ich muss dich enttäuschen«, sagte Will bedauernd und zog meine Füße auf seinen Schoß. »Es ist ein langweiliges Klinkerhaus am Kanal.«

»Du wohnst am Kanal? In einem *Haus?* Allein?« Ich bekam große Augen. Es gab drei Gegenden in Köln, die teurer waren als der ganze Rest … den man beim besten Willen auch nicht als günstig bezeichnen konnte! Das einzig Billige in Köln waren die Kamelle, die zu Karneval von den Umzugswagen geworfen wurden.

Also: Es gab Hahnwald – wo die Stadtprominenz wohnte. Marienburg – dessen Beiname nur »der Villenvorort« war. Und den Lindenthaler Kanal, der von Laubbäumen wie Sicherheitskameras gesäumt wurde.

»Ich fasse nicht, dass du mir das vorenthalten hast«, meinte ich ungläubig. »Du wohnst direkt am Kanal – in einem *Haus* – und willst bei mir auf der Couch chillen, aus der bereits diverse Federn springen, um einen Film auf einem Fernseher zu schauen, der Elisa und mich seit Jahren darum anbettelt, endlich in seine wohlverdiente Rente auf dem Wertstoffhof zu gehen?«

Wills Mundwinkel zuckten. »Ich mag es hier. Es ist gemütlich. Und sprich leise. Der Fernseher hört dich.«

»Er ist voll alt, Will. Er ist viel zu schwerhörig, um zu verstehen, was ich sage«, erwiderte ich ernst. »Und was soll das heißen? Bei dir ist es nicht gemütlich?«

»Doch …« Er nickte langsam. »Es ist ein sehr kleines Haus. Nichts Besonderes. Aber mein Wohnzimmer ist gemütlich. Die Küche ganz hübsch …«

»Ein Haus mitten in Köln – nichts Besonderes. Ich wusste es. Irgendwann musste der Millionär in dir doch durchkommen«, meinte ich kopfschüttelnd. »Ich dachte immer, du bist völlig normal, aber offenbar hast du jeglichen Bezug zur Realität verloren.«

Will lachte leise und strich abwesend über meinen Knöchel auf seinem Oberschenkel. »Es ist nicht mein Haus. Na ja, jetzt schon. Aber es gehörte meinem Dad. Mama und er haben dort kurz gewohnt, noch bevor ich geboren wurde. Aber es wurde zu klein, als ich kam. Es gab nicht genug Platz für Büro und Kinderzimmer. Also hat er es möbliert vermietet. Aber die Mieter sind kurz nach seinem Tod ausgezogen, und ich mochte das Haus immer, also bin ich selbst eingezogen, aber …« Er zog die Augenbrauen zusammen.

»Aber was?«, fragte ich leise.

Er seufzte schwer. »Das Bett, Svea. Mein Bett ist nicht gemütlich.«

»Ah.« Ich nickte. Natürlich. Das Bett. Das hatte ich fast vergessen.

»Deswegen habe ich dich noch nicht mitgenommen«, murmelte Will. »Weil das Bett eine Zumutung ist und ich dich am Ende des Abends nach Hause schicken müsste, um kein schlechtes Gewissen zu haben. Und die Nacht ohne dich zu verbringen, kommt mir einfach nicht richtig vor. «

Ich lächelte und nickte, bevor ich einen Entschluss fasste. »Okay, komm«, sagte ich, zog die Beine von seinem Schoß und stand auf.

Verwundert sah er mich an. »Was?«

»Ich will es sehen. Dein Haus. Dein Bett. Also komm.« Ich zog ihn auf die Beine. »Ich bin neugierig. Der Film kann warten.«

Will hatte recht. Sein Haus war klein. Der Garten war es nicht. Das Grundstück wurde von einer hohen, dichten Hecke umgeben, sodass man von außen nicht reinsehen konnte, doch dahinter lag ein Garten, der im Frühling wunderschön aussehen musste. Dreieckige Beete säumten den Pflasterweg, der von der Einfahrt zum Haus führte, und weiter hinten erkannte ich einen kleinen Teich, der sich über drei Ebenen erstreckte und …

»Ist das ein Wasserfall, wenn das Wasser läuft?«, fragte ich erstaunt. »Du hast einen *Wasserfall* in deinem Garten?«

»Dad war nostalgisch. Also ja, aber ich benutze ihn nicht. Ist die totale Energieverschwendung«, murmelte er.

»Natürlich, aber … wow.«

Das Haus selbst war zweistöckig, bestand aus dunkelrotem Klinkerstein, war auf der einen Seite mit Efeu bewachsen, hatte auf der anderen eine gigantische Terrasse … und war schlichtweg so wunderhübsch, dass ich geschlagene fünf Minuten mit offenem Mund davorstand, bevor Will mich mit einem Arm um meine Hüfte gewaltsam hineinbugsierte.

»Sag mir noch einmal, dass ich zu viel starren würde«, murmelte er an meinem Ohr, küsste mich auf die Wange und schloss die Haustür auf.

Das Innere sah genauso aus, wie ich es mir vorgestellt hatte. Es gab eine Menge Holz. Eine Menge Dunkelgrün und Schwarz. Es folgte klaren Linien, war ordentlich und sauber und ja, Wills Gewürze waren alphabetisch geordnet. Doch es gab auch viele Pflanzen. Viele Fotos. Ein paar Maori-Holzfiguren, die ich noch von meiner Neuseeland-Wikipedia-Recherche kannte. Es war gemütlich. Warm. Strahlte Eleganz, aber auch Heimeligkeit aus. War das eine, aber auch das andere.

So wie Will.

»Ich mag es sehr«, flüsterte ich, während Will mich an der Hand ins obere Stockwerk zog, wo offenbar das Schlafzimmer lag. »Ich weiß jetzt, was du damit meinst, dass meine Wohnung *Ich* ist. Denn das Haus ist *Du.*«

Er lächelte. »Ich hab das meiste neu eingerichtet, als ich eingezogen bin. Nur …«

»Das Schlafzimmer nicht?«

Er schüttelte den Kopf und stieß im nächsten Moment eine Tür zu seiner Rechten auf.

Der Raum war übersichtlich und bestand ebenfalls größtenteils aus Holz. Es gab einen großen Schrank auf der einen Seite – und das Bett auf der anderen.

Es sah unschuldig aus. War natürlich gemacht. So ordentlich, dass die Kante der Bettdecke perfekt zum aufgestellten Fußteil ausgerichtet war. Es war schlicht und aus hellem Holz, hatte vier quadratische Füße, ein großes rechteckiges Kopfteil und ein kleineres, aber ebenso rechteckiges Fußteil. Beides warf die Frage auf, warum Will diese nicht *zu eckig* waren. Doch vielleicht war das ja das Problem. Die Matratze war dick, ebenso wie das Kissen … Das Kissen …

Zögerlich schlenderte ich zum Bett, beugte mich vor … und hob es hastig und unauffällig an einer Ecke an.

Will lachte leise und schlang den Arm um meine Schultern. »Svea, hast du gerade nachgeguckt, ob ich wirklich Diamanten unter meinem Kopfkissen verstecke?«

Meine Wangen wurden heiß, und ich wich seinem Blick aus. »Na ja, ich war neugierig!«

Sein Lachen wurde lauter, und er küsste mich sacht auf die Lippen. »Keine Diamanten. Nur ein Kissen.«

»Mhm. Ich bin ein wenig enttäuscht«, gab ich zu. »Ich hab noch nie einen echten Diamanten gesehen.«

»Sie glitzern und sind hart. Nichts Besonderes.«

Ich schnaubte, konzentrierte mich dann jedoch wieder auf das viereckige Holz vor mir. »Das Bett sieht normal aus.«

»Ja.«

»Was ist besonders an ihm?«

»Nun …« Will zögerte, und er brauchte ein paar Augenblicke, bis er die nächsten Worte sagte. »Es ist das Bett meines Vaters.«

Überrascht sah ich auf. »Was?«

Will seufzte und rieb sich übers Gesicht. »Es hat eine neue Matratze, aber … es ist sein Bett. Er hat es selbst gebaut. Er konnte gut mit Werkzeugen. Er war es, der mir beigebracht hat, Möbel zu reparieren, anstatt sie wegzuschmeißen. Das Bett ist durch und durch er und steht seit Ewigkeiten in diesem Haus.«

»Oh«, machte ich und suchte wie automatisch nach Wills Hand. Nur falls er meine Berührung brauchte.

Das war es also. Warum Will sich bei seinem neuen Bett so angestellt hatte. Es war nicht *irgendein* Bett. Es war das Bett seines Vaters.

»Ist das, weshalb du schlecht darin schläfst?«, fragte ich leise. »Weil es dich ständig an ihn erinnert?«

»Nein, nicht nur«, meinte er und zog die Augenbrauen zusammen. »Es ist auch nicht wirklich lang genug. Und zu hart. Der Lattenrost ist furchtbar und hat zu große Lücken. Ich weiß nicht, wie die Vormieter es so lange darin ausgehalten haben. Aber Dad war so stolz darauf, im Mietvertrag stand praktisch drin, dass sie es nicht rauswerfen dürfen. Also habe ich es noch nicht rausgeworfen, aber …«

»Du schläfst seit einem Jahr schlecht und fühlst dich wie ein alter Mann, wenn du drinliegst.«

Er seufzte. »Ja.«

Ich nickte langsam und drückte seine Hand, bevor ich zögerlich fragte: »Darf ich?« Ich deutete zum Bett.

»Klar.«

Vorsichtig ließ ich mich darauf sinken und lehnte mich zurück. Rutschte ein wenig hin und her, um eine bequeme Position zu finden … Doch es gab keine.

»Autsch. Wie kann es so hart sein? Die Matratze ist gefühlt zwei Meter dick!«

Will lachte leise. »Ich weiß es auch nicht!«

Ich drehte mich auf die Seite – und hatte das Gefühl, sofort einen blauen Fleck auf meinem Hüftknochen davonzutragen. Zurück auf meinem Rücken wurde mein Nacken steif, obwohl der doch auf das weiche Kissen gebettet war. Außerdem … »Ist das Bett schief?« Ich hatte das Gefühl, ohne meine Beihilfe seitlich hinabzurollen.

Will kratzte sich den Nacken. »Ja, nur ein paar Grad, aber die Wasserwaage merkt es.«

»Nicht nur die!«

Ich streckte meine Beine aus, und meine Zehen kratzten bereits über das Holz. Und ich war deutlich kleiner als Will! Wie konnte er hier drin überhaupt liegen? Abgesehen davon quietschte und knarzte es bei jeder Bewegung. Als würden eine rostige Schraube und ein altes Stück Holz es unter der Matratze wild miteinander treiben.

Stirnrunzelnd stand ich wieder auf, bevor ich Will mit meinem Blick fixierte. »Will«, sagte ich ernst. »Dein Dad war ein fantastischer Mann, der sicherlich eine Menge Talente hatte. Aber ein Bett zu bauen, ist keines davon! Im Auftrag der Ehrlichkeit: Dieses Bett ist *schlimm.* Es ist ein Folterinstrument. Das Holz, aus dem es gebaut wurde, ist für immer traurig, diesen Zweck erfüllen zu müssen.«

Wills Mundwinkel zuckten. »Er war immer so stolz darauf.«

»Zu Unrecht!«

Jetzt lächelte Will schief. »Ich bin also nicht das Problem?«

»Nein. Es ist das Bett!«, bestätigte ich. »Ich weiß, die Mitarbeiter bei *Revolution G* denken es, und deine Mutter behauptet es, aber dein Vater war offensichtlich nicht perfekt«, flüsterte ich, stellte mich auf die Zehenspitzen und umschloss sein Gesicht sanft mit den Händen.

Er schluckte. »Nein, vermutlich nicht …«

»Sehr sicher sogar nicht. Und es ist okay, dass du es schrecklich findest. Auch wenn dein Vater es gebaut hat.«

Er schloss die Augen und nickte, während ich die stumme Träne wegwischte, die sich seine Wange hinabstahl.

»Du bist nicht dein Vater, Will – und das ist gut so. Du musst nicht toll finden, was er toll findet. Du musst nicht alles so machen, wie er es machen würde. Du kannst einfach du sein. Denn du bist wunderbar. Und du setzt *Revolution G* nicht in den Sand. Du machst es besser. Zu etwas, was *dir* gehört. Genau wie dieses Haus.«

Er lachte trocken, hielt die Augen geschlossen, küsste mich, schlang die Arme um mich. »Ich werde nur niemals so erfolgreich sein wie er. Niemals beweisen können, ob ich es auch allein hätte schaffen können …«

»Aber das musst du doch gar nicht«, erwiderte ich sanft und strich über seinen Nacken. »Du musst *gar nichts* beweisen. Und ich fand deine letzten Wochen sehr erfolgreich. Du hast deine Liste fast erledigt! Es fällt dir sehr viel leichter, pünktlich um fünf mit der Arbeit Schluss zu machen. Und du hast dir ein Privatleben angeeignet. Nicht nur vielleicht. Ich bin dein Privatleben. Wenn du dir jetzt noch ein Hobby zulegst und deine Gedanken und Gefühle öfter mit Ben teilst, bin ich zufrieden.«

Er lachte leise und nickte. »Ist das eine Beförderung? Vom Listenbeauftragten zum Privatleben zu werden?«

»Es fühlt sich so an«, wisperte ich. »Also … lass uns ein neues Bett kaufen. Ich versteh, dass du das hier nicht wegwerfen willst – aber das heißt nicht, dass du länger darin schlafen musst. Hast du noch ein zweites Zimmer? Stell es da rein. Aber ich kann mir nicht vorstellen, dass sich dein Vater wünschen würde, dass du deinen Rücken kaputtmachst.«

»Oh Gott, Dad hatte immer Probleme mit dem Rücken …«

»Vermutlich, weil er in diesem Bett geschlafen hat«, murmelte ich ernst.

Will lachte und öffnete endlich die Augen. »Okay«, flüsterte er und küsste mich ein weiteres Mal. »Lass uns morgen ein unsichtbares, formloses Bett aus Titan, das über dem Boden schwebt, kaufen. Du kennst den Weg zum Alien-Outlet-Store, oder?«

Ich grinste. »Oh ja. Da kaufe ich alles. Aber heute gucken wir einen Marvel-Film.«

»Oh Gott, er fand ihn so schrecklich, Elisa!« Lachend rührte ich in meiner vegetarischen Bolognese herum. »Ich hab extra *Iron Man* genommen, weil es mein Lieblingsfilm ist und man kein Vorwissen braucht – und er nun einmal genial ist! Aber Will konnte nicht aufhören, darüber zu reden, dass der Film ein einziges Plothole sei und keine einzige Szene logisch!«

»Aber Marvel-Filme sollen nicht logisch sein! Sie sollen Spaß machen«, stieß Elisa schockiert aus und brach die Spaghetti in den Topf, sodass ich damit rechnete, dass jeden Moment eine Horde zorniger Italiener unsere Tür einrannte und sie wegen blasphemischen Verhaltens auf den Scheiterhaufen warf.

»Das habe ich auch gemeint! Aber er ist der Auffassung, dass Unlogik niemals witzig sein könnte – außer, sie käme aus meinem Mund.«

Elisa prustete. »Oh Mann. Der Kerl ist süß! Das muss man ihm lassen.«

Ich grinste breit. »Ja. Er hat gesagt, er guckt nie wieder einen Marvel-Film mit mir. *Marvel-Filme hassen* könnte das neue Hobby sein, das er sich meiner Meinung nach unbedingt zulegen sollte. Ich meinte, ich wünsche mir zu meinem Geburtstag, dass er es noch einmal mit *Guardians of the Galaxy* versucht, da ist die Musik wenigstens fantastisch. Er hat laut geseufzt … was ich als *in Ordnung* gedeutet habe. Action, Humor, Liebe – was ist daran nicht zu mögen?«

Elisa lachte. »Ich kann es dir nicht sagen. Und wenn er den auch nicht mag?«

Ich winkte ab. »Macht nichts.« Denn wie sich herausstellte, war es gar nicht so schlimm, wenn man verschiedene Dinge mochte. Es störte Will nicht, und seine Meinung über mich änderte es auch nicht. Außerdem machte es mehr Spaß, als ich dachte, darüber zu diskutieren, was wir gut und furchtbar fanden. Lecker und eklig.

Es war kein Streiten. Keine Konfrontation. Es war … sicheres Diskutieren. Denn es war belangloses Zeug, über das wir sprachen, und ich wusste: Egal, was ich sagte oder dachte, Will würde mich deswegen nicht weniger mögen.

»Du bist hart verliebt, oder?«, fragte Elisa warm und knuffte mich in die Seite.

Meine Wangen wurden heiß, und ich nickte. Denn es hatte wirklich keinen Sinn, es zu leugnen. »Du kennst doch diesen Spruch, dass man aussteigen muss, bevor es zu spät ist?«

Sie nickte.

»Nun, bei mir ist es zu spät, Elisa. Viel zu spät. Ich würde die Tür nicht aufbekommen, selbst wenn ich wollte. Und diesmal liegt es nicht an meinem fehlenden Bizeps!«

Sie lächelte breit und drückte mich in einer spontanen Umarmung an sich. »Du hast keine Ahnung, wie sehr mich das freut. Und er lernt nächste Woche deine Eltern kennen.«

»Jupp. Es ist das perfekte Geburtstagsgeschenk. Ich kann meiner Familie zeigen, dass ich absolut kein Loser bin.«

Elisa verzog kritisch das Gesicht. »Deine Familie sollte nur interessieren, ob du glücklich bist, Svea.«

»Jaja, mein ich doch.« Ich winkte ab. »Ich kann ihnen zeigen, wie glücklich ich bin!« Und dass mein Leben fantastisch war und sie aufhören konnten, sich Sorgen um mich und meine *Larifariheit* zu machen.

Elisa schürzte die Lippen, nickte jedoch. »Bist du nervös? Weil er deine Eltern kennenlernt?«

Ich schüttelte den Kopf. »Nein. Überhaupt nicht.«

KAPITEL 26

Svea, hör auf, so rumzuzappeln, du machst mich nervös!«
»Du brauchst nicht nervös zu sein, *dich* werden sie lieben.«
»Es ist *deine* Familie!«
»Ja, das ist das Problem. Ich dachte, das hättest du verstanden?« Fahrig strich ich mir die Haare aus der Stirn, während wir den Gehweg entlang auf mein Elternhaus zuhielten.
Will schnaubte und drückte meine Hand. »Es wird alles gut.«
Ich nickte, denn ich war ebenfalls *fast* überzeugt davon. Tatsächlich freute ich mich auch ein bisschen darauf, Will vorzustellen. Der letzte Kerl, den ich meinen Eltern vorgestellt hatte, war Philip, mein allererster Freund aus der Schule, gewesen. Als mein Vater ihn gefragt hatte, was er mit seinem Leben anfangen wolle, hatte er geantwortet: *Den Moment nicht verpassen.*
Ich wusste bis heute nicht, über was für einen Moment er da geredet hatte, hoffte aber sehr, dass sein Traum in Erfüllung gegangen war und er ihn nicht verpasst hatte. Jedenfalls war Will eine deutliche Verbesserung zu Philosophie-Phil.
Also atmete ich durch, zog die Kapuze tiefer in mein Gesicht und hielt tapfer auf die weiße Doppelhaushälfte zu, die Mama und Papa seit vierzig Jahren bewohnten.
Sie lag etwas außerhalb von Bensberg, das an guten Tagen zwanzig Minuten Autofahrt entfernt von der Kölner Innenstadt war. Da aber, wenn es um den Straßenverkehr ging, kein Tag in Köln gut war, hatten wir zwanzig Minuten länger gebraucht. Es hatte mich nicht gestört. Ich genoss es, durchs Bergische Land zu kurven. Es war um einiges hübscher als die Kölner Landschaft. Es erinnerte mich jedes Mal ein wenig ans Auenland aus *Herr der Ringe*. Sanfte, grüne Berge. Freundliche Nachbarn. Große, majestätische Bäume. Und man brauchte ewig, um von A nach B zu kommen. Größten-

teils, weil hier nur ein einziger Bus in die Bensberger Innenstadt fuhr und das selbstverständlich nur alle drei Stunden. Doch heute büßte das Bergische Land aufgrund des ekligen Wetters ein wenig seiner Magie ein.

Es nieselte seit Stunden, und der Himmel verdunkelte sich mit jeder Minute weiter. Als bereite er sich mental schon darauf vor, eine Sintflut gen Erde zu schicken.

Ich strich mir die Haare aus der Stirn und atmete tief durch, bevor ich klingelte.

»Sag mal, willst du dein Geschenk lieber gleich haben, zusammen mit deiner Familie … oder danach?«, fragte Will neben mir.

Ich sah verwundert auf. »Du hast mir doch schon geschenkt, dass du *Guardians of the Galaxy* mit mir guckst.«

Er hob eine Augenbraue und fragte unschuldig: »Also möchtest du gar nichts anderes?«

»Na ja, jetzt, da du offensichtlich schon was besorgt hast, wäre es unhöflich, es nicht anzunehmen.« Ich grinste und drückte seine Hand. »Aber lieber ohne Familie. Wenn wir allein sind.« Manche Dinge wollte ich nicht teilen.

»Alles klar. Ich …«

Die Tür ging auf.

Ich hatte damit gerechnet, dass meine Eltern neugierig waren. Gestern hatte ich geträumt, dass meine Mutter uns mit gigantischem Monokel vor dem Auge öffnete, um Will möglichst genau unter die Lupe nehmen zu können. Wie sich herausstellte, war ich jedoch keine Hellseherin, die von der Zukunft träumte. Aber ich kam nah dran.

Sie öffneten gemeinsam die Tür, schenkten mir nicht einmal einen Blick, sondern sahen direkt zu Will … und das mit einem strahlenden Gesicht, das die Sonne hätte eifersüchtig werden lassen, wenn sie nicht schon untergegangen wäre.

»Willkommen!«, verkündete meine Mutter und presste beide Hände auf ihr Herz. »So schön, dich kennenzulernen! Ich bin Silke.«

Sie zog Will in eine Umarmung, bevor er auch nur den Mund öffnen konnte.

»Ja. Hallo. Mein Name ist Richard«, bestätigte mein Vater, der es jedoch beim Handschlag beließ und mehrfach nickte.

Will lächelte und hielt meine Hand noch immer fest umschlossen. »Ebenfalls erfreut. Ich bin Will.«

»Will.« Meine Mutter seufzte entzückt. »Ach, Motte, er sieht gut aus«, flüsterte sie so laut, dass auch die Nachbarn sie sicherlich hörten.

Ich grinste. »Ja, oder? Und du hast ihn noch gar nicht ohne Shirt gesehen.«

Meine Mutter lachte, mein Vater gab ein schwaches *Oje* von sich.

Will schnaubte und drückte warnend meine Finger, auch wenn seine Augen amüsiert funkelten. Ich grinste nur und ließ mich von meinen Eltern in eine Umarmung ziehen. »Happy Birthday, Motte«, sagte mein Vater warm, während meine Mutter mich eng an sich zerrte und flüsterte: »Ich bin so froh, dass du endlich jemanden gefunden hast! Das ist so, so toll! Herzlichen Glückwunsch.«

Ich runzelte die Stirn, und ein bitterer Geschmack entstand in meinem Mund. Gratulierte sie mir zum Geburtstag oder dazu, dass ich endlich einen Mann gefunden hatte?

Sie hörte sich an, als hätte sie nicht mehr damit gerechnet. Als hätte sie sich nicht vorstellen können, dass es jemanden gab, der mich so wollte, wie ich war.

Ich seufzte innerlich, verärgert über meine eigenen Gedanken. Sie freute sich für mich. Das war alles, was ich wissen musste. »Danke«, erwiderte ich lächelnd.

»Gern. Es sind schon alle da«, sagte sie mit leuchtendem Gesicht und trat in den Flur zurück. »Sie warten im Wohnzimmer. Tim ist zu Hause geblieben, um auf Noah aufzupassen. Karla meinte, sie bräuchte den Abend allein?« Sie zuckte die Schultern, als würde sie es nicht ganz verstehen, aber akzeptieren.

Mein Lächeln wurde eine Spur breiter, während ich Schuhe und

Jacke auszog. Gut für Karla. Sie hatte es verdient. Und seit unserer Aussprache vor ein paar Wochen verstand ich sie ein bisschen besser. Ich würde etwas brauchen, um mich ihr emotional anzunähern, die letzten zwei Jahrzehnte waren einfach zu verbittert gewesen. Aber immer, wenn ich an sie dachte, erfüllte mich eine Welle der Erleichterung. Und Mitgefühl. Es war seltsam, dass Streitereien einen manchmal einander näherbrachten. Obwohl sie einen gefühlt zuerst auseinandertrieben.

»Freut mich, dass Karla schon da ist.« Ich lief meiner Mutter hinterher in Richtung Wohnzimmer. »Ich hab nämlich echt Hunger. Dann können wir gleich loslegen. Was gibt es denn …« Ich blieb abrupt stehen. »Leon«, sagte ich perplex.

Er saß im Wohnzimmer. Auf einem der braunen Sessel, die mein Vater so liebte. *Was zur Hölle tat er hier?*

Leon hob einen Mundwinkel und die Hand. »Hey. Schön, hier zu sein! Danke für die Einladung.«

Einladung? Welche Einladung?

Ich blickte zu meiner Mutter, die warm lächelte und dann flüsterte: »Du meintest, nur die Familie. Leon ist doch praktisch Familie.«

Mein Mund wurde trocken. Ja. Aber zurzeit war er der letzte Mensch, den ich sehen wollte!

Unruhig zupfte ich an meinem Pullover. Leons Anwesenheit irritierte mich. Wieso zur Hölle hatte er es für eine gute Idee gehalten zu kommen? Ich hatte ihn seit der Gala nicht mehr gesehen. Hatte die zwei Nachrichten, die mich erreicht hatten, großzügig ignoriert. Größtenteils, weil ich wirklich nicht mit ihm hatte reden wollen. Und ich war nicht die Einzige, die überhaupt nicht erfreut über Leons Anblick war.

Während mein Vater und meine Mutter ins Wohnzimmer drängten, trat Will einen Schritt zurück. Da er wieder meine Hand hielt, zog er mich dabei automatisch mit sich.

Ich wusste, was er dachte. Spürte es daran, wie er sich neben mir versteifte, also drückte ich hastig seine Finger. »Ist doch nicht schlimm«, wisperte ich. »Dann ist er eben da.«

»Wusstest du es?«, fragte er, und seine Stimme hatte diesen ernsten, intensiven Farbton angenommen, den sie immer bekam, wenn ihm etwas wichtig war. »Dass er kommt? Hast du ihn eingeladen?«

»Nein«, erwiderte ich verwirrt. »Natürlich nicht. Meine Mutter war es. Ich will ihn nicht hier haben.«

»Okay. Da sind wir uns einig. Dann sag ihm, dass er gehen soll«, knurrte er.

Ich seufzte. »Ich will keinen Aufstand machen. Mama dachte offensichtlich, ich würde mich freuen.«

»Dann belehr sie eines Besseren.«

»Will …«

Er wandte das Gesicht ab, sodass niemand im Wohnzimmer es sehen, geschweige denn seine Worte hören konnte. »Dieser Kerl macht mich *sehr, sehr* wütend, Svea.«

»Ich weiß. Aber heute ist mein Geburtstag, und ich will ein wenig Harmonie haben, ist das zu viel verlangt? Könntest du also einfach … vergessen, dass er hier ist?« Bittend sah ich ihn an. »Ignorier ihn. Das ist es, was ich tun werde.«

Sein Griff um meine Hand wurde fester, doch er seufzte schwer und nickte. »Schön. Doch hätte ich gewusst, wie viele Geschenke ich dir heute noch machen muss, hätte ich dir nicht extra was besorgt.«

Ich lachte und zog ihn ins Wohnzimmer. »Ich liebe Geschenke. Du hast also alles richtig gemacht. Komm.«

»Ihr Lieben. Das ist Will«, sagte meine Mutter prompt, als hätte sie nur darauf gewartet, endlich die frohe Kunde verbreiten zu dürfen. »Sveas *Freund.*« Sie betonte das Wort so übermäßig, wie jemand den Begriff *Lebensgefahr* auf einer Schachtel voller Rattengift vor einer Gruppe Kleinkindern intoniert hätte.

»Wir kennen uns schon«, sagten Karla und Leon gleichzeitig.

»Wirklich?« Überrascht sah meine Mutter zwischen uns hin und her. »Sie hat ihn euch eher vorgestellt als uns?«

»Ich habe ihn nicht vorgestellt«, sagte ich hastig.

»Nee«, bestätigte Karla lächelnd, stand auf und kam um den flachen Wohnzimmertisch herum, um mir eine Geburtstagsumarmung zu geben. »Ich bin in Sveas Wohnung über ihn gestolpert – und Happy Birthday, Svea.«

»Ich kenne ihn aus einem geschäftlichen Kontext«, steuerte Leon bei, der mich als Nächstes umarmte.

Ein Uff-Laut entglitt meiner Lunge, als er mich so fest an sich zog, dass ich ein wenig vom Boden abhob und Wills Hand aus meiner fiel.

Will gab einen Ton von sich, den man fast mit einem Prusten hätte verwechseln können. Ob wegen des *geschäftlichen Kontexts* oder der Umarmung, konnte ich nicht sagen. So oder so fühlte ich mich unwohl und machte mich hastig von Leon los, während er noch »Herzlichen Glückwunsch, süße Svea« murmelte.

Süße Svea?

Meine Nackenhaare richteten sich auf. Wann war ich denn die süße Svea geworden?

Ich sah unsicher zu Will hoch, dessen Blick auf dem Teppichboden haftete, und rieb mir über die Arme, die Leon mit seiner Umarmung gerade eingequetscht hatte.

Ich fühlte *nichts* für Leon. Kein Kribbeln. Keine dreckigen Gedanken. Kein Seufzen. Und war das nicht fantastisch?

»Ah, verstehe«, log meine Mutter, denn sie sah noch genauso verwirrt aus wie zuvor. »Na dann, setz dich doch, Will.« Sie deutete auf den freien Couchplatz neben Karla. »Wir haben noch etwas Zeit, bevor das Essen fertig ist. Es gibt Hühnchen! Weil du doch Vegetarierin bist!« Strahlend sah sie mich an.

Mein Herz sank und mein Magen beim Gedanken an das arme tote Federvieh gleich mit. Oh nein. Ich war fest davon überzeugt gewesen, dass sie seit Silvester wusste, dass Hühnchen nicht vegetarisch war.

Ich spürte Wills warme Hand in meinem Nacken – er hatte sich nicht auf den von meiner Mutter zugewiesenen Platz gesetzt –, als wolle er mir Mut schenken. Vermutlich dafür, die Wahrheit zu sagen.

Aber es war mein Geburtstag. Und Mama sah so glücklich darüber aus, dass sie daran gedacht hatte. Sie hatte mit Sicherheit Stunden in der Küche gestanden. Außerdem wollte ich heute darüber reden, wie fantastisch es mir ging. Wie unproblematisch mein Larifari-Leben war.

Karla unterdrückte ein Lächeln und biss sich auf die Unterlippe, bevor sie murmelte. »Mama, Svea isst …«

»Danke, Mama«, unterbrach ich sie laut. »Das ist bestimmt lecker.«

»Das hoffe ich! Ich hab es heute deutlich intensiver getätschelt als euren Vater seit einer ganzen Weile.«

Mein Papa lief tomatenrot an. »Silke …«

»Ach, Richard, stell dich nicht so an«, meinte meine Mutter nur amüsiert und kabbelte sich weiter mit meinem Vater, während Wills Hand aus meinem Nacken an meinem Rücken hinabrutschte.

»Svea …«, murmelte er kaum hörbar.

»Sie kann es sowieso nicht mehr ändern«, wisperte ich. »Es ist gekocht. Was soll ich machen?«

»Ihr die Wahrheit sagen. Es steht sogar auf deiner Liste.«

Ich hob die Schultern. »Ja, ich weiß. Aber ich möchte nicht, dass es heute Abend um meine Lügen geht. Ich will, dass es um die guten Dinge geht!« Denn ich hatte endlich welche, die ich erzählen konnte. Beziehungsweise, die ich mitgebracht hatte. Ich wollte, dass meine Eltern sahen, wie gut es mir ging. Keinen Streit anfangen. Ich spürte Wills intensiven Blick auf mir, und Hitze kroch in meine Wangen.

»Was tuschelt ihr?«, wollte Leon laut wissen und stand von seinem Sessel auf, um auf uns zuzukommen.

Wills Hand glitt von meinem Rücken.

»Ach, übers Wetter«, log ich und zwang mich zu einem Lächeln.

»Ach so. Dachte ich mir, dass ihr beide nur die interessantesten Gespräche führt.« Er zwinkerte mir zu. »Svea, du hast dich gar nicht zurückgemeldet! Ich versuche seit Wochen, dich zu erreichen.«

»Ich weiß.« *Das war Absicht.* Meine Zunge klebte an meinem Gaumen, und ich versuchte, sie zu lösen. Denn ich sollte ihm genau das sagen, aber mein Vater stand praktisch direkt neben Leon und ... »Sorry, ich hatte viel zu tun. War ständig unterwegs.« Ich winkte ab.

Will schnaubte, und ich konnte mich nur schwer davon abhalten, ihm einen verärgerten Blick zuzuwerfen. Es war keine richtige Lüge gewesen. Ich *hatte* eine Menge zu tun gehabt.

»Okay, wie willst du es machen?«, unterbrach meine Mutter meine Gedanken. »Erst Geschenke? Oder willst du das Essen abwarten?«

»Auf jeden Fall erst Geschenke!«

Karla verdrehte die Augen, war jedoch die Erste, die ein rechteckiges Päckchen aus ihrer Handtasche zauberte.

Noch bevor ich zu Ende ausgepackt hatte, sagte sie: »Es ist wieder belgische Schokolade. Sehr teuer! Aber *ohne* Mandeln.« Vielsagend nickte sie mir zu, auch wenn ihre Wangen leicht rosa anliefen. »Sorry, ich weiß, ich bin nicht sehr kreativ, aber ...«

»Danke«, unterbrach ich sie und umarmte sie fest. »Wirklich, danke!«

Meine Eltern waren als Nächstes dran, und ich bekam ein kniegroßes Paket, das meinen Vater einige Schweißperlen kostete, als er es auf den Wohnzimmertisch hievte, damit ich die Verpackung leichter aufreißen konnte.

Früher, als Kind, waren große, schwere Geschenke immer meine liebsten gewesen. Das hatte sich seit jeher nicht geändert. Weshalb ich mit Euphorie das glitzernde, blaue Geschenkpapier von dem unförmigen Gegenstand zerrte ... und im nächsten Moment innerlich stöhnte.

Groß und schwer war nicht immer gut.

Das hätte ich ahnen – nein, ich hätte es wissen müssen! Denn zum Vorschein kam eine weiß glänzende Granitstatue in Form einer korpulenten Frau, die breitbeinig auf dem Boden saß, ihre Brüste in den Händen jonglierte und ganz allgemein einen FSK-18-Zirkusauftritt hinlegte, für den niemand Geld bezahlen würde. Nein. Ich würde sogar so weit gehen zu sagen, dass es ein FSK-100-Auftritt war. Denn niemand sollte noch allzu lange mit diesem Bild vor Augen leben müssen.

»Oh, wow«, brachte ich gequält hervor und legte das Papier zur Seite. Ich wollte diese Statue nicht mit nach Hause nehmen. Ich war zweiunddreißig geworden, nicht blind!

»Ist sie nicht atemberaubend?«, wollte meine Mutter wissen. »Dein Vater meinte, sie wäre etwas zu groß, aber ich habe mir gedacht: Kunst kann nicht zu groß sein! Kunst muss ein Statement sein.«

Ich senkte den Blick, damit meine Mutter nicht sah, dass ich die Lippen zusammenpresste. Ein wenig, weil ich kurz vor einem Lachanfall stand, denn das einzige Statement, das diese Statue mir vermittelte, war, dass Kunst hässlich war. Ein wenig aber auch, weil leise Verzweiflung in mir aufstieg. Ich würde diese Figur zu Wills Auto schleppen müssen. Die sechs Stockwerke hoch zu meiner Wohnung. Ich konnte sie nicht einfach so wegschmeißen, denn meine Mutter würde verlangen, sie zu sehen. Aber sie war auch zu massiv, um sie Dutzende Male aus dem Keller zurück in meine Wohnung zu tragen.

»Ich komm nie wieder in deine Wohnung, wenn diese Figur dort steht«, wisperte Will amüsiert an meinem Ohr.

Meine Mundwinkel zuckten, doch das Lächeln schaffte es nicht ganz auf mein Gesicht. Denn ja, das hier wäre meine Möglichkeit, ehrlich zu sein. Aber Mama blendete mich mit dem Strahlen auf ihrem Gesicht. Und sie erzählte gerade, wie viel Mühe sie sich gegeben hatte, die passende Statue für mich auszusuchen. Zu wie vielen Läden sie mit Papa gefahren war, um die richtige zu finden.

Sie wäre enttäuscht, wenn ich ihr die Wahrheit sagen würde. Enttäuscht von mir, weil ich bereits bei der ersten Figur, die sie mir geschenkt hatte, nicht ehrlich gewesen war.

»Ich will den Abend nicht kaputtmachen«, murmelte ich und strich der Figur unbehaglich über den Rücken.

»Ja. Dafür aber die pornografische Figur!«

Will hatte recht. Aber dennoch: »Sie ist wunderschön, Mama!«, sagte ich, drehte mich um und lächelte sie warm an. »Sie passt perfekt in meine Sammlung.« Zumindest das war nicht gelogen. Grässlich und grässlich gesellte sich gern.

Ich spürte Will leises Seufzen eher, als dass ich es hörte, wurde in diesem Moment jedoch von Leon abgelenkt, der mir ebenfalls ein Paket reichte. Es war rechteckig und flach, und ich dachte zuerst, dass er mir ebenfalls Schokolade schenkte, so wie Karla. Doch als ich das Papier wegzog, fiel ein Bilderrahmen in meine Hände.

Ein einziges Foto war darin. Es zeigte Leon und mich, wie wir, die Arme umeinander gelegt, vor einer dreckigen Theke standen. Im Hintergrund waren runde Tische und eine Wand gepflastert mit Alkoholflaschen zu sehen.

Mein Magen sank, und langsam öffnete ich den Mund. Ich kannte das Bild nicht, aber ich wusste, wo und wann es aufgenommen worden war. Es war der Tag nach meiner Nicht-Beförderung gewesen. Der Abend, als Leon und ich betrunken miteinander im Bett gelandet waren und er mir am nächsten Morgen erzählt hatte, dass er lieber nur mit mir befreundet sein wollte.

Das Blut rauschte in meinen Ohren, oder vielleicht rauschte es auch nur aus meinem Kopf.

»Mir ist an Silvester aufgefallen, dass du kein Foto von mir hast, und ich dachte, das muss ich ändern!«, sagte er lachend und umarmte mich. Doch ich bekam es kaum mit, denn ich starrte noch immer das Bild an.

Warum zur Hölle schenkte er mir das jetzt? Jetzt, da ich einen anderen Mann mitbrachte? Was sollte das?

»Nett«, kommentierte Will trocken hinter mir.

Ich wandte mich zu ihm um, wollte ihm sagen, dass ich auch nicht wusste, was das sollte, doch Leon quatschte dazwischen: »Erinnerst du dich noch an meine grüne Jacke? Sieht ein bisschen aus wie deine, Will. Mit der du gerade reingekommen bist«, meinte er und zwinkerte ihm zu. »Nur dass sie keine Löcher hat.«

Diesmal rauschte das Blut zurück in mein Gesicht, um es tomatenrot zu färben. Warum versuchte er, Will schlechtzumachen? Es gefiel mir nicht. Es gefiel mir überhaupt nicht!

»Aber ich schätze, manchen ist es einfach nicht wichtig, wie sie auftreten! Ob sie verlottert herumlaufen. Ob Leute denken, dass sie sich keine neue Jacke leisten können.«

Verlottert? Hatte er sie noch alle?

»Er kann sie sich leisten«, knurrte ich. »Er ist verdammter Millionär! Ihm ist Nachhaltigkeit einfach nur wichtig. Er schmeißt keine Dinge weg, die man noch benutzen kann.«

»Er ist verdammter was?«, mischte sich Mama mit hoher Stimme ein und starrte Will mit offenem Mund an.

»Ähm«, sagte er unangenehm berührt und kratzte sich den Nacken.

Ich kniff stöhnend die Augen zusammen und sah zu ihm hoch. Seine Wangen verfärbten sich rosa. Mist.

»Nicht so wichtig«, sagte ich hastig, doch natürlich gingen meine Eltern nicht über meine Worte hinweg.

»Was?! Er ist … Millionär?« Das kam von meinem Vater.

Ich zog peinlich berührt eine Grimasse und drückte entschuldigend Wills Hand. Genoss es aber ein bisschen, wie Leon, das Gesicht griesgrämig verzogen, einen Schritt zurückmachte. Vielleicht war das der Grund, warum ich meine Schultern durchstreckte und das Kinn reckte, als ich die nächsten Worte sagte. »Will ist der CEO von *Revolution G*«, meinte ich leichthin. »Und ja, er ist Millionär. Aber darüber müssen wir jetzt wirklich nicht reden.«

»Mann, Svea«, stellte Karla amüsiert fest. »Du weißt, wie man gute Neuigkeiten taktvoll und bescheiden verbreitet.«

Meine Wangen wurden heiß, doch ich weigerte mich, mich deswegen schlecht zu fühlen. Irgendwann hätten meine Eltern es ohnehin erfahren.

»Er hat die Firma und das Geld von seinem Vater geerbt«, murmelte Leon laut hörbar.

Ich presste die Lippen zusammen und funkelte ihn wütend an.

»Na und? Er hat zwei Master gemacht. Einen davon in Neuseeland. Kannst du dasselbe von dir behaupten, Leon? Er ist unterm Strich verdammt beeindruckend!«

Dem Gesichtsausdruck meiner Mutter nach zu urteilen, fand sie das auch. Sie machte große Augen und legte wieder eine Hand auf ihre Brust, die ihren nächsten Worten die richtige dramatische Note verlieh. »Wirklich? Das ist aber toll, Will.«

Will atmete nur tief durch.

»Wie habt ihr euch denn kennengelernt?«, fragte mein Vater stirnrunzelnd. »Ich meine … wie lernt unsere Svea einen Millionär kennen? Und kommt dann auch noch mit ihm zusammen!«

Will sagte nichts. Er hatte nur die Lippen zusammengepresst und eine Augenbraue in meine Richtung gehoben. Also antwortete ich. »Wir haben uns auf der Arbeit kennengelernt. Seine *äußerst erfolgreiche* Firma …« Ich warf Leon einen kühlen Blick zu. »… ist Kunde von uns.«

»Ah.« Mein Vater nickte, und ich spürte, wie Will die Hand in meinem Kreuz verkrampfte. Bemerkte aus den Augenwinkeln, dass er unruhig von einem Bein auf das andere trat.

Shit. Das hätte ich nicht sagen sollen. Alles. Angefangen damit, dass er Millionär war. Aber es war doch die Wahrheit! Abgesehen davon regte es mich auf, dass Leon versuchte, Will als einen reichen, faulen Erben hinzustellen.

Wie lernt unsere Svea einen Millionär kennen? Und kommt dann auch noch mit ihm zusammen.

Ich bin so froh, dass du endlich jemanden gefunden hast!

Die Stimmen meiner Eltern hallten in meinen Ohren wider, und ich schlang die Arme um meinen Oberkörper. Warum waren sie alle so verblüfft? War es seltsam, dass ich einen so tollen Kerl gefunden hatte, der mich mochte?

»Essen wir doch!«, rief Karla in die plötzlich entstandene Stille hinein, und ich war dankbar dafür.

Meine Familie lief mit Leon im Schlepptau in Richtung der großen Küche, in der auch unser Esstisch stand, während Will mich an der Hand zurückhielt. Ich sah in sein Gesicht und merkte, wie sein Kiefer arbeitete. Er hatte die Augen verengt und wirkte überhaupt nicht mehr amüsiert.

»Sag mal ... willst du Leon beeindrucken? Oder was genau ist dein Ziel?«, fragte er tonlos.

Schockiert sah ich ihn an. »Was? Nein! Es nervt nur, dass er auf dir rumhackt.«

»Mir ist es egal«, erwiderte er leise und ließ meine Hand los. »Mich ärgert es deutlich weniger, wenn der Typ sich auf mich konzentriert, als wenn er sich auf dich konzentriert. Also könntest du es einfach ... lassen? Bitte?«

Ich presste die Lippen zusammen und nickte. »Entschuldigung. Ich wollte nicht ... Klar.«

Ich hatte mir diesen Abend ganz anders vorgestellt. Aber was noch nicht war, konnte ja noch werden.

Das Essen war ... nun, ich würde gern behaupten, lecker. Aber da ich drei Viertel davon nicht zu mir nehmen wollte, zählte meine Meinung wohl nicht wirklich. Zumindest gab es Salzkartoffeln mit Butter. Auch wenn es mir schwerfiel, mich auf einen einzigen Bissen zu konzentrieren. Denn Leon störte es, dass Will hier war. Das machte er mehr als deutlich, obwohl er subtil vorging. Und mich störte, dass es ihn störte. Denn er hatte verdammt noch mal nicht das Recht dazu, sich eine Meinung über Will und mich zu erlauben!

»Danke übrigens noch einmal, Svea, für deine Hilfe bei meinem Fragebogen.« Er zwinkerte mir zu, und ich lächelte verkrampft. Früher hatte ich es gemocht, wenn er mir zugezwinkert hatte. Ich hatte mich besonders gefühlt. Aber jetzt? Jetzt spürte ich nur, wie Will neben mir sein Gewicht verlagerte. Wie er seinen Teller ein wenig zu eingängig studierte. »Du bist wirklich ein Genie! Ich hoffe, deine *Kunden* wissen das zu schätzen.« Sein Blick wanderte kurz zu Will. »Die meisten verstehen deine quirlige, trockene Art nicht direkt auf Anhieb. Aber man braucht eben Zeit, um dich richtig kennenzulernen. Ich meine, wir kennen uns nun schon seit fünf Jahren, und es gibt immer noch Dinge über dich, die ich nicht weiß.«

»Sechs«, sagte ich wie automatisch. »Wir kennen uns seit sechs Jahren.«

»Ah, stimmt«, sagte Karla und nickte. »Ihr habt euch auf meinem Geburtstag kennengelernt, oder?«

»Ja, wir haben uns über unseren gemeinsamen Hass auf Marvel-Filme und unser Unverständnis für klassische Musik angefreundet«, sagte Leon warm.

Will verschluckte sich an seinem Essen, und meine Wangen fingen Feuer.

»Richtig. Richtig, richtig. Das haben wir«, murmelte ich nur.

»Dein Unverständnis für klassische Musik?«, echote mein Vater schockiert.

Ich lachte unangenehm berührt. »Es war nur das eine Stück, das Karla auf ihrer Violine gespielt hat«, log ich. »Darüber haben wir geredet.«

Ich spürte schon wieder, dass Will mich ansah, und peinlich berührt kratzte ich mir die Wange.

Meine Familie. Es war nur meine Familie, bei der es mir so schwerfiel, ehrlich zu sein. Außerdem war heute eine Ausnahme. Weil ich ihn mitgebracht hatte. Weil mein Geburtstag war. Ich würde ihnen allen noch die Wahrheit sagen. Aber nicht heute. Heute sollte ein schöner Abend sein, kein unendlich anstrengender, an dem ich über mich hinauswachsen musste.

»Es war wirklich kaum der Rede wert, Richard«, sagte nun auch Leon. »Aber Mann, du hast damals hübsch ausgesehen! In deinem blauen Kleid. Nicht so hübsch wie heute, aber trotzdem …«

Verdutzt sah ich ihn an. Erstens, weil er mir ein doppeltes Kompliment gemacht hatte. Zweitens, weil er sich diesmal wirklich an die richtige Farbe des Kleides erinnert hatte.

»Ja, es war blau«, meinte ich und blinzelte. Wieso … Wieso wusste er es auf einmal? Und *flirtete* er mit mir?

»Bist du hingefallen, Will?«, wollte er stirnrunzelnd wissen, während mein Kopf noch immer mit den plötzlichen Komplimenten beschäftigt war, und deutete auf Wills Hände. »Oder warum sehen die aus, als wärst du aus dem Kampf mit Schmirgelpapier als Verlierer hervorgegangen?«

Ich folgte seinem Blick, war immer noch verwirrt über die Vibes, die er ausstrahlte, und kam damit auf Wills rauen Händen zum Liegen. Ich mochte seine Hände. Fast so gern wie seinen Kiefer. Denn sie mochten rau aussehen, aber sie waren unendlich sanft und warm. Und sie waren nur ein weiterer Beweis dafür, dass Will sich nichts auf sein Geld einbildete. Dass er sich für keine Arbeit zu schade war.

»Er baut Möbel selbst«, sagte ich stolz.

»Ich repariere sie nur«, korrigierte Will mich leise.

Ich winkte ab. »Das ist fast dasselbe.«

»Oh, wie schön.« Meine Mutter lächelte breit.

»Man sollte Handschuhe tragen, wenn man Möbel baut«, bemerkte Leon. »Damit die Hände nicht so enden.« Er deutete auf Wills. »Ich kann dir gern ein paar Tipps geben, wenn du willst.«

»Das ist überhaupt nicht nötig«, erwiderte ich und versuchte meine Stimme betont leicht klingen zu lassen. »Er weiß genau, was er tut. Er braucht niemanden.«

»Ja, natürlich«, sagte Leon ausweichend und hob kapitulierend beide Arme. »Aber du weißt doch, dass ich sehr talentiert mit meinen Händen bin, Svea.« Er grinste breit.

Ich lachte verblüfft auf. War das sein Ernst? Worauf genau spielte er an?

Will stand auf. »Entschuldigt mich«, murmelte er und verschwand im nächsten Moment im Flur.

KAPITEL 27

Mein Magen sank ein paar Zentimeter tiefer, während ich ihm nachsah. Er war bereits das ganze Essen über seltsam still gewesen, und jetzt gerade … hatte er wütend ausgesehen. Manche erkannten es nicht, weil Will sich Mühe gab, sein Gesicht möglichst neutral zu halten. Aber sein verhärteter Kiefer und seine nervösen Hände verrieten ihn immer.

»Sorry, ich komm gleich wieder«, meinte ich leichthin, auch wenn Unruhe sich in meinem gesamten Körper ausbreitete. Das Essen war unangenehm. Das wusste ich. Aber Leon provozierte die ganze Zeit! Ich biss mir auf die Unterlippe, erhob mich ebenfalls und lief ihm nach. Er war nicht im Flur, aber die Tür nach draußen stand offen.

Stirnrunzelnd schlüpfte ich in Schuhe und Jacke und trat in den Vorgarten. Will war nicht weit gekommen. Vielleicht hatte er auf mich gewartet. Vielleicht hinderte ihn auch der strömende Regen daran, die kleine Überdachung vor unserer Haustür zu verlassen.

»Was tust du?«, fragte ich verwundert und stellte mich neben ihn. Zog die Arme eng um den Körper, um mich vor der Kälte zu schützen, während ich verwirrt den Blick über ihn wandern ließ. Er trug Jacke und Schuhe, hatte sogar seinen Schal angezogen. »Will …« Ich blinzelte perplex. »*Gehst* du?«

Er seufzte und starrte auf die Pfütze zu seiner Rechten, in der die dicken Regentropfen, die vom Himmel fielen, Kreise malten. »Ich hab mich noch nicht entschieden«, murmelte er schließlich.

Mein Herz fiel mir in die Füße, und mir wurde schwindelig. Er sah mich nicht einmal an! Und warum sagte er so was? »Du … Was? Wovon redest du? Bist du wütend?«

»Ich weiß nicht, Svea. Habe ich einen *Grund,* wütend zu sein?«, fragte er abgehackt, und diesmal sah er mir direkt in die Augen. Seine Iriden waren dunkler als sonst. Aber nicht auf die gute, lustverhangene Art und Weise.

»Ich …« Ich leckte mir über die Lippen. »Also, es sieht nach einem deutlichen Ja aus, und ich verstehe, warum der Abend dich ärgert, aber …«

»Du hast ihm erzählt, dass du Marvel-Filme nicht magst und klassische Musik nicht verstehst?«, fiel Will mir ins Wort. Die Augenbrauen zusammengezogen.

»Ja, hab ich«, sage ich widerwillig. »Aber was hat das …«

»Meine Güte, du hast wirklich alles versucht, damit der Kerl dich mag«, unterbrach Will mich kopfschüttelnd. »Praktisch deine Musiker- und Filmseele verkauft.«

Ich schluckte unangenehm berührt. Ich konnte ihm nicht widersprechen. Aber das war nicht mehr wichtig! »Ich war ein anderer Mensch. Es war eine andere Zeit.«

»Eine Zeit, in der du Marvel und Mozart scheiße fandest?«

Langsam schüttelte ich den Kopf. »Natürlich nicht. Das weißt du doch.«

»Weiß ich das?« Zweifelnd sah er mich an. »Denn ich hab dich vorhin nicht widersprechen hören.«

Ich seufzte und schob die Hände in meine Jackentaschen. »Was hätte es genutzt, ihn jetzt noch zu korrigieren?«

»Es wäre verdammt noch mal ehrlich gewesen!«

»Ehrlichkeit ist nicht immer alles, Will«, erwiderte ich gereizt.

»Ja. Das ist mir heute Abend glasklar geworden.« Seine Stimme hatte eine bittere Note, die mir die Nackenhaare aufstellte. Die es in meinem Magen rumoren ließ.

»Was genau ist dein Problem, Will?«, wollte ich leise wissen. Ich hatte Angst, laut zu fragen, weil ich noch hoffte, dass er mir nicht antworten würde. Dass er Stille Ehrlichkeit vorziehen würde. Doch ich wusste es besser.

»Warum hast du Leon nicht gesagt, dass du dich nicht bei ihm gemeldet hast, weil du ihn nicht sprechen wolltest?«, fragte er schroff.

Ich strich mir die Haare hinter die Ohren. »Es wäre unnötig unhöflich gewesen!«

»Klar«, sagte er tonlos. »Da dir Höflichkeit wichtig zu sein scheint: Warum hast du gerade die ganze Zeit *über* mich und nicht mit mir geredet? Du hast praktisch gemacht, wofür du deine Schwester vor ein paar Wochen so kritisiert hast.«

Verwundert öffnete ich den Mund. »Du hast es nicht selbst erzählt. Was du tust. Wer du bist.«

»Vielleicht, weil ich dachte, dass die wichtigsten Dinge, die man über mich wissen muss, nicht mein Job, meine besonderen Fähigkeiten und mein Geld sind«, erwiderte er steinern.

»Natürlich sind sie das nicht!«

»Aber es waren die einzigen Dinge, die du erwähnt hast. Jedes Mal, wenn Leon irgendeinen dummen Kommentar gemacht hat.«

»Er hat mich aufgeregt!«, erwiderte ich hitzig.

»*Warum* regt dieser Kerl dich so auf, Svea?« Wills Stimme war so angespannt wie seine Schultern.

Perplex blinzelte ich. »*Dich* regt er doch auch auf!«

»Ja. Aber ich bin eifersüchtig. Was ist deine Ausrede?«

»Ausrede? Wieso brauche ich denn eine Ausrede?« Frustriert fuhr ich mir durch die Haare. »Es … nervt mich einfach.«

»Es nervt dich, dass er dir plötzlich Dutzende Komplimente macht? Es nervt dich, dass er dich zum Lachen bringt?«

»Ich hab nur gelacht, weil er lächerlich ist!«, erwiderte ich gereizt. »Und nein. Es nervt mich, dass er schlecht über dich redet.«

»Und ich habe gesagt, dass es mir egal ist. Dass du einfach damit aufhören sollst, im Gegenzug mit mir anzugeben.«

Mein Mund wurde trocken. »Ich gebe nicht mit dir …«

»Das ist eine Lüge, und das weißt du«, unterbrach er mich hart. Seine Stimme genauso unnachgiebig wie sein Gesicht. »Svea, ich weiß, wann eine Frau mich dafür benutzt, sich selbst besser darzustellen. Denn Dutzende vor dir haben es bereits getan. Aber …« Sein Kiefer knackte hörbar. »Ich bin nicht dein Zauberpony, das du herumzeigen kannst, um deinem ehemaligen Geliebten zu beweisen, wie gut es dir ohne ihn geht!«

»Das weiß ich«, sagte ich schockiert, und mein Herz begann zu ziepen. »Ich habe all das nicht gesagt, um mit dir zu prahlen! Es hat mich nur so furchtbar wütend gemacht, dass Leon versucht hat, dich niederzumachen. Du bist viel besser als er. Ich wollte nicht, dass du in einem schlechteren Licht dastehst, als du verdienst.«

Will presste die Lippen zusammen. »Als ich es verdiene … Oder als du es verdienst? Klar, du hast über mich geredet, aber ich hatte trotzdem nicht das Gefühl, dass es um mich ging. Ich habe dich nicht darum gebeten, den Leuten zu erzählen, wie toll ich bin. Mich hat es nicht gestört, was Leon gesagt hat. Es hat ihn armselig wirken lassen, nicht mich. Also … Hast du alles gesagt, damit ich mich besser fühle oder damit du dich besser fühlst?«

Ich schluckte, und meine Augen fingen an zu brennen. Er hörte sich so … enttäuscht an. So wütend und verletzt. Ich öffnete den Mund. Wusste nicht, was ich antworten sollte, um ihn zu besänftigen. Doch Will wollte nicht besänftigt werden.

Ehrlichkeit. Er wollte nur Ehrlichkeit. »Vielleicht war es ein bisschen was von beidem«, sagte ich so leise, dass der prasselnde Regen auf dem Asphalt meine Stimme beinahe verschluckte. »Aber meine Mutter war so furchtbar überrascht darüber, dass ich einen solch tollen Kerl mitbringe … Was ist falsch daran zu wollen, dass sie weiß, wie wundervoll du bist?«

Will rieb sich mit der flachen Hand übers Gesicht. »Aber du hast es nicht ihr erzählt. Du hast es Leon erzählt. Und du hast nicht darüber geredet, wie *wundervoll* ich bin. Sondern wie reich und erfolgreich ich bin. Als wolltest du, dass er weiß, was er verpasst hat. Als wolltest du ihm zeigen, dass du …« Er lachte trocken. »… jeden Kerl haben könntest, den du wolltest. Auch den heißen Millionär.

Und dass es seine Schuld ist, dass er nicht früher verstanden hat, wie fantastisch du bist.«

Ich biss mir von innen auf die Wange, zog die Augenbrauen zusammen. Wünschte, dass Will falschlag. Wusste aber, dass in seinen Worten ein Fünkchen Wahrheit steckte. Denn Leon hatte so lange dafür gesorgt, dass es mir schlecht ging. Und vielleicht hoffte ein kleiner, gemeiner Teil in mir, dass er jetzt ein wenig litt. Weil er vielleicht doch gewusst hatte, wie ich mich fühlte – und mich hingehalten hatte.

»Okay, ja. Vielleicht das auch«, sagte ich fahrig. »Tut mir leid, dass du dich deswegen blöd gefühlt hast. Aber es ist doch nicht viel dabei!«

»Nicht viel dabei«, murmelte Will und schüttelte den Kopf. »Scheiße, Svea. *Warum?* Warum hast du das Gefühl, diesem Vollidioten etwas beweisen zu müssen? Ihm zeigen zu müssen, wie fantastisch du bist? Ich meine … empfindest du noch was für den Kerl?«

Seine letzten Worte kamen zögerlich über seine Lippen. So langsam und gleichzeitig abgehackt, dass ich mir sicher war, dass er sie eigentlich nicht hatte aussprechen wollen. Aber dass er es im Auftrag der vollkommenen Ehrlichkeit hatte tun müssen.

Das Brennen in meinen Augen wurde unerträglich. Weil ich ihm wehgetan hatte. Weil er mich ansah, als würde er mich nicht kennen. Weil da eine Distanz in seinem Blick lag, die ich hasste. Die mir kalt werden ließ. Die meine Stimme rau machte. Obwohl er doch der einzige Mann war, dem ich jemals mein vollkommen ehrliches Ich gezeigt hatte. »Nein«, hauchte ich und schüttelte heftig den Kopf. »Nein, natürlich nicht …«

»Bist du dir sicher? Mir fällt es gerade nämlich sehr schwer, dir zu glauben. Du warst immerhin sechs Jahre lang in ihn verliebt.«

»Nein!« Auf einmal panisch trat ich nach vorn und nahm seine Hand. »Wirklich nicht. Ich bin in *dich* verliebt.«

Will starrte mich an. Ließ den Blick über mein Gesicht wandern.

Suchend, abwartend, geduldig. So, wie ich es von ihm kannte und liebte. Wie er es immer tat. Doch diesmal schien er nicht zu finden, was er suchte. »Ich weiß nicht, ob du lügst, Svea«, sagte er leise. »Ich weiß es nicht.«

»Ich lüge nicht!« Meine Stimme wanderte eine Oktave höher. »Ich sage dir immer die Wahrheit, Will. Das weißt du!«

»Weiß ich das?« Zweifelnd sah er mich an. »Ich dachte das bis vor ein paar Stunden auch noch, aber ... Shit, Svea. Jeder zweite Satz, der heute aus deinem Mund kam, war eine Lüge!«

Ich presste die zitternden Lippen aufeinander und schüttelte immer wieder den Kopf. Ich hasste, in welche Richtung sich dieses Gespräch entwickelte. Hasste den zweifelnden Ausdruck auf Wills Miene. Doch am allermeisten hasste ich, dass er mir galt. Dass *ich* es war, die *ihn* verunsicherte. Dass meine dummen Lügen mir schon wieder zum Verhängnis wurden. Dass Will mir glauben wollte, aber nicht konnte. Obwohl ich in den letzten drei Monaten alles getan hatte, um mich zu bessern. Obwohl ich Will gegenüber wirklich immer ehrlich gewesen war.

»Nein«, flüsterte ich, während die erste Träne sich in meine Augen stahl. »Leon interessiert mich nicht. Du interessierst mich. Du bist *alles*, was ich gesucht habe.«

Ein harter Zug entstand um Wills Mund, während er fast mechanisch den Kopf schüttelte. »Nein. Das stimmt nicht.«

Ich strich mir fahrig die Tränen von den Wangen. »Okay. Ich *dachte*, ich suche nach etwas anderem. Nach jemand anderem. Aber ... du bist das, was ich gefunden habe. Was ich *will*. Das ist, was zählt.«

Will schloss die Augen, rieb mit Zeigefinger und Daumen darüber. »Ich weiß es nicht, Svea ...«

»Doch!«, widersprach ich heftig. »Das ist, was zählt. Dann habe ich eben was anderes gesucht und was Besseres gefunden. Was ist schlecht daran?«

»Schlecht daran ist, dass ich mich absolut beschissen bei dem Gedanken daran fühle, dass du vor dem Kerl mit mir angeben musst, der dich seit sechs Jahren furchtbar fühlen lässt … und dass du immer noch nicht die Wahrheit sagen kannst«, fuhr Will mich an. »Shit, ich musste gerade *für* dich lügen, Svea, ist dir das klar? Ich habe meinen Mund gehalten und all die Lügen ignoriert, weil ich dich schützen wollte – und das gefällt mir nicht! Das bin … nicht ich.« Er seufzte schwer und rieb sich über die Stirn. »Ich will nur dich und Ehrlichkeit, Svea. Und ich glaube nicht, dass das zu viel verlangt ist. Du hättest deiner Mutter sagen müssen, dass du kein Hühnchen isst. Du hättest ihr sagen müssen, dass du die Figur grässlich findest. Du hättest ihr sagen müssen, dass du den Spitznamen *Motte* hasst. Du …«

»Ich wollte den Abend nicht mit unangenehmen Wahrheiten kaputtmachen!« Meine Stimme wurde lauter. »Und wir haben versprochen, dass wir einander nicht drängen dürfen. Dass wir unsere Listen in unserer Geschwindigkeit erledigen müssen. Ich …« Frustriert stöhnte ich auf. »Ich verstehe es nicht. Warum streitest du jetzt mit mir? An meinem Geburtstag? Obwohl du weißt, dass ich Streiten hasse!«

»Weil man sich manchmal streiten *muss,* Svea«, erwiderte Will scharf. »Weil unangenehme Wahrheiten so viel mehr wert sind als gemütliche Lügen! Weil es nicht schlimm ist, nicht von jedem immer und überall gemocht zu werden!«

Mit schmerzhaft pochendem Herzen sah ich ihn an. »Ich will nicht von *jedem* gemocht werden!«

»Doch, das willst du«, entgegnete er kühl. »Das ist doch der einzige Grund, aus dem du lügst! Und es ist lächerlich. Denn du *musst* dich nicht besser machen, als du bist. Du bist mehr als genug!«

»Das *weiß* ich.«

»Warum kannst du deinen Eltern dann immer noch nicht die Wahrheit sagen? Warum nicht Leon? Warum benutzt du mich dann als beschissene Trophäe?«

»Das ist nicht fair! Ich bin besser darin geworden, die Wahrheit zu sagen. Ich …«

»Svea, du hast in der letzten Stunde so viel gelogen wie in den letzten vier Wochen zusammen!« Er runzelte die Stirn. »Dachte ich zumindest. Oder lügst du nur fröhlich vor dich hin, wenn ich nicht da bin?«

»Nein!«, fuhr ich ihn an. »Tue ich nicht. Ich sage mittlerweile meistens die Wahrheit!«

»Außer, wenn es wichtig ist, meinst du? Ja, du hast die meisten Punkte deiner Liste erledigt … aber nicht die, die zählen.«

»Ich arbeite daran!«, sagte ich wütend.

»Ja? Heute Abend hatte ich nämlich das Gefühl, dass du ausschließlich an Punkt eins auf deiner Liste arbeitest.«

Was? Ich blinzelte. »Nein!«

»Doch, ein wenig schon«, erwiderte er hart. »Es hat sich so angefühlt, als würdest du versuchen, Leon eifersüchtig zu machen. Weil du dank Ben doch weißt, wie gut das bei ihm funktioniert.«

»Schwachsinn. Du interpretierst da viel zu viel rein. Man gibt vor seinem Ex eben etwas an. Das macht man so!«

»Aber er ist nicht dein verdammter Ex, Svea! Du hast nie eine Beziehung mit ihm geführt, außer in deinem Kopf.«

»Das weiß ich!«, entgegnete ich laut. »Daran musst du mich nicht erinnern. Aber … es war hart, okay? Sechs Jahre lang jemandem hinterherzurennen, der sich nicht für einen interessiert. Und ich weiß jetzt, dass das dumm war. Dass ich mich viel früher von ihm hätte loseisen und ihn darauf ansprechen müssen – aber das ändert nichts daran, dass es mich aufregt, dass Leon plötzlich das Gefühl hat, Ansprüche auf mich anmelden zu müssen. Jetzt, da ich endlich glücklich bin.«

»Also war das nicht dein Plan?«, wollte Will leise von mir wissen.

Mit offenem Mund starrte ich ihn an. »Entschuldigung?«

Er seufzte schwer und legte den Kopf in den Nacken. »So habe ich das nicht gemeint. Ich glaube nicht, dass du es bewusst getan hast, aber … bin ich eine Trophäe für dich, Svea? Bin ich Mittel zum Zweck, um Leon eifersüchtig zu machen?«

»Nein!«

»Bist du *sicher?*«

Ich schluckte. »Will, du weißt, dass mir völlig egal ist, wie viel Geld du hast oder von welcher Firma du der Boss bist …«

»Ja, aber dir ist nicht egal, ob es deine Familie weiß.«

Ich blinzelte. Wusste nicht, was ich dazu sagen sollte. Aus meinem Mund drangen keine Worte. Nur quälende Stille quoll über meine Lippen. Füllte die Luft, bis sie zum Bersten gespannt war.

»Svea«, flüsterte Will und atmete zitternd aus. »Ich bin ziemlich hart verliebt in dich. Es ist nicht *logisch,* aber die Wahrheit. Aber ich kann nicht mit einer Frau zusammen sein, die nicht *ehrlich* zu mir sein kann. Zu ihrer Familie. Zu all den Leuten, die ihr nahestehen. Die mich braucht, um sich besser zu fühlen. Ich bin nicht irgendein *Preis,* den man stolz herumzeigen kann.« Er schluckte und schloss die Augen. »Ich bin einfach nur der Typ, der keine sechs Jahre warten wollte, bis er dir sagt, dass er dich mag. Aber ich glaube nicht, dass das ist, was du suchst … und ich bin mir nicht sicher, ob ich dir den Rest meines Lebens beim Lügen zusehen kann! Ich weiß nicht. Ich glaub, ich brauch … ein wenig Zeit.«

Und dann wandte er den Blick ab und ging. Trat in den Regen hinaus, lief den Gehweg entlang und verschwand in der Dunkelheit.

Ich starrte ihm mit offenem Mund nach. Konnte nicht fassen, was gerade passiert war. *Verstand nicht,* was gerade passiert war. Vor ein paar Stunden war noch alles gut gewesen und jetzt … Jetzt war ich mir nicht sicher, ob er gerade mit mir Schluss gemacht hatte.

Warum hatte ich gelogen? Warum hatte ich meinen Eltern nicht einfach die Wahrheit gesagt? Warum … warum …

Nein, es war nicht fair! Nicht fair von ihm, dass er mir aus einem Abend einen Strick drehte. Dass er es mir zum Vorwurf machte, mit Leon zu streiten. Nicht fair, dass es sich anfühlte, als würde er ein Stück von mir mitnehmen. Verstand er nicht, wie schwer es für mich war, wirklich zu sein, wer ich war? Vor allem vor meiner Familie. Ich wusste nicht, wie. Hatte mein Leben damit verbracht, meinen Eltern zu beweisen, wie toll ich war. Dass ich es wert war, zur Familie zu gehören.

Aber meine beste Version … war ich mit Will gewesen.

»Will!«, rief ich, und meine Stimme hallte durch die Nacht. Halb wütend, halb weinend. Halb verzweifelt, halb verständnislos.

Ich wusste, dass das zu viele Hälften waren, aber ich konnte nicht klar denken. Was sollte das überhaupt heißen: *Ich glaub, ich brauch … ein wenig Zeit.*

Wie viel Zeit? Zeit, um … was zu entscheiden?

»Will!«, brüllte ich und rannte im nächsten Moment los. Es war noch nicht zu spät, um ihn zu erwischen. Ich schlitterte über den feuchten Steinboden und sprang über das niedrige Gartentor …

Doch ich hatte vergessen, dass ich unsportlich war. Dass ich weder ein Känguru noch ein Vogel war. Meine Füße erinnerten mich jedoch pflichtbewusst daran. Sie hoben nicht so weit vom Boden ab, wie ich es mir vorgestellt hatte. Meine Beinmuskeln gaben ein mitleidiges Ächzen von sich. Mit den Zehen blieb ich an einer Latte hängen. Ich verlor das Gleichgewicht, stürzte nach vorn und knallte auf den feuchten Erdboden direkt vor dem Gartenzaun. Ich schlug zuerst mit den Händen, dann mit der Schulter und schließlich seitlich mit dem Kopf auf, und für einen Moment blitzten Sterne vor mir auf.

Scharfer Schmerz durchzuckte meinen Körper. Pochte dumpf in meiner lädierten Seite, brennend an meinen aufgeschürften Handflächen und stechend an meiner Schläfe. Die Sterne verflüchtigten sich, wurden durch weiße und schwarze Punkte ersetzt, die wild vor meinen Augen hin und her tanzten. Sehr viel sportlicher zu sein schienen als ich.

Stöhnend richtete ich mich auf und betastete meinen Kopf. Als ich die Hand vor mein Gesicht hielt, erkannte ich Blut. Ja, das waren nicht nur Regentropfen, die meine Wange hinabflossen. Klasse.

Und da hatte ich nicht glauben wollen, dass es mit dreißig nur noch bergab ging.

Schlechtester. Geburtstag. Ever.

KAPITEL 28

Ich hatte in meinem Leben schon diverse Tiefpunkte erreicht. Der verkaterte Morgen nach Silvester. Die gemeinsame Nacht mit Leon, die ihm nichts bedeutet hatte. Das Firmenevent von *Revolution G.* Aber an meinem Geburtstag heulend, mit blutüberströmtem Gesicht an einer Bushaltestelle zu sitzen, die die Worte *Fuck you* mit künstlerisch wertvollem Graffiti hinausschrie, war wohl in meinen Top Five.

Mein ganzer Körper schmerzte. Angefangen bei meiner wild pochenden Schläfe über meinen ächzenden Hüftknochen, der sich wie sechzig, nicht wie knapp über dreißig anfühlte, bis zu meinem geschundenen Herzen, das brannte, als wäre es eine einzige offene Wunde, in die jemand langsam Salz streute.

Ich hätte zurück zum Haus gehen, die Platzwunde an meinem Kopf näher ansehen und meinen Eltern erklären sollen, warum Will verschwunden war. Doch ich brachte es nicht über mich. Wollte nicht getröstet werden. Wollte nicht hören, dass alles wieder gut werden würde, weil ich nicht wusste, ob es nicht eine Lüge wäre. Ich wollte nicht erklären müssen, warum Will wütend auf mich war. Wollte mir nicht eingestehen müssen, dass er recht hatte. Dass es meine eigene Schuld war, dass er gegangen war. Wollte nicht darüber nachdenken müssen, dass ich mich zwar gebessert, aber immer noch nicht dazugelernt hatte. Dass eine Lüge nur eine weitere nach sich zog und es kein Ende nehmen würde, wenn ich nicht endlich erwachsen wurde und ehrlich war.

Ich hatte mein ganzes Leben eine bestimmte Vorstellung davon gehabt, wie Dinge auszusehen hatten. Wie *ich* sein müsste, um Leute zu beeindrucken. Wie meine Karriere verlaufen müsste, um objektiv betrachtet erfolgreich zu sein. Wie sich Liebe anfühlen müsste, um bedeutsam zu sein.

Ich hatte geglaubt, dass mich kleine Lügen zu einem außergewöhnlicheren Menschen machen würden. Dass eine Beförderung alles war, was ich brauchte, um in meinem Arbeitsleben zufrieden zu sein. Dass ich einen Mann finden musste, der mich auf den ersten Blick vielleicht nicht mochte, den ich aber durch meine tolle Persönlichkeit davon überzeugen konnte, liebenswert zu sein. Dass spektakuläre Liebe, die aus tiefer Sehnsucht und einer Menge Arbeit an sich selbst entsprang, besser war als leichte Liebe, die man sich nicht erst verdienen musste.

Doch das alles war Blödsinn. Die Flunkereien, die ich Leuten über mich erzählte, machten mich nicht besser, sie machten mich nur zu einer Lügnerin. Und auch ohne Beförderung wusste ich, dass ich gut in meinem Job war. Auch ohne Beförderung sollte mir klar sein, dass ich genauso viel wert war wie meine Schwester. Und ein Mann, den ich erst mühselig davon überzeugen musste, wie liebenswert ich war … War er meine Liebe überhaupt wert?

Und was war überhaupt leichte Liebe? Liebe war nie leicht! Liebe war immer ein Sprung ins Ungewisse. Liebe war nicht wie in Filmen oder Büchern. Laut und unumgänglich, weil sie sich direkt in den Weg warf.

Manchmal war Liebe auch ganz leise. Lief auf der Straße neben einem her, und man bemerkte sie erst, wenn man stehen blieb.

Ich war die letzten Jahre nicht stehen geblieben.

Ich war Leon hinterhergerannt. Hatte ihn laut geliebt, aber nicht richtig. War verknallt in die Vorstellung gewesen, dass er mich endlich zurückmögen könnte. Hatte Sehnsucht nach einem außergewöhnlichen *Was wäre, wenn* verspürt.

Will war der einzige Mann, der mir genug Raum zum Innehalten gegeben hatte. Und gerade, als ich entschieden hatte, dass ich für ihn auf ewig aufhören würde zu rennen … lief er weg. Warum mussten ihm seine Prinzipien so wichtig sein? Warum war er ein solcher Ehrlichkeitsfanatiker?

Ich schluckte und kniff die Augen zusammen. Nein, das war

nicht fair von mir. Ich liebte, dass er Prinzipien hatte. Liebte, dass ihm Ehrlichkeit so wichtig war. Denn es war der Grund, warum ich mich bei ihm immer so sicher fühlte. Bei ihm war alles echt. So … real. Bei ihm hatte nie auch nur der geringste Zweifel bestanden, dass er *mich* mochte, nicht etwa ein Fantasiebild, das er sich selbst zusammenschusterte. So wie ich es bei Leon getan hatte.

Will sagte, wenn ihn etwas störte. Er ließ Probleme nicht ewig anwachsen, sondern sprach sie sofort an.

So, wie er es gerade eben getan hatte.

Ich rieb mir mit den Handballen über die Augen, wischte die Tränen weg, die zusammen mit dem Regen und vielleicht auch Blut von meinem Kinn tropften.

Ich fühlte mich so furchtbar elend, dass der Schmerz in meinem Kopf in den Hintergrund trat. Denn er war unwichtig im Vergleich zu meinem wunden Herzen.

»Scheiße«, wisperte ich … als ein Schatten über mich fiel.

Mein Herz machte einen Hüpfer, und hastig zog ich die Hände vom Gesicht. Er war zurückgekommen! Er … Nein.

»Da bist du ja«, sagte Leon seufzend. »Wir suchen dich überall.«

Mein Herz sank, und meine Kehle schnürte sich enger. Er war der letzte Mensch, den ich gerade sehen wollte.

»Wo ist denn dein … Freund?«, fragte Leon beiläufig und sah sich um. Als würde Will sich hinterm Mülleimer neben der Bushaltestelle verstecken.

»Er ist gegangen«, erwiderte ich tonlos und wandte den Blick ab. So viele Jahre hatte ich nichts anderes tun können, als Leon anzuschmachten, aber jetzt fiel es mir schwer, ihm ins Gesicht zu sehen.

»Ah, ja.« Aus den Augenwinkeln sah ich, dass er nickte. Als hätte er nichts anderes erwartet. »Hör mal, ich wollte keine Spannung zwischen euch erzeugen. Aber Mann, der Kerl hat wirklich früh aufgegeben. Dann ist er es nicht wert, Svea!«

Ruckartig hob ich das Kinn und starrte ihn mit offenem Mund an. »*Das* ist es, was du mir zu sagen hast? Leon: Ich *blute*. Ich heule.

Ich bin klitschnass. Und das, was du sagst, ist: *Ich* wollte keine Spannung erzeugen?«

»Na ja, es war eindeutig, dass der Kerl nicht mit ein wenig Konkurrenz umgehen kann, aber …«

»Was?!«, unterbrach ich ihn ungehalten. »Das ist es, was du denkst? Dass er gegangen ist, weil er dachte, dass er nicht mit dir mithalten kann? Mit dir, dem Kerl, der rein zufällig genau heute völlig aus dem Nichts entschieden hat, Interesse an mir zu haben?«

Er lächelte. »Komm schon, Svea. Du weißt, dass ich nicht plötzlich Interesse entwickelt habe!«

»Was?« Wovon zur Hölle redete er?

»Aber du hättest wirklich nicht weglaufen müssen. Nur weil es dich nervös gemacht hat«, fuhr er ungefiltert fort. »Weil du dich unangenehm berührt gefühlt hast, da ich dir plötzlich so viel Aufmerksamkeit geschenkt habe.«

Mit offenem Mund starrte ich ihn an, während die Regentropfen erbarmungslos weiter auf das Dach der Bushaltestelle schlugen. Sich in meinen Ohren wie ein merkwürdiger Trommelwirbel anhörten, der mich anfeuerte, etwas Großartiges, etwas Mutiges, etwas Besonderes zu antworten. Doch das Einzige, das unkontrolliert über meine Lippen schlitterte, war: »Warum hast du damals mit mir geschlafen, Leon?«

Mein Gegenüber blinzelte perplex. »Sorry?«

»An dem Abend, als wir … du weißt schon.« Ich schluckte und presste meine Lippen zusammen. »Warum hast du mit mir geschlafen?«

Denn bis heute verstand ich es nicht.

»Ich … Keine Ahnung.« Er zuckte die Schultern. »Ich mochte dich.«

»Ja, aber du mochtest mich auch davor. Und danach. Warum hast du genau *diesen* Abend ausgewählt, um mich zu küssen?«

Er blies die Wangen auf und wandte den Blick ab. »Ich weiß nicht. Du warst traurig. Du hast mir nicht richtig zugehört. Du musstest aufgeheitert werden, ich musste aufgeheitert werden …«

Ich öffnete schockiert den Mund, während sich eine schwarze, kleine Kugel in meinem Magen bildete. Von rechts nach links rollte und dabei ordentlich an Fahrt aufnahm. »Du hast mich *benutzt*, um aufgeheitert zu werden?«

»Nein, ich …« Wieder zuckte er die Schultern. »Na ja, du bist sonst immer so gut darin, mir den Kopf geradezurücken. Mich aufzubauen, und … Ich dachte, ich kann den Gefallen erwidern.«

Ruckartig verengte ich die Augen. »Wolltest du *mich* aufbauen oder dich?«

»Uns beide!«

»Uns beide?«, echote ich ungläubig. »Und du dachtest, mir gibst du am ehesten ein gutes Gefühl, indem du mit mir schläfst, nur um am nächsten Morgen zu behaupten, dass du mich nicht als Freundin verlieren willst und es eine einmalige Sache bleiben muss?«

»Es war eine tolle Nacht!«, meinte er abwehrend. »Du warst danach wieder normal, wir konnten reden, so wie immer …«

»Oh mein Gott«, flüsterte ich und verbarg das Gesicht in meinen Händen … bevor ich laut lachte. Ich konnte nicht anders. Denn Leon war *lächerlich!* »Also bin ich nur normal, wenn ich gut gelaunt bin und dir deine Ängste nehme? Wenn ich dich anfeuere und dir erzähle, was für ein toller Kerl du bist?« Meine Stimme wurde mit jedem Wort lauter. »Ich habe einen Newsflash für dich, Leon! Es ist nicht *normal*, immer glücklich zu sein. Und es ist nicht meine Aufgabe, dich gut fühlen zu lassen. Gott, ich fasse nicht, dass ich es nicht verstanden habe.« Kopfschüttelnd fuhr ich mir mit beiden Händen durch die klatschnassen Haare. »Du warst beleidigt, dass ich dir nicht zugehört habe, und hast mich geküsst, um meine Aufmerksamkeit zurückzubekommen«, stieß ich ungläubig aus. »Das war alles! Du wolltest, dass ich weiter deine Cheerleaderin bin. Dass deine Gefühle im Mittelpunkt stehen, nicht meine. Scheiße, Will hatte recht.«

Unruhig trat Leon von einem Bein aufs andere, bevor er sich neben mich fallen ließ, seine Schulter gegen meine stieß. »Das stimmt so nicht, Svea«, sagte er, doch seine Worte klangen hastig, zu eng aneinandergedrängt. »Und womit hatte er recht?«

Ich ignorierte ihn. Achtete nicht auf seine, achtete nur auf meine Gefühle. »Leon, wusstest du, dass ich Gefühle für dich hatte? Die letzten sechs Jahre lang … Wusstest du, dass ich dich mochte?«

Unangenehm berührt rieb er sich das Kinn. »Na ja, wir waren Freunde, natürlich war mir klar, dass du mich …«

»Wusstest du, dass ich mehr für dich sein wollte als nur irgendeine Freundin?«, flüsterte ich heiser.

»Ach, Svea.« Er wandte den Blick ab. »So was kann man doch nie *wissen.* Ich hab vielleicht geahnt, dass deine Gefühle nicht nur platonisch waren, aber das liegt in der Vergangenheit. Was zählt, ist …«

»Scheiße«, unterbrach ich ihn und schüttelte ungläubig den Kopf. Will hatte recht gehabt. Mit allem. Es war nicht nur die Eifersucht gewesen, die aus ihm gesprochen hatte. Ich war verliebt in Leon und für ihn nichts als eine Cheerleaderin gewesen!

»Svea …« Leon legte einen Arm um meine Schultern und drückte mich an sich. »Wir sind schon so lange befreundet … Es ist okay, dass wir jetzt unseren ersten Streit haben. Aber du kannst gerade nicht klar denken. Du hast dir den Kopf gestoßen …« Er hob die Hand und legte sie an meine Wange, damit ich ihn ansehen musste. Gänsehaut kletterte meinen Rücken hinab. Auf die schlechteste Art und Weise. »Du brauchst Will nicht. Ich mag etwas zu lange nicht gesehen haben, dass du die Richtige für mich bist, aber …« Er kam meinem Gesicht näher, strich mit dem Daumen über meine Wange … und ich prustete, bevor ich ihn wegstieß. Bevor ich erneut lachte. Und diesmal klang es vielleicht ein wenig hysterisch.

»Oh mein Gott, du bist armselig! Du bist doch nur an mir interessiert, weil du mich nicht als deine emotionale Stütze verlieren willst. Gott!« Ich schüttelte immer wieder den Kopf, egal, ob es die Schmerzen in meiner Schläfe anfeuerte.

Diese ganze Situation war so lächerlich! Doch andererseits spielte sie mir in die Karten. Hatte ich mir nicht gesagt, dass mein Geburtstag mein Ablaufdatum war? Dass ich bis heute Punkt eins meiner Liste erledigen würde? Dass ich Leon meine Gefühle gestehen oder ihn aufgeben würde?

Und genau das tat ich.

»Leon: Du bist ein Idiot. Aber nicht auf die süße Art und Weise. Sondern auf die idiotische«, meinte ich sachlich. »Uns beide verbindet nichts. Ich weiß nicht, warum ich so lange gebraucht habe, um das zu verstehen … Aber du hast mir einen Gefallen damit getan, dass du mich so lange hingehalten hast und doch niemals mit mir zusammengekommen bist. Also danke dafür. Du kannst jetzt gehen.«

Perplex starrte er mich an. »Svea, ich verstehe, dass du etwas durch den Wind bist, aber …«

Ich musste lachen. »Nein, ich glaube, das verstehst du nicht. Ich glaube, du verstehst sehr wenig, das nicht mit dir selbst zu tun hat. Und ich will, dass du *gehst.*«

Einige endlose Sekunden lang saß Leon nur schockiert da, doch dann stand er auf und lief durch den Regen zurück in Richtung meines Elternhauses.

Erleichterung durchströmte mich, während ein unsichtbares Gewicht, von dessen Existenz ich nicht gewusst hatte, von meinem Herzen fiel.

Ich mochte immer noch nicht aus meinen Fehlern gelernt haben. Etwas Wundervollem mit meinen dummen Lügen Risse verpasst haben. Aber zumindest war ich den Leon-Ballast los. Zumindest verbrachte ich meine Tage nicht mehr in einer Traumwelt, in der ich für die Aufmerksamkeit eines idiotischen Mannes lebte. Zumindest war ich endlich in der Realität angekommen.

Einer Realität, die mir zum hundertsten Mal die Tränen in die Augen trieb.

»Scheiße«, flüsterte ich und wischte mir die Tropfen von meinen Wangen. Was zur Hölle tat ich jetzt?

Das schmerzhafte Pochen an meiner Schläfe wurde allein bei dem Gedanken schlimmer, und ich seufzte schwer.

Krankenhaus. Ich sollte erst einmal ins Krankenhaus, meine äußeren Wunden pflegen. Die inneren konnte ich danach angehen.

KAPITEL 29

Ich hatte keine Gehirnerschütterung.

Was fast schade war, denn dann wäre ich womöglich morgen aufgewacht und hätte mich nicht mehr an die schrecklichen letzten Stunden erinnert. Die Wunde war nicht tief und konnte geklebt werden. Trotzdem dauerte es eine halbe Ewigkeit, bis ich versorgt war und nach draußen trat. Genug Zeit, um mein Handy vor verpassten Anrufen und neuen Nachrichten beinahe explodieren zu lassen. Allesamt von meiner Familie und von Elisa, keine von Will.

Doch der Wunsch, mit ihm zu reden, seine Stimme zu hören, war so übermächtig, dass ich ihn anrief. Dass ich seinen Kontakt wählte, ohne darüber nachzudenken. Er war der Einzige, den ich heute noch sehen wollte. Mit dem ich über alles sprechen wollte. Ich hatte ihm nicht einmal gesagt, dass ich ihn liebte! Ich hatte ihm nicht einmal meine Gefühle gestanden. Und es konnte nicht vorbei sein, bevor ich diese Chance bekommen hatte.

Doch er ging nicht dran. Ich versuchte es zweimal, doch seine Mailbox wimmelte mich jedes Mal ab. Stattdessen trudelte zwei Minuten später eine Nachricht von ihm auf meinem Handy ein.

Will (Listenbeauftragter)
Gib mir mehr Zeit, Svea.

Ich starrte die Zeile an und schluckte. Ich wollte ihm nicht mehr Zeit geben! Wollte nicht, dass er zu viele Sekunden, Minuten, Stunden hatte, in denen er zu dem Schluss kommen konnte, dass ich mich nicht ändern würde. Dass er mehr Ehrlichkeit in seinem Leben brauchte. Dass ich es nicht wert war.

Doch es ging gerade nicht darum, was *ich* wollte.

Ich konnte ihn nicht dazu zwingen, sich mit dem Nachdenken

zu beeilen. Es würde nicht helfen, wenn ich ihn drängte. Es würde meine Chancen wahrscheinlich eher schmälern. Also schrieb ich: Okay, ich bin zu Hause und fuhr zu meiner Wohnung. Gab ihm den Raum, den er brauchte, auch wenn er mich selbst einengte.

»Was zur Hölle ist passiert?«, begrüßte Elisa mich schockiert, als ich noch immer pitschnass und mit fettem Pflaster auf meiner Stirn zur Wohnungstür hereinspazierte. »Deine Eltern meinten, du bist *weggelaufen?* Ich hab hundertmal angerufen, aber du bist nicht rangegangen und … Was hast du da an deinem Kopf?«

Erschöpft kickte ich die quietschenden Schuhe von meinen Füßen, hängte meine Jacke über die Heizung im Flur, griff ein Küchenhandtuch, das ich zum Haaretrocknen nutzte, bevor ich tief durchatmete und Elisa ansah. »Ich hab so viel Chaos angerichtet!«, flüsterte ich … und weinte schon wieder. Denn das schien das Einzige zu sein, zu dem ich in der Lage war.

»Oh nein!«, sagte Elisa bestürzt und schloss mich in die Arme. Ihr schien egal zu sein, dass ich sofort ihre Kleidung durchnässte. »Was ist denn los? Du hast dich so auf das Essen bei deinen Eltern gefreut.«

Ich nickte, schluchzte, schniefte, ließ mich von Elisa zu unserer Couch geleiten, mir diverse Handtücher reichen, bevor ich erzählte, was passiert war. Davon berichtete, wie daneben Leon sich benommen hatte, wie ich nicht mutig genug gewesen war, meinen Eltern die Wahrheit zu sagen. Dass Will glaubte, dass ich noch Gefühle für Leon hatte, obwohl das Schwachsinn war. Dass er nicht Schluss gemacht, aber gesagt hatte, dass er ein wenig Zeit bräuchte, um über uns nachzudenken. Elisa hörte mir zu, tätschelte meinen Rücken, ließ mich weinen und reden, sagte mir nicht, dass alles gut werden würde, drückte mich stattdessen nur an sich.

»Weißt du, es ist nicht nur, dass ich mich bei Will geliebt gefühlt habe – obwohl ich das habe«, flüsterte ich schließlich, als meine

Tränen versiegt waren, meine Augen zwar noch brannten, aber mein Körper schlichtweg kein Wasser mehr hergab. »Ich habe mich bei ihm wie … ich gefühlt. Wie die normalste Version meiner selbst. Und trotzdem gut. Trotzdem akzeptiert. Als gäbe es nichts, was besser an mir sein müsste. Und dieses Gefühl … hat mir noch nie jemand gegeben. Nicht einmal du hast es geschafft, obwohl du mich bedingungslos liebst. Obwohl ich weiß, dass du mich so magst, wie ich bin. Aber von Will waren es keine bedingungslosen Gefühle. Sie waren daran geknüpft, dass ich ehrlich bin. Ich selbst. Zu jeder Zeit. Und er mochte jede meiner ehrlichen Seiten. So hat es sich zumindest angefühlt. Und das ist so scheiße schön. Weißt du?«

Mitfühlend sah Elisa mich an und nickte. »Ja, ich weiß. Aber das solltest du *ihm* sagen, Svea. Nicht mir.«

Ich schüttelte den Kopf. »Er will gerade nicht mit mir reden.«

»Dann zwing ihn dazu! Fahr zu ihm!«

»Nein«, flüsterte ich. »Das wäre nicht fair von mir. Er hat sich Zeit gewünscht, ich sollte seinen Wunsch respektieren.«

Verwundert sah Elisa mich an. »Aber dir geht es so schlecht. Wenn er es leichter machen könnte …«

»Es ist nicht Wills Aufgabe, mich *gut* fühlen zu lassen«, wisperte ich. »Es ist nicht seine Aufgabe, nur Dinge zu sagen, die mich glücklich machen. Es ist nicht seine Pflicht, meine Bedürfnisse immer über seine zu stellen, nur weil er mein Freund ist. Und es ist nicht mein Recht, ihm vorzuschreiben, wie viel Zeit er benötigt, um zu entscheiden, ob er mit mir zusammenbleiben will.« Jedes einzelne Wort tat weh, doch manchmal tat die Wahrheit das. Weh. »Seine Gefühle sind genauso wichtig wie meine. Wenn ich etwas gelernt habe, dann das! Denn Leon hat meine Gefühle nie mit demselben Respekt behandelt wie ich seine, und … ich möchte nicht Leon sein. Denn er ist ein Vollpfosten!«

Elisa starrte mich mit geweiteten Augen an und fuhr sacht über meinen Kopf.

Ich musste bei ihrem entgeisterten Blick lachen. »Was denn? Dir war doch schon viel länger klar, dass er ein Idiot ist.«

»Ja. Es ist nur schön, dass du auch endlich zu dem Schluss gekommen bist.«

»Nur vielleicht zu spät«, erwiderte ich mit belegter Stimme und ließ mich gegen ihre Schulter sinken.

Elisa schüttelte heftig den Kopf. »Es ist nie zu spät! Es ist …«

Es klingelte an der Tür.

Sofort sprang mir mein Herz in den Hals, und ich lief bereits zur Tür und betätigte den Buzzer, als Elisa noch fragte: »Hat es gerade geklingelt?«

Doch es war wieder nicht Will. Es waren Karla … und meine Eltern. Zum hundertsten Mal an diesem Tag schmerzte mein Herz. Denn sie sahen unendlich besorgt aus, als sie endlich die etlichen Stufen zu unserem Wohnungseingang überwunden hatten.

Meine Mutter erreichte mich als Erste. »Motte«, keuchte sie außer Atem und zog mich in die Arme. »Wo warst du? Leon meinte, du wärst mit dem Bus nach Hause. Ich dachte, Will und du wärt mit dem Auto gekommen! Und was muss ich da von Karla hören: Du hast dich mit Leon zerstritten? Sie hat einige fiese Worte in den Mund genommen, als sie über ihn gesprochen hat.«

Ich brach sofort wieder in Tränen aus. Egal, wie alt man war, egal, wie wütend sie einen manchmal machte, es gab nichts, was einen leichter heulen ließ als die warme Umarmung seiner Mutter.

»Leon ist ein Arsch, Mama. Er hätte heute Abend nicht da sein sollen. Und Will und ich sind mit dem Auto gekommen«, schluchzte ich. »Aber er ist ohne mich gefahren.«

»Was? Oh nein.« Sie hielt mich auf Armeslänge von sich weg und musterte mich mitfühlend. »Es tut uns so leid, Svea. Wir müssen ja einen sehr schlechten Eindruck gemacht haben, um Will direkt in die Flucht zu schlagen.« Ihre Wangen glühten dunkelrot. »Wir würden uns gern bei ihm entschuldigen, wir …«

»Ihr wart nicht das Problem, Mama«, unterbrach ich sie sanft und wischte mir mit dem Pulloverärmel das Gesicht trocken.

»Was war dann das Problem?«, verlangte mein Vater sofort zu wissen. »Ich habe ihn für nett gehalten, aber der Mann, der meine Motte zum Weinen bringt …«

»Okay, vielleicht sollten wir das Drama nach drinnen verlegen?«, unterbrach Karla ihn seufzend.

Ich nickte, und das Wort *Motte* trieb meine Tränen weiter an. Denn es war so albern. Es war nur ein Spitzname! Meine Eltern hingen sicherlich nicht emotional an ihm. Warum hatte ich ihnen nicht einfach verraten können, dass ich ihn nicht mochte? Warum hatte ich das Gefühl, mir nicht erlauben zu können, sie zu enttäuschen?

Sie waren meine Eltern. Praktisch vertraglich dazu verpflichtet, mich zu lieben. Ich sollte nicht das Verlangen haben, sie zu beeindrucken, um mir ihre Liebe zu verdienen.

Das ist doch der einzige Grund, aus dem du lügst! Und es ist lächerlich. Denn du musst dich nicht besser machen, als du bist. Du bist mehr als genug!

Ich schluckte und reckte das Kinn. Er hatte recht. Ich war genug. Nicht perfekt, aber ich. Und das war etwas wert. Die normalste, unspektakulärste Version meiner selbst zu sein.

Also wischte ich die Tränen von meinen Wangen, atmete tief durch und war ehrlich. Egal, wie schwer es mir fiel.

»Er ist gegangen, weil er es nicht ertragen kann, wenn ich zu viel lüge«, flüsterte ich.

»Wenn du zu viel lügst?« Verwundert hob meine Mutter die Augenbrauen. »Wann hast du denn gelogen?«

»Andauernd«, murmelte ich und biss mir von innen auf die Wange. Hatte das Gefühl, mein Kopf müsse gleich platzen, weil so viel Blut in ihn floss. »Seit Jahren.«

»Was?« Mein Vater sah völlig überrumpelt aus. »Aber warum solltest du uns denn anlügen?«

Ich wünschte, er hätte mir eine andere Frage gestellt. Hätte nicht nach dem Warum, sondern nach dem Was gefragt. Denn es war so viel einfacher, jede einzelne meiner Lügen zu gestehen, als ihnen zu verraten, warum ich sie überhaupt erzählte.

Doch ich wollte mutig sein. Wollte mir Wills Vertrauen verdienen. Ihr Vertrauen verdienen. Mir mein eigenes Vertrauen verdienen.

»Mama, Papa, manchmal fühle ich mich … als hättet ihr mich im Krankenhaus verwechselt.«

Die Worte waren so schwer in meinem Mund, dass sie laut wie Kanonenkugeln auf dem Boden aufschlugen. Und wohl auch in den Köpfen meiner Eltern. Denn ich hatte sie noch nie so schockiert gesehen. So dermaßen bestürzt, ihre Augen so groß wie Serviettenschwäne, ihre Münder wie zum stummen Entsetzensschrei aufgrund meiner Aussage geöffnet. Doch ich ließ sie nicht zu Wort kommen. Redete weiter, bevor ich den Faden verlor. Bevor die Angst zurückkam, die zurzeit von meinen Tränen und dem dumpfen Schmerz in meinem Herzen erstickt wurde.

»Ich weiß, es war nie eure Absicht, aber ihr seid alle so erfolgreich. Ich hab mich immer gefühlt, als würde ich aus der Reihe fallen. Als wäre alles, was ich tue, nur ein Schatten von dem, was ihr schon erreicht habt. Ehrlich gesagt, dachte ich immer, dass ich schlichtweg nicht gut genug für diese Familie bin.« Meine Lippen zitterten unkontrolliert, doch ich fuhr fort: »Also habe ich angefangen, mich besser darzustellen, als ich bin. Und Gott, ich habe euch *so oft* belogen! Wegen Kleinigkeiten, wegen größerer Sachen, wegen meines Jobs, meiner Kochkünste, dem, was ich will, dem, was ich nicht will. Es ist einfach eskaliert.«

»Oh, Svea«, meinte Karla mitfühlend, doch meine Eltern schienen noch immer zu überrumpelt, um etwas zu sagen. In ihren Mienen spiegelte sich purer Schock. Sie hatten anscheinend mit keinem meiner Eingeständnisse gerechnet. Und es schien eine halbe Ewigkeit zu dauern, bis Mama ihr erstes Wort hervorbrachte.

»Motte! Ach du liebe Güte. Wie kann ... Wie kommst du ... Wir wollten doch niemals ... Du bist mehr als genug für unsere Familie! Dass du überhaupt ...« Ihre Augen glänzten verdächtig, und sie schlug sich die Hand vor den Mund. »Liebes, wann haben wir dir das Gefühl gegeben, dass ...?«

Ich schluckte und strich mir die Haare aus der Stirn. »Heute Abend zum Beispiel. Warum wart ihr alle so verblüfft, als ich Will mitgebracht habe? Ist es seltsam, dass ich einen so tollen Kerl gefunden habe, der mich mag?«

Bestürzt sah meine Mutter mich an. »Um Gottes willen, Motte! Nein. Natürlich nicht. So habe ich das nicht gemeint. Ich wäre bei jedem verblüfft gewesen, der mir erzählt, dass sein Partner ein Millionär ist! Davon bekomme ich nämlich nicht allzu viele zu Gesicht. Das hatte nichts mit dir zu tun. Natürlich wundert es mich nicht, dass er sich in dich verliebt hat. Du bist unendlich liebenswert.«

Meine Kehle schnürte sich enger, und das Brennen in meinen Augen erlebte ein erfolgreiches Comeback. »Aber du hast gesagt, dass es *so, so toll* ist, dass ich ihn mitbringe! Als hättest du nicht mehr damit gerechnet, dass ich jemanden finde.«

Ihre Augen weiteten sich, und sie klammerte sich mit der freien Hand, die nicht mehr schockiert auf ihrem Mund lag, am Arm meines Vaters fest, der mich wie vom Donner gerührt anstarrte. »Motte! Ich habe mich gefreut, weil du endlich jemanden mitgebracht hast. Das hast du noch nie als Erwachsene getan. Ich dachte immer, du schämst dich für uns. Denn deinem Vater und mir war schon klar, dass du mit Männern ausgehst. Dass du nicht im Zölibat lebst. Aber du hast noch nie jemanden mit zum Essen gebracht. Deswegen habe ich mich so gefreut. Weil du uns offenbar doch genug vertraut hast, uns deinen neuen Freund vorzustellen. Wirklich, Motte ...«

»Ich habe euch niemanden vorgestellt, weil sie alle nicht gut genug waren«, bemerkte ich schniefend. »Und Mama, ich hasse den

Namen Motte!« Wenn nicht jetzt, wann dann? Es würde keinen besseren Zeitpunkt geben, um ehrlich zu sein. Und ich war ohnehin am Heulen, mein Herz gebrochen. Was sollte schon Schlimmes passieren? »Er erinnert mich an meine Kindheit. An eine Zeit, in der ich nicht besonders glücklich war. Und ganz ehrlich: Niemand möchte gern als große, dicke, alte Burg bezeichnet werden! Niemand! Selbst die dicke, alte Burg nicht. Und ich bin Vegetarierin! Ich esse kein Fleisch. Auch kein Hühnchen!« Ich schwenkte zu meinem Vater herum. »Ich spiele noch Geige, Papa! Du hast mich Silvester gefragt, ob ich noch spiele, und ich habe gelogen. Weil ich Angst hatte, dass ihr mich dazu zwingt, euch etwas vorzuspielen. Weil ich mich im Vergleich zu dir und Karla nur schrecklich anhören kann! Karla, ich finde, Kandinsky malt wie ein Kleinkind ohne Farb- oder Formgefühl. Und Mama … ich hasse die Figuren, die du mir schenkst. Sie sind vulgär und hässlich.«

Die abrupte Stille, die sich über uns senkte, dröhnte in meinen Ohren. Doch es war okay. Ich hatte all diese Dinge sagen müssen. Möglicherweise war es nicht allzu feinfühlig oder gar klug von mir gewesen, sie alle auf einmal rauszuhauen, aber ich befand mich eben in einer fragilen emotionalen Lage und konnte nicht mehr klar denken! Ich hatte nur endlich ehrlich sein wollen.

Mein Vater stieß einen Schwall Luft aus, eine Hand an seinem Kopf. Als wäre er ein sehr schlechter Schauspieler, der *Überforderung* darstellen sollte. »Oh, Svea, Liebes. Das frisst du seit Jahren in dich rein? Und wir haben es nicht mitbekommen?« Die Schuldgefühle, die sich auf seinem Gesicht spiegelten, brachten mich nur wieder zum Heulen.

Doch bevor ich nicken konnte, sagte Karla zögerlich: »Also … ehrlich gesagt …« Sie legte Mama eine Hand auf die Schulter. »… finde ich die Figuren auch doof. Sie wohnen auf unserem Dachboden. Wir stellen sie immer nur auf, wenn du zu Besuch kommst.«

Ein ersticktes Lachen kam über meine Lippen. Trotz allem. Weil

Karla mich unterstützte. Auf ihre Art und Weise. Mama sah nur schockiert zwischen uns hin und her.

»Aber … es ist Kunst!«

»Wenn du sie schön findest, behalte sie«, schlug Karla unschuldig vor.

»Oh, bitte nicht«, stöhnte unser Vater.

Verwundert sah ich zu ihm.

»Du auch?«, fragte Mama entsetzt.

»Silke, ich liebe den weiblichen Körper. Aber das bedeutet nicht, dass ich seine glitzernden Einzelteile auf meinem Kaminsims stehen haben will«, sagte Papa sachlich, bevor er an mich gewandt hinzufügte, die Augenbrauen zusammengezogen: »Svea, beim Geigespielen geht es nicht darum, wie gut du bist! Es geht darum, wie viel Freude dir das Spielen bereitet. Es hat mir das Herz gebrochen, als du meintest, dass du nicht mehr musizierst. Als Kind hast du so viel Euphorie aus der Musik gezogen.«

»Das tue ich immer noch«, wisperte ich und biss mir auf die Unterlippe.

»Schön.« Er lächelte, wenn auch ein wenig erschöpft. »Es tut mir leid, wenn ich dich unter Druck gesetzt habe. Ich bin Musiker, ich liebe Streichinstrumente – aber doch nicht mehr als dich! Es hätte meine Meinung über dich nicht verschlechtert, wenn du mir erzählt hättest, dass du auf der Geige nichts vorführen willst. Ich hätte dich vermutlich gefragt, weil ich es toll finde, dass ich meine Liebe zur Musik mit meinen beiden Mädchen teile, aber du hättest immer noch Nein sagen können. Und ich hätte es dir niemals zum Vorwurf gemacht! Es hätte nichts daran geändert, wie beeindruckt ich von dir bin … oder wie stolz.«

Verdammt. Die Tränen wollten einfach nicht aufhören! »Ich bin nicht gut darin, Nein zu sagen. Deswegen denke ich mir lieber Ausreden aus. Darin bin ich nämlich fantastisch«, sagte ich kleinlaut.

»Oh, Motte …« Wieder schloss meine Mutter die Arme um mich.

»Mama, ich mag Motte nicht«, erinnerte ich sie leise. »Könntest du bitte aufhören, mich so zu nennen?«

»Oje, natürlich! Tut mir leid. Ich habe mich nur so dran gewöhnt. Hätte ich gewusst, dass du ein Problem damit hast …«

Ich nickte. »Ich weiß. Aber … es fällt mir schwer. Euch vor den Kopf zu stoßen.«

»Uns zu sagen, welchen Spitznamen du bevorzugst, stößt uns doch nicht vor den Kopf!« Kopfschüttelnd betrachtete sie mich. »Und essen Vegetarierinnen wirklich kein Hühnchen? Ich dachte, da ginge es nur um Rindfleisch und Schweinefleisch.«

»Oh, Mama«, sagte Karla seufzend, und ich hickste.

»Kein Hühnchen, Mama.«

»Oh. Entschuldige. Ich hätte besser aufpassen sollen. Und wir wollten dir sicherlich niemals das Gefühl geben, dass du nicht zu uns gehörst. Denn du bist unsere Tochter. Wir haben im Krankenhaus genau das richtige Baby mitgenommen.«

Ich nickte, und neue Tränen sammelten sich in meinen Augen. Doch es waren gute Tränen. Denn so langsam fing ich an, es zu glauben.

KAPITEL 30

Drei Tage vergingen ohne Nachricht von Will, und es machte mich verrückt. Zu warten. Nichts zu tun. Nicht mit ihm zu reden. Ihm nicht zu sagen, dass es mir leidtat. Dass ich mit Leon und meinen Eltern gesprochen hatte. Dass ich ehrlich gewesen war. Nicht für ihn, sondern für mich. Dass ich ihn vermisste.

Seine Logik, seinen Geruch, sein schiefes Lächeln, sein gespieltes Seufzen. Das Gefühl, genau an dem Ort zu sein, an den ich hingehörte.

Er verpasste ein weiteres Meeting von *Revolution G,* und einmal rief er an und verlangte nach Seb, nicht nach mir. Trotzdem erwärmte es mein Herz. Denn eigentlich hätte er nach Stupid-Steffen fragen müssen. Er war mein direkter Vertreter, wenn es um dieses Projekt ging. Aber er hatte nach Seb gefragt – weil er wusste, dass es mich verletzt hätte, wenn er mit Steffen sprach. Weil er wütend auf mich sein mochte, aber immer noch ein guter Kerl war.

Und ich hasste ihn dafür. Liebte ihn dafür.

Ich wusste nicht, was ich tun sollte. Schlief schlecht. Wollte wissen, wie viel Zeit er brauchte. Ob er mir einen genauen Termin geben konnte. Ob ich seinen Prozess beschleunigen konnte, wenn ich ihn jede Stunde dreimal anrief. Doch ich vermutete, dass mildes Stalking ihn nicht besänftigen würde.

An Tag vier hatte ich genug. Wir hätten ein weiteres Meeting mit *Revolution G,* und der Gedanke, hoffnungsvoll bei der Arbeit aufzukreuzen, mich zu freuen, sein Gesicht zu sehen, nur um dann doch wieder enttäuscht zu werden, war unerträglich. Also rief ich Harald an und fragte, ob ich mir spontan freinehmen dürfe. Ich hätte ein paar persönliche Dinge, um die ich mich kümmern müsse.

Weil Harald zwar Volldeppen als Söhne produzierte, aber sonst ein netter Kerl war, sagte er sofort zu. Das war ohnehin besser.

Ich konnte nicht klar genug denken, um zu arbeiten. Stattdessen schrieb ich Will und fragte, ob es okay wäre, wenn wir in seiner Mittagspause kurz miteinander sprachen. Schrieb, dass ich ihn vermisste und die letzten Tage eine Menge Lügen aus dem Weg geschafft hatte. Gegenüber Leon, meinen Eltern, Karla. Weil er es vielleicht wissen musste, um eine Entscheidung zu treffen.

Doch er antwortete nicht.

Und als der Uhrzeiger immer näher zur Zwölf rückte, der Zeit, zu der Will normalerweise essen ging, platzte mir der Kragen.

Es war okay, dass er Zeit brauchte, aber er könnte zumindest den Anstand haben, mir zu antworten! Mir nach vier Tagen Quälerei zu schreiben, dass er mich lieber nicht zur Mittagspause sehen wollte, weil er noch nicht zu Ende nachgedacht hatte.

Aber nicht zu antworten? Das sah ich frei als Einladung an, ihn zu besuchen.

Doch er war nicht in seinem Büro, und der Mann an der Rezeption meinte, dass Will schon vor ein paar Stunden gegangen sei. Wohin, konnte er mir leider nicht sagen.

Also rief ich ihn an, wurde direkt zur Mailbox geschickt und wurde mit jeder verstreichenden Sekunde, in der er sich nicht zurückmeldete, unruhiger.

Wo zur Hölle war er? Er war ein Workaholic! Wie konnte er es wagen, mittags um zwölf nicht an seinem Arbeitsplatz zu sein? Das war nicht *logisch!*

Aber vielleicht … Vielleicht arbeitete er heute woanders. Er ging einmal im Monat zur hiesigen Filiale von *Revolution G,* um sich mit dem Geschäftsführer dort zu besprechen, richtig?

»Entschuldigung?«, fragte ich eine halbe Stunde später außer Atem und hielt mir die Seiten. Möglicherweise war ich hergejoggt, was weder meinen Beinen noch meiner Lunge sonderlich gefiel. »Ist Herr Grant zufällig hier? Will Grant? Arbeitet er heute hier?«

Der Mitarbeiter im dunkelgrünen Polohemd sah mich stirnrunzelnd an. »Nein. Er war gestern hier.« Er neigte den Kopf. »Sind Sie nicht die Frau, die an der Kletterwand festhing?«

Mein Kopf hatte gar keine weiteren Kapazitäten dafür, noch intensiver rot anzulaufen – hatte ich erwähnt, dass ich hergejoggt war? –, weshalb ich nur nickte.

»Ja, genau die bin ich«, erwiderte ich seufzend. »Wissen Sie zufällig, wo er ist? Ich will ihn unbedingt sprechen.«

Er hob entschuldigend die Schultern. »Tut mir leid, nein. Aber vielleicht weiß es ja seine Mutter?« Er nickte in Richtung eines Punkts über meine Schulter.

Verwundert drehte ich mich um – und tatsächlich. Keine fünf Meter hinter mir stand Frau Grant direkt neben dem Pool und sprach mit einem älteren Mann im Anzug, der nur immer wieder nickte. Vermutlich Robert Tracht, der Geschäftsführer. Will hatte mal behauptet, dass ihm wichtig sei, wie man sich kleidete.

»Okay, danke.« Es war einen Versuch wert, sie zu fragen.

Ich schlenderte in ihre Richtung, während der Geschäftsführer sich von ihr verabschiedete und Wills Mutter sich zum Gehen wandte.

»Frau Grant«, sagte ich laut und beschleunigte meinen Schritt.

Die dünne Frau im maßgeschneiderten Hosenanzug drehte sich zu mir um.

»Frau Grant, hallo«, sagte ich und versuchte mich an einem Lächeln.

»Hallo«, erwiderte sie sachlich und betrachtete mich stirnrunzelnd. So als hätte sie Probleme, mein Gesicht zuzuordnen.

»Ähm. Ich weiß nicht, ob Sie sich daran erinnern, aber wir haben uns auf der *Revolution-G*-Gala kennengelernt?«, half ich ihr auf die Sprünge. »Ich bin …«

»Ich weiß, wer Sie sind«, fiel sie mir ins Wort und beäugte mich kritisch. »Sie sind Svea Nussbaum. Williams Freundin.«

Mein Mund wurde schlagartig trocken. »Er … hat Ihnen von unserer Beziehung erzählt?«, fragte ich etwas überrumpelt. Will machte anscheinend wirklich keine halben Sachen bei Dingen, die ihm wichtig waren. Gott, ich hoffte nur, dass das nicht stimmte, wenn es darum ging, Schluss zu machen.

Und auf einmal erschien es mir gar nicht mehr wichtig, ob Will seiner Mutter von unserer Beziehung erzählt hatte, also blinzelte ich mir das Brennen aus den Augen und nickte. »Ist auch egal. Ja, ich bin Svea. Schön, Sie wiederzusehen. Wissen Sie zufällig, wo Ihr Sohn gerade ist?«

»Nein«, sagte sie steif. »Ich bin selbst hier, um ihn zu suchen. Er geht nicht ans Telefon.«

Oh Mann. War es beruhigend oder Grund zur Panik, dass ich nicht die einzige Person war, die er ignorierte? Aber zumindest hatte er ihr nicht erzählt, dass er sich wieder von mir getrennt hatte. Das war gut, oder?

»Oh, das ist schade. Aber na dann … Dann probiere ich es vielleicht mal bei ihm zu Hause. Vielen Dank, trotzdem.«

Ich wandte mich zum Gehen, wurde jedoch von Frau Grant zurückgerufen.

»Frau Nussbaum. Wenn Sie ihn finden … könnten Sie ihm ausrichten, dass ich dringend mit ihm über ein paar der Änderungen sprechen muss, die er durchsetzen will. Sie sind nämlich allesamt unzumutbar! Sein Vater würde sich an den Kopf fassen.«

Ich öffnete den Mund, um zu bejahen, biss mir dann jedoch auf die Unterlippe.

»Nein«, sagte ich leise. »Das müssen Sie schon selbst tun. Und …« Ich zögerte und wusste nicht, ob ich damit eine Grenze überschritt, fügte jedoch schließlich hinzu: »Könnten Sie Will bitte nicht sagen, dass sich sein Vater an den Kopf fassen würde? Das ist nicht fair ihm gegenüber. Sie sollten etwas mehr Vertrauen in seine Entscheidungen haben. Er weiß, was er tut. Er ist sehr gut in seinem Job.«

»Es ist nicht fair ihm gegenüber?«, echote sie verständnislos.

Ich nickte. »Ihn mit seinem Vater zu vergleichen. Es stört Will.

Es … setzt ihn unter Druck. Dass Sie erwarten, dass er sein Vater ist.«

Sie weitete die Augen. »Ich tue was? Nein, natürlich nicht! Er könnte *niemals* sein Vater sein …«

»Ja, und das ist das Problem«, murmelte ich leise. »Sie vermitteln ihm praktisch jeden Tag, dass er nicht genug ist!«

»Ich … nein …«

»Das ist, wie er es empfindet«, widersprach ich.

Frau Grant sah so schockiert aus, dass sie mich an ein Emoji mit offenem Mund erinnerte. »Woher wissen Sie das?«

»Er hat es mir erzählt.«

»Und warum sagen Sie mir das?«

»Weil ich Ihren Sohn liebe«, flüsterte ich und lächelte wacklig. »Und er mehr als genug ist, es aber von Ihnen hören sollte. Bis dann.« Ich hob meine Hand und ging. Bevor sie noch etwas dazu sagen konnte.

Warme Frühlingsluft wehte mir entgegen, als ich aus dem Laden nach draußen trat, und das unruhige Gefühl in meiner Brust, das mich bereits den ganzen Tag verfolgte, bäumte sich zu neuer Höchstleistung auf.

Wo war Will? War er wirklich zu Hause? Oder machte er frei und nahm sich die Zeit zum Nachdenken, die er brauchte?

Ich zog mein Handy aus der Tasche, klickte auf meine Nachrichten, um zu sehen, ob Will sie zumindest gelesen hatte, konnte jedoch nur erkennen, dass sie angekommen waren … und blieb an meinen eigenen Zeilen hängen.

Ich hatte geschrieben, dass ich die Lügen zwischen mir und meiner Familie, zwischen mir und Leon aus dem Weg geräumt hatte – aber vielleicht war das nicht genug? Vielleicht musste ich alles auf meiner Liste erledigen, um es ihm zu beweisen? Dass ich ehrlich sein wollte. Sein konnte.

Vielleicht wartete er darauf, dass ich den letzten Schritt machte?

Scheiße. Es gab eigentlich nur einen Ort, an dem ich meine wilden Lügen noch nicht zugegeben hatte. Eine Sparte in meinem Leben, die ich noch nicht abgehakt hatte.

Meinen Arbeitsplatz.

Oh nein.

Stöhnend legte ich den Kopf in den Nacken und presste die Hände auf mein Gesicht. Ich hatte mir das Schwerste bis zum Schluss aufgehoben. Aber jetzt, da ich angefangen hatte, das Pflaster abzureißen, musste ich es auch beenden.

Und hey, vielleicht störte es Steffen ja gar nicht, dass er seit Monaten Hamsterköttel trank …

Das Gebäude, in dem *Research Intelligence* seinen Sitz hatte, war mir noch nie so groß und bedrohlich vorgekommen. Die Klimaanlage füllte die Eingangshalle mit nervösem Rauschen, und das vertraute Klackern von Schuhen auf Fliesen hörte sich nach unheilvollen Regentropfen an. Die Vorboten eines Sturms.

Gänsehaut kletterte meinen Nacken hinab, doch ich ignorierte sie und stapfte stattdessen mit durchgestreckten Schultern in die Büroküche.

»Huch, was machst du denn hier?«, begrüßte mich Jasmin. »Ich dachte, du hättest heute frei?«

»Ja, aber ich muss was erledigen. Wo ist Harald, Jasmin?«

»Er ist in Besprechungsraum B, aber …«

»Danke«, unterbrach ich sie, denn mehr musste ich nicht wissen. Ich wandte mich um, lief den Flur entlang und machte mir nicht die Mühe, anzuklopfen. Das Pflaster ziepte, und ich wollte es endlich abreißen! Also stieß ich die Tür auf und holte tief Luft.

»Harald, ich würde gern …« Ich brach ab, und mein Herz blieb stehen. Denn mein Boss war nicht allein. Er saß mit Seb und Stupid-Steffen an einem Tisch, und … da war er.

Will. Gegenüber von Stupid-Steffen, neben Amanda Krill, und sah mich an.

Mein Herz übersprang einen Schlag, bevor es in dreifacher Geschwindigkeit weiterschlug. Er war hier. Beim Meeting. Sein dunkler Blick glitt über meine Züge, hinterließ ein vertrautes Prickeln in meinem Nacken. Ließ mich schlucken. Ich wurde von niemandem so gern angesehen wie von Will. Denn niemand gab seine Aufmerksamkeit so warm und großzügig.

Gott, ich hatte ihn vermisst. Alles an ihm. Wenn ich einfach nur ein paar Stunden hier stehen und ihn ansehen könnte …

»Ich dachte, du hättest dir freigenommen, Svea«, sagte Harald verdutzt. »Du meintest, du bräuchtest aus persönlichen Gründen einen Tag für dich.«

Ich blinzelte und riss den Blick von Will los. Versuchte, mich zu konzentrieren. Es war gut, dass er hier war. Gut, dass er ebenfalls hörte, was ich zu sagen hatte. »Das stimmt, aber …« Mein Blick flog von Will zu Harald und zurück. »Mir ist eingefallen, dass ich etwas vergessen habe.«

»Was denn?«

Ich holte tief Luft und schloss kurz die Augen, bevor ich murmelte: »Harald, ich war nie in Neuseeland.«

Einfach reden. Einfach ehrlich sein.

Verblüfft öffnete mein Chef den Mund. »Was?«

»Ich war nie in Neuseeland, und ich bin sehr unsportlich«, fuhr ich fort und zupfte unangenehm berührt an meinen Ärmeln herum. Ich wagte es nicht, zu Will zu sehen. »Ich wollte dich nicht hinters Licht führen, aber ich wollte das Projekt rund um *Revolution G* unbedingt haben, weil ich es mir verdient habe! Weil ich wusste, dass ich einen guten Job machen würde! Also habe ich dich angelogen. Euch angelogen.« Mein Blick schwankte zu Steffen.

»Ich wusste es!«, stieß er triumphierend aus.

»Oh Mann«, murmelte Seb. Was mich direkt zu Punkt elf auf meiner Liste führte.

»Seb, zu dir war ich auch nicht ganz ehrlich«, sagte ich zerknirscht. »Die leckeren veganen Kekse, die ich backe? In denen sind Ei und Kuhmilch drin. Tut mir leid. Und Steffen …«

Oh Gott, das würde das Schlimmste werden. Doch ich preschte tapfer weiter voran. »Dir muss ich auch etwas sagen. Ich war sehr wütend, als du die Beförderung bekommen hast, die ich eigentlich verdient habe. Also habe ich die letzten Monate …«

»Okay, das reicht«, unterbrach eine tiefe Stimme mich laut. Will war von seinem Platz aufgesprungen und lief hastig um den Tisch herum.

Mein Mund wurde trocken, und verwirrt sah ich ihn an. »Ich bin noch nicht fertig.«

Er zog die Augenbrauen zusammen und griff im nächsten Moment nach meinem Ellbogen. »Ich glaube schon. Könnte ich dich mal kurz draußen sprechen?«

Ich weitete die Augen. Was tat er? »Aber …«

Er ließ mich nicht zu Ende reden. Stattdessen dirigierte er mich aus dem Raum. Alle starrten uns nach. Alle trugen den gleichen verwirrten, schockierten Gesichtsausdruck. Doch Will schien das egal zu sein. Er drängte mich aus der Tür und zog sie hastig hinter mir zu. Dafür musste er leider meinen Ellbogen loslassen … und ich Depp vermisste seine Berührung sofort.

»Was tust du?«, fragte ich und verschränkte die Arme vor der Brust. »Ich wollte ehrlich sein!«

Und was fiel dem Idioten ein, meine Nachrichten zu ignorieren, aber dann zu einer Besprechung zu erscheinen, die ich eigentlich hätte leiten sollen?

»Das kam rüber, glaub mir«, erwiderte Will gelassen … Doch ein Lächeln zog an seinen Mundwinkeln, das meinen Magen in Aufruhr brachte.

Ich hatte es vermisst, von ihm angelächelt zu werden. Aber ich weigerte mich, ihn meinen Geist vernebeln zu lassen. Ich hatte einen Plan! »Du hättest mich aussprechen lassen sollen«, sagte ich und presste die Lippen zusammen. »Ich habe noch nicht alle meine Lügen aufgearbeitet. Du hättest mich von dem Kaffee erzählen lassen müssen!«

»Das konnte ich nicht«, sagte er und schüttelte den Kopf. »Svea, wenn dein Chef wüsste, dass du seinen Sohn mit Hamsterkötteln fütterst, hätte er keine andere Wahl, als dich zu feuern, also … das konnte ich nicht zulassen.«

»Warum nicht? Du meinst doch immer, dass Ehrlichkeit das Wichtigste ist.«

»Ich lag falsch. Sie ist nur *meistens* das Wichtigste.«

Ich schnaubte. »Woher kommt das denn jetzt plötzlich? Und was machst du überhaupt hier? Ich dachte, du gehst mir aus dem Weg.«

Will verengte die Augen. »Was machst du *nicht* hier? Du hättest die Besprechung leiten sollen!«

»Ich habe einen Tag für mich gebraucht – um *dich* zu suchen, du Blödmann. Aber du warst nicht auf der Arbeit, nicht in eurer Filiale …«

»Weil ich *hier* war. Wo du hättest sein sollen!«, meinte er … und hörte er sich ernsthaft verärgert an?

Frustriert rieb ich mir übers Gesicht. »Ich hab dir geschrieben! Ich hab gefragt, ob wir uns sehen können, und du hast nicht geantwortet.«

»Ich hab mein Handy zu Hause vergessen.«

Ich schnaubte. »Oh, bitte! *Wer* vergisst sein Handy heutzutage noch irgendwo?«

»Ein Mann, der die letzten drei Tage und fünf Stunden kaum geschlafen hat und ziemlich durch den Wind ist?«, schlug er leise vor.

Ich schluckte, und meine Augen brannten. »Ja … nun, der vielleicht schon. Aber wenn du so durch den Wind warst, hättest du dich ruhig mal bei mir melden können! Ich hätte dein Wetter beeinflussen können.«

»Ich wollte nachdenken«, meinte er zögerlich. »Aber ich hab nicht wirklich die Zeit dazu bekommen.« Er rieb sich den Nacken, sah mich aber immer noch an. »Weißt du, ich habe in den letzten Tagen eine Menge merkwürdiger Anrufe bekommen.«

»Ja?«

»Ja. Keinen von dir – was mich *sehr* gestört hat …«

»Du meintest, du brauchst Zeit!«, rief ich ungläubig.

»… aber stattdessen …«, fuhr er unbeirrt fort, » …von einer Menge anderer Mitglieder der Familie Nussbaum.«

Mir klappte die Kinnlade hinunter. »Was?«

Er nickte und zählte an seinen Fingern ab. »Ja, da war deine Mutter, die mir gesagt hat, dass sie ganz bestimmt kein Hühnchen gemacht hätte, wenn sie gewusst hätte, dass es ein solches Streitthema zwischen uns ist.«

Ich schnaubte laut.

»Es war wohl ein Scherz von ihr«, bemerkte Will amüsiert. »Sie hat mir danach auf jeden Fall erklärt, dass es ihr von Herzen leidtut, deine Wünsche nicht ernster genommen und Leon ohne deine Erlaubnis eingeladen zu haben. Dann war da dein Vater, der mir versichert hat, dass du ihr Geschenk – die Frauenfigur – nicht mit nach Hause nehmen musst. Ich also sehr gern wieder zu dir gehen kann, ohne Angst davor haben zu müssen. Und deine Schwester meinte, wenn ich dich noch einmal zum Weinen bringe, erzählt sie der Presse, dass ich meinen Müll nicht trenne.«

Mein Mund öffnete sich noch ein paar weitere Zentimeter. »Ach du Scheiße«, rutschte es mir heraus. »Das … Ich habe ihnen nicht geraten, das zu tun! Wirklich, ich …«

»Das weiß ich«, unterbrach er mich mit Nachdruck. »Aber ich fand es schön, dass sie sich so für dich eingesetzt haben. Und deine Schwester kann äußerst beängstigend sein!«

Ich kniff die Augen zusammen und stöhnte leise. »Karla hätte dir nicht drohen sollen. Aber sie hat nicht ganz unrecht«, flüsterte ich. »Denn du *hast* mich zum Weinen gebracht. Mit mir an meinem Geburtstag Schluss machen? Beschissenstes Geschenk ever!«

Will nickte langsam und hob einen Mundwinkel. »Ja, ich hab schon bessere gegeben.«

»Hey! Das ist nicht witzig!«

»Nein, ich fand die letzten Tage auch überhaupt nicht witzig«, erwiderte er ernst. »Ben übrigens auch nicht. Er war gar nicht glücklich mit mir und meinem Verhalten. Er ist nämlich ein ziemlich großer Fan von dir.«

Blinzelnd sah ich ihn an. »Du … Du hast mit Ben über uns geredet?«

»Ja.« Zögerlich rieb er sich den Nacken. »Eine weise Frau meinte mal, dass es zu einem Privatleben dazugehören würde, sich seinen Freunden zu öffnen. Also dachte ich, ich probiere es mal.«

»Wie war es?«

»Furchtbar. Der Kerl wusste alles besser. Aber … gleichzeitig auch gar nicht so schlecht.«

»Nein?«

»Nein. Ich konnte ein wenig klarer denken, nachdem ich ausgesprochen habe, was passiert ist und was das Ganze in mir ausgelöst hat … Und ich hab nicht mit dir Schluss gemacht, Svea.«

Ich horchte auf und biss mir von innen auf die Wange. »Hast du nicht?«, fragte ich hoffnungsvoll.

»Nein.« Er lächelte schief und legte sacht die Hand an meine Wange. »Ich habe gesagt, ich will *nachdenken*. Nicht, dich nie wiedersehen.«

»Aber das war sehr kryptisch, Will!«, beschwerte ich mich, während ich mich gleichzeitig in seine Berührung sinken ließ. »Das war gemein und kryptisch!«

Er nickte langsam. »Ich war ziemlich wütend auf dich«, gab er zu. »Mitanzusehen, wie du mit Leon redest und mit ihm lachst, und zu denken: *Shit, sie liebt den Typen seit sechs Jahren. Wie soll ich da mithalten …?*«

Ein Kloß bildete sich in meinem Hals, und ich schlug ihm verärgert gegen den Oberarm. »Ich will nichts von Leon! Und ich *liebe* ihn nicht. Ich liebe dich, du Dummkopf!«

»Ich weiß«, sagte er, und das Lächeln auf seinem Gesicht wurde breiter, während er mit der anderen Hand in meinen Nacken wanderte. »Ich weiß, ich weiß. Es war nur … schwer für mich. Ich war unsicher.«

»Das ist nicht okay, Will!« Ich schüttelte heftig den Kopf. »*Ich* bin die unsichere Partei in unserer Beziehung! Du kannst mir den Titel nicht wegnehmen. Das ist nicht fair. Und nicht *logisch!*«

»Du hast recht. Ich werde mir in Zukunft mehr Mühe geben«, erwiderte er todernst. »Und ich wollte dich wirklich nicht zum Weinen bringen.« Er glitt mit dem Daumen unter meinem Auge entlang. »Tut mir leid. Aber du hättest dir nicht so viele Sorgen machen sollen. Du weißt doch, dass ich Dinge lieber repariere, als sie wegzuwerfen.«

Ich hickste. Lachte und weinte zugleich. »*Natürlich* habe ich mir Sorgen gemacht! Aber mir tut es auch leid. Ich hätte direkt ehrlich sein und Leon rausschmeißen sollen. Er ist wirklich ein Idiot und …«

Will presste die Lippen zusammen. »Können wir einfach nicht über Leon reden? So … für immer?«

Für immer. Die Worte legten sich wie warme Hände um mein Herz, und ich lächelte wacklig. »Okay. Abgemacht.«

»Gut.« Er seufzte erleichtert. »Dann kann ich dir ja endlich geben, wofür ich eigentlich heute zum Meeting gekommen bin.« Er strich noch ein letztes Mal sacht über meine Wange, bevor er mich losließ, einen Zettel aus seiner Hosentasche kramte und ihn mir reichte.

Verwundert nahm ich ihn entgegen. »Was ist das?«

»Das Geburtstagsgeschenk, das ich dir nicht mehr geben konnte. Mach auf.«

Verwirrt blinzelte ich ihn an, bevor ich das viel zu rechteckige Stück Papier auseinanderfaltete.

Es war eine Liste. Eine handschriftliche Liste.

Dinge, die ich an Sveas Geburtstag tun werde ...

Guardians of the Galaxy mit ihr sehen und mich erst über die fehlende Logik beschweren, wenn der Film vorbei ist.
Ihre Eltern davon überzeugen, dass ich sie verdient habe.
Das neue Bett einweihen und ihr meine tollen Knoten zeigen.
Mich von ihr dazu überreden lassen, ein paar Tage freizumachen, um mit ihr an einen Ort ihrer Wahl zu fahren. (Ich bezahle, ich bin schließlich heißer Millionär.)
Svea sagen, dass ich sie liebe.

Ich las die Worte, und mit jedem Mal, dass mein Blick über sie huschte, wurde mein Herz größer. Bis es nicht mehr in meine Brust zu passen schien.

»Das ist eine sehr gute und überzeugende Liste«, flüsterte ich.

»Ja, oder?«, murmelte er und fuhr mit den Fingern um mein Gesicht. »Mir hat jemand beigebracht, dass es hilft, seine tiefsten Gedanken in einer Liste niederzuschreiben und sie dann mit jemandem zu teilen. Ich hab gehört, das kann Leben verändern.«

Ich nickte und legte meine Hände in seinen Nacken. »Das hab ich auch gehört.«

»Gut, denn es ist wahr. Und du hast wirklich keinen Grund, unsicher zu sein, Svea. Ich lass dich nicht so einfach wieder gehen. Auch, wenn ich nachdenken muss, ich …«

»Jetzt küss mich endlich, du Blödmann«, unterbrach ich ihn lachend. »Ernsthaft. Hör auf zu reden und küss mich.«

Er lächelte breit. »Soll ich dir nicht noch erst sagen, dass ich dich liebe?«

»Das brauche ich nicht. Ich weiß es. Denn du bist immer ehrlich.«

»Nun, das stimmt«, murmelte er, zog mich endlich auf die Zehenspitzen und küsste mich.

Und dann waren wir für immer glücklich.

Okay. Das ist gelogen. Beziehungen sind schwer. So wie Ehrlichkeit.

Aber es lohnt sich immer, damit anzufangen.

EPILOG

Sehr geehrter Herr Grant,

anbei, wie besprochen, meine diesjährige Liste. Ich hoffe, sie ist zu Ihrer Zufriedenheit.

Freundliche platonische Grüße
Svea Nussbaum

Will schnaubte neben mir und beugte sich tiefer über meine Schulter. »Äußerst höflich.«

»Ey«, sagte ich verärgert und schob ihn weg. »Das hier ist privat. Das geht nur mich und meinen LB was an. Und du solltest an deiner Liste arbeiten. In einer Stunde kommen Ben und meine Familie zum Silvesterdinner, wir haben nicht mehr viel Zeit.«

Ich drückte auf Senden … und eine Sekunde später vibrierte Wills Handy.

Er ließ sich neben mir auf die Couch fallen und rief seine Mails auf. »Ah, eine äußerst wichtige Nachricht. Interessant, interessant. Lass mich mal laut vorlesen: *Revolution, Baby: Vorsätze Neues Jahr.*« Kopfschüttelnd sah er auf. »Du musst wirklich lernen, deine Word-Dokumente klarer zu benennen. Wer weiß, welchem heißen Millionär du das nächste Mal private Infos schickst?«

Ich lachte und pikste ihn in die Seite. »Du bist mein einziger heißer Millionär, glaub mir. Und jetzt lies weiter.«

»Schön. *1. Elisa sanft beibringen, dass ich demnächst aus- und bei Will einziehen werde.*« Überrascht sah er auf. »Wirst du das?«

Meine Wangen wurden heiß. »Lies Punkt zwei.«

»Ah, richtig. *2. Will sanft beibringen, dass ich bei ihm einziehen werde.*«

»Es ist nur *logisch,* Will«, meinte ich ernst, zog die Beine an und beugte mich zu ihm vor. »Wir lieben uns, dein Haus ist der Hammer … Mein Vermieter meinte, dass er mein *Pseudonym* gegoogelt und keine Bücher von mir gefunden hat.« Ich zog eine Grimasse. »Womöglich werde ich also ohnehin bald rausgeschmissen. Siehst du: Logischer nächster Schritt ist es, mich bei dir einzunisten.«

Er lachte leise und strich eine Haarsträhne hinter mein Ohr. »Ich stimme dir in allen Punkten zu. Auch wenn das nicht sanft, sondern mit dem Vorschlaghammer war. Aber ich steh ja Gott sei Dank auf vollkommene Ehrlichkeit.«

Das war tatsächlich ein Glück. Denn Ehrlichkeit machte absurderweise eine Menge Spaß, wenn man keine Angst davor haben musste, für sie verurteilt zu werden. »Okay, dann hätten wir das ja geklärt.« Ich grinste. »Du kannst weiterlesen.«

»Wundervoll. *3. Nie wieder in meinem Leben Serviettenschwäne basteln, es ist eine Verschwendung meiner Lebenszeit.* Ja, meiner auch«, stimmte er zu und nickte zum gedeckten Tisch, auf dem sieben der schrecklichen Teile thronten. »*4. Wills Knotentechnik lernen. 5. Netter zu Steffen sein.*« Stirnrunzelnd sah er auf. »Warum?«

Ich seufzte schwer und kaute auf meiner Unterlippe herum. »Er hat ein paar Ego-Probleme damit, dass sein Dad mich für keine einzige meiner Lügen bestraft hat, sondern so beeindruckt von meiner Ehrlichkeit war – und so schockiert darüber, dass er ein Arbeitsumfeld geschaffen hat, in dem ich mich zum Lügen gezwungen sah –, dass er mich ebenfalls zur Projektmanagerin befördert hat. Was bedeutet, dass Steffen mich gar nicht mehr herumkommandieren kann, und … irgendwie habe ich Mitleid mit ihm.«

Irritiert zog Will die Augenbrauen zusammen. »Aber er behandelt dich furchtbar.«

»Ich weiß.«

»Und trotzdem willst du netter zu ihm sein?«

»Sieht so aus.«

»Das ist nicht logisch.«

Ich lachte. »Hältst du immer noch daran fest? An Logik? Die ganze Welt ist nicht logisch, Will. Der Logik nach sollten wir beide uns überhaupt nicht mögen. Weil wir so verschieden sind.«

»Nein. Gerade deswegen mögen wir uns«, erwiderte er sachlich. »Wir erweitern unseren Horizont.«

Ich grinste. »Ich bin also deine persönliche bewusstseinserweiternde Droge?«

»Ja«, murmelte er und küsste meinen Nacken. »Zumindest genauso süchtig machend.«

»Das liegt daran, dass ich so zuckersüß bin und Zucker praktisch auch eine Droge ist«, erklärte ich weise.

»Was dazu führt, dass du nett zu Idioten bist.«

Schwer seufzte ich. »Steffen ist ein bisschen wie ich vor einem Jahr, Will. Er hat einen Bruder, der besser in allem ist. Einen Vater, den er versucht zu beeindrucken. Ich versteh ihn. Wir werden nie Freunde, aber ich will netter zu ihm sein. Dann ist er vielleicht auch netter zu mir.«

Will schnaubte.

»Ja, vermutlich nicht. Aber egal. Ich habe Frieden mit ihm geschlossen.« Es war die Wahrheit. Er regte mich nicht mehr auf. Ich war nicht mehr wütend auf ihn. Er war einfach nur ein Kollege, der besser im Mansplaining als in seinem Job war.

»Na schön. Sei halt nett zu ihm«, kapitulierte Will. »*6. Ein Essen mit Wills Mutter überleben, ohne ihr zu sagen, dass sie aufhören muss, Wills Vater anzupreisen.* Oh, Svea. Du wirst diese Liste unmöglich umsetzen können.« Entschuldigend sah er mich an.

»Hey, das dachte ich von meiner letzten auch!«

»Es ist besser mit meiner Mutter geworden. Sie lobt mich ab und zu sogar und hat zugegeben, dass ein paar der Änderungen, die ich durchgesetzt habe, gar nicht so blöd sind«, sagte er weich. »Das reicht mir.«

Nun, mir noch nicht. Aber die Sache mit seiner Mutter war ein Marathon, kein Sprint. Es war also okay.

»*7. und letzter Punkt*«, las Will weiter. »*Mich weiter verboten glücklich von Will machen lassen. Und sein Gewürzregal durcheinanderbringen.*« Er grinste, ließ das Handy sinken und sah auf. »Hey, das steht auch auf meiner Liste«, murmelte er und strich mit dem Daumen über meine Wange.

»Wirklich? Du willst dein Gewürzregal durcheinanderbringen?«, meinte ich unschuldig.

Er schnaubte. »Nein, denn ich bin nicht lebensmüde. Aber mich weiter von dir glücklich machen zu lassen, ist Punkt eins auf meiner Liste.«

»Sehr gut«, flüsterte ich und küsste ihn, zog seinen Kopf tiefer zu mir herunter. »Punkt zwei sollte *Mundharmonika lernen* sein. Das hast du nämlich noch nicht von deiner alten Liste gestrichen! *Marvel-Filme hassen* zähle ich immer noch nicht als Hobby.«

»Mhm«, machte er. »Und wann erzählst du deinen Eltern, dass du nicht an Gott glaubst?«

»Irgendwann. Vielleicht«, murmelte ich.

Ich spürte Wills Lächeln, während ich den Kuss vertiefte, ihn gezielt davon ablenkte, weitere Fragen zu stellen und …

»Svea, deine Eltern und deine Schwester kommen gleich. Ben auch …«, murmelte er leicht kurzatmig an meinen Lippen, seine Hände an meiner Taille.

»Ach, denen macht es überhaupt nichts aus zu warten«, flüsterte ich, kniete mich hin und ließ die Hände unter sein Hemd wandern.

Will lachte leise. »Das ist doch gelogen.«

Ein kleines bisschen vielleicht. Aber es war eine Notlüge. Und manchmal – ganz manchmal – waren die einfach nötig … und überhaupt nicht schlimm!

Oder?

DANKSAGUNG

Ich würde ja schreiben, dass dieses Buch hier ein Klacks war und mich niemand dabei unterstützt hat und ich somit auch niemandem meinen Dank aussprechen will … aber das wäre gelogen!

Ich hatte die Idee zu Will und Svea – wie könnte es anders sein – rund um Silvester. Ich schreibe meine Neujahrsvorsätze nie auf (sie schriftlich zu haben, macht die Schmach, wenn ich sie Ende Januar schon wieder gebrochen habe, nur noch größer), aber im Kopf formuliere ich meistens eine Liste. Und dabei kam mir der Gedanke, was wohl passieren müsste, damit ich meine Vorsätze wirklich umsetze. Und meine Güte, wie unangenehm wäre es, wenn so eine Liste in fremde (wenn auch attraktive) Hände fällt?

Der Rest der Geschichte kam dann gefühlt einfach über Nacht, als wollte das Buch unbedingt geschrieben werden!

Doch dass am Ende so eine tolle Geschichte daraus geworden ist, verdanke ich einer Menge Menschen!

Danke an meine Agentinnen Kristina und Gesa, die (ähnlich wie Will) immer sehr ehrlich sind und jedes Projekt ein bisschen besser machen. Ich hab mich so gefreut, dass ihr ebenso begeistert von der Idee wart wie ich! Danke auch an Miriam, die dem Buch bei Knaur eine Chance gegeben hat und immer ein offenes Ohr für mich hatte. Danke an Klaudi, meine wundervolle Lektorin, und meine fantastischen Testleserinnen Pia, Jovanna, Saskia, Vero und Marie.

An dich, Saskia, geht übrigens direkt ein doppeltes Dankeschön, weil Svea ohne dich nie im Leben Marktforscherin geworden wäre. Danke für deine Einsichten und deine Geduld mit meinen etlichen Fragen. Dasselbe gilt auch für Lana: Danke, dass du dir für mich die Zeit genommen hast, mir zu erklären, was denn überhaupt Mystery-Shopping ist!

Danke auch an meine Mama – die mich übrigens immer noch Motte nennt, obwohl sie damit nicht die Burg meint (hoffe ich) –, meinen Papa, Werner, Michaela, den Rest meiner Familie. Danke, dass ich mich nie dazu gezwungen sehe, euch anzulügen … außer, es geht darum, Gartenarbeit zu umgehen.

Danke an den Kerl, mit dem ich zusammenwohne und der meine Schreibhochs und Stimmungstiefs mit einer Gelassenheit erträgt, die ich partout nicht verstehen kann. Gut, dass es dich gibt!

Und zu guter Letzt noch ein Dankeschön an euch – meine Leser und Leserinnen! Danke für eure Nachrichten, eure Begeisterung und eure Lesewut. Ohne euch könnte ich nicht jeden Tag meinen Traum leben, und das bedeutet mir alles!